KB237222

절대그녀

절대그녀

초판 1쇄 찍은 날 | 2013년 4월 19일
초판 1쇄 펴낸 날 | 2013년 4월 26일

지은이 | 홍윤정
펴낸이 | 서경석

편집장 | 권태완
편　집 | 장미연
디자인 | 이혜정

펴낸곳 | 도서출판 청어람
등록번호 | 제1081-1-89호
등록일자 | 1999. 5. 31
어람번호 | 제5-0334호

주소 | 경기도 부천시 원미구 심곡2동 163-2 서경B/D 3F (우) 420-822
전화 | 032-656-4452 팩스 | 032-656-4453
http://www.chungeoram.com
E-mail | chungeorambook@daum.net

ⓒ 홍윤정, 2013

ISBN 978-89-251-3243-3 03810

Chungeoram romance novel
절대 그녀
홍윤정 장편 소설
She's My The One
청어람

Contents

"심 대표와의 만남을 주선해 두었다. 너에 대해서라면 내가 모두 잘 말해놓았으니 서로 얘기하는 데 큰 불편함은 없을 게야. 마음 같아선 이 할아비가 꼭 동석하고 싶다만 요즘 젊은이들은 맞선 자리에 삼자가 끼는 걸 싫어한다며? 그러니 별수 있겠느냐. 나 같은 늙은이는 빠져 줘야지."

대수롭지 않게 흘려들었던 조부의 잔소리가 찬현의 머릿속을 댕댕 울리기 시작한 건 대한민국 화장품 브랜드숍의 대표라 할 수 있는 하트앤소울 코스메틱(Heart&Soul Cosmetic)의 젊은 CEO 심 대표를 만나기 위해 비서실에서 대기한 지 거의 20분이 지나가고 있을 무렵이었다. 대표실 안에서 흘러나오는 매서운 말들을 가만히 듣고 있자니 점점 자신이 여기서 무얼 하고 있나 하는 회의가 밀려오기 시작했다. 조부의 말대로 이 자리는 분명 맞선 자리인데, 과연 자신이 맞선 상대자로서 마땅히 받아야 할 대우를 제대로 받고 있는가에 대한 강한 의구심이 들었다.

"물러설 곳이 없다는 것, 모르지 않네. 다 알지. 나도 화장품 업계에서 구른 지 삼십 년이 넘었는데 모를 리 있나. 하지만 상대는 내추럴뷰티네. 내추럴뷰티는 아시다시피 모기업인 LK생건이 뒤에 떡하니 버티고 있어. LK그룹이 다 쓰러져 가는 브랜드숍 내추럴뷰티를 인수해 엄청난 자금력으로 수혈, 현재 업계 1위를 수년째 고수하고 있다는 건 대표께서도 잘 아실 것 아닌가."

"내추럴뷰티에 대해 그렇게 상세히 보고할 필요 없으세요. 어떤 곳인지는 그 누구보다 제가 더 잘 알고 있으니까요. 그쪽이 우리 샤이닝을 집어삼키려 집적거렸던 게 엊그제 같습니다만, 김 이사님께선 까마득히 다 잊고 계신 것 같군요."

얇은 벽 너머로 심효우 대표와 중역의 대화가 고스란히 다 들려왔다. 몸을 기대고 앉으면 사람의 발걸음까지 다 느낄 수 있을 만큼 벽이 얇은데다 방음 시설도 따로 없어서 대표실에서 오가는 대화의 대부분을 귀에 담을 수가 있었다. 몇 번 오가는 대화만으로도 이미 상황 파악 끝.

하트앤소울은 현재 대기업 경쟁 업체로부터 견제를 받고 있는 게 틀림없었다. 유통구조를 바꿔 비쌀수록 좋다는 소비자 심리에 제대로 메스를 가하여 화장품 업계에 혁신을 가지고 왔던 우리나라 최초의 로드숍 브랜드 '샤이닝(ShyNin)'. 그 자존심을 지키기 위해 대기업의 러브콜을 꾸준히 무시해 온 하트앤소울이니 이런 상황은 너무나도 뻔히 예견된 일이다.

"잊지 않았네. 그걸 어찌 잊겠나. 그 분통 터지던 일은 내 눈에 흙이 들어가기 전엔 절대로 잊을 수 없을걸세. 하지만 그것과 이건 별개의 문제라고 생각하네. 이 문제는 사안이 아주 커. 겉보기엔 그냥 광고 지면 하나뿐이라 생각할 수 있지만, 이런 일을 벌인 LK 쪽 꼼수를 해석해 보자면 보통 일이 아니야. 지금 내추럴뷰티는 우리 쪽에 선전포고를 한 것이나 다름없네."

"그래서 김 이사님께선 이번 일을 어떻게 대처해야 한다고 생각하시는 거죠?"

"당연히 납작 엎드려야지. 탄환이 머리 위로 지나가면 피하는 게 최우선 아닌가? 무모하게 나섰다가 목숨을 잃는 것보단 그 편이 훨씬 영리한 대처법이라 생각하네. 지금은 LK생건과 전쟁을 할 때가 아니라 몸을 사려야 할 때야. 우린 아직 그들과 대적할 힘이 없단 말일세."

"그 말씀, 진심으로 하시는 말씀이세요?"

싸늘하게 식은 심효우의 목소리가 착 가라앉은 채로 공기 중에 흐르자 대표 집무실은 심각한 침묵 상태에 빠졌다. 사태 파악은 이미 끝낸 채 둘의 대화를 무심한 얼굴로 따분하게 듣고 있던 찬현은 10초 이상 길게 이어지는 침묵에 흘낏 눈썹을 치켜 올렸다. 안에서 무슨 일이 벌어지고 있는 걸까 궁금증이 일기 시작했다.

바로 그때,

"그 말씀이 진심이냐고 물었습니다, 김 이사님!"

쾅 소리와 함께 날카로운 고함 소리가 공간을 울려왔다. 찬현의 반대편 책상에 앉아 있던 여비서가 깜짝 놀라 목을 쑥 자라처럼 집어넣고 두 눈을 휘둥그레 뜬 채 꺄앗 하고 얕은 비명을 질렀다. 그러더니 자신을 빤히 지켜보고 있는 찬현을 발견하고선 멋쩍은 듯 배시시 웃는다.

"저희 대표님께서 좀 욱하는 성미가 있으세요. 만날 저러시는 건 아닌데 가끔가다 폭발하면 아무도 못 말린다니까요. 저도 일한 지 꽤 됐는데 대표님 저런 모습은 진짜 적응이 안 돼요. 뭐, 그래도 만날 저렇게 무서운 건 아니니까 너무 기죽진 마세요. 평소엔 거의 화를 내지 않으시거든요. 사실 성품이 참 온화하신 분이죠. 거의 천사, 네, 천사 같은 분이세요."

거짓말. '거의 천사' 라 말하는 비서의 눈엔 이미 진실이 무엇인지 드러나 있었다. 찬현은 희미하게 인상을 찌푸리고는 굳은 얼굴 그대로 스윽 시선을 돌려 그녀를 외면했다. 지루하다고 속으로 중얼거리면서. 그리고 그 순간, 기나긴 보고를 끝내고 나이 지긋한 중역이 문을 열고 나왔다.

"후우, 내가 진짜."

땀을 비 오듯 흘리고 있는 중년남자는 대표실을 나오자마자 짜증 묻은 한숨을 푹 내쉬고는 거칠게 머리카락을 쓸어 넘겼다. 얼굴은 죽을 고비를 막 넘기고 나온 병사처럼 기진맥진 사색이 되어 있었지만, 말투는 잔뜩 독이 오른 방울뱀의 그것처럼 거칠고 날이 서 있었다.

"새파랗게 젊은 게 대표랍시고 앉아서. 내 참, 더러워서."

"괜찮으세요?"

여비서가 이사의 눈치를 살피며 조심스럽게 묻는다. 그러자 이사는 날카로운 눈을 들어 죄 없는 여비서를 째려보며 벌컥 소리쳤다.

"밖에서 다 들었으면서 뭘 또 묻는 거야?"

그러더니 안에 있는 상사가 일부러 들으라는 듯 제법 큰 소리로 거친 입담을 놀렸다.

"아니, 대표면 다야? 나이도 어린 게 아버지뻘인 나한테 이래도 되는 거냐고! 우리 샤이닝 맡기 전까진 화장품의 ㅎ 자도 모르던 주제에. 내가 아니었으면 지가 여기까지 올라올 수 있었을 것 같아? 책상 앞에서 책과 서류만 뒤적거렸었지 화장품에 대해선 쥐뿔도 모르는 초짜였으면서. 화장품은 탁상공론만으론 절대로 성공 못하는 법이야. 밖에서 발품 팔아가며 영업을 해야 되는 일이란 말이지. 아버지 잘 만나 이 큰 회사를 거저 손에 넣은 애송이 주제에 어디서 나한테 이래라저래라 훈계야?"

"이사님, 왜 그러셔요. 참으세요. 대표님께서 아직 업계 물정을 잘 모르시잖아요. 겨우 맡은 지 3년인데. 업계통이신 이사님께서 대표님을 잘……."

"아, 모르면 가만히 있던가! 앞뒤 안 재고 자존심만 세워가면서 뭔 사업을 하겠다고!"

"에이, 왜 자꾸 그런 식으로 말씀하세요? 남들이 들으면 우리 대표님 무능하시다 하겠네. 그건 아니잖아요, 솔직히. 우리 대표님께서 하트앤소울에 들어와서 이루신 게 얼마나 많은데. 브랜드 이미지가 대표님 이후 확 업그레이드 된 건 사실이잖아요. 대표님의 젊고 아름다운 여성 CEO라는 이슈 때문에 우리 대표 라인인

'샤이닝'도 고급스럽고 젊은 이미지가 생겨서 여기까지 발돋움할 수 있었던 거고요. 제품에 대한 선구안도 나름 좋으시고, 품질 개선에 있어서도 적극적이시고. 거기다 시장 확장 전략은 또 어떻고요. 한국만으론 먹고살기 힘들다며 일찌감치 중국, 동남아, 일본 진출 시도해서 이제 서서히 입질도 오고 있잖아요. 저는 대표님이 마냥 아니올시다라곤 생각 안 해요. 젊으시니까 이런저런 시도도 하시는 거죠. 솔직히 이전 대표 시절에는 제품 개발 같은 건 꿈도 못 꿨잖아요. 돈 들어가는 일에는 어쩜 그리 인색하셨는지. 돈을 안 들이고 어떻게 돈을 벌어요? 그러니까 회사가 망하지."

"양 비서, 지금 내 앞에서 이전 대표님 흉보는 거야? 심 대표 밑에서 일하니까 이젠 이전 대표님마저도 우습게 보여?"

"아, 아니, 그런 게 아니라요……."

"나도 심 대표가 일 못한다고는 생각 안 해. 일 열심히 하고, 회사 사정 힘든 거 나름대로 잘 헤치면서 여기까지 왔다는 거, 나도 잘 알아. 근데 잘난 집안에서 어려움 하나 모르고 자라서인지 세상물정을 몰라도 너무 몰라. 아니, 이게 감정적으로 접근해서 해결될 일이야? 절대 밟혀 죽을 순 없다 하고 죽기 아니면 살기로 싸우면 이길 수 있는 일이냐고. 상대는 내추럴뷰티야. 내추럴뷰티 뒤에는 LK그룹이 버티고 있어. 그런데 방금 대표님이 뭐라는 줄 알아? 나더러 내추럴뷰티와 맞설 방안을 강구하래."

"에? 정말요?"

"무모해도 이렇게 무모할 수가 있나? 기세로만 보면 LK그룹과 맞장이라도 뜰 것 같다니까."

“뭔가 믿는 구석이 있으신 건 아닐까요? 한주백화점 회장님이 부친이시잖아요. 우리 회사 최대 주주 중 한 분이라 들었는데요.”

“믿는 구석은 무슨. 양 비서는 소문도 못 들었어? 그 양반은 그저 하트앤소울 주식이 헐값일 때 잠시 시세 차익 노리고 들어온 뜨내기일 뿐이란 거. 그 양반, 우리 회사 망하기 직전에 치고 들어왔어. 그리곤 따님을 대표 자리에 떡하니 앉혀났다고. 양 비서도 알다시피 대표님이 어디 출신이야? M&A컨설턴트 출신이잖아. M&A 출신이 우리 회사 들어와서 뭘 하겠어?”

“소문은 그렇게 나긴 했지만, 대표님 일하시는 거 보면 전혀 그런 쪽이 아니시던데…….”

“양 비서가 뭘 알아?!”

나이 어린 비서가 고개를 갸웃거리며 자신의 말을 불신하는 조짐을 보이자 김 이사는 버럭 고함을 질렀다. 양 비서가 흠칫 놀라 두 눈을 찔끔 감자 김 이사는 고개를 척 뒤로 돌려 대표실 문짝에 대고 일부러 크게 소리를 쳐댔다.

“이놈의 회사는 회생이 불가능해! 새파랗게 젊은 것이 대표라고 앉아 있는 꼬락서니부터가 틀려먹었어! 대표를 갈아치워야 그나마 가능성이 보인다고!”

쾅!

괴팍하기 이를 데 없는 김 이사는 출입문을 있는 힘껏 요란하게 닫고는 비서실을 나갔다. 어찌나 크던지 양 비서는 두 손으로 귀를 막고 ‘윽’ 하기까지 했다. 회사에 몸 바쳐 일하느라 부인한테 이혼당하고 자식들로부터 외면당해 최근엔 여식이 결혼을 해도 청첩장은커녕 신랑 얼굴 한번 봬주지 않았다는, 그 김영호 이사다운 강단이었다. 하지만 아무리 그래도 그렇지, 젊고 예쁜 대표님이 무슨 죄야? 열심히 회사 일으켜 보려고 엄청 노력하시는데.

'하여간 늙다리 이사, 꼴 보기 싫어 죽겠어.'

입술을 삐쭉거리며 자리에 앉으려는 순간, 양하은 비서는 그제야 손님이 대기하고 있음을 떠올렸다. 아까부터 대표님을 만나기 위해 기다리고 있는 남자는 한눈에 보기에도 혹할 만큼 대단한 꽃미남이었다. 이십대 후반쯤? 실은 더 어려 보이는 것 같기도 한데 어딘지 모르게 연륜이 묻어 나오는 것 같기도 하여 그 즈음으로 추측. 더 많을 수도 있겠다는 생각을 해보는 그녀였다. 눈썰미 하나만큼은 자신이 최고가 아닌가. 분명 어리진 않을 것이다. 범상한 사람도 아닐 것이다. 가만히 있어도 풍기는 아우라가 분명 뭔가가 있다는 느낌을 주고 있었다.

"이찬현 씨, 대표님께서 들어오시랍니다."

저 평범하지 않은 꽃미남이 누군지, 왜 왔는지 알아내고 싶어 근질근질한 속내를 깔끔한 미소로 숨기고 양 비서는 예의 바르고 기계적인 손짓으로 찬현을 대표실로 인도했다.

찬현은 무표정한 얼굴로 일어나 공기마저 싸한 사장실 안으로 성큼 들어섰다. 딱딱하기가 이루 말할 수 없을 지경인 사무실 인테리어를 슥 대충 훑고 우뚝 문 앞에 서니 커다란 책상 앞에 앉아 서류를 들여다보고 있던 여자가 고개를 들어 찬현을 확인했다. 그러더니만 놀랍게도 아무 감흥도 없는 무심한 얼굴로 다시금 서류에 코를 박았다. 그런 후 다시 서류를 뒤적거리기 시작한다.

찬현은 미간을 찌푸렸다. 그리고는 이 상황은 대체 뭔지, 이걸 대체 어떻게 해석해야 하는 것인지 잠시 생각에 잠겼다.

"이신양 회장님께 얘기는 잘 들었어요. 이찬현 씨, 공부 마치고 한국에 들어온 지 얼마 되지 않았다고요?"

차갑고 명료한 어조로 그녀가 처음으로 말을 건 것은 그로부터 무려 2분 후였다. 여전히 그녀의 시선은 서류에 박혀 있었다. 찬현은 명색이 맞선 자리에서 맞선 상대인 그를 향해 무려 2분 동안이나 자신의 정수리만 쭉 보여주고 있는 간 큰 여자를 뚫어져라 바라보며 꾹 입을 다물었다.

"고등학교, 대학교 내내 학교 톱이었다고 하던데, 성적표라든가 학위 관련해서 증명할 수 있는 것이 내 손에 없으니 이 부분에 대해선 지금 당장 뭐라 평가할 수는 없을 것 같군요."

"……."

"그 부분은 나중에 따로 확인하는 걸로 하고, 음, 내가 지금 알고 싶은 건 이찬현 씨가 14년 전 미국에서 급우들과 함께 설립했다는 비영리 펀드에 관해서예요."

맞선 자리에서 맞선 상대에게 건넬 법한 얘기라 보기엔 상당히 딱딱한 주제의 얘길 너무나도 당연한 태도로 줄줄 뱉어내는 심효우. 드디어 서류를 훑고 있던 눈을 스윽 들어 찬현에게 시선을 맞추었다.

"소액 대출 관련이라고 하던데요. 저소득층 학생들에게 이자나 담보 없이 대출을 해주고 학생들이 창업을 해 이윤을 창출하게 되었을 때 대출금을 상환토록 하는 시스템이라고 알고 있습니다만.

꽤 놀랐어요. 14년 전이면 이찬현 씨가 불과 열일곱 살이었을 땐데, 그 어린 나이에 펀드를 운용할 생각을 했다는 건 결코 흔하거나 쉬운 일이 아니니까요. 도대체 무슨 생각으로 그런 일을 시작했던 거죠? 특별한 계기가 따로 있었습니까?"

"취조, 하는 겁니까?"

"아, 미안해요. 거기 앉으세요."

그녀는 지극히 사무적인 말투로 말하고는 자리에서 일어나 또각또각 몹시도 차갑게 들리는 힐 발자국 소리와 함께 책상을 돌아 나왔다. 그리고 반듯하게 그의 앞에 섰다.

그녀는 키가 컸다. 186㎝에 육박하는 꺽다리 찬현 앞에 섰는데도 전혀 기죽지 않을 만큼. 힐 신은 걸 감안하여 눈대중으로만 봐도 적게 잡아 170㎝는 족히 되어 보였다. 달걀형의 고전 미인 스타일의 얼굴선을 가지고 있으며, 눈은 큰 편이었으나 동그란 모양은 아니고 눈매 끝이 가느다라면서 살짝 위로 꺾여 올라가 전체적으로 새침하고 고혹적인 느낌이다. 입매는 매우 엄격하고 고지식한 성격이 드러나 있는 듯했고, 상대를 바라보는 눈초리는 꽤 매섭고 공격적이었다. 한마디로 정의하자면 얼음처럼 차갑고 냉정하며 보석처럼 아름다운 모습. 드세 보였다. 그가 기억하는 17년 전 심효우의 모습은 확실히 아니었다.

"펀드 얘기를 다시 해볼까요?"

찬현이 자리에 앉자마자 뒤따라 앉은 효우는 흠 하나 잡을 수 없는 완벽한 자세로 앉아 그를 향해 빙긋 웃었다. 입술 끝만 슬쩍 올라갔다 내려오는 형식적이고 딱딱한 미소다. 맞선 상대를 만나자마자 기어이 펀드 얘기를 하시겠다?

"그러니까 열일곱 살에 시작했다는 그 펀드 사업 말이죠. 내가 알기로는 반응이 꽤 좋았던 것 같은데요. 당시 지역 언론의 주목도 받고 주지사로부터 표창도 받았다고 들었습니다. 100달러 정도 되는 소액의 대출 펀드로 그만큼의 이슈를 만들어낸 것은 어린 학생이, 그것도 아시아에서 온 유학생이 학교 친구들과 봉사활동을 하면서 시작하게 된 사업이었기 때문이라고 하더군요. 피구나 깃발 뺏기 등의 자발적인 모금으로 기금을 마련한 것도 매우 놀랍고 획기적인 경우이기도 하였고요. 당시 언론의 뜨거운 관심을 받는 와중에 대통령의 연설에서까지 '독창적이고 진취적인 학생상'으로 언급되면서 그 관심이 더욱 확산되었다고 들었습니다."

"……."

"흥미로운 스토리예요. 만나면 꼭 이건 물어보고 싶었죠. 도대체 어떠한 계기로, 무엇을 위하여 그런 사업을 시작하게 된 거죠?"

"꼭 대답해야 합니까?"

"못할 이유 있나요?"

"이런 자리에서 할 얘긴 아닌 것 같습니다만."

"이런 자리에서 할 얘기란 게 따로 정해져 있나요? 이쪽에서 물으면 당연히 답해야 하는 거 아닌가?"

"그런가요?"

조용히 중얼거리는 그의 입가에 냉소가 슬쩍 떠올랐다. 그의 보이지 않는 비꼼을 예민하게 알아챈 듯 그녀는 즉시 미간을 찌푸렸다. 차갑게 굳어 있는 아름다운 얼굴, 그 매끈하고 잘빠진 미간에 주름이 박히는 것을 고요히 바라보며 그는 입술 끝을 킥 꺾었다. 뭐가 되었든, 어떤 식으로든 그녀의 완벽함에 흠이 나는 모습을 보니 묘한 쾌감이 일었다.

저 편이 훨씬 낫군.

"이봐요, 이찬현 씨."

매우 불쾌해진 듯 그녀가 얼음장처럼 차가운 목소리로 그를 호명했다.

하지만 바로 그때다. 그녀의 책상 위에서 전화벨이 시끄럽게 울렸다. 매우 익숙한 곡조. 클럽 음악풍의 심히 출랑거리는, 주인과는 전혀 어울리지 않는 리듬의 노래였다. 자동으로 찬현은 눈살을 찌푸렸다.

"누, 누가 전화를……."

당황한 듯 효우가 벌떡 자리에서 일어났다. 그리곤 의자를 돌아 나가려다가 갑자기 아야! 하고 비명을 질렀다. 의자 팔걸이에 무릎을 찧은 것이다. 찬현의 미간에 더 짙은 주름이 새겨졌다. 아파 죽겠는지 무릎을 미친 듯이 문지르면서도 효우는 빠르게 책상으로 달려들었다.

휴대폰에서 '아~ 예~' 하며 나른한 신음이 흘러나오는 찰나, 그녀는 전광석화와 같은 움직임으로 전화기를 들어 화면을 문질렀다.

음악이 뚝 끊겼다. 그와 동시에 효우는 매우 황당해하는 찬현과 눈이 마주쳤다. 그녀는 입을 다물고 두 눈을 미친 듯이 깜빡거렸

다. 귀에서 전화를 건 상대가 종알종알 큰 소리를 내며 고함을 내
질렀지만 효우는 아무 말도 할 수가 없었다.

"자, 잠깐만요. 전화 좀 받고……."

그 와중에도 턱을 도도하게 들어 한마디 하고 효우는 냅다 몸을
틀어 자신의 개인 휴게실로 줄달음쳤다.

그녀의 뒤통수로 찬현의 시선이 뜨겁게 쏟아지고 있었다.

웰컴 투 효우월드

"대체 무슨 말을 하는 거야, 너? 횡설수설하지 말고 기승전결 맞춰 제대로 말 못하겠니?"

효우는 또 자신 몰래 휴대폰의 벨소리를 바꿔놓은 사고뭉치 동생 심효아를 향해 최대한 목소리를 낮춰 윽박지르곤 흘낏 어깨 너머의 남자를 훔쳐보았다. 방금 전 자신의 집무실로 들어온 남자는 최근 리조트 사업에 손을 대 짭짤한 수익을 얻고 있는 호텔업계의 대부 고려호텔 이신양 회장님의 손자 이찬현이다.

이신양 회장 댁과는 그가 할아버지의 사업 파트너이기도 했기에 집안 차원으로 왕래가 잦았다. 때문에 양가 집안의 손자, 손녀인 그들도 모르는 사이랄 수가 없었다. 특히 이찬현이 급성백혈병 진단을 받고 항암 치료를 받게 되면서부터는 또래였던 효우가 종종 집이며 병원으로 찾아가 그와 놀아주기도 하였던 터라 오히려 남다르다면 남다른 인연이 있는 사이였다. 물론 그러한 왕래는 그가 치료를 위해 미국으로 떠난 이후로 뚝 끊겼고, 이후 17년간 얼굴 한 번 보지 못하고 살아왔으니 지금 이 순간 반가운 친구처럼 헤헤 웃는 것은 참 어색한 일이었다.

"천천히 차근차근 말해보라고. 더듬지 말고."

〈그, 그러니까, 인터넷 기사에 내가 떴다고. 내 이름이, 내 얼굴이!〉

"기사? 웬 기사? 너 뭐 잘못한 것 있어?"

〈내, 내가 얼짱이래.〉

"뭐? 무슨 짱?"

동생 효아가 이상한 소릴 지껄이자 효우는 콧잔등을 찡그리며 잠시 귀에서 수화기를 떼어내 찬찬히 내려다보았다. 얘가 대체 무슨 소릴 하고 있는 건지 모르겠다고 그녀는 생각했다. 연예인도 아닌데 펜촉으로 먹고사는 만화가가 웬일로 신문에 얼굴이 실리며 기사 타이틀은 또 왜 '얼짱'이라는 것인가. 아무리 생각해 봐도 이해가 안 되는 말이다.

〈얼짱. 나더러 얼짱 웹툰 작가래. 사진까지 나왔다니까.〉

"기사에 네 사진이 어떻게 올라와? 너 얼굴 공개한 적 있어?"

〈트위터에 딱 한 번. 엊그제 할 일 없어서 셀카 찍고 놀았거든. 언니도 봤잖아, 그날. 그, 그날 그거 찍으려고 언니한테 메이크업 받고 나서 기념으로 몇 장 찰칵 한 거…….〉

"그걸 트위터에 올렸다고?"

여기서 '그것'이라 함은 며칠 전 효우가 개인 블로그에 올린 게

시물 '김남주 메이크업 따라잡기'에 첨부된 체험 사진을 말하는 것이다. 효우는 몇 년 전부터 익명으로 뷰티와 코스메틱 관련 블로그를 운영하고 있으며, 그 시연 모델로 동생인 효아를 내세우고 있었다. 효우가 돈 못 버는 가난뱅이 동생에게 장당 만 원씩 쳐주겠다는 파격적 조건을 제시해 거의 알바로 끌어들인 것이다.

하지만 그것은 어디까지나 효아의 익명성이 충분히 보장되어야 한다는 전제하에 계획된 일이었다. 효아가 평소 화장을 전혀 하지 않는 민낯파이고, 공들여 화장을 하면 전혀 다른 사람처럼 보이기 때문에 가능한 일이었다. 블로그에 올라온 효아의 사진을 보고 그녀가 심효아라는 사실을 알아보는 이가 한 명도 없었기 때문에 가능했던 일이었단 말이다. 한데 효아 하는 말을 들어보라. 풀 메이크업으로 무장한 모습을 심효아라는 이름의 트위터에 올렸단다.

〈멘트 없이 사진만. 진짜야. 내 얼굴이다, 이런 말은 절대로 안 썼다고.〉

"말 안 하면 몰라? 네 트위터에 올라온 사진이니 네 사진이겠거니 다들 생각하겠지! 대체 무슨 생각으로 그걸 올렸어? 제정신이니? 아버지 아시면 어떡하려고!"

효우는 자신도 모르게 버럭 고함을 치고는 냉큼 손으로 뒷목을 잡았다. 아이구, 머리야. 이 천하의 둘도 없는 바보 같으니. 어쩌자고 얼굴은 공개해서 일을 이리 크게 만드는 건가. 더 이상 아버지 눈 밖에 나는 행동 하면 안 된다는 거 몰라? 상황 파악 안 돼? 이러다 정말 머리 빡빡 깎이고 강제로 혼인을 당해봐야 정신을 차릴 거야?

웹툰 작가 '효랑말코'가 한주백화점 대표 심영환의 여식 심효아라는 사실을 아는 사람은 효우뿐이었다. 효우 외엔 당사자인 심영환도 전혀 모르는 일이다. 심영환은 자신의 손으로 직접 일군 백화점에 대한 집념이 강한 사람인만큼 후손들에 대한 욕심과 기대도 매우 높았다. 아들이 없는 것이 한이라면서도 그는 딸들을 어떻게든 강인하고 냉철한 사업가로 키워내 자신의 뒤를 잇게 만들려고 애를 써왔다. 머리가 안 되면 몸으로 때워라, 회사에 보탬이 될 만한 사람에게 시집이라도 가라 할 정도이니 말 다했다. 그리고 그러한 심영환의 눈에 가장 밑도는 아이가 바로 둘째 효아이다.

효아는 아버지의 바람대로 경영대에 진학했지만 결국 꿈을 찾아 미술로 전과했다. 조용히 공부하고 졸업해 자신의 뒤를 이어 경영에 참여하기만을 기대했던 아버지로서는 아무런 상의도 없이 독단적으로 결정해 버린 효아의 행위가 마치 배신처럼 느껴졌을 것이다. 물론 효아가 그 일을 아버지와 상의하지 않은 건 아주 잘한 일이었다. 상의해 봤자 아버지는 효아의 말을 무시하거나 머리 깎아 집에 들어앉혀 강제로 학교를 다니게 했을 것이 분명했으니 말이다.

자기 인생 자기 마음대로 결정해 버린 대가로 효아는 아버지로부터 철퇴를 맞았다. 그날부로 아버지는 효아를 버린다고 했다. 그리고 효아가 만화를 그리겠다며 미술 공방에서 만화가 작업실로 자리를 옮겼을 때 다시 한 번 버린다고 했다. 아비의 오랜 숙원조차 외면한 자식은 자식도 아니라며 그는 효아를 외면했다. 거기다 3년 전, 결혼은 죽어라 안 하겠다고 버티는 큰딸 대신 재벌 집

으로 시집이나 가라는 아비의 말을 거역하고 가출한 이후로 효아
는 거의 집안에서 투명인간이 되어버렸다.

그즈음이었다, 효우가 동생을 데리고 집을 나와 독립한 것은.
효아가 새어머니와 그녀의 아들들이 다 보는 앞에서 아버지로부
터 뺨을, 그것도 약하디약한 몸뚱어리가 저만치 날아가 버릴 정도
로 세고 무자비하게 맞는 꼴을 본 직후였다. 기름지고 풍요로운
우리 집이 좋다고 말하는 막내 효이는 아버지 집에 그대로 두고
나왔다. 효이는 효아와는 달리 제 자신 정도는 스스로 방어할 깜
냥이 되니 크게 걱정되지 않았다. 그리고 그의 예상대로 효이는
아직까지 아버지의 기름지고 풍요로운 집에서 한량처럼 아주 잘
지내고 있었다. 얼마 전 의류 사업을 하기 시작했다는데, 녀석의
배포나 당찬 성격으로 보아 절대로 망할 것 같진 않았다.

〈예뻐서. 사진이 너무 예쁘게 나와서……. 알잖아, 언니도. 내
가 화장 거의 안 하는 거.〉

"못하지, 안 하는 게 아니라."

〈취향도 아니야. 그래서 절대로 내 손으론 화장 따위 안 해. 언
니가 아님 내 평생 화장할 일은 절대로 없을 거야. 진짜로! 오죽하
면 내 친구들도 내 얼굴을 못 알아볼까. 언니 블로그 들어가면서
도 모델이 나인지 전혀 못 알아봐. 언니 메이크업 받고 나면 내 얼
굴이 아니라 다른 사람 얼굴 같다니까. 언니 블로그 손님들 보면
가끔 그런 댓글 달더라. 김태희 버금간다고. 연예계로 진출해 보
는 게 어떻겠냐고. 솔직히 내 미모 때문에 언니 블로그가 더 흥하
는 것도 없잖아 있지. 안 그래? 헤헤!〉

"좋단다. 그래서 이제 어쩔 건데? 이제 어떻게 할 거야? 네가 유명한 만큼 내 블로그도 유명해. 네 사진과 내 블로그와 연관 지을 사람이 분명 생길 거야. 그럼 내가 누군지 밝혀지는 건 시간문제라고. 당연히 아버지도 알게 되실 거고."

〈그래서 언니한테 전화했잖아. 언니가 좀…….〉

"또 나더러 해결해 달라는 거야?"

〈해결할 사람이 언니밖에 없잖아.〉

"이 멍청이. 내가 나서면 너랑 내 사이가 더 빨리 알려지잖아! 일반 뷰티메이크업 정보 블로그 운영자가, 것도 인터넷상에서 영향력이 절대적이라 평가받는 파워블로거가 하트앤소울 대표이사라는 게 알려지면 어떻게 될 것 같니?"

〈그, 그야…….〉

"끝장이야."

〈끝장이지.〉

효우와 효아가 동시에 답을 낸다. 효우는 매섭게 씹어 뱉었고, 효아는 다 죽어가는 앓는 소리로 중얼거렸다.

"우리 회사는 망하고, 난 사기꾼으로 매장당하게 될 거야. 경찰 조사를 받아야 될지도 모르지. 이런 경우 파워블로거의 이름으로 자사 제품 홍보했다는 누명까지 뒤집어쓸 확률 100퍼센트거든. 분명 내가 좋다고 추천한 제품들 중 우리 회사 제품도 있을 테니까."

〈그럼 어, 어떻게 해? 어떻게 하면 좋아?〉

"어떻게 하긴 뭘 어떻게 해? 아니라고 해명해야지."

〈해명하라고? 트위터에?〉

“트위터에 개인적으로 하든 기자와 인터뷰를 하든 무슨 수를 써서라도 해야지. 해명.”

〈사람들이 믿을까? 안 믿으면 어떻게 해? 네가 아니면 누구냐고 막 꼬치꼬치 캐물으면? 그럼 어떻게 해야 하는 거야?〉

“그건.”

〈응!〉

“네가.”

〈엉, 엉!〉

“알아서 해.”

쫑긋 귀를 세우고 언니의 말에 초집중해 있는 효아에게 효우는 차가운 한마디 떨궜다. 그리고는 ‘아아, 그게 뭐야, 언니! 언니!!’ 하며 발작하듯 소리치는 동생의 목소리를 얄짤 없이 차단했다. 아무리 자신에겐 아픈 손가락 효아이지만 아닌 것은 아닌 것. 자기가 터뜨린 일은 자기 자신이 스스로 해결하게 해야 했다. 자신이 언제까지나 효아의 뒷일을 봐주며 살 수는 없지 않겠는가. 언젠가는 효아도 완벽하게 홀로 서야 할 아이이니만큼 이런 일 정도는 혼자 해결해 봐야 한다. 솔직히 지금도 홀로서기엔 늦은 나이이긴 하다. 스물일곱 살이나 먹었으니.

뭘 하든 걱정이 안 되는 막내 효이와는 달리 효아는 뭘 해도 걱정이다. 대형 포털사이트에 스카우트되어 웹툰인지 뭔지를 연재하게 되었다고 할 때도 애가 혹시 사기당하고 있는 건 아닌가 걱정했고, 연재하던 웹툰이 포털 실시간 검색어 1위에 올랐다 할 때도 애가 혹시 물의를 일으켜서 그런 건 아닌가 하고 가슴 철렁했다. 인기리에 연재되었던 첫 웹툰이 단행본으로 나와 서점에 깔리게 되었을 때도 혹시나 쫄딱 망해 빚만 몽땅 지는 건 아닌가 하고 마음 졸여야 했다.

효아는 그만큼 효우의 근심거리, 목구멍에 박힌 가시처럼 늘 지고 다녀야 할 마음의 짐 같은 것이다. 그나마 요샌 제 밥벌이는 제가 하고 있으니 걱정이 덜하지만 항상 쇼킹한 일을 벌이는 녀석이라 언제든 폭탄 맞을 각오를 하고 있어야 했다. 바로 지금처럼.

'그나저나 잘 해결하겠지?'

효아에게도 설명했지만 뷰티 관련 인기 블로그 운영자가 실은 특정 화장품 브랜드의 대표라는 사실이 알려지면 여러 모로 좋을 게 없다. 알려지는 즉시 그녀는 심판대에 오를 게 뻔하다. 그리고 자신을 색안경 끼고 바라보는 사람들 앞에서 처형당하게 되겠지. 그녀가 진짜 화장품 자체에 관심이 많고, 메이크업하는 걸 좋아하며, 그 때문에 화장품 관련 일을 하기 전부터 블로그를 운영해 왔다는 사실을 사람들은 인정해 주지 않을 것이다. 오직 그녀의 현재 위치, 그녀가 어떤 회사의 어떤 직책에 앉아 있는 사람인지에만 초점을 두고 끊임없이 공격해 올 것이다.

꺼릴 게 전혀 없는 그녀가 가장 우려하는 일이 바로 그 부분이다. 진실이 난도질당하는 것.

효우에겐 진실하지 않은 것에 대한 약간의 혐오증이 있었다. 워낙 주변에 겉과 속이 다른 인간들이 득시글거리다 보니 자연스레 갖게 된 일종의 강박증 같은 것이다. 자신이 누군가의 속임수 대상이 된다는 것에 그녀는 극도의 분노를 느낀다. 그러는 만큼 타인으로부터 의심받는 것 또한 죽을 만큼 싫어했다.

효우는 서둘러 개인 휴게실을 나와 집무실로 들어섰다. 잠시 흐트러졌던 마음을 고쳐 잡고 아무렇지도 않은 듯 냉랭한 가면을 다시금 뒤집어쓴 채였다. 어찌 됐든 지금은 낙하산으로 내려오기 일보 직전인 이찬현을 어떻게든 처리해야만 했다. 빨리 그를 사무실에서 내보내고 회사 일에 집중하고 싶은 것이 그녀의 솔직한 현재의 심정이다. 그의 능력으로는 절대 해낼 수 없는 미션을 주어 스스로 포기하게끔 하자는 게 그녀의 패였다.

"미안해요, 면접 중에 자리를 떠서."

"……."

할아버지의 입김을 이용해 남의 멀쩡한 회사에 낙하산으로 취직하기 위해 여기까지 납시신 이찬현은 사무실을 막 들어섰을 때와 마찬가지로 여전히 고고하기 짝이 없는 눈으로 대표인 그녀를 바라보고 있었다. 그것도 소파에 앉아 있는 자세 그대로. 심지어 미안하다고 말하는 자신에게 눈살까지 찌푸리고 있다. 구걸을 해도 모자랄 판에 저런 고자세로 직장을 얻을 수 있다고 생각하는 걸까?

코웃음을 흘리며 효우는 더욱더 싸늘히 식은 시선으로 그를 내려다보았다.

이신양 회장으로부터 간간이 전해 들은 바에 의하면, 이찬현은 미국에서 골수를 이식받은 후 치료도 잘 마쳐 다시 건강을 되찾았다고 했다. 그뿐만 아니라 뒤늦게 뛰어든 학업에도 두각을 나타내 치료 때문에 뒤처진 학습 진도를 단 1~2년 만에 모두 따라잡고, 그 후에도 월반에 월반을 거듭한 결과 남들보다 더 빨리 대학 과정을 마쳤다. 대학과 대학원 과정을 초고속으로 마친 그는 이신양 회장의 부름을 받았지만 이에 응하지 않았다.

그 일을 두고 이신양 회장은 손자가 미국에 정착하려는 것이라 해석했다. 그에겐 청천벽력 같은 일. 이신양은 유독 자식 복이 없는 양반이니 그럴 만도 했다. 첫째 아들은 스물세 살에 요절했고, 찬현의 아버지인 둘째 아들은 15년 전 교통사고로 세상을 떴으니, 그에게 남은 가족은 며느리와 이찬현, 그리고 늦게 본 중학생 손녀 이찬유가 전부이다. 덕분에 가족과 손자에 대한 애착이 남들보다 배는 더 컸을 터. 당연히 이신양에게 손자의 미국 이민이란 있을 수도, 있어서도 안 되는 일이었다.

그는 손자가 한국으로 들어오도록 별의별 회유와 협박을 다 해보았다고 했다. 그러나 손자는 결코 조부의 말을 들으려 하지 않았고, 그 탓에 이신양은 늘 죽상이었다. 지인들과의 얘기 도중 우연히 손자 얘기가 나올라 치면 그는 항상 한숨을 내뱉으며 이렇게 푸념을 늘어놓곤 했다.

"내 이놈을 어떻게든 한국으로 나오도록 해야겠는데 말이야. 그 고집 센 놈이 내 말을 들어먹어야 말이지. 고연 놈. 내가 그놈 때문에 제명이 못 죽겠다니까."

"난 그 녀석을 옆에 두고 잘사는 걸 이 두 눈으로 똑똑히 봐야 직성이 풀리겠어. 어떻게 해야 그놈을 옆에 앉혀놓을 수 있을까? 자네들 생각은 어때? 무슨 수를 써야 그놈이 한국으로 들어올까?"

"몸도 건강하지 못한 놈이 타국에서 이 무슨 고생이냔 말이야.

멀쩡한 집 놔두고 왜 코쟁이들 나라에서 살겠다는 건지. 내가 그 녀석 생각만 하면 속이 썩어, 속이. 마음 편히 눈도 못 감겠네. 그 녀석을 내가 어찌 키웠는데……."

이런 사정들을 죄다 꿰고 있는 효우였으니 '한 번 만나는 건 어려운 일이 아니지 않은가' 하며 살살 꼬드기는 이신양의 부탁을 거절할 수 없었다. 손자가 한국으로 들어와 정착을 하느냐 마느냐가 효우에게 달려 있다며 제발 한 번만 만나달라는데, 거기에 대고 뭐라 말할 수 있겠는가.

물론 이런 종류의 청탁은 백이면 백 죄다 싹둑 거절해 버리고 마는 사람이 바로 심효우. 인맥에 연연해하지 않고, 알음으로는 절대로 사람을 쓰지 않는 걸로 유명해 일명 '강철 여인'으로 소문이 나 있는 그녀다. 하지만 강철 여인 심효우도 부모의 마음을 헤아릴 줄 아는 성숙한 어른이었다. 손자 걱정에 밤잠 설치며 속 태우는 이신양의 부탁을 그녀는 단칼에 잘라 버릴 수 없었다. 그리하여 이렇게 연로하신 이신양의 죽기 전 단 하나의 소원이라는 '손자 귀국시키기'에 한 손 거들고 있는 신세가 된 것이고.

효우는 이신양의 부탁대로 그를 회사에 채용할 생각이었다. 그리고 자신이 얼마나 무능력한 인간인지 스스로 깨달을 수 있도록 많은 일과 어려운 일을 맡길 예정이다. 하트앤소울과 같은 힘없고 작은, 맷집만 좋지 가진 건 쥐뿔도 없는 회사에서 한 3개월 죽어라 일하다 보면 잘난 집안에서 태어나 부족함 없이 자란 자신의 처지를 감사하게 될 것이다. 조부와 집안의 백그라운드가 자신에게 얼마나 귀중하고 필요한지도 알게 될 것이다. 어쩌면 아버지와 가족에게 소원했던 자신의 과거를 뒤돌아보며 후회하고 반성하게 될지도 모른다. 그럼 그녀는 이찬현을 할아버지와 가족의 품으로 되돌려 놓는 데 성공하는 것이고, 나름대로 보람과 성취감을 느낄 수도 있을 것이다. 그녀는 그거면 됐다고 생각했다.

이찬현을 만나기 전까지는.

"아까 어디까지 얘기했죠?"

"……."

"아, 펀드 얘기까지 했죠?"

효우가 형식적인 미소를 입에 올리며 조용히 아까 전의 대화를 상기시키자 잔뜩 찌푸려져 있던 그의 미간이 아주 조금 펴졌다. 하지만 아직 불쾌한 인상은 여전했다. 그는 이 상황이 상당히, 아주 많이 마음에 안 든 게 분명해 보였다. 대체 뭘 기대했던 건지…….

회장의 입김이 있었으니 당연히 곧장 회사에 입성할 수 있을 거라 생각했을까? '이신양 회장님 손자분, 어서 오십시오. 환영합니다'를 예상했나? 황공해 마지않아 해야 할 사람이 의외로 까다롭게 살피는 것 같으니 기분이 상했다 이건가? 효우는 마뜩찮은 마음을 싹 감추곤 천천히 차분한 동작으로 자리에 앉았다.

"사실 난 이찬현 씨의 미국 유학 생활은 별로 관심이 없어요. 성적이 얼마나 좋았는지, 무슨 학위를 받았는지, 어느 학교를 나왔는지 그런 건 중요하지 않다고 생각하거든요. 다만 이 펀트 운용에 대해선 굉장히 관심이 높습니다. 이찬현 씨는 이 자리에서 할

애기가 아닌 것 같다고 말씀하셨지만 난 궁금해요.”

“…….”

“난 기계처럼 시키는 일만 하는 사람이 아니라 스스로 자신의 일을 찾아서 해내는 진취적인 사람을 원하거든요. 주어진 환경에 안주해서 편안한 길을 가려는 이가 아니라, 개척하고 도전하고 자발적으로 발전을 도모하는 그런 사원 말입니다. 농부가 자갈밭을 두려워한다면 어떻게 밭을 갈 수 있겠습니까? 삼류가 일류로 발돋움하기 위해선 자갈밭쯤은 두려워하지 말아야죠. 자본의 힘으로 불합리하게 찍어 누르는 대기업과도 싸울 땐 싸워야 하는 법이고요.”

“내가 그런 사람인지 아닌지 알고 싶은 겁니까?”

내내 찌뿌드드한 얼굴로 그녀를 바라보고 있던 그가 입을 열었다. 처음 느꼈던 바대로 그의 목소리는 매우 부드럽고 낮았다. 굵고 매끄러운 그 목소리는 은연중 상대방의 마음을 편안하게 만드는 남다른 매력이 있었다. 잘생긴 외모와 더불어 그 목소리는 이찬현 최고의 매력 포인트일 듯. 멍하게 생각하다 순간 효우는 눈살을 찌푸렸다.

면접 중에 남자의 외모를 평가하고 있다니, 이게 대체 무슨 말도 안 되는 짓이람. 쓸데없는 생각은 그만둬, 심효우. 넌 지금 사원을 뽑고 있는 중이야.

“난 사람을 쉽게 쓰고 쉽게 버리는 사람이 아니에요. 그만큼 채용에 신중을 기하죠.”

“당신 회사에 들어가려면 내가 자갈밭을 두려워하지 않는 사원임을 증명해야 한다는 거로군요."

"자발적 발전을 도모하는 사원임을 증명해야겠죠."

"어떻게 증명해 드리면 되겠습니까?"

매우 느리게, 그리고 정중하고 다정하게 그가 중얼거리듯 물었다. 거만하고 찌뿌드드한 표정과는 매우 동떨어진 그의 말에 효우는 잠시 할 말을 잃었다. 딱 봐도 그는 지금 이 상황이 마음에 안 들고 살짝 짜증까지 난 것처럼 보이는데, 그렇다면 벌떡 자리를 박차고 나가야 하는 것 아닌가. 할아버지의 힘이 통하지 않는다는 걸 알았으니 이런 대접은 받을 수 없다고 소리라도 쳐야 정상이 아닌가 말이다. 그런데 이 남자, 정말로 뭔가 증명해 보일 기세다. 이상해도 보통 이상한 게 아니다.

"증명할 만한 게 있긴 있나요?"

"없어도 있다고 해야 할 것 같은데요, 지금은."

"정말로 증명, 해보일 셈입니까?"

"어떻게 해야 증명할 수 있는지 아직 말씀 안 해주셨는데요, 심 대표님."

의미를 알 듯 모를 듯한 알쏭달쏭한 미소를 씩 지으며 그가 말했다. 미궁에 빠진 듯 효우는 심각해졌다. 어떤 인간이든 10분만 얘기해 보면 그 속내를 빤히 들여다볼 수 있다 자신하는 효우인데, 지금 그녀 앞에 앉아 있는 이 남자가 그 기록을 깨고 있었다. 대체 이 남자 속셈이 뭘까, 우리 회사에서 정말로 일하겠다는 걸까? 일할 생각이 있는 사람이 그래, 대표인 나한테 저렇게 간덩이 부은 얼굴로 거만을 떨고 있다고?

"좋아요. 말해드리죠."

치열하게 분석하듯 뚫어져라 이찬현을 바라보며 그녀는 냉랭한 어조로 입을 열었다. 이렇게 된 거, 누가 이기나 한번 해보자의 심정이다. 이렇게까지 센 미션을 날릴 생각은 없었지만 이찬현의 도발적인 눈빛과 말에는 그녀도 지고 싶지 않았다. 효우는 흔들림 없이 곧고 평온한 이찬현의 시선을 차갑게 쏘아봐 주며 이렇게 선언했다.

"내추럴뷰티 때문에 잃은 우리 광고 지면, 되찾아오세요."

✳

"급한 일이라 호출하시더니 겨우 그거 물어보시려는 거였어요?"

"겨우라니, 이 녀석아. 그게 어떻게 겨우인 일이냐? 아직도 인생 창창히 남은 네 녀석의 평생 함께할 반려자를 정하는 일인걸. 나한텐 호텔 일보다 더 중요한 일이다. 그래, 어떻더냐? 마음에 쏙 들지? 네 짝으론 더없이 완벽하다 싶지? 네 운명은 바로 이 여자다 하는 감이 팍팍 오지?"

대한민국의 호텔 업계 원탑을 지키고 있는 고려호텔의 회장 이신양은 반짝반짝 맑은 유리알 같은 눈동자로 손자를 가만히 들여다보며 기대에 찬 목소리로 물었다. 산전수전, 공중전까지 다 겪은 노련하고 약삭빠른 능구렁이의 정체성과는 전혀 매치되지 않는 매우 순진하고 호기심 어린 조부의 눈빛에 찬현은 그만 헛웃음을 흘리고 말았다.

참으로 알 수 없는 노인네였다. 사업에 있어서는 찬현마저도 혀를 내두를 정도로 피도 눈물도 없는 양반이 어째 그 여자의 얘기만 나오면 저리 순한 양이 되는지 도무지 이해가 안 간다. 그 여자를 직접 대면하고 난 후이기 때문에 더더욱 납득이 안 된다.

조부는 대체 얼음장처럼 차갑기만 한 그 여자의 어디가 그리 좋은 걸까? 무엇이 그리 마음에 들어 손자 며느릿감으로 강력 추천한 것일까? 그녀의 어떤 점이 차갑고 냉철한 사업가 이신양을 순진무구한 10대 소년의 모습으로 만들어놓은 것일까? 심효우에겐 대체 무슨 비밀이 있는 것일까? 심히 궁금하지 않을 수 없는 찬현이었다.

"내추럴뷰티 때문에 잃은 우리 지면 광고, 되찾아오세요. 그럼 그날부로 내가 이찬현 씨를 정식으로 채용할 겁니다."

그녀는 차가웠다. 도도하고 거만하기 짝이 없었으며, 바늘로 찔러도 피 한 방울 안 나올 것처럼 인정사정없어 보이기도 했다. 너무나 경직되어 있는 표정, 반듯한 자세, 자로 잰 듯 일정한 발자국 소리, 완벽한 오피스 패션, 깔끔한 헤어스타일, 너무도 인공적인 메이크업.

그녀는 마치 가면을 쓰고 있는 사람 같았다. 머리부터 발끝까지 자신의 진짜 모습은 단 한 가지도 없는 사람이었다. 결벽증 환자로 보일 정도로 철저하게 그녀는 자신을 위장하고 있었다. 그 완벽함은 진짜 사람이 맞나 싶을 정도였다. 오죽했으면 올 나간 스타킹이 다 반가워 보였을까.

"아니라 말하면 땡이라도 치실 기세십니다?"

"사랑하는 나의 손자가 힌트를 줘도 정답을 알아내지 못한다면 달리 방도가 있겠느냐? 땡을 치는 수밖에."

"할아버지께 손자며느리란 '심효우' 뿐이란 말씀이십니까?"

"왜 아니겠냐? 심 대표라면 우리 가문의 며느리로 절대 빠지지 않지. 미모 출중하지, 집안 좋지, 회사 이끌어가는 걸 보면 능력도 있어. 요새 아가씨답지 않게 어른 공경할 줄도 알고 예의도 바르지. 성격은 또 얼마나 사근사근하니. 너도 만나봐서 잘 알 테지만 말이야. 어디 가서 그런 여자 찾기 힘들다. 네가 좋아하는 코쟁이 아가씨들과는 근본부터가 달라."

"성격이 사근사근하다고요?"

이해할 수 없는 얘길 열렬히 늘어놓고 계신 조부를 빤히 바라보며 그가 되물었다. 도무지 말도 안 되는 말이라 생각해서였지만 조부는 한 치의 과장이나 거짓이 섞이지 않은 해맑고 진실된 얼굴을 하고 있었다.

"난 그 아이를 볼 때마다 항상 생각해 왔다. 네 짝이 되면 좋겠다고 말이야. 물론 그 아이는 독신주의자이지. 일과 결혼했다는 둥, 남자는 믿지 않는다는 둥 말도 안 되는 소릴 입에 달고 살아. 하지만 그거야 그 아이가 너처럼 멋들어진 남자를 못 만나서가 아니겠냐? 평생 보고 자란 남자가 가정에 충실하지 못했던 제 아비이니 결혼 생각을 어찌 해? 일한답시고 마누라를 그리 보내고, 그것도 모자라 상처한 지 6개월 만에 새 여자를 집안에 들이는 아버지를 보고 어찌 남자를 믿을 수 있겠어? 쯧쯧. 난 그 아이가 그런 마음 먹은 게 그리 짠하더라. 얼마나 제 아비한테 데었으면 저런 마음 먹었을까 싶어서 애잔해."

"독신주의자라는 그 여자를 저한테 소개해 주신 게 그 여자가 불쌍해서라고요? 할아버지 귀한 손자를 고작 한 여자의 인생을 구제하기 위해 통째로 헌납하시겠다는 말씀입니까?"

"아서라. 어디 그것 하나 때문이겠느냐? 물론 그런 면도 없잖아 있긴 하다. '세상엔 네 아버지 같은 남자만 있는 게 아니다. 우리 잘난 손자 같은 남자도 있다'는 걸 알게 해주고 싶은 마음이 아주 없었던 건 아니야. 하지만 그 아이 자체가 마음에 안 들었다면 네 배필로 생각이나 해보았겠니? 다 그 애 됨됨이가 마음에 들었기에 너에게 소개할 생각도 하게 된 거지."

"……."

"난 그 아이를 볼 때마다 17년 전 네 모습을 떠올린단다. 항암 치료 받느라 힘들고 까칠했던 네 모습 말이야. 절망과 고통 속에서 말라비틀어져 가면서 세상에 대한 원망과 적개심으로 인해 무섭게 변해가던 네 모습을 너도 기억하고 있으리라 생각한다. 그때 그 모습, 네 눈 속에 들어가 똬리를 틀고 앉아 있던 그 섬뜩한 기운을 단 며칠 만에 녹여 버린 아이가 바로 그 아이야. 단단하게 잠겨 있던 네 아픈 마음을 그 아이가 열어주었잖니."

"그런 걸 기억하고 계셨어요?"

"당연한 일 아니겠니? 네가 아파서 힘들어할 때 나도 힘들었는

걸. 나뿐 아니라 네 어미, 아비, 온 가족이 다 힘들었다. 눈에 넣어도 안 아플 내 자식이 아파 죽어가는데 안 힘들 부모가 어디 있겠니? 그래서 난 늘 그 아이한테 빚을 진 기분이었어. 고맙고 또 고마운 은인 같은 존재라 생각해 왔다. 더 고마운 건, 그 아이가 그때 그 따뜻하고 다정했던 모습을 고스란히 간직하고 커주었다는 거야.”

“아무리 고마우셨어도 속이는 건 너무하셨어요.”

“속이다니? 그게 무슨 소리냐?”

어리둥절해 무슨 말인지 전혀 알아듣지 못한 얼굴로 이신양이 되물었다. 하지만 할아버지의 고난위도 연기에 또다시 속아 넘어갈 찬현이 아니었다. 이신양이 미국에 정착하려는 손자를 한국으로 불러들이기 위해 구사해 왔던 다양한 작전에 대해선 그 누구보다도 찬현이 더 알고 있질 않은가. 이번에도 임종을 준비하라는 기별 때문에 다급하게 입국을 하긴 했지만 사실은 반신반의했었다. 할아버지의 속임수라는 걸 대충은 예감하고 있었달까. 비록 수많은 여자들의 사진을 들이대며 마음에 드는 여자를 골라 맞선을 보라는 너무나도 비민주적이고 구시대적인 압박을 받게 될 거란 생각은 상상도 못했지만 말이다.

협상과 협상을 거듭하는 사이 맞선 대상은 단 한 명으로 줄어들었고, 그 대상은 심효우로 결정되었다. 당연히 이신양의 입김이 컸다. 이신양은 손자가 심효우와는 무슨 일이 있더라도 꼭 만나야 한다고 강조했다. 두 사람이 과거에 맺은 연을 생각하면 꼭 한 번쯤은 만남의 기회를 가져야 한다고 생각하셨단다.

그래서였을까. 이신양은 심효우에게 찬현의 취직 부탁을 하는 매우 위험하고 어설프며 황당한 상황극을 연출했다. 그것도 당사자인 찬현 모르게. 덕분에 그는 맞선을 보기 위해 찾아간 그녀의 회사에서 신입사원 면접을 봐야 했다.

그가, 이찬현이.

미국에서 내로라하는 부자들도 그의 앞에선 굽실거리며 돈을 꾸어 가는데. 그 대단한 이찬현이 한낱 작은 화장품 회사 대표 앞에서 발전적인 인간임을 증명하라는 요구를 받아야 했단 말이다. 다시 생각해 봐도 참으로 어처구니가 없는 일이었다.

"모르는 척하시면 곤란합니다. 제가 아까 받은 쇼크가 얼마나 컸는데요. 죽었던 암세포가 다시 살아나는 기분이었습니다."

"이 녀석이 어디서 그런 방정맞은 소릴! 행여 그런 말 하지 마라! 내가 암의 'ㅇ'자만 들어도 경기가 오는 사람이야, 이 녀석아!"

"그만큼 제가 아주 많이 황당했다는 말입니다. 도대체 무슨 생각으로 그런 계획을 꾸미신 겁니까? 그 여자가 독신주의자라서요? 남자를 못 믿는 여자라서? 맞선 보라면 당연히 거절할 것 같으니까, 그래서 그러신 겁니까?"

"이 녀석이 대체 무슨 말을 하는 거야? 내가 뭘 계획하고 꾸몄다는 거냐? 뭣 때문에 황당했다는 거야? 무슨 일을 꾸몄다는 건지 도통 내가 알아들을 수가 없구나."

"그 여자한테 절 취직시켜 달라고 하셨잖습니까, 이신양 회장님."

"뭐? 그게 무슨 말도 안 되는 소리냐? 네가 왜 취직을 해? 너무나 잘나가는 회사에서 너무나 좋은 대우 받고 일해서 탈인 놈이 네놈이거늘. 그 때문에 한국에는 발길도 하지 않는 놈이 네놈이 아니더냐. 그런 널 내가 무슨 이유로 심 대표 회사에 취직시킨다는 거야?"

"취직 얘기, 꺼낸 적이 없으시다고요?"

"왜? 맞선 자리에서 무슨 일 있었냐?"

이런, 이런. 조부의 표정을 보아하니 거짓은 아닌 모양이다. 어디서부터 뭐가 잘못된 것인지는 모르겠으나 분명 조부는 맞선 자리를 주선하셨던 게 맞는 것이다. 하지만 심효우는 분명 그를 면접 대상으로 착각하고 있었다. 이게 대체 어떻게 된 일이람.

"도대체 그 여자한테 뭐라고 말씀하셨어요?"

"뭐라 말하긴, 사실대로 말했지. 내가 널 꼭 좀 한국에 붙들어놓고 싶다고. 그러기 위해선 심 대표의 도움이 절실하다고. 내 손자를 보낼 테니 꼭 한 번 만나봐 달라 그랬지."

"꼭 한 번 만나달라고 하셨다고요?"

"그랬더니 널 사무실에서 보자 하더라. 늙은이 생각에도 사무실은 맞선 장소로 적합한 것 같지 않아 내가 호텔 레스토랑으로 자리를 잡아놓겠다고 했더니 자긴 오히려 거기가 불편하다고, 사무실이 낫겠다고 굳이 마다하기에 내가 양보하기로 했지."

일흔 살이라는 연세답지 않게 주름도 많지 않은 정정한 조부를 빤히 바라보고 있던 찬현의 입술에서 일순 헛웃음이 터져 나왔다.

이걸 대체 무슨 상황이라 말해야 할까나. 조부의 실수라 탓하기도 애매하고, 심효우의 이해력이 형편없다 비난하기도 어려운 상황. 정확하게 누구 탓이라 말할 수 없는 커뮤니케이션의 문제인 것이다. 일이 꼬이려니 이런 일도 생기는구나 싶으니 맥이 탁 풀리는 것 같아 그는 털썩 소파 등받이에 몸을 뉘었다. 그리고는 불과 몇 시간 전, 자신이 제 입으로 내뱉은 말을 곰곰이 곱씹어보았다.

"채용 가지고 되겠습니까? 적어도 이사 자리 하나는 주셔야죠. 그쪽 이사께서 맡아 하시다가 엎어진 일이잖습니까?"

그놈의 승부욕 탓이었다, 그가 그딴 제안에 덜컥 응해 버린 것은. 남들보다 더 강한 승부욕과 추월 본능을 가진 탓에 심효우의 도발에 넘어가 버리고 만 것이다. 덕분에 그는 이 말도 안 되는 상황 한가운데에 놓여 오도 가도 못하게 되어버렸다. 그녀가 던져준 미션을 수행하기 위해선 하트앤소울의 수습사원으로서 일을 해야 함은 물론, 그 기간 동안에는 꼼짝없이 한국에 체류해야만 한다. 그게 무려 3개월이다. 3개월간이나 그는 한국의 그녀의 곁에 머물러야 한다는 뜻이다.
아무리 생각해도 이건 미친 짓이었다.
그는 지난 몇 년간 휴가도 없이 워커홀릭을 의심받으며 쉴 새 없이 일해왔다. 지금도 미국에 벌려놓은 일이 산더미이고, 당장 자신의 손이 닿아야만 처리되는 일도 어마어마하게 많은 그였다. 그런데 그렇게나 할 일이 많은 자신이 마땅히 해야 할 일에서 손을 떼고 한국에 들어와 남의 회사 일을 해야 한다니, 이게 어디 말이나 되는 소린가?

더 쇼크인 것은 이 모든 미친 상황을 찬현 스스로 자초하고 있다는 점이다. 당장에라도 잘못된 상황을 바로잡아야 마땅하거늘. 정말 황당하게도, 어이없게도, 기가 탁 막히게도 그는 지금 그러고 싶은 마음도 의지도 전혀 없었다. 이 일을 중단해야 함을 너무나도 잘 알고 있음에도 그럴 의사가 눈곱만큼도 없다. 짜증이 솟구쳐야 마땅한 상황임에도 짜증이 아닌 흥미가 동하고 있기 때문이다.

미친 것 같다. 이런 상황에 아드레날린 대분출이라니. 이건 마치 재미난 게임 앞에 막 자리 잡은 열 살 꼬마 아이의 기분이 아닌가 말이다.

심효우가 놀라는 모습이 궁금해졌다. 그 차갑고 냉한 그녀의 얼굴이 당혹감과 경악으로 물드는 모습을, 경이로운 눈으로 자신을 바라보는 모습을 꼭 한 번 보고 싶어졌다. 무엇 때문인지는 그다지 중요하지 않았다. 그는 늘 본능적으로 이끌리는 일을 해왔고, 그 본능이 적중하지 않은 적은 단 한 번도 없었다. 그리고 지금 그 본능을 열렬히 자극하는 것이 바로 심효우다. 그게 여자로서인지, 사업가로서인지는 판별 불가능하다, 아직까지는.

확실한 것은 자신이 심효우에게서 색다른 즐거움을 찾았다는 것이고, 그것은 지금 이 일을 자신의 손으로 마무리 지어야 한다는 것을 의미했다. 물론 여기에서 이신양 고려호텔 회장님의 존재는 빠져야 마땅하다. 그녀는 이번 일에 대해 아무것도 모르고 있으니.

"왜? 망했냐?"

"……."

"심 대표가 널 거절하던? 아니면 네가 거절했니? 두 사람 오늘 만난 거 영 꽝이야?"

두 눈을 깜빡거리며 이신양 회장이 집요하게 물어왔다. 궁금하기도 할 것이다. 그 얼음장 같은 여잘 맞선 상대랍시고 손자에게 들이미셨으니 어떤 결과가 나왔는지 아니 궁금할 리 없다. 찬현은 넛시게 나이 는 노배우처럼 중후하고 멋스러운 풍채의 조부를 가만히 바라보며 알 듯 모를 듯 알쏭달쏭한 어조로 물었다.

"어땠을 것 같습니까?"

"또 알아맞히기냐? 이 할아비, 퀴즈 프로그램 싫어하는 거 잘 알면서. 난 쓸데없는 일에 괜히 에너지 낭비하는 거 질색인 노인네다. 속 시원히 얘기해. 싫으면 싫다, 좋으면 좋다."

"싫다면 어쩌시게요?"

"좋아하도록 만들어야겠지."

"두 사람의 관계 증진을 위한 새 프로젝트라도 세우시려고요?"

"필요하다면 당연히 해야지. 난 아까도 말했다시피 네겐 심 대표가 딱이라고 생각한다. 네 녀석처럼 깐깐하고 성격 괴팍한 남자, 잡고 흔들 수 있는 여자는 오직 심 대표뿐이라는 생각이 시간이 갈수록 더욱 확고해져. 네가 한국으로 돌아오지 않겠다 우기면 우길수록 그 확신은 아마 더 굳어질 것 같다. 심 대표라면 충분히 널 한국으로 불러들일 수 있을 거야."

딴에는 맞는 말이다. 결국 그녀 때문에 그가 3개월간의 강제 휴가를 갖게 되었으니. 그는 할아버지를 만나러 오기 직전 미국에 있는 개인 비서에게 연락해 미국 집에서 짐을 꾸려 한국으로 배송하라 명했다. 찬현은 잠시 끌어 내렸던 시선을 슥 위로 잡아 올려 조부의 신중하고 맑은 눈동자와 정면으로 마주했다.

"그 여자가 절 한국으로 불러들일 수 있을 거라 생각하세요?"

"어쨌든 네 녀석의 꼭 닫힌 마음을 한 번이라도 열었던 여자는 심 대표가 유일하잖니, 현재까지는. 앞으로 살날이 얼마 남지 않은 늙은이로서 좀 더 성공 확률이 높은 사람에게 배팅하는 것은 너무나도 당연한 일이지 않겠느냐?"

"그렇군요. 대단한 선구안이십니다."

"……?"

간단명료하고 쌈박하게 쿨한 어조로 대답하는 손자를 향해 이신양이 눈살을 찌푸렸다. 이게 갑자기 무슨 말인고, 뭘 뜻하는 소리인고 머릿속으로 열심히 계산하는 오묘한 표정이시다. 한시라도 빨리 이 자리를 벗어나고 싶은 듯 시종일관 심히 따분한 얼굴과 무심하고 피곤한 눈빛으로 일관하던 찬현은 그제야 비로소 조각처럼 잘생긴 얼굴에 섹시한 미소를 띠었다. 그리곤 장난처럼, 농담처럼 툭 한마디 내뱉었다.

"저 이제 한국에서 일 좀 해볼까 하거든요."

인기 만발 신입사원

"어머, 오늘 내 생일이라는 거 안 잊었구나? 지난번에 내가 잠깐 흘리듯이 말했는데 그걸 기억하고 있었네? 센스 있어. 고마워, 찬현 씨."

오늘 생일을 맞이한 잡지사 '패션리더'의 광고팀장 강영지가 야릇한 시선으로 찬현의 위아래를 훑으며 입에 발린 소리를 건넸다. 누가 광고 담당 아니랄까 봐 그녀는 사무실 한복판에서 '난 이렇게 젊고 잘생긴 남자한테 생일선물도 받는 여자야' 라고 광고하듯 큰 소리로 떠들어대고 있었다.

강영지에게 직접 선물 건네기 껄끄럽고 자존심 상해 찬현에게 이 일을 미룬 효우는 멀리서 그 광경을 지켜보며 슬그머니 아랫입술을 깨물었다. 뭔가 된통 큰 실수를 저지른 것만 같은 이 기분. 이건 딱 '사자 우리에 토끼를 던져 넣은 꼴' 이지 않은가. 강영지의 눈빛도 먹잇감을 포착한 사자의 그것과 같았다. 오죽하면 그 눈빛을 보자마자 그녀의 별명이 떠올랐을까. 연하남 킬러. 아무튼 전혀 예상 밖의 전개라 효우는 불편해졌다.

'역시 내가 그냥 선물할 걸 그랬나.'

강영지는 '패션리더'의 광고 담당자로 이번 사태 해결을 위해선 최우선으로 공략해야 할 인물이었다. 그녀는 단순한 광고 담당자가 아닌 잡지사 사장의 친인척이기 때문이다. 편집장 강영숙이 그녀의 친언니이며, 강영숙의 남편이자 잡지사의 발행인인 윤필두는 그녀의 형부였다. 윤필두와 강영숙은 잡지사에 남다른 애착이 있는 인물인데, 아마도 그들은 잡지사를 더 키우기 위한 가장 빠른 길은 대기업의 후원을 받는 것이라 판단한 듯했다. 그들은 LK생건을 엘리베이터라 생각하고 제대로 줄을 선 것이다.

"이렇게 대단한 미남자께서 어떤 선물을 했는지 엄청 궁금한걸. 이 선물은 집에 가서 혼자 풀어봐야겠다. 여기 있는 사람들 궁금해 죽으라고."

어깨를 으쓱하며 주위를 둘러보는 강영지의 얼굴에는 의기양양함이 덩실덩실 춤을 추고 있었다. 마치 '아직 나 안 죽었어'라고 말하는 듯해 효우의 마음은 더욱 찜찜해졌다. 괜히 이찬현한테 이런 일을 시켜서 저런 민망하고 불쾌한 상황에 빠뜨려 놓았다는 죄책감이 물밀 듯이 밀려왔다.

사실 협력업체 관계자 생일을 챙기는 것은 효우가 전부터 쭉 해온 관례였다. 회사 차원에서 샤이닝이 전부터 해온 일이기도 하지만, 효우도 이런 관례는 나쁘지 않다는 판단하에 지속적으로 해오는 일이다. 단지 잘 봐달라는 의미라기보다는 '지금까지 잘해왔듯이 앞으로도 잘해보자' 는 성의의 표시다. 그녀는 '일은 철저하게, 인간관계는 인간적으로' 가 모토였기 때문에 일로 만난 사람들에게도 이 정도의 '정 나눔' 은 괜찮다고 생각해 왔다.

하지만 이번엔 앞뒤 상황이 애매했다. 대표인 자신이 직접 강영지에게 선물을 하는 행위는 남들 보기에 충분히 뇌물성으로 보일 수 있었다. 아무런 문제가 없었던 평상시 건네는 선물과 이해관계가 얽혀 있는 지금의 선물은 그 무게가 사뭇 다를 수밖에 없는 것이다. 두어 번 생각해 봐도 껄끄럽고 부담스러운 일이었고, 그렇다고 아예 건너뛰고 넘어가는 것은 더 부담이었고. 결국 꺼내 든 카드가 이찬현이었다.

요즘 찬현은 '광고 지면 문제 해결하기' 라는 미션을 수행하기 위해 잡지사 '패션리더' 를 뻔질나게 드나들고 있었다. 김 이사가 보던 광고 관련 업무를 옴팡 다 던져 주고 알아서 잘 해결해 보라 했더니 한다는 게 고작 잡지사 사람들과 친해지기, 플러스 얼굴로 잡지사 여직원 마음 훔치기, 거기에 하나 더 플러스한다면 노처녀 강영지 딴마음 품게 만들기. 며칠 동행하며 일하는 걸 지켜보았는데, 잡지사 여직원들이 찬현만 봤다 하면 좋아서 깍깍거리며 난리를 피워댔다. 어찌나 인기가 좋은지, 원.

"아참, 그리고 광고 건 말인데, 내가 사장님한테 따로 말 넣어놨어. 알지? 사장님이 우리 형부이신 거. 마누라 말이라면 껌뻑 죽는 양반이시거든, 그 양반이. 언니 통해서 잘 말해놓았으니까 지면 문제는 조만간 해결될 거야. 걱정하지 말고 기다려 봐."

찬현의 어깨를 다정하게 손으로 털며 강영지가 말했다. 그리곤 찬현의 말을 듣는 듯 조용히 귀를 기울이며 알 듯 모를 듯 미묘한 미소를 지었다. 그의 목소리가 워낙 저음인데다가 아주 작게 속삭이듯 말하고 있어서 멀찌감치 떨어져 있는 효우에게는 들리지 않았다. 등을 보이는 자세로 서 있으니 입 모양으로 가늠해 볼 수 있을 리도 만무. 대체 무슨 말을 하기에 강영지의 표정이 저리도 야릇할까 궁금했다. 아주 많이.

"아잉, 찬현 씨. 무슨 말을 그리 섭섭하게 해? 우리 '패션리더', 그렇게 만만한 곳 아니야. 비록 다른 언론 재벌 계열사 잡지들보다는 못해도 자금난 없이 10년 넘게 운영되어 왔어. 작지만 내실 있는 잡지사라고. 적어도 돈을 빌미로 협박이나 해대는 대기업 횡포에 무방비 상태로 휘둘리는 곳은 아니지. 뭐, 충분히 그런 오해는 할 수 있다고 생각해. 지금 우리 잡지사에서 대처하는 방식만 보자면, 힘 있는 회사에 굽실거리면서 약자의 부당한 핍박을 눈감아주는 치졸하고 비겁한 회사라 생각할 수도 있다고 봐. 하지만 '패션리더'가 그렇게 상도덕도 지킬 줄 모르는 비상식적인 회사였다면 내가 이 나이까지 내 청춘 다 바쳐 가며 일하진 않았을 거야. 나, 이래 봬도 언론사 기자 출신이야."

그녀의 말에 그가 또다시 무어라 나직하게 중얼거렸다. 짐짓 열렬히 자신의 결백을 주장하던 강영지 광고팀장은 비로소 마음에 든 답을 얻어냈는지 그제야 만족스런 얼굴을 했다. 뿌듯함과 자부심이 얼굴 가득 번지는 것이 마치 그에게 인정받은 것이 세상에서 가장 큰 의미 있는 일이라 생각하는 것 같았다. 그 모습을 보고 있자니 아주 제대로 홀렸구나 싶었다.

이러려고 이찬현은 여길 그토록 뻔질나게 드나들었던 걸까. 이렇게 미남계를 쓰려고? 잘생긴 자신의 얼굴을 이용해 여자들을 홀린 다음 자기 마음대로 요리하려고? 그게 가능할 거라고 생각해?

불퉁하게 생각하고 있는 찰나, 찬현이 때마침 휙 이쪽으로 고개를 돌린다. 그의 뒤통수를 죽일 듯이 째려보고 있던 효우는 졸지에 정면으로 시선을 마주치게 되자 흠칫 놀라 고개를 꺾었다.

갑자기 심장이 팔딱거리자 그녀는 두 눈을 꼭 감았다 떴다. 여장을 해놓아도 예쁠 것 같은 새하얗고 조각 같은 이찬현의 얼굴이 눈앞에 잔상으로 남아 어른거렸다. 방금 전까지 그가 얼굴 이용해 여자를 홀린 다음 마음대로 상황을 요리하는 게 불가능하다 생각했던 효우는 일순 자신의 생각이 틀릴 수도 있다는 것을 인정하고 말았다.

그는 너무나 잘생겼다. 아무리 '절대로 후하게 봐주지 않겠다'고 작정하고 세상에 둘도 없는 깐깐한 눈으로 훑어보아도 그의 잘생김에 대해선 그 어느 누구도 그 어떤 반론을 제기할 수가 없을 것이다. 10등신인가 싶을 정도로 큰 키와 작은 얼굴, 짙은 눈썹과 기다란 속눈썹, 곧게 뻗은 콧날과 깔끔한 얼굴 라인, 약간은 건조한 듯 퇴폐미 물신 풍기는 섹시한 입술까지 어느 한 군데 잘생기지 않은 곳이 없는 완벽한 외모이니 당연했다.

하나 그가 노소를 불문하고 여자들의 마음을 훔치는 최대 비결은 이러한 외향적인 매력이 아니었다. 그에게는 예쁜 것 같은데 잘생겼고, 어려 보이는 것 같다가도 어느 한순간 훅 남자 냄새가 날아들어 가슴 철렁하게 만드는 묘한 매력이 있었다. 그 모호함이 또래 남자들과는 다른 그만의 분위기였고, 그것으로 인해 그는 일반적인 연하남이 가지는 선입견에서 자유로울 수 있는 것이었다. 그는 지켜주고 싶은 보호 본능을 자극하는 연하남이 아니라 기대고 싶은, 그로부터 보호받고 싶어지는 연하남이었다. 새롭지 아니한가. 연하남이라 하면 성숙하지 못한 사고에 책임감과 자립도가 현저하게 떨어져 여러 모로 여자를 힘들게 하는 경우가 태반이거늘 오빠나 아빠처럼 믿음직스럽고 어른스러운 연하남이라니. 그가 서른한 살, 자신보다 두 살이나 어린데도 연하라는 생각이 전혀 안 드는 이유도 바로 그 때문이라 할 수 있겠다.

생각해 보면 어렸을 때도 그는 나이답지 않게 어른스러웠던 것 같다. 17년 전, 부모님 따라 병문안차 찾아가 처음으로 그를 만났을 당시에도 그녀는 그가 또래답지 않게 성숙하다고 느꼈다.

그는 말이 없고 조용했으며 어린아이답지 않게 시선이 깊은 아이였다. 물론 당시의 그는 나날이 깊어가는 병세 때문에 꽤나 지쳐 있었다. 첫인상이 '파리한 입술과 텅 빈 눈동자를 가진 상처 많은 아이의 표본' 이었달까.

그때의 그는 만나는 모든 사람을 어둠으로 물들여 버릴 것처럼 음침한 기운이 스멀스멀 피어오르는 아이였다. 아름다운데 차갑고 어두운 기운이 물씬 흘러넘치는 피사체. 상상만 해도 공포스럽지 아니한가. 지금이라면 아마 그를 무서워했을지도 모른다. 하지만 어쩐 일인지 어린 효우의 눈에 그는 무서운 존재가 아니었다. 오히려 새하얀 침대 위에 거대한 유리병과 기계들을 달고 외롭게 혼자 누워 있는 갸륵한 존재처럼 느껴졌다. 불쌍하고 안쓰러운 아이라고 생각했다. 그래서 그녀가 먼저 다가갔다. 그의 벗이 되고 팠다기보다 되어야 할 것 같아서, 자신이 그의 곁에 있어야만 될 것 같아 스스럼없이 그에게 손을 내밀었던 그녀다.

그날부터 효우는 수시로 그의 병실을 드나들었다. 그리고 말없이 자신을 바라보기만 하는 무표정의 그를 웃게 하기 위해 갖은 애를 다 썼다. 의사와 간호사의 눈을 피해 병원 밖으로 탈출을 시도했던 게 그중 하나였는데, 그녀의 온갖 해괴한 말이나 행동에는 반응하지 않던 그가 놀이동산으로 놀러 가자는 말에는 선뜻 따라나섰다. 하지만 어린아이 둘이서 어른 몰래 놀이공원까지 갈 수 있었을 리 만무했다. 길을 잘 알고 있다고 큰소리 뻥뻥 친 그녀는 졸지에 미아가 되자 울며불며 눈물콧물을 짜면서도 이렇게 말했다.

"이찬현, 무섭지? 걱정 마. 어른들이 우릴 찾을 거야. 여기 꼼짝 않고 있으면 분명히 어른들이 우릴 찾으러 올 거야. 우린 그때까지만 참으면 돼. 무섭지? 춥지? 힘들지? 이렇게 나한테 기대. 어른들이 올 때까지 내가 널 지켜줄게. 이렇게 꼭 내가 널 안고 있을 거야."

그 모습을 바라보던 이찬현의 눈동자를 아직도 잊지 못한다. 평소처럼 아무 감각 없는 무덤덤한 눈이었는데, 묘하게 그날 그 순간만큼은 그 눈빛이 따뜻하게 느껴졌다. 상황 탓이었는지도 모르겠지만, 어쨌든 가만히 자신을 바라보는 그의 시선이 한겨울 야외 모닥불처럼 소중하고 감사했다.

그날의 작은 해프닝은 결국 그가 병원을 직접 찾아 돌아가는 것으로 끝이 났다. 어른들을 기다리자는 그녀의 말을 들어주려 가만히 있었을 뿐 그는 돌아가는 길을 알고 있었던 것이다. 지켜주겠다며 눈에 힘을 주고 울지 않으려 애쓰는 그녀에게 차마 길을 안다고 말할 수 없었던 듯 그는 어깨를 빌려주겠다던 그녀가 제 어깨에 기대어 잠이 들어버리자 그제야 그녀를 등에 업고 병원으로 돌아왔다.

그날 밤 그는 심하게 앓았다. 상태가 급격히 안 좋아져 그날부로 그는 격리 치료를 받아야 했다. 그리고 이후 두 사람은 어른을 대동하지 않고선 절대로 만나지 못하는 사이가 되어버렸다. 그녀가 또다시 무슨 작당을 하여 찬현의 건강을 해칠까 두려워한 두 집안 어른들이 그렇게 암묵적인 약속을 해버렸기 때문이다. 더 이상 단둘만의 시간을 보낼 수는 없었지만 그 이후로도 두 사람은 꽤 깊은 우정을 나누었다고 그녀는 생각한다. 더 친해졌다는 객관적인 증거는 없다. 그저 그녀를 바라보던 그의 차갑고 텅 빈 눈동자가 점점 부드럽고 따스하게 바뀌었다고 느꼈을 뿐.

그래서였을까? 그를 17년 만에 다시 만난 날 그녀는 그의 눈을 마주하기 힘들었다. 그의 눈빛이 예전처럼 차가워졌으면 어쩌나 하는 쓸데없는 생각이 잠시 들었던 탓이다. 물론 그건 그녀의 기우였을 뿐이다. 그는 따스한 사람으로 변모했다. 모두에게 두루두루 다 따스한 그런 사람 말이다.

"근데 심 대표, 심 대표는 어떻게 저렇게 훌륭한 사원을 뽑았어?"

효우가 이찬현의 눈을 피해 고개까지 숙이고 멍하게 서 있는 가운데 그런 그녀의 옆구리를 쿡 찔러오는 이가 있었다.

'패션리더'의 편집차장 홍아성이었다. 일적으로 만나 개인적인 친분까지 쌓게 된 케이스의 단적인 예로, 효우와는 우울할 때 가끔 만나 술 한잔씩 기울이는 편한 사이. 작년엔 우연히 술집에서 만난 남자와 한 달 만에 결혼에 골인해 여러 사람 기함하게 만들더니, 지난달엔 느닷없이 이혼을 결정해 갑작스럽게 돌싱이 된 친구이다. 아주 즉흥적이고 돌발적인 성향이 강한데다 평소 화려한 남성 편력을 자랑하는 만큼 남자 보는 눈이 꽤나 까다롭다 정평이 나 있기도 하다. 아성의 인정을 받는 남자라면 등짝에 KS 인증마크를 달고 다니는 거라 말할 정도이니 오죽할까.

"훌륭한 사원?"

"이찬현 씨 말이야. 옆으로 봐도, 앞으로 봐도, 뒤로 봐도, 아무리 봐도 훌륭하다. 여러 모로 쓸모가 많겠어. 어디서 발견한 거야? 클럽? 아니면 바?"

다 안다는 듯 게슴츠레하게 뜬 눈으로 슥 효우를 흘겨보며 아성이 물었다. 물론 서른넷의 농염한 돌싱 아성의 눈빛이 의미하는 바는 너무나도 명백했다. '훌륭하다'라는 말이 내포하는 의미도 물론.

"제 발로 걸어 들어온 거거든. 면접 보고 뽑은 거라고. 3개월간 임시직이지만."

"진짜 사원이란 말이야? 진짜로? 너, 호스트바 같은 데서 발견한 애를 직원으로 위장해 데리고 다니는 거 아니었어?"

"홍아성!"

"이햐, 그럼 더 흥미진진해지는데? 저런 물건이 어디 있다가 나타난 거래?"

"너 도대체 뭘 상상하는 거야?"

"네가 생각하는 그거. 심 대표, 은근히 솜씨 좋아. 저런 물건을 다 포획하고."

"포획하긴 뭘 포획해? 내가 사냥꾼이니? 이찬현 씨가 짐승이야?"

"내 눈엔 짐승으로 보이는데, 뭘."

"넌 그게 문제야. 남자를 너무 생물학적으로만 보는 거."

"이거 왜 이래. 내가 모든 남자를 다 그런 식으로만 본다고 생각하는 건 너만의 편견이야. 나도 남자 가려. 아무 남자나 막 만나고 맛보는 거 아니다. 너 내 식성 모르니? 나 완전 까다로워."

"어련하시겠냐."

"이번엔 좀 괜찮은 놈 하나 물었네. 제법 쓸 만할 것 같아. 진짜 모습을 적절히 가릴 줄도 알고. 어쩐지 고단수일 것 같은 느낌?"

"자길 가리고 있다니, 그게 무슨 말이야?"

"왜, 생긴 건 허여멀거니 뭔가 이쪽에서 보호해 줘야 할 것처럼 여려 보이잖아. 부드럽고 다정한 눈빛 하며, 부서질 듯 새하얀 얼굴에 시리디시린 미소 하며, 어쩐지 내 품에 안고 잘 다독거려 줘야 될 것 같은 그런 느낌. 굳이 분류하자면 초식계라고나 할까. 겉으론 그렇게 보이잖아. 하지만 사실 저 남잔 오히려 육식계에 가까운 남자거든."

"뭐?"

"버릇없고 거만한 남자야, 저 남자. 자신만만하고 자존감 높고 여자를 무시하기도 하지. 한마디로 재수 없는 놈."

이게 다 무슨 소리야? 눈살을 찌푸리며 효우는 홍아성을 돌아보았다. 그녀는 저만치에서 강영지와 채 끝내지 못한 대화를 잇고 있는 찬현을 뚫어져라 바라보고 있었다. 예리하게 날이 선 그녀의 눈빛은 그녀만이 가진 동물적인 감각을 총동원해 찬현을 분석하고 있었다. 효우는 머리가 띵해지는 기분을 느끼며 더욱 미간을 좁혔다.

"현대 여성들의 적 마초."

"마초?"

"마초계야, 저 남자는. 비록 저 순하고 아름답고 숭고해 보일 정도로 예쁘장한 얼굴 뒤로 자기 본모습을 숨기고 있긴 하지만, 저 속엔 야비할 정도로 잔인한 동물적 본성이 숨겨져 있지."

"네가 그걸 어떻게 알아?"

효우는 자신만만한 미소를 띤 채 여유 있게 주절거리고 있는 아성을 돌아보며 불쑥 반문했다. 전혀 동의 못하겠다는 듯 잔뜩 찌푸린 얼굴을 하고 있었지만 아성은 알았다. 이미 효우가 자신의 말에 휩쓸리고 있다는 것을. 이렇게 어찌 아느냐 정색하며 캐묻고 있는 효우의 반응이 바로 그 증거였다.

"어떻게 알았는지 궁금해?"

효우의 눈을 빤히 들여다보며 아성이 깜찍하게 되물었다. 뭔가 엄청난 비밀을 알고 있는 양 느물거리는 그녀의 미소를 보자 효우는 더욱 눈살을 찌푸릴 수밖에 없었다. 진짜 뭔가 그런 것 같기도……

"말해봐. 들어줄게."

"그게 말이지……"

아성이 목소리를 현저하게 낮췄다. 잘 안 들리는 것 같아 효우는 고개를 아래로 더 수그렸다. 아성 쪽으로 상체를 기울이고 귀를 쫑긋 세웠다. 정말 이찬현은 자신의 본래 모습을 감추고 있는 건가? 왜? 뭘 숨기기 위해?

"그게 다……"

"그게 다 뭐?"

"내 직감."

"응?"

전혀 기대하지 않았던 답이 날아오자 효우는 눈살을 팍 찌푸렸다.

"직감으로 알아낸 거라고. 내 직감. 넌 딱 보면 모르냐? 저 남자 등에 쓰여 있잖아. 아이 엠 마초."

"야, 홍아성."

황당하리만치 시시한 답이었다. 그냥 직감이라니. 그놈의 직감이 '이찬현=마초남' 이랬다니. 이게 대체 뭔 말이야? 지가 무슨 작두 타는 처녀보살이야, 뭐야? 왜 근거도 없이 멀쩡하게 착하고 싹싹한 남자를 야비하고 잔인한 짐승남으로 탈바꿈시키고 난리야.

내 눈엔 아무리 봐도 마초계는커녕 치유계로밖에 안 보이는구먼. 그럼 내 눈은 삐꾸니?

"왜? 너 내 눈 무시해? 내가 이래 봬도 보자마자 10초 내에 남자 타입을 알아맞히는 신기를 가진 몸이셔. 내 말 믿어. 저 남자, 양기가 충만한 진성 마초야. 응응."

"무르팍도사 흉내 그만 내고 제발 입 좀 다물어라. 누가 들으면 어쩌려고 그런 소릴 막 하니, 너는?"

"막말 아니라니까, 진짜라고. 저런 남자는 잘만 길들여 놓으면 평생 충성을 해요. 잘생긴 꽃미남 변강쇠 하나 옆에 두는 거나 마찬가지라고. 나라면 절대로 그냥 안 두지. 직원과 상사의 관계가 아닌, 더 발전적이고 본능적이며 육욕적인 관계로……."

"야!"

"아, 물론 주의 사항도 있어. 까딱 잘못하면 네가 되레 길들여지는 수가 있으니 취급 주의 요망."

"홍아성!"

"난 바빠서 이만. 있다 전화할게. 바이~"

못산다, 내가. 저런 걸 친구라고. 어쩌다 저 계집애랑 말을 놓아 가지고 이 고생을 하는 거니, 심효우.

효우는 당장에라도 달려가 아성의 목을 졸라 버리고 싶은 충동을 꾹꾹 누르며 훅 한숨을 내쉬었다. 남자 취향도, 인생의 모토도, 라이프스타일도 전혀 반대인 아성을 상대하기 위해선 어마어마한 인내심과 쿨함이 필요했다. 화끈거리는 두 볼을 식히기 위해선 차가운 두 손도. 효우는 지글지글 타오르는 두 볼을 양손으로 감싸

쥐고는 무심코 뒤를 돌았다. 여전히 강영지 씨와 오붓한 대화를 나누고 있을 찬현을 보기 위해서였으나, 바로 코앞에 그의 넥타이가 떡하니 자리하고 있자 그녀는 쓰러질 듯 놀라고 말았다.

"뭐 해요, 여기서?"

"일 다 마쳤는데요, 대표님."

특별히 떠오른 표정 없이 온화한 얼굴로 그가 특유의 부드럽고 깊은 목소리로 중얼거렸다. 늘 그렇듯 그의 '대표님' 소리는 그녀의 숨통을 조였다. 저도 모르게 숨이 가빠진 효우는 싸늘한 냉기를 뿜으며 뒤를 돌며 냉랭히 명령했다.

"그럼 이만 가죠."

사무실로 올라가는 엘리베이터 안은 공교롭게도 텅 비어 있었다. 그 말은 그녀가 정식으로 채용되기 위해 3개월의 수습 과정을 밟고 있는 남자 사원과 단둘이 밀폐된 공간에 일정 시간을 갇혀 있어야 한다는 뜻이다. 어려운 일은 아니다. 문제될 것도 딱히 없었다. 남자에 대한 호르몬 반응이 전혀 일어나지 않는 효우에겐 자신보다 어린 남자 사원쯤 아무리 같이 있어도 설렘 따위 생기지 않는 무생물과도 같은 존재이니까. 하지만 상대가 이찬현이라면 얘기가 달라진다.

"일은, 잘, 진행되어 가고 있습니까?"

일부러 단어를 딱딱 끊어 몹시도 기계적인 어투로 말하는 효우는 머리를 깁스한 듯 꼿꼿하게 고정시킨 채 엘리베이터 숫자판을 전투적으로 노려보고 있었다. 그녀의 가슴 근처를 가로지르며 팔을 뻗어 막 숫자 8을 누르려던 그가 우뚝 동작을 멈추고 효우를 내려다보았다.

꼴깍. 초조함에 절로 목울대가 꿀렁거렸다. 긴장하지 않기 위해 두 눈을 빠르게 껌뻑거려 봤지만 그게 소용 있을 리 만무하다.

근 한 달을 이찬현과 함께 근무해 오면서 느낀 점은, 주위 여성들이 간혹 말하는 '나는 남자의 이런 점에 약하다!' 가 실제로 존재한다는 것이다. 그녀는 본래 주위 사람들의 이러한 증언을 믿지 않았다. 그런 경험을 직접 해본 적이 없기 때문에 비슷한 유형의 말을 듣게 되면 약간 설렌다는 표현을 오버해서 말하는 거라 생각했다. 그래서 블로그에 재미 삼아 올린 '나는 남자의 슈트발에 껌뻑 넘어간다' 라는 글에 여성 네티즌들이 어마어마한 반응을 보여 주었을 때에도 별다른 감흥이 없었다. 그저 내가 글을 좀 잘 썼구나 하고 생각했을 뿐. 하지만 모든 여자들이 사랑에 빠질 만한 잘생기고 매력적인 남자를 옆에 두고 보니 입장이 아주 많이 달라졌다.

그는 여자가 태어날 때부터 내부에 품고 있는 내밀한 욕구를 자극하는 묘한 색스러움이 있었다. 그러지 않고서야 가만히 앉아 일에 집중하는 모습만으로 여자를, 그것도 남자란 동물을 거의 혐오 수준으로 싫어하는 강철 여인 심효우를 홀릴 수는 없을 것이다.

서류를 넘기는 모습, 이마 위로 흘러내린 머리카락, 반쯤 내리뜬 눈, 가끔 흘러내는 작은 한숨까지도 하나같이 그는 섹시했다. 섹시함이 너무나 과해서 가만히 있어도 여자를 숨 막히게 하는 그런 마력의 남자였다. 여자들은 그의 새하얀 와이셔츠만 봐도 얼굴을 붉혔다. 서류를 쥔 손만 봐도 숨을 헐떡거리고, 손등 위로 굴곡져 솟은 푸르스름한 힘줄을 마주하면 내장이 쥐어짜이는 기분에 끙끙 앓는 소리를 내게 되어 있었다. 그리고 보통의 정상적인 여자들이 그에게 열광하는 것만큼이나 그녀 또한 심하게 흔들렸다.

도대체 이게 말이나 되는 건가? 이찬현 페티시도 아니고 이게 무슨 미치광이 변태 같은 반응인 건가? 도무지 남세스러워서 누구를 붙잡고 하소연도 못할 지경이다. 한 회사의 대표라는 사람이 자신보다도 나이가 어린 사원에게 이런 미친 생각을 품고 있다면 어느 누가 뜨악하지 않겠는가. 아, 물론 여기에서 홍아성은 제외다. 그 여인네는 이런 소리 듣자마자 당장 덮치라며 부추길 인사이니.

어쨌든 이런 심정은 발설 즉시 쇠고랑 철컹이다. 상상일 뿐이지만 이것도 엄연히 직장 내 성희롱이니까.

"지면 광고 말씀하시는 거라면 계속 애기 중입니다."

잠시 멎었던 동작을 마무리 짓고 그는 정중하게 대답했다. 공기 속을 헤엄치는 그의 향내만이 흔적처럼 남겨져 있을 뿐 그는 언제 그랬냐는 듯 그녀에게서 멀어져 반듯한 자세로 섰다. 좁은 엘리베이터 안에서 떨어져 봤자 얼마나 떨어질 수 있겠냐마는, 효우는 어색하게 흐르는 분위기를 깨기 위해 시작한 대화를 계속 이었다.

"쉽게 해결될 문제는 아니죠. 너무 무리하진 마세요. 결과적으로 우리 회사가 힘이 없어서 생긴 일이니 일이 해결되지 않는다고 해서 그쪽한테 책임을 떠넘기거나 하진 않을 겁니다."

"무리라고 생각하십니까?"

뒤통수로 그의 시선이 느껴졌다. 고개도 틀지 않은 반듯한 자세 그대로 그가 눈동자만 스륵 굴려 이쪽을 바라보고 있는 것이 틀림없었다. 몇 주 동안 비서실에서 수습사원으로 함께 일하면서 알게 된 그의 버릇 중 하나이다. 그는 행동이 크질 않았다. 동작을 최대한 절제했고 그만큼 입도 무거웠다. 시끄럽고 떠들썩한 양 비서와는 정반대의 스타일이다. 뭐, 그래서 더 편하긴 하다. 그동안 양 비서의 수다를 들어주느라 하루라도 청신경이 피곤하지 않은 날이 없던 효우였기에.

"김 이사님도 손 털어버린 일입니다. 겨우 수습으로 들어온 이찬현 씨가 그 일을 해결할 수 있을 리 없다는 것쯤 나도 알아요."

"제가 쉽게 해결 못할 걸 알았기 때문에 입사를 받아준 거란 말로 들리는군요."

"난 지는 게임에는 배팅 따위 하지 않아요, 이찬현 씨. 그 말은, 이건 처음부터 이찬현 씨가 할 수 있는 일이 아니었다는 거예요. 그쪽도 이미 내 뜻은 다 파악한 것 같은데, 확인차 말하자면 난 이 일을 해결하는 과정을 보고자 한 것이지 결과를 기대했던 건 아닙니다."

"너무 쉽게 포기하시는 것 같습니다만. 제가 그 일을 해결할 수 있을지 없을지는 더 두고 보셔야죠, 아직 한 달도 채 안 됐는데. 전 과정만큼이나 결과도 중요하다고 생각하는 사람입니다."

"대기업과의 싸움은 할 수 있다는 젊은 패기만으로 되는 일이 아니에요. 자신감이 있는 건 좋지만 과한 것은 오히려 자멸의 씨

앗이 될 수 있습니다."

"자라나는 새싹에게 너무 가혹한 말씀 아닙니까, 대표님?"

빙긋 희미한 미소가 그의 입술에 걸렸다. 잘생긴 얼굴에 부드러운 미소가 결합되니 누가 봐도 안구 정화, 은혜로운 모습. 한데 참이상한 일이지. 저 미소를 볼 때마다 그녀는 기분이 나빠진다. 느낌이 마냥 '와, 잘생겼다'가 아니었기 때문이다. 그 미소는 부드럽고, 웃는 그는 온화하며 따뜻해 보였지만 입아귀 비틀린 모양새가 어쩐지 비웃음 같았다. 나쁜 의미의 비웃음이 아니라 뭐랄까, '봐주고 있다'는 느낌이랄까. 정당한 게임이 아니라 마치 그가 열수 정도는 물러주고 있다는 기분이 들어서 매우 찜찜했다. 팔씨름하는데 두 손으로 그의 손가락 하나를 넘기려 발악하고 있는 기분이었다.

한 달 정도 일해온 그의 면면을 돌이켜 보자면, 딱히 그녀의 기분이 오버랄 수도 없는 게, 그는 주어진 일은 뭐든 당황하는 법 없이 척척 해내는 사람이었다. 수습사원답지 않게 너무나 여유만만, 일사천리로 모든 게 베테랑급이다. 나이에 걸맞지 않는 연륜에 사업적 안목, 혜안까지 두루두루 갖추고 있어서 매번 효우를 놀라게하는 중이다. 오죽하면 그가 미국에서 종적을 감췄던 4~5년 동안대체 뭘 했던 걸까, 정말 알려진 바대로 이곳저곳 관광이나 하며놀러 다녔던 게 맞나 의심을 해보았을까.

어쨌든 효우는 그의 웃음조차 편안하게 받아들일 수 없었다. 그녀는 그가 불편했다. 불편해도 너무나 많이 불편했다. 능력 많은그를 부리기엔 자신과 자신의 회사가 너무나 볼품없다는 생각 때문에 정말로 아주 많이 불편했다. 지금으로선 하루빨리 약속했던 3개월의 시간이 지나 이 회장에게 이렇게 말할 수 있기를 학수고 대할 뿐이다.

손자분을 당장 호텔 경영진에 합류시키십시오. 자기 몫은 다 해 낼 것입니다.

"때론 자신감도 독이 된다는 걸 말하고 싶었을 뿐입니다. 이찬현 씨가 능력 있는 건 잘 알지만 너무 자신 있게 덤비면 잘될 일도 망칠 수 있는 거예요. 그리고 충고하는데, 지금의 방식으론 일을 해결하지 못할 겁니다. 다른 방법을 모색해 보세요."

"……?"

"이찬현 씨가 얼마나 이번 일에 열심인지는 나도 잘 압니다. 개 인으론 자존심이 걸린 문제이기도 할 테고, 대외적으론 조부님께 누를 끼치게 될까 봐 전전긍긍할 수밖에 없겠죠. 어떻게든 이번 일을 제대로 마무리해서 내 회사에 무사히 들어오고 싶을 거예요. 하지만 아무리 그래도 미남계는 비춥니다. 그런 식은 일이 해결될 수 없을뿐더러 된다 해도 아무런 의미가 없어요."

"미남…… 계라고 하셨나요?"

그의 눈썹이 꿈틀거리는가 싶더니 한쪽만 슥 올라간다. 동시에 고개가 아래로 떨어졌다. 얼굴 옆선으로 그의 시선이 직선으로 날 아와 박혔다. 효우는 이유도 없이 얼굴이 달아오르는 것을 느끼며 슬그머니 입술 안쪽을 깨물었다. 이런 얘기, 해선 안 되는 것도 아 니고 필요하다면 언제든 주위 사람들에게 충고해 줄 수도 있는 거 라 생각하는데 왜 지금은, 그의 앞에서는 이리 당황하게 되는 것인지 알 길이 없었다.

"그쪽 분들 챙기는 건 관행이라 들었습니다만, 그것이 미남계를 쓰는 걸로 오인받을 수도…… 있군요?"

"내 말은…… 그러니까…… 난 감정에 호소하여 일을 해결하려는 건 근본적인 문제점을 뿌리 뽑을 수 없다 말하고 싶은 거예요. 지금 우리 회사가 이렇게 휘청거리는 건 파워가 달린다는 것을 의미합니다. 소비자의 선택을 이끌어낼 파워, 잡지사들의 선택을 이끌어낼 메리트. 우린 LK생건과의 싸움에서 밀리고 있어요. 자본에서 밀리고, 매출에서 밀리고, 화제성에서도 밀립니다. 제품력 하나만 믿고 이대로 가다가는 LK생건뿐 아니라 다른 후발 주자들에게도 밀리게 될 겁니다. 단지 광고 지면 몇 컷 되찾아오는 것이 중요한 건 아니라는 겁니다."

"……."

"물론 끝까지 굽히고 들어가진 않을 겁니다. LK생건이 이런 식으로 치졸하게 압박하는 건 우리에게 병합을 강요하는 것이고, 이러한 일은 이전에도 여러 번 있어 왔습니다. 난 그 압력을 잘 버티고 견뎌 여기까지 온 거고요. 앞으로도 난 똑같이 견뎌내며 돌파할 거고, 이번에도 성공적으로 버텨낼 겁니다. 전부터 추진해 온 사업 구상안에 좀 더 박차를 가할 거예요. 또 현재의 제품력을 좀 더 끌어올려서 샤이닝은 해외 어느 명품 라인한테도 밀리지 않는다는 점을 강력하게 어필, 소비자들의 선택을 받도록 할 겁니다. 일은 그렇게 풀어나가야죠. 잡지사가 자발적으로 우리 회사의 광고를 싣지 않으면 안 되는 상황으로 만드는 거, 그게 바로 우리가 원하는 최상의 결과잖아요?"

"……."

"광고팀장의 마음을 사로잡아 일시적으로 지면 몇 컷 얻어내는 것보다는 그게 더 확실하고 옳은 길이라 생각합니다. 자기 매력을 팔아 일을 해결하는 건 임시방편은 될지언정 근본적인 해결책일 수는 없어요. 게다가 그건 일적으로 출중한 능력을 가지고 있는 이찬현 씨에게도 굴욕적인 일이잖아요. 안 그래요?"

효우는 구차하고 불필요하게 들릴 수도 있는 설명을 나름대론 잘, 쿨하게 설명했다고 생각했다. 하지만 차분하게 동의를 구하는 그녀의 반문에는 아무런 답도 날아오지 않았다. 그는 무슨 생각을 하는지 입을 꾹 다문 채 한마디도 하지 않았다. 그리곤 알쏭달쏭한 시선으로 그녀를 빤히 쭉 지속적으로 내려다보고 있다.

효우는 이 밀폐된 공간이 점점 더 답답하게 느껴지기 시작했다. 온몸이 뜨거워지고 심장이 콩알만 하게 오그라드는 기분이다. 진공 상태가 아닐까 싶을 만큼 엘리베이터 안은 고요했고, 더불어 멀지 않은 곳에 서 있는 그의 존재가 강렬하게 느껴졌다. 눈을 어디에 둬야 할지 몰라 눈동자는 갈지자로 왔다 갔다 흔들렸고, 손은 식은땀이 배어나 축축해지고 있었다. 그의 시선이 와 닿은 얼굴 한쪽 면은 따끔거려 타버릴 것만 같았다.

도대체 이 미친 화학 반응은 뭐야? 어떻게 된 거야? 왜 이러는 거냐고!

"대표님?"

숨을 쉬는 것에 집중하며 아랫입술만 잘근잘근 씹어대고 있을 때였다. 낮고 굵은 그의 매력적인 목소리가 귓가를 부드럽게 울렸다. 더 이상 쪼그라들 수 없을 만큼 작게 움츠러들었다 생각했던 심장이 더욱 쥐어짜이며 위축되었다. 숨을 가슴에 가두고 입을 꾹 다문 채 효우는 휙 고개를 돌려 그를 돌아보았다.

발그레한 그녀의 두 볼, 그곳을 그의 뜻 모를 시선이 조심스럽게 핥고 지나갔다.

"문이, 열렸는데요."

"……?"

"나가시죠."

그제야 효우는 깨달았다. 엘리베이터가 멈추었다는 것을. 그가 또다시 예의 그 기분 나쁜 미소를 머금은 채 자신을 내려다보고 있음을.

비웃고 있다, 확실히.

'이 남잔 날 비웃고 있다고!'

우지끈. 대표실과 통하는 비서실 문이 부서져라 열렸다. 곧바로 뒤이어 평소보다 더 빠른 성급하고 격렬한 힐 소리가 울리자 양하은 비서는 손에 들고 있던 전화기를 얼른 내려놓고 자리에서 일어났다. 최근 사귄 남자친구의 '사랑해. 너밖에 없어' 등의 달달한 애정 공세에 홀딱 빠져 해롱해롱 반쯤 얼이 나가 있던 정신이 확 들어왔다. 심 대표의 구두 발자국 소리는 기분에 따라 3단계로 나뉘는데, 지금은 최고 위험 수준인 '비상' 단계였다.

"대, 대표님!"

대표가 목례를 하는 자신의 앞을 슉 지나치자 하은은 급하게 그
녀를 불러 세웠다. 저기압임이 분명한 얼굴로 심 대표가 우뚝 걸
음을 멈추었다. 그리곤 비서실 안에 손님이 와 있다는 걸 알아차
린 듯 휙 고개가 꺾이자 하은은 철렁 가슴이 내려앉았다. 분명 이
타이밍에서 대표의 얼음장처럼 차가운 말이 가슴팍으로 콕 날아
올 것이기 때문이다. 마음의 준비를 하며 하은은 두 눈을 질끈 감
아야 했다.

“양 비서, 누가 저 물건 여기다 들이랬어?”

윽! 역시. 이럴 줄 알았다.

“그, 그게…….”

“내가 저 물건, 다시는 여기 발도 들이지 못하게 하라고 했을 텐
데.”

“저, 저도 절대로 안 된다고 말씀드렸는데, 그런데도 동생분께
서 막무가내로…….”

“어? 언니! 언제 왔어?”

귀에 왕방울만 한 헤드폰을 낀 채 눈을 감고 슬슬 끈적끈적한
몸놀림으로 리듬을 타던 여자가 심 대표를 발견하고는 벌떡 자리
에서 일어났다. 화려한 이목구비에 가시처럼 마른 몸매, 풍성한
가슴과 힙 라인을 자랑하는, 속된 말로 ‘쭉쭉빵빵’ 늘씬하고 예쁜
이 아가씨는 심 대표의 막냇동생 심효이였다. 효이는 얼마 전 남
자친구를 위해 회사에 압력을 넣어 브랜드숍 매장을 내어주었다
가 심 대표에게 뒤늦게 발각, 회사 근처에는 얼씬도 말라는 추방
명령을 받은 몸이다. 대표가 눈에 넣어도 안 아플 막냇동생을 보

자마자 이리 분노하는 것도 다 이유가 있는 것이다. 하지만 이 철부지, 언제 그런 일이 있었냐는 듯 방실방실 웃으며 곰살궂은 애교를 피워대기 시작한다.

"나 왔어어~엉! 언니가 나 보고 싶어 할까 봐. 언니, 하루라도 날 안 보면 눈에 다래끼 나는 사람이잖아. 내 얼굴 못 봐서 언니 눈에 다래끼 나면 회산 어떻게 해?"

"여기 들락날락하지 말랬지. 넌 더 이상 샤이닝 직원도 아니고 내 동생으로서도 자격을 잃었어. 사무실 얼씬 말라는 내 말 잊었니?"

"아직도 그 일로 화났냐? 그 인간이랑 쫑 낸 지가 벌써 한 달이나 됐구만. 그 인간이 내가 언니 동생이라는 거 알고 작정하고 덤빈 거야. 사기꾼이었다니까. 언니가 매장 허가 난 거 취소하니까 본색 드러내면서 협박까지 했다고. 아빠 아니었으면 나 진짜 그 자식한테 털릴 뻔했단 말이야. 하여간 남자들이란."

"너 지금 그걸 말이라고……!"

동생의 언사에 황당함을 넘은 분노를 느끼는 듯 심 대표의 표정이 심하게 일그러졌다. 그럴 수밖에. 그 사건으로 심 대표는 회사 홈페이지 사내 게시판에 사과문까지 게재했다. 그만큼 회사에선 이슈가 되었던 일이고, 그 일 때문에 대표의 대외적 이미지도 크게 상처를 입었다. 그런데 정작 그 사건의 원인 제공자인 동생은 이렇듯 아무렇지도 않게 샤방샤방 밝은 모습을 하고 있으니 화가 안 나면 그게 정상이겠는가.

그러고 보면 심 대표도 참 불쌍한 사람이다. 아버지는 심 대표

를 재산 증식의 수단으로 이용하고, 어머니는 일찍 돌아가셔서 본
인 스스로가 동생들을 챙겨야 하는 상황인데다가, 동생들마저 항
상 심 대표를 힘들게 한다. 때문에 가끔은 심 대표가 결혼을 하지
않으려는 이유가 이런 말썽꾸러기 동생들 뒤치다꺼리를 위해서가
아닐까 생각하게 되는 양 비서였다.

"어? 이분은 누구셔?"

심 대표가 황당해하든 말든, 화를 내든 말든 그녀의 동생 효이
는 신경 쓰이지 않는 모양이다. 두 눈 부릅뜨고 자신을 노려보는
심 대표를 싹 무시하고 뒤따라 들어온 수습사원 이찬현을 향해 방
긋 웃는 걸 보면. 효이는 보물섬을 발견한 잭 스패로우의 그것처
럼 휘둥그레진 눈으로 이찬현의 면면을 재빨리 스캔하며 흥미롭
게 생글거렸다.

"새로 계약한 모델인가? 처음 보는 얼굴이네?"

"……."

"괜찮은데? 어디서 이런 보물을 다 찾아낸 거야? 원래 언니, 만
날 애늙은이 같은 남자들만 좋아라 했잖아. 언니도 이젠 남자란
역시 연하다 하는 내 주장에 귀 기울이기 시작한 거구나? 아니면
날 위해 준비한 선물? 취향이 꽤 젊어졌는데? 우쭈쭈! 애 너, 몇
짤? 스물? 스물둘? 아니면 고등학생이니? 너 참 덮치고 싶게 생겼
구나? 눈이 아주 촉촉해."

"심효이."

"아아, 고등학생이면 안 되는데. 아청법에 걸리면 나 철컹철컹
손에 쇠고랑 차는데. 어쨌든 너, 내 스타일이다. 눈, 코, 입 전부

다 내 마음에 쏙 들어."

"효이야!"

"특히 이 턱선이……."

새로운 장난감을 손에 넣은 어린아이처럼 맑은 눈을 반짝반짝 빛내며 효이가 천천히 가늘고 긴 손가락을 뻗어 이찬현의 턱을 부드럽게 쥐었다. 로봇처럼 반듯하게 서서 꽁꽁 얼어붙은 듯 꼼짝하지 않고 서 있던 이찬현의 눈썹이 훌쩍 휘어 올라갔다. 표정으론 드러나지 않았지만 하은은 알 수 있었다. 이찬현의 기분이 땅바닥으로 처참하게 내팽개쳐져 나뒹굴기 시작했음을.

함께 일하게 된 지 단 3주뿐이지만 사람 파악하는 데에 능수능란한 양 비서는 이찬현이 세상 그 누구보다도 더 자존심이 세고 완벽주의자란 걸 이미 간파하고 있었다. 기질적으로 타고난 것 같은 느낌이랄까. 딱히 드러내 놓고 성질 자랑하는 타입은 아니지만 묘하게 까다롭고 도도한 구석이 있었다.

아, 물론 그렇다고 제 잘난 맛에 사는 재수 없고 밥맛 떨어지는 스타일은 아니다. 일에 있어서는 원칙주의자에다가 상대에게 틈을 안 보이는 완벽하고 깔끔한 남자이긴 하지만, 평소엔 꽤나 친절하고 다정한 사람이다. 귀찮게 찾아와 선물 공세를 퍼거나 밥 한번 먹자고 달려드는 여사원들을 하나같이 웃으며 만나주는 걸 보면 거의 보살급. 짜증 한 번을 안 내고 부드럽게 웃어주는 그를 사내 여직원들은 샤이닝의 꽃(플라워), 일명 '샤플'이라 불렀다.

"아주 마음에 들어."

효이가 A급 노예를 손에 넣은 노예상인처럼 만족스럽게 중얼거릴 때였다. 탁, 찬현이 효이의 손을 싸늘히 쳐냈다. 그리고 놀라는 효이를 향해 이렇게 중얼거렸다.

"너 몇 살이냐?"

깊고 부드러운, 짐짓 음울하게 들리지만 그 부드러움에 듣는 사람으로 하여금 나른함마저 느끼게 하는 목소리가 비서실에 울려 퍼졌다. 앳된 얼굴과는 전혀 다른 음성이 흘러나오자 효이는 놀란 듯 두 눈을 훌쩍 키웠다. 그리곤 신기한 듯 더욱 활짝 웃으며 그를 향해 덤비려 했으나,

"너 이리 들어와."

매력적인 남자 앞에서도 늘 분별력 있고 지극히 정상적인 행동을 하시는 강철 여인 심효우가 효이를 낚아채 대표실로 들어갔다.

생긴 게 딱 미남계 스파이

"진짜 모델 아니야? 모델도 연예인도 아닌데 저렇게 잘생겼단 말이야? 우와! 우와! 대~박! 나 저런 일반인은 처음 봐! 언니, 나한테 거짓말하는 거 아니야?"

"내가 그런 거짓말을 왜 하니? 저 사람은 이번에 새로 들어온 우리 회사 신입이야."

"진짜? 뻥 아니야?"

"넌 왜 이렇게 경솔하니? 네가 이러면 내 얼굴이 뭐가 돼?"

"언니 얼굴이 왜? 내가 뭘 어쨌게? 난 그냥 되게 어려 보이는 꽃미남이 있기에, 아~ 새로 계약한 모델인가 보다 했지. 그럴 만하잖아. 저 얼굴이면 연예인이라고 해도 믿겠구만. A급 외모야. 어떻게 저런 사람이 아직까지 연예인이 안 됐지? 길거리 캐스팅, 그거 은근히 흔하거든. 나도 세 번이나 당해봤어. 우리나라 연예

기획사들 눈이 보통 눈이야? 떡잎부터 알아보고 어릴 때 이미 다 캐스팅해 가는 애들이잖아. 저 사람도 분명 캐스팅 당해봤을걸.”

“너 지금 이찬현 씨가 누군지나 알고 이런 말 하는 거니?”

“왜? 무슨 특이 사항 있어? 누군데? 뭐 하는 사람인데?”

흥미가 만땅된 두 눈을 반짝 뜨고 효이가 얼굴을 들이밀며 캐묻는다. 세 자매 중 이성에 대한 호기심이 가장 왕성한 녀석답게 찬현에 대해서도 매우 적극적이다. 이찬현은 효이가 늘 부르짖던 꽃미남의 전형이니 그럴 만도 하다.

“됐다. 네가 알아봤자 일만 복잡해지지.”

효우는 시야 안으로 쳐들어오는 효이 얼굴을 밀어내며 훅 한숨을 내쉬었다. 찬현이 고려호텔 이신양 회장 손자라는 걸 알면 심효이는 절대로 가만있지 않을 것이다. 한강에 빠지면 입만 동동 뜰 거라는 수다쟁이에 ‘내겐 비밀은 없다!’가 모토인 심효이이니 동네방네 떠들고 다닐 게 뻔하다. 이래저래 찬현을 위해서도, 자신을 위해서도 아직은 그의 신분에 대해선 비밀에 붙여두는 게 좋았다.

“엇! 뭔가 있는데? 냄새가 아주 구려. 저 남자, 보통 신입사원은 아니지?”

“노코멘트다. 물어봐도 대답 안 해줄 거야.”

“점점 더 수상해. 뭔데? 어떤 사람인데? 뭐 하는 남자야? 엉?”

“넌 몰라도 된다고, 글쎄.”

컴퓨터 책상 앞 의자에 앉으며 효우는 다시금 힘주어 말했다. 아무리 캐물어도 대답 따위 해주지 않겠다는 나름의 강력한 어필이었으나 그녀의 이마에 지익 그어진 주름을 빤히 내려다보는 효이의 표정은 점점 더 흥미진진, 재미있어지고 있었다. 효이는 심심한 차에 잘됐다는 얼굴로 아예 효우의 코앞에 제 잘난 면상을 들이대며 생글거리기 시작하였다.

"혹시 애인이야? 아빠 몰래 만나려고 꽁꽁 숨겨놓은 남자, 맞지?"

"뭐?"

"맞구나? 내 말이 맞지? 어쩐지 요새 언니 블로그에 올라오는 내용들이 남다르다 했어. 포스팅이 갑자기 화장품보단 남자 관련 내용 위주로 바뀌기 시작했던데. 와이셔츠가 어떻고, 손마디가 어떻고, 힘줄은 또 뭐 어떻고. 언니, 요즘 남자 손에 페티시 생긴 거 같더라?"

"뭐, 뭐라고? 너 진짜 미쳤니?"

"저 남자 때문이지? 저 남자를 만나면서 언니의 내면에 숨어 있던 욕구가 확~"

"심효이! 너 진짜!"

"사귄 지 얼마나 됐어? 어떻게 만난 거야? 진짜 신입사원인데 언니가 꼴깍 한 거야?"

"야!"

"이열~ 우리 언니 은근히 능력 좋아. 내가 보기엔 많아야 스물다섯쯤 되어 보이던데. 나이 차이가 좀 나는 거 아니야? 뭐, 언니 얼굴도 동안인 편이라 다행히 아줌마가 남고생이랑 원조교제하는 삘은 안 나지만 그래도 좀 많이 차이난다. 아빠한텐 절대로 비밀로 해야겠는데? 언니한테 남자가, 그것도 나이 어린 연하남이 붙었다는 걸 알면 그날로 사람 풀고 뒷조사할 양반이잖아. 언니야 어차피 결혼 같은 거 꿈도 안 꾸는 독신주의자이고, 저 남자를 만나는 것도 마음껏 즐기기 위해서이겠지만 아빠는 아직도 언니 결혼 포기하지 않았어, 알지?"

"넌 대체 지금 무슨 말을 하는 거야?"

"제대로 즐기려면 아빠 몰래 만나야 한다고. 절대로 들키면 안 된단 말이야. 아빠 귀에 이 사실이 들어가는 순간, 언니의 자유로운 섹스 라이프는 끝! 그러니까 비밀을 지켜야 한다는 거지. 그리고 그러려면 알지? 내 입부터 막아야 되는 거."

간덩이가 부었나. 세상 모든 것을 얼려 버릴 만큼 차가운 언니 앞에서 효이는 무섭지도 않은가 보다. 봄바람이 야들야들 휘날리듯 살랑살랑 눈웃음까지 지으며 효이는 한 손을 척 언니의 아름다운 턱 앞에 펼쳐 놓았다. 내놓으슈, 라는 듯.

얼씨구, 돈이 필요해서 오셨군. 그럼 그렇지, 이 계집애.

효우는 얄미운 동생을 향해 눈을 슬쩍 흘기며 입술을 싸하게 비틀었다.

"미안하지만 틀렸어. 잘못 짚었다고, 너. 난 저 사람 만나는 것도 아니고, 좋아하는 사이도 아니야. 내 페티시의 상대도 저 사람 아니고."

"에이, 거짓말하지 마. 딱 저 사람이던데, 뭘. 와이셔츠가 저렇게 어울리는 사람 솔직히 엄청 드물거든? 내가 매의 눈으로 훑어봤는데, 손도 섹시해. 언니의 페티시 상대인 게 확실하다니까. 일단 언니 주변에 저렇게 괜찮은 남자가 없잖아.”

“내 주위에 괜찮은 사람이 있는지 없는지 네가 어떻게 알아?”

“왜 몰라? 언니 친구들 다 늙다리 노땅들인 거 세상이 다 아는데. 내가 저번에 언니 친구가 새로 오픈하는 와인바 따라갔다가 얼마나 힘들었는데. 지루해 죽는 줄 알았어, 아주. 어쩌면 하나같이 똑같냐. 다들 나 범생이요, 라고 얼굴에 써 붙이고 다니더라.”

“어쨌든 미안하지만 저 사람은 아니야. 난 내 직원과는 절대로 연애질 같은 거 안 해. 그건 내 지론이야. 평생 안 바뀌어. 그러니까 내가 저 사람이랑 어떻게든 엮여 있다는 쓸데없는 생각은 버려. 가능성이 단 0.1%도 없으니까.”

“정말?”

“아니라고요. 제발 좀 믿어라. 너 내가 헛소리하는 거 봤니?”

“스읏, 그럼 너무 아까운데.”

“아까워도 별수 있니. 취향도 아닌데 아깝다는 이유로 사귈 순 없잖아.”

“하긴 언니가 연하는 좀 싫어하지.”

“좀이 아니라 많이.”

“그럼 뭐 어쩔 수 없다. 내가 대신 접수해 주는 수밖에.”

막 노트북을 여는 순간, 효이가 발랄하기 그지없는 목소리로 혼잣말을 중얼거렸다. 이건 또 무슨 소리야? 접수라니?

“이찬현이라고 했지? 내가 원래 나보다 나이 많은 남잔 싫어하는데 생긴 게 워낙 출중하고 어려 보이니 내가 한번 만나주지, 뭐. 언니네 회사에서 근무하고 있으니까 신원은 확실할 테지? 일하는 건 어때? 잘해? 성격은? 변태 기질 있거나 평판이 안 좋거나 뭐 그러진 않지?"

"야, 너 지금 무슨……!"

"직원과 연애하지 않는다는 철칙은 언니 철칙이잖아. 그럼 나와는 전혀 상관없는 거지. 회사에 소문 안 나게 할게. 아빠한테도 안 들킬 거고. 난 언니보다 더 고수야. 아빠 몰래 남자 만나는 건 내 특기 중 하나잖아. 걱정할 필요 전혀 없어. 쌈빡하게 만나고 쿨하게 헤어질 거야. 어때? 콜? 허락하는 거지?"

"안 돼!"

코앞에 얼굴을 들이댄 채로 효이가 생긋생긋 웃으며 물어오자 효우는 저도 모르게 버럭 고함을 지르고 말았다. 머릿속으로, 눈앞으로 효이와 이찬현이 얽혀 지지고 볶는 광경이 선하게 지나갔기 때문이다.

"안 돼? 왜? 왜 안 되는데?"

"……"

당연하게도 효이가 이유를 물었다. 하지만 그녀의 질문에 딱히 떠오르는 해답은 없다. 분명 두 사람은 절대로 이어지면 안 된다는 생각이 강력히, 너무나도 강력하게 그녀의 뇌리를 지배하고 있는데, 그 어마어마한 파장의 생각이 무엇에 기반하고 있는지는 그녀 자신도 도무지 알아낼 수가 없었다. 모르겠으니 대답이 나올 리도 없었다. 꿀 먹은 벙어리처럼 입 꾹 다문 채로 효우는 효이를 멀뚱멀뚱 바라보고만 있었다.

"왜 말을 못 해? 내가 저 남자랑 만나면 안 되는 이유가 대체 뭐냐고."

"그, 그건……."

"언니, 갑자기 왜 그래? 말까지 더듬고. 이상하네. 무슨 일이
야? 진짜 저 사람이랑 아무 사이 아닌 거 맞아?"

"아니야! 정말 아니야! 저 사람은……!"

효우는 말문이 턱 막힌 상태로 꿀꺽 마른침을 삼켰다. 그리곤
껌뻑껌뻑 바보처럼 눈을 깜빡거리더니만 점점 의심이 쌓이는 듯
두 눈을 가늘게 좁히며 수상쩍게 흘겨보는 효이를 향해 단호하게
소리쳤다.

"효아한테 줄 거야!"

"엉?"

"효, 효아한테 줄 거라고. 효아 짝으로 내가 점찍어놓았어."

"효아 언니…… 짝으로?"

"그래. 성격이나 뭐나 너보다는 효아한테 더 어울리는 사람이
야. 그렇다고 난 판단했어. 너도 알다시피 효아가 남자 앞에서 내
숭 떠는 거 못하잖아. 남자친구는 수두룩해도 애인은 절대 못 만
들고."

"모태솔로이긴 하지, 효아 언니가."

"저대로 가만두면 내 꼴 나지 싶었어. 나이가 벌써 스물일곱이
나 먹었는데 연애 한번 제대로 못하고 늙게 내버려 둘 순 없잖니.
괜찮은 남자 하나 소개해 주면 억지로라도 사귀어보지 않을까 생
각해 봤어. 물론 아직 이찬현 씨한텐 말 안 했고."

"기회를 엿보고 있었구나?"

“뭐, 그런 셈이지.”

“음, 그렇다면…….”

효이가 곱디고운 미간을 훅 찌푸리더니 잠시 생각에 잠긴 듯 고개를 흔들며 입술을 비틀었다. 효우는 거짓말을 술술 내뱉었던 제 입술을 질끈 깨물고는 콕콕 쑤셔오는 양심을 부여잡고 훅 한숨을 내쉬었다. 미쳤지. 대체 어쩌자고 그런 거짓말까지 둘러댄 것인지.

“어쩔 수 없네. 내가 포기해야지.”

“어?”

“내가 또 의리 하난 지존이잖아. 모태솔로 심효아를 솔로에서 탈출 좀 시켜보겠다는데 내가 중간에서 파토 낼 순 없지 않겠어? 나야 뭐 마음만 먹으면 언제든지 괜찮은 남자를 접수할 수 있으니까 이찬현은 내가 양보할게.”

“어, 어…….”

다행이다. 세상 남자들을 모두 낚을 그물녀 심효이가 이찬현을 포기한단다. 도대체 이 순간 자신이 왜 이토록 안도하고 있는지 딱히 생각해 볼 틈도 없이 효우는 길게 안도의 한숨을 내쉬며 의자에 깊숙이 몸을 뉘었다. 긴장감이 일시에 풀리며 기가 싹 빨린 기분까지 들어 온몸이 무겁게 착 가라앉는 것만 같다.

이게 다 무슨 일인지. 내가 왜 이러고 있어야 하는 건지. 아, 어지러워. 현기증마저 느끼며 효우는 반쯤 풀린 눈을 멍하니 들었다. 코앞에는 아직 찾아온 용무가 다 끝나지 않은 듯 두 눈을 초롱초롱 뜬 채 자신을 바라보는 효이가 있었다.

"근데 그거 알아? 나 아까 이찬현 씨 보자마자 스파이가 아닌지 의심했다?"

"스파이?"

"생긴 게 딱 여자 홀려서 정보 빼내가는 미남계 스파이 같잖아. 007 제임스 본드— 빵!"

"그게 무슨 헛소리야?"

"사실 요즘 마녀랑 돼지들이 나한테 장난 아니게 껄떡거리고 있거든. 아주 날 자기네 편으로 끌어들이려고 혈안이 되어 있어. 날 보면 자기네 어릴 때를 보는 것 같다나 어쩐다나. 내가 지네 과(科)래."

"마녀랑 돼지들이? 뭐야, 그 사람들이 너한테 무슨 짓 해? 설마 너한테 해코지하는 거야?"

마녀와 돼지 애기가 나오자마자 절로 효우의 몸에 에너지가 풀로 충전되었다. 자동으로 목소리에 날카로운 쇳소리가 장착되어 폭풍메탈 샤우팅이 나오는 것이다. 대경실색하여 잠시 의자에 뉘었던 몸까지 벌떡 일으켜 세우자, 태연자약하게 얘길 꺼내고 있던 효이가 화들짝 놀라 언니를 진정시켰다.

"아아, 컴 다운, 컴 다운. 테이킷 이지(Calm down, calm down. Take it easy)! 그런 거 아니니까 놀라지 마, 언니."

"안 놀라게 생겼니? 그 사람들이 얼마나 무서운지 내가 다 아는데. 그러게 내가 뭐랬어. 언니 따라 나오랬지. 무슨 좋은 꼴을 보겠다고 거기 남아, 남길."

"말했잖아. 난 기름지고 풍요로운 아빠의 집이 좋다고. 좋은 집과 음식, 다달이 통장에 입금되는 용돈 다 포기할 수 없었어. 집

나가면 개고생이란 말도 있잖아. 언닌 능력 있어서 제 앞가림 잘 하니 독립하는 게 어렵지 않았겠지만 난 아니야. 효아 언니처럼 검소하게 사는 편도 아니라서 난 아빠의 돈 없인 하루도 못 살아. 그리고 우리가 왜 나가야 해? 거긴 우리 아빠 집이고 우린 아빠 딸 이야. 그곳을 지킬 사람은 우리라고.”

“언니가 독립하게 된 이유, 너도 잘 알잖아.”

“알지, 효아 언니 때문이라는 거. 다시 말하지만 언니 결정 존중 해. 그럴 수밖에 없었던 거 이해하기도 하고. 효아 언니가 아빠한 테 그런 취급 받는 거 나도 싫었어. 하지만 그것과 별개로 난 남을 거야. 무슨 일이 있어도 아빠 집에 붙어 있을 거라고. 안 나가. 나 가야 한다면 마녀랑 돼지들이 나가야지.”

깜찍하고 예쁘기 그지없던 효이의 얼굴 위로 썩은 미소가 떠올 랐다. 그녀의 입에서 거침없이 흘러나오는 마녀와 돼지들. 마녀는 새어머니 강영란을 말하는 것이며 돼지들은 그녀의 아들들인 박 상구, 박형구를 지칭하는 말이다. 부잣집 딸로 태어나 부족할 것 없이 행복하게 자라던 효우와 두 동생의 인생을 하루아침에 재투 성이 구박받이로 전락시킨 장본인들. 아버지가 없는 집안에서 온 갖 횡포를 휘둘렀던 그들은 당시 불과 아홉 살의 어린 나이였던 효이에게 악당 그 이상도 이하도 아니었다. ‘마녀와 돼지들’이라 는 별명도 효이가 지은 것이다.

“아무튼 그 돼지들이 자꾸 나더러 언니네 회사 정보를 알아오 래.”

“뭐?”

“그 사람들, 내가 언니 따라나서지 않은 걸 다른 쪽으로 오해하
나 봐. 충분히 자기네 편으로 끌어들일 수 있을 거라 착각한 거지.
그래서 나한테 스파이질이나 해보지 않겠냐고 꼬드기는 것이고.”

“뭘 알아오라는 거야? 우리 회사랑 자기네들이 무슨 상관이라
고? 설마 우리 회사를 어떻게 해보겠다 생각하는 거야? 여긴 아버
지가 대주주로 있는 회사야. 아버지가 직접 관할하기 힘드니까 날
보내신 거라고. 그런데 대체 그 인간들이 뭘 어쩌려고?”

“아빠한테 신임 받고 있는 언니가 꼴 보기 싫고 배 아픈 거 아니
겠어? 처음 아빠가 언니한테 여길 맡길 때만 해도 언니가 이렇게
잘 꾸려갈 줄은 몰랐겠지. 언니 능력 얕잡아보고 당연히 쫄딱 망
할 거라 여겼을걸. 하지만 지금 언닐 봐. 너무나 잘해내고 있잖아?
하트앤소울 주가가 연일 상한가를 치고 올라가는 걸 보면 언니가
얼마나 장한 일을 해내고 있는지 알 수 있지. 아빠도 언니의 능력
이 얼마나 대단한지 새삼 깨닫고 있을 거야. 일이 이렇게 언니 쪽
으로 술술 잘 돌아가면 아빠가 우리 백화점을 누구한테 맡기실 것
같아? 그 돼지들, 특별히 하는 일도 없이 남자라는 이유로, 말 잘
듣는 꼭두각시 역할 잘해낸다는 이유로 백화점 상무 노릇하며 한
량처럼 놀고 있는데. 그 사람들보다야 언니가 백배 낫다는 걸 아
빠도 곧 인정하실 거야. 아무리 마녀가 아빠 눈과 귀를 막는다 해
도 말이야.”

“겨우 그런 이유로 날 방해하려 한단 말이야? 아버지가 대주주
로 있는 회사를 망치려 든다고? 그 인간들이 돌았구나. 미쳐도 단
단히 미쳤어.”

"그 돼지들이 하는 말을 들어보니까, 이미 하트앤소울에 첩자를 심어놓은 것 같았어. 회사 굴러가는 소식을 죄다 알고 있었거든. 실제로 그 돼지들이 나한테 말하기도 했어. 소식통이 따로 있다고. 그래서 생각해 봤지. 이찬현이 언니 홀려내서 쑥쑥 정보를 빼내가고 있는 게 아닐까 하고."

"이찬현이 스파이라고?"

"근데 아닌 것 같아. 신입이라며. 돼지들은 기존 직원한테 손을 뻗은 것 같았어. 회사의 내밀한 정보를 전부 다 알 수 있는 그런 위치의 사람과 접촉했다고 했거든."

"미치겠네."

거칠게 훅 숨을 토해내며 효우는 멍하니 중얼거렸다. 띵한 머리를 한 손으로 짚고 혼란스러운 머릿속을 정리해 보자니 이해 안 되는 게 한두 개가 아니다. 도대체 그들은 왜 자신을 견제하는 건가? 이미 모든 걸 가지고 있으면서. 아버지의 신임도, 회사도, 가정도 모두 그들이 꿰차고 앉아 있질 않은가. 효우는 심지어 빼앗길 것도 없었다. 손에 쥔 게 동생들 외엔 아무것도 없단 말이다. 그럼에도 앞으로 빼앗아갈 가능성이 있다는 이유로 자신을 이렇듯 신경 쓰다니. 아예 씨를 말려 버리겠다는 심사가 아니고서야……

"언니 요즘 중요한 프로젝트를 구상 중이라며. 투자금 확보를 위해 주주 명단을 훑고 있다던데, 혹시 그 사실 누구누구 알고 있어?"

"그 인간들이 그것까지 알고 있어?"

"며칠 전 언니가 제이 리라는 한국계 미국인과 접촉을 시도했다는 것도. 그건 정말 극비라던데……."

"극비 맞아."

아무도 모르는 초특급 극비 사항이다. 그녀와 단 한 사람, 둘밖에 모르는 톱 시크릿. 그걸 저쪽에서도 알고 있다니 충격이다.

"극비 사항은 함부로 말하면 안 되는 거잖아, 그렇지?"

"……."

"누구야, 언니 외에 알고 있는 사람이?"

굳은 채로 싸하게 식어가는 언니의 얼굴을 걱정스럽게 바라보며 효이가 물었다. 효우는 참담한 마음으로 천천히 자그맣게 속삭였다.

"그 사람은 바로……."

*

"근데 이찬현 씨, 대표님 밑에서 일하기 힘들지 않아요?"

정신이 없을 정도로 복잡하고 수다스러운 시간. 수많은 여직원들에 떠밀려 점심을 마치고 돌아오면 어김없이 찾아오는 Q&A 시간을 꿋꿋이 웃으며 견뎌내는 와중, 귀에 쏙 박히는 질문이 있었으니 대부분의 질문을 미소로 때우고 대강 아무렇게나 받아넘기는 대단한 스킬의 이찬현에게도 흘려버리기 힘든 질문이 있음을 깨닫는 순간이다.

"어떻게 그렇게 오래 버텨요? 벌써 한 달 다 됐죠? 인내심이 대단한 것 같아."

"맞아, 나라면 절대로 못해. 엄청 무서우시잖아."

"조금만 실수해도 불벼락이 떨어진다면서? 왜, 김영호 이사님 한테도 그 얼음장 같은 목소리로 소리쳤다며."

"그러게. 나 그 소문 듣고 놀랐잖아. 김영호 이사님 너무 안쓰럽더라. 김 이사님, 대표님 오시기 전부터 이 회사에 몸담았던 분이잖아. 한평생 화장품 외길 인생. 전에 모시던 대표님이 그렇게 가고 회사 다 망해가는 와중에도 안 떠나고 꿋꿋이 버티신 분이었어. 회사 살리려고 이리 뛰고 저리 뛰고 정말 대단하셨다니까. 그 결과가 바로 지금 대표님이시잖아. 근데 그런 분이 자식뻘 되는 새파란 여자 앞에서 그 굴욕을 당해야 했으니, 쯧쯧."

"대표님이 너무 기가 세셔, 솔직히."

"그렇지. 지금의 샤이닝이 있기까지 대표님 공이 컸다는 것도 인정하고, 능력도 리더십도 겸비하신 훌륭한 분이라는 것도 인정하겠는데 인간적으로 진짜 너무 차갑고 무서우신 것 같아. 난 우연히 대표님과 눈만 마주쳐도 사시나무 떨 듯이 덜덜 떤다니까."

"무슨 죄 지었어? 떨긴 왜 떨어? 대표님이 뭘 어쨌다고."

여직원들이 하나같이 무섭단 의견을 내놓는데 양 비서가 딸깍 제지하고 나선다. 양하은 비서는 찬현과 한 사무실에서 근무하고 있다는 이유로 아까부터 떡하니 그의 옆자리를 꿰차고 앉아 대화를 주도해 나가고 있었다. 그녀가 사람들 앞에서 유난히 그와의 친분을 과시하는 것이 불편하긴 했지만 그녀 때문에 많은 관심이 중도 차단되는 것도 사실이니 찬현은 딱히 그녀의 찰싹 들러붙음을 거부하진 않았다.

"하은 씬 대표님이 안 무서워? 하긴, 모시고 일한 지 벌써 3년이니 좀 덜 무섭긴 하겠다."

"오랫동안 모시고 일해서 안 무서운 게 아니라 원래 대표님이 안 무서우셔. 되게 쿨하고 합리적이신 분인데, 뭐. 물론 호통 치실 때도 있어. 완전 화났을 때. 하지만 그건 정말 가끔이고 보통은 순하고 착하신 편이야."

"에이, 뻥. 소문 들어보니까 진짜 장난 아니시던데. 말소리에서 얼음이 뚝뚝 떨어진다더라. 완벽하고 정확한 거 아님 용납 못하시고, 공주 태생 특유의 시선도 무지 차갑고 무섭다던데? 그 눈에 한 번 잘못 걸리면 심장에 고드름 날아와 박히는 것처럼 아프다던데, 뭘."

"어디서 이상한 소리만 듣고 와서 헛소리야? 공주 태생 시선은 또 뭐야? 말소리가 얼음 같다니, 그런 말은 또 어디서 들었어?"

"직접 겪어본 사람들이 해준 말이야. 헛소리 아니라고."

"너희들, 내 말 못 믿니? 내가 바로 대표님을 3년이나 가까이에서 모신 양하은 비서라고. 내가 안 무섭다는데 왜들 난리야? 우리 대표님 성격 좋으셔. 마음이 곱긴 또 얼마나 고우신대. 물론 말투가 쌀쌀맞긴 해. 도도한 카리스마가 있으시지. 근데 그건 어디까지나 그분 특유의 말투일 뿐이고, 사실은 대표님 귀여우신 분이야."

"뭐? 귀여……?"

"……."

"……."

일순 잠깐의 침묵이 흘렀다. 폭풍이 몰아친 직후의 도시처럼 조용. 반론이든 동조든 그 어떤 말도 입 밖으로 꺼내는 이 하나 없이 초토화. 아무래도 이 자리에 모여 있는 다섯 명의 여인들은 양하은의 '대표님 귀요미 說'에 동의하고 싶은 생각이 전혀 없는 모양이다.

왜? 귀엽던데. 더 몰아붙이면 어디까지 귀여워질까 한 번쯤 시험해 보고 싶을 정도로. 이를테면 스타킹 올 나간 것도 모르고 돌아다닐 때나, 남자와 고작 엘리베이터 같이 탄 걸로 잔뜩 긴장할 때, 혹은 철없는 동생의 주절거림에 부끄러워할 때. 찬현은 최근 그녀가 보인 반응들을 마음속으로 하나둘 꼽아보며 씩 입술 언저리를 말아 올렸다.

그녀는 두꺼운 화장으로, 차가운 말투로, 싸늘한 시선으로 자신의 본질인 '사랑스러움'을 죽기 살기로 감추고 있었다. 대외적으론 그 가면이 꽤 성공적으로 작용하여 제대로 이미지메이킹이 되고 있기도 하다. 하지만 그의 앞에서만큼은 아니었다. 그는 그녀와 함께한 지 단 며칠 만에 금세 파악할 수 있었다. 그녀는 냉함을 가장하고 있지만 실은 전혀 차갑지 않다는 것을. 그녀는 겉모습과는 달리 오히려 뜨거운 사람이다. 단지 내면에 득시글거리는 욕구를 꾸역꾸역 쑤셔 넣고 감추려 드는 고집 센 여자일 뿐이다.

그리고 그녀가 죽기 살기로 숨기고 자제하려는 그 열(熱)과 욕(慾)의 대상자는 바로 자신 이찬현이었다. 그녀는 자신을 향해 본능적이고도 극렬한 욕구를 품고 있음이 틀림없었다. 그 사실을 깨닫게 된 후부터 찬현의 위험한 호기심과 충동은 예상하지 못하는 곳으로 그 방향을 틀어버렸다. 내면 가장 깊은 곳, 가장 밑바닥까지 파묻혀 봉인되어 버린 심효우의 열망, 완벽한 이성으로 중무장한 심효우가 제어하지 못하는 심장, 그는 그것을 손에 넣고 싶어졌다. 아무도 가져 본 적 없는 그것을 굳이 꼭 갖고 싶어졌다는 말이다.

왜 이런 생각을 하게 된 건지, 그녀에게 왜 이토록 집착하는 건지 그건 그 자신도 아직 알 수 없었다. 단지 호기심인지, 경쟁심인지, 승부욕인지 그것 역시 판가름하기 힘들다. 굳이 그 문제에 골몰하기도 싫다. 귀찮다. 지금으로선 심리 분석보다는 추격 본능, 소유 본능에 더 충실하고 싶다. 때문에 자신이 심효우 포획 작전에 미친 듯 빠져들고 있는 이유에 대해선 그녀를 완벽하게 손에 넣은 이후에 본격적으로 생각하기로 했다.

"으아, 하은 씨, 진짜 아부 심하게 하네. 여기 대표님도 없으신데 왜 이리 오버야?"

"진짜 방금 소름 끼쳤어. 뭐야? 왜 이래? 대표님이 하은 씨한테 감시카메라라도 붙여놓았어? 그래서 이러는 거야?"

"오버 아니야! 진짜 대표님 귀여우신데. 자세히 봐. 화장을 두껍게 해서 그렇지 얼굴에 주근깨도 있으셔. 웃으실 땐 눈웃음 작렬이시고, 가끔 구두 꺾여서 넘어질 뻔할 땐 얼마나 얼굴이 빨개지시는데. 나한테 윙크도 날리면서 입 다물어달라고 애교도 피우신다니까."

"애, 애교?"

"헐."

“말도 안 돼.”

“믿을 수 없어.”

하나같은 반응이 나왔다. 다들 찌푸리고 입까지 벌린 얼굴 표정으로 보아 양 비서가 거짓말하고 있다 생각하는 것 같았다.

“어쩌라고. 내가 봤는데 안 믿으면 어쩔 거야? 정 못 믿겠으면 이찬현 씨한테 물어보면 되잖아. 찬현 씨도 같이 일한 지 꽤 됐으니까 한 번쯤 봤을 거 아니야. 그렇죠? 본 적 있으시죠, 찬현 씨?”

“정말이에요? 찬현 씨도 대표님 그런 모습 본 적 있어요?”

어느새 또다시 날아온 질문. 찬현은 잠시 옹기종이 앉아 자신의 입만 뚫어져라 바라보고 있는 다섯 명의 여직원을 하나하나 눈을 맞추며 둘러보았다. 생각하는 시간을 버는 거였다. 사실대로 그녀가 웃는 모습을 아주 어렸을 때 본 적이 있다고 말을 해야 하는 건지 말아야 하는 건지.

“이찬현 씨.”

하지만 어찌해야 할지 결정을 채 내리기도 전에 얼음장처럼 차가운 목소리가 그를 호명했다. 자리에 있던 모든 직원이 경기를 일으키듯 화들짝 놀랐다. 들고 있던 커피를 쏟는가 하면 작게나마 비명을 지르기도.

태생부터 재벌에 똑똑하고 화려한 미인이라 방송계에서도 주목받고 있는 업계 최고의 셀러브리티. 자사의 대표 브랜드 ‘샤이닝’을 ‘돈 없는 10대들이나 쓰는 싸구려 화장품’에서 ‘해외 명품 버금가는 최고 품질의 20대가 선호하는 제품 1위’의 이미지로 탈바꿈시켜 놓은 능력 있는 CEO. 이 두 가지의 타이틀을 동시에 가지고 있는 심효우 대표가 그들 뒤에 서 있었다.

찬현은 직원들이 뒤집어지는 꼴을 가만히 지켜보며 천천히 그녀를 올려다보았다.

동생이 찾아온 날이었던가? 그날 이후부터 쭉 요 며칠 무언가에 골몰한 듯 멍한 모습을 자주 보이던 그녀는 아직도 여전히 혼란스러운 듯 흔들리는 눈으로 이쪽을 응시하고 있었다.

"나 좀 봐요."

모습은 초췌하고 불안해 보였지만 목소리는 여전히 차갑고 강단 있었다. 그녀는 직원들이 방금 무슨 애길 나눴는지에 대해서는 전혀 궁금하지 않은 듯 딱딱하게 용건을 말하고는 슥 그들을 지나쳐 갔다. 또각또각 특유의 자로 잰 듯 정확한 발자국 소리를 내면서.

찬현은 서로 쑤군거리기 시작하는 여직원들을 남겨두고 자리에서 일어났다. 상사가 부르면 지체 없이 달려가는 것은 부하직원의 도리. 그는 언제든지 그녀가 불렀을 때 달려갈 준비가 되어 있었다.

"단도직입적으로 묻겠어요."

대표실 안으로 들어서자마자 그녀의 딱딱하고 명료한 목소리가 그를 맞이했다. 그녀는 등을 보이고 선 채로 한 손은 허리에, 다른 한 손은 이마를 짚고 있었는데, 뒷모습이 눈에 띄게 경직되어 있었다. 긴장감이 역력한 그 모습에 직감적으로 그는 알 수 있었다. 그녀가 요 며칠 내내 괴로워하던 그 무언가에 대해 드디어 털어놓을 셈이라는 걸. 과연 며칠간 그녀를 괴롭힌 '그것'은 무엇일까 잠시 찬현은 생각해 보았다.

광고 문제는 아닐 것이다. 그 문제는 본인 스스로 얘기했듯 쉽게 해결될 일이 아니다. 회사 입지와 브랜드 인지도를 더 키워야만 근본적인 해결이 가능한 일이라는 걸 뻔히 알면서 그 문제로 쓸데없는 고민을 하진 않았을 것이다. 거기다 특정 잡지사 몇 군데 이외에는 광고 지면을 꾸준히 확보하고 있었다. 홍보 수단이 잡지 광고뿐이라면 몰라도 TV 광고와 인터넷 배너 광고까지 겸하고 있어서 현실적으로 큰 타격을 받은 것도 아니다. 금전적인 손해보다는 오히려 대기업의 물량 공세에 힘도 못 써보고 당하는 회사의 처지가 더 굴욕적으로 느껴졌을 터. 그래서 어떻게든 안정적인 투자를 받아내려 애를 쓰고 있는 것이 아니겠는가.

"이찬현 씨는 왜 내 밑에서 일하고 있는 거죠?"

말 그대로 단도직입적인, 망설임 하나 느껴지지 않는 차분하고 단호한 어조의 질문이 날아왔다. 예상 밖이다. 그녀의 밑에서 일한 지 벌써 한 달이거늘 이제야 이런 질문을 하는 이유가 대체 뭔지 그는 갑자기 궁금해졌다. 설마 겨우 이것 때문에 몇 날 며칠 두문불출 사무실에 틀어박혀 앉아 골몰하고 괴로워했던 것인가.

찬현은 꾹 입을 다문 채로 그녀의 딱딱한 어깨를 물끄러미 바라보았다.

"왜 우리 회사에 취직하려는 건가요? 3개월이라는 결코 짧지 않은 수습 기간까지 감수하면서 대체 당신은 왜 내 밑에서 일하고 있는 겁니까?"

"회사 규정이라고 하지 않으셨던가요? 정식사원 이전 수습 기간 3개월."

"그건 보통 신입사원의 얘기죠."

"제가 보통 신입사원이 아니란 말씀이십니까?"

"그것에 대한 답은 이찬현 씨 본인이 더 잘 알고 있을 텐데요."

"글쎄요. 낙하산으로 들어왔으니 보통 신입이 아니긴 합니다만."

심히 가벼운 그의 목소리가 차가운 공기로 가득 찬 실내를 윙 울리자마자 심효우는 휙 고개를 꺾어 이쪽을 돌아보았다. 그 대단한 기세에도 그는 주눅 들기는커녕 오히려 더 차분해짐을 느꼈다. 심효우가 균형감을 잃고 흔들리는 모습을 보고 있자니 역시 짜릿해진다. 그녀의 스타킹 올이 나간 모습을 목도한 그 순간만큼이나 강렬한 쾌감이었다.

"말장난하지 마세요. 일할 곳 없어 내 밑으로 들어온 게 아니란 건 누구보다도 내가 더 잘 압니다. 난 당신이 보통내기가 아니라는 걸 입사 일주일 만에 알았단 말입니다."

효우는 비장하리만치 험상궂은 얼굴 그대로 천천히 움직여 그에게 다가왔다. 한 발 한 발 더 가까이.

"처음 이신양 회장님께 부탁받을 땐 단순히 경력 쌓을 곳이 필요해서라고 생각했어요. 멀쩡한 회사에 들어갈 능력은 없고 고려호텔로 취직시키는 것도 눈치 보이고. 내 밑에서 몇 년 실무 경험 쌓고 경영 공부 하고 나면, 그 뒤라면 고려호텔로 데려가실 생각인가 보다 하고 넘겨짚었죠. 하지만 지금은 생각이 달라졌어요.

당신, 내 밑에 있기엔 너무 아까워."

"……."

"왜죠? 왜 내 밑에서 3개월 수습 기간이라는 굴욕을 기꺼이 감
수하고 있는 거죠? 그 능력과 배경으로 왜 우리 회사 같은 곳에 들
어와 일하는 겁니까? 목적이 뭐예요?"

코앞까지 다가와 우뚝 걸음을 멈춰 선 그녀가 음산하리만치 낮
게 깔린 저음으로 물었다. 찬현은 아무렇지도 않게 한쪽 입술 언
저리를 휘어 올려 형식적인 미소를 지었다. 그리곤 아무리 생각해
봐도 도무지 그녀의 말뜻을 알아듣지 못하겠다는 듯 어깨를 으쓱
끌어 올렸다. '이게 다 무슨 말씀이신지?' 의 의미로. 하지만 심효
우는 남자의 말에 쉽게 설득될 여인이 아니었다. 그녀는 더욱 가
늘게 좁혀 뜬 눈으로 찬현을 노려보며 차갑게 중얼거리듯 물었다.

"미국에선 뭐 했던 거죠? 학교 졸업 후 지금까지 5년 동안 대체
뭘 하고 있었던 거예요? 설마 여기저기 휴양지 돌아다니며 풍류를
즐겼다고는 하지 않겠죠? 난 당신 할아버지가 아니에요. 당신이
하는 말을 다 믿어주고 속아 넘어가 주는 이신양 회장님이 아닙니
다. 대충 얼버무리고 넘어갈 생각, 꿈도 꾸지 마세요."

"……."

"난 당신이 졸업 후 미국 사회에서 아예 종적을 감추었다는 것
도 알아요. 그게 몹시도 수상쩍은 행보라는 것도요."

"뒷조사도 하십니까, 심 대표님?"

"조사라는 거, 사람 부리는 덴 필수 아닌가요? 내가 당신의 뭘
믿고 들였겠습니까? 이신양 회장님 손자라는 것 외엔 아무 정보도

없는데.”

“아주 없진 않았을 텐데요. 대표님 머릿속에 있는 기억, 그것도 정보라면 정보 아닙니까?”

“17년 전의 짧은 기억 하나만 믿고 사람을 중용할 순 없죠.”

“짧은 기억?”

“난 사적인 일을 회사 업무로까지 끌어들이는 짓을 혐오하는 사람입니다. 그리고 그건 그쪽도 마찬가지라고 생각해요. 지금까지 당신, 그때 일을 거론한 적 단 한 번도 없잖아요. 어릴 적 추억 따위 일하는 데에 방해만 될 뿐이라는 걸 아주 잘 알고 있는 사람 같은데. 내 말 틀려요?”

핏발마저 서린 눈으로 효우는 찬현을 잔뜩 노려보고 있었다. 무엇 때문인지는 모르겠으나 상당히 격앙되어 있는 것만큼은 확실했다. 물론 그런 감정 상태임에도 불구하고 그녀는 철저히 냉정함을 유지하고 있었다. 참 대단하다 할 만큼 그녀는 셀프컨트롤이 잘되는 사람이었다. 이런 모습이 지금껏 그의 승부욕을 자극하고 충동질했다는 것을 감안하면 지금 그녀는 그를 향해 도발하고 있는 것이었다.

“대표님, 사람을 잘 못 믿으시는군요?”

“뭐요?”

“아랫사람을 못 믿는다는 건 치프 자리에 앉아 있는 대표로서 매우 치명적인 약점 아닌가요. 당신이 직접 뽑고 함께 일해온 사람입니다. 사업이 총성 없는 전쟁이라 치면 당신과 난 동료, 전우 아닙니까? 서로를 믿지 못한다면 한편으로 일할 이유도 없는 것 같은데, 그건 어떻게 생각하십니까, 심효우 대표님?"

"이것 봐요, 이찬현 씨. 지금 난……!"

그녀의 표정은 단번에 험상궂게 굳어버렸다. 하나 찬현은 심히 차분하고 잔잔하기 그지없는 눈으로 날카롭고 불타오르는 그녀의 눈을 지그시 내려다보았다. 그리고 전과는 사뭇 다른 싸하고 시크한 말투로, 낮고 메마른 듯하면서도 은밀한 목소리로 중얼거렸다.

"당신 말대로 난 어느 회사든 들어가 일할 수 있습니다. 어쩌면 나란 존재는 당신이 상상하는 그 이상일지도 모르죠."

"그 말, 무슨 뜻이죠?"

"당신이 알고 있는 대로 난 대학을 졸업한 후 지금까지 미국에서 다른 일을 해왔습니다. 한국의 지인들이 자기들 마음대로 유추하고 있는 것처럼 시골 휴양지나 돌며 평화로운 일상을 보내진 않았다는 거죠. 미국에서도 충분히 내 기반을 다졌고, 난 지금도 마음만 먹으면 어디든 입사할 능력과 실력을 갖췄다고 자부합니다. 아마 한국에서 나를 필요로 하는 사람도 많을 겁니다. 당신 말대로 난 하트앤소울이 아니어도 갈 곳이 아주 많은 사람이죠. 확실히 이런 작은 구멍가게에 들어와 한심한 일들을 하며 썩을 위인은 아닙니다. 그럼 당신은 이렇게 묻고 싶겠죠. 여긴 왜 들어왔느냐, 무슨 목적을 가지고 입사한 것이냐고."

"……."

"대답은 간단합니다. 모든 건 할아버님 때문이었어요. 내가 한국으로 들어오길 강력히 원한 분도 그분이고, 날 이 회사에 밀어넣은 분도 그분입니다. 알다시피 그 노인네께서 워낙 사기를 잘

치셔서 말입니다. 당장 초상 치르게 될 거란 말로 겁을 주시는 바람에 난 부랴부랴 한국으로 나와야 했고, 그분의 함정에 빠져 이회사까지 입사하게 된 겁니다.”

“왜요? 이 회장님께서 왜 그렇게까지……?”

“그건 나한테 할 질문이 아닌 것 같은데?”

이해가 안 된다는 듯 미간을 찌푸린 그녀의 말을 가로막고 그가읊조렸다. 그리곤 슥 고개를 끌어 내려 그녀의 귓가에 입술을 대고 이렇게 속삭였다.

“그분께 여쭤셔야죠, 대표님.”

달달하고 따뜻한 입김과 함께 그의 입술이 머리카락을 스치고지나갔다. 일순 귓불 근처로 따가운 기운이, 머리끝으로는 화기가올라왔다. 훅 거칠게 숨을 들이쉬며 그녀는 황급히 한 발자국 뒤로 물러서는 수밖에 없었다.

“거, 거절할 수도 있었잖아요!”

목소리가 거칠고 조금은 과격하게 튀어나왔다. 평소와는 너무나 다른 정제되지 않는 허스키보이스에 효우는 딱 입을 닫았다.선생님의 ‘합죽이가 됩시다, 합!’ 하는 구호라도 들은 학생처럼 정말 딱. 두 눈까지 동그랗게 뜬 채라 얼핏 보기엔 일곱 살 유치원생같았다. 피식. 찬현이 그 순간 미소를 흘리지 않을 방도는 없었다.그녀는 그 순간만큼은 또랑또랑하여 귀여움의 극치를 보여주고있었으니까.

이 여자, 어릴 때랑 똑같은 버릇을 아직도 가지고 있네.

“내, 내 말은…… 할아버지 말씀을 거역할 수도 있었단 말이에요. 미국서 정착할 거라 했다면서요. 얘기 들어보니 딱히 지금까지도 할아버지 말씀을 잘 들은 것도 아니던데, 거절하면 되지 왜 이번 일만 굳이 할아버지 말씀을 듣겠다고……."

거절하고 싶은 생각이 싹 사라졌으니까. 당신한테 흥미가 생겼거든, 심효우 대표.

"미국서 정착하겠단 말을 제가 한 적 있던가요?"

"회장님과 가족분들은 이찬현 씨가 한국으로 들어오길 바랐고, 이찬현 씨는 극구 사양했던 걸로 알아요. 안타까운 일이지만 그쪽이 회장님 속 썩인 사연, 사교계 출입하는 사람이라면 거의 다 알고 있을 겁니다."

"뭐, 대강은 짐작하고 있었습니다. 할아버님께서 조금 수다스러우셔서. 만나는 사람들마다 손 붙잡고 말씀하셨겠죠. 코쟁이 손자며느리는 결단코 막을 거라고."

"나한테도 그리 말씀하셨어요. 그래서 그분이 하신 부탁도 들어드린 거고요. 하지만 당신은 이 회장님 말씀을 들을 이유가 없……."

"제 조부님이십니다."

"……."

"절 뭐로 생각하시는 겁니까? 불효자? 가족이고 뭐고 자신의 입신양명에만 혈안이 되어 있는 파렴치한? 노쇠한 조부의 애절한 부탁마저 저버릴 만큼 이기적인 불한당?"

"할아버지 때문에 우리 회사에 들어왔다는 거예요? 정말로?"

믿을 수 없다는 얼굴로 그녀가 중얼거렸다. 그 잔뜩 구겨진 얼굴로 추측하건대, 그녀는 지금 그를 아주 많이 의심하고 있었다. 꿍꿍이가 있어 여기까지 들어왔다고 생각하는 것이다. 그가 정확하게 미국에서 무슨 일을 했는지, 어떤 사람인지는 아직 모르는 것 같다. 다만 어딘지 범상치 않고 수상쩍은 사람이라는 것만큼은 틀림없다고 판단하는 것 같았다. 굳이 자신 밑에서 일할 만큼 궁한 처지는 아니라고 생각하는 것이다.

여기까진 그도 이미 예상했던 상황이다. 바보가 아닌 이상 그와 일을 해보고도 이러한 의혹을 품지 않을 수는 당연히 없을 거라 생각했다. 하지만 이렇게 의심하고 추궁하는 식이라니 그가 예상 못한 최대의 반전이다.

어떻게 심효우는 날 다른 꿍꿍이가 있어서 일부러 접근한 사람이라 추정할 수가 있는 거지? 내가 하트앤소울을 망하게 만들기 위해 몰래 잠입한 상대 회사 끄나풀쯤으로 보이는 건가?

스파이 영화를 너무 많이 보셨군, 심효우 대표.

"자, 이제 말해보시죠. 도대체 날 무엇이라 생각하는 건지."

"아, 아무것도……."

"그런 의심의 눈으로 날 쳐다보고도 아무 일 아니라고 말하려는 겁니까?"

빤히 바라보는 그의 시선이 부담스러운지 효우는 아랫입술을 물어뜯으며 점점 가빠지는 숨을 몰아 내쉬었다. 갈등하고 있는 것이다. 털어놓을까 말까 망설이고 있는 것이다. 혼란스러운 상태임이 너무나도 분명해 보였다.

직감적으로 그는 알아보았다. 그녀에게 문제가 생긴 것이 틀림

없음을. 그러함에도 그녀는 의연함을 잃지 않기 위해 두 눈에 힘을 싣고 두 주먹을 꽉 쥐고 있음을. 17년 그때처럼 누군가를, 혹은 무엇인가를 지켜내기 위함일 것이다. 그때나 지금이나 그녀는 무모할 정도로 책임감이 강한 게 탈이었다. 자신조차 지키기 힘든 연약한 존재인 주제에.

"무엇을 두려워하는 겁니까, 대표님?"

질끈 앙다문 그녀의 입술을 가만히 응시하며 그는 입을 열었다.

"대표님께선 능력 있는 사원을 부리고 있습니다. 그것도 생각보다 훨씬 더 능력 있는 사원이죠."

"……."

"나라는 카드를 가지고 있으면 겁낼 일이 하나도 없을 텐데요. 당신은 내 상사고, 난 당신이 시키는 일이면 뭐든 합니다. 그게 바로 사원의 일이니까요."

"……."

"자, 그럼 이제부터 내가 뭘 해야 하나요?"

부드럽고 다정하게 내리깔린 그의 음성은 마법 같은 힘을 발휘한다. 묘하게 흥분해 있거나 날카로워진 사람의 감정이나 상황을 차분하게 가라앉히는 힘이랄까. 그와의 작은 공간, 그 사이를 촘촘히, 빽빽이, 그리고 보드라운 감성으로 메운 그의 음성은 그녀의 흔들리는 마음까지 다잡아주었다. 뜨거운 감정이 가슴에 차오르는 낯선 경험을 하며 효우는 그를 멍하게 바라보았다, 어딘지 모르게 촉촉해지는 그녀의 눈망울을 그 역시 주저 없이 마주 보고 있다.

"말만 해요, 뭐든 다 해줄 거니까."

매력이 줄줄, 철철 흘러넘치는 그의 입술이 나른하게 움직이고, 뒤이어 입술 끝자락이 슬쩍 위로 꺾여 올라갔다. 여자 마음을 홀랑 뒤집어놓는 살인 미소다. 효우는 왠지 모를 안도감에 스르르 잔뜩 세워놓았던 날을 내려놓으며 알딸딸해져 힘없이 중얼거렸다.

"내, 내 옆에…… 있어줘요……."

며칠 동안 팽팽히 긴장되어 있던 정신줄이 뚝 끊어진 것은 그때였다. 간신히 버티고 있던 그녀는 그 순간 기력을 놓아버렸다.

대표님께 말짱한 정신 하나 놔드려야겠어요

　　충분히 그럴 수 있다고, 그럴 수 있는 상황이었다고 효우는 스스로를 위로했다. 나름 믿었던 사람에게 배신을 당한 충격에 몇 날 며칠을 괴로워하며 힘들어했던 자신이 아니던가. 당시 그녀는 정신적으로 육체적으로 매우 지치고 피곤한 상태였다. 심장 떨리는 미소를 지으며 뭐든 말만 하라 다독거리는 남자를 보고 정신줄을 놓아버릴 만큼이나. 내 곁에 있어달라는 헛소릴 지껄인 것도, 그 헛소릴 내뱉고 풀썩 기절해 버린 것도 어찌 보면 너무나 이해되는 상황이었다.

　　"내 옆에 있어줘요."

　　그래, 그는 분명 그녀가 정신 잃고 쓰러지면서 아무 말이나 헛소리를 내뱉은 거라 생각할 것이다. 진정으로, 진심으로 그녀가 그를 필요로 해서 뱉은 소리라 생각진 않을 것이다. 정신을 잃으며 힘없이 주르르 뇌에서 그냥 흘려내 버린 말이겠거니 생각할 게다. 진짜로 그녀가 그딴 마음을 품고 있을 거라곤 절대로, 네버 생각하지 않을 것이다. 그래야 한다. 다른 사람이라면 몰라도 그에게만큼은 자신의 외로운 진짜 모습을 들키고 싶지 않으니까. 진정으로 내 곁에 있어달라고, 나와 함께해 달라고, 날 떠나지 말아달라고 아무나 붙들고 애원하고 싶은 심정임을 그에게만큼은 절대로 들키고 싶지 않으니까.

그녀는 얼마 안 산 일생 동안 많은 사람을 떠나보내야 했다. 병으로 돌아가신 어머니를 떠나보내야 했고, 그것으로 인해 영혼을 잃어버린 아버지도 마음에서 비워내야 했다. 사랑했던 남자들도 다른 여자를 찾아, 혹은 다른 돈줄을 찾아 떠나갔고, 믿었던 김영호 이사마저도 자신을 방해하려는 돼지들 손에 넘어갔다. 그리고 뫼비우스의 띠처럼 끝없이 이어지는 연속적 상처의 근원에는 바로 그 남자 이찬현이 있다. 17년 전, 수술을 받기 위해 미국으로 떠나 다시 돌아오겠다는 약속을 저버리고 끝내 나타나지 않은 이찬현.

그는 미국으로 건너가 얼마 되지 않아 연락을 끊었다. 병원 생활을 하면서도 꼬박꼬박 그녀의 편지에 회신을 보내오던 그가 어느 날부턴가 답을 보내오지 않았고, 그 때문에 그의 소식이 궁금할 때마다 그녀는 이 회장에게 직접 여쭤 근황을 알아내어야 했다. 그 근황 속에 찬현이 침묵하는 이유가 들어 있을 거라 생각해서 기회가 될 때마다 여쭤보았던 것이었으나, 안타깝게도 그녀는 아무런 해답을 얻을 수가 없었다.

'왜?'

왜 연락을 끊은 것일까. 왜 답을 주지 않았나. 왜 수술과 투병 생활을 다 잘 마쳐 놓고도 말해주지 않았나. 친구인데, 그토록 깊은 우정을 나누었던 친구였는데 그건 다 잊어버린 건가? 우정 따위 그녀 혼자 착각했던 것이었나? 그에겐 아무 의미 없는 순간들이었을까?

의문은 꼬리에 꼬리를 물어 끊임없이 생겨났다. 도무지 알 수 없는 그의 마음이라 당시에는 당장 그를 찾아가 따질 생각에 미국 행 비행기 티켓까지 끊을 정도였다. 하지만 그것도 잠시, 결국은 잊어주기로 했다. 쿨하게, 씩씩하게. '잘 가, 이찬현에 대한 기억 들아!' 하고 멋지게 보내주기로 했다. 아팠던 기억은 다 깨끗이 잊고 새 사람으로 잘살았으면 했다. 친구니까 그런 것쯤 이해해 줄 수 있다고 생각했다.

17년 후, 실제로 그는 과거의 기억 따위 다 잊고 전혀 딴사람이 되어 자신의 앞에 나타났다. 그리고 어제 이렇게 말했지.

"있으랄 때까지 있어드리죠."

기절한 그녀를 병원에 옮기고, 그녀가 눈을 뜰 때까지 옆자리를 지키고 앉아 있다가 그녀가 눈을 뜨자마자 이찬현이 한 말이다. 감흥 따위 전혀 느껴지지 않는 무미건조한 눈동자와 메마른 입술이 만들어낸 소리치곤 상당히 촉촉하고 깊은 울림이 느껴지는 목소리였다. 왠지 모르게 울컥 감정이 쏠린 나머지 그녀는 냉큼 눈을 감아버리고 말았다.

그 순간 그녀는 며칠 동안 미루고 미뤘던 문제의 답을 내렸다. 김영호의 배신을 감지하고 난 이후부터 쭉 고민해 온 사안이다. 새어머니 일당이 방해 공작을 펴고 있음을 안 이상 프로젝트를 더욱더 가열하게 추진해 나아가야 한다는 결론. 톱 시크릿을 공유하며 함께 일해 온 김영호를 대신할 다른 누군가를 찾아야 한다는 결론. 그 사람만큼은 자신을 절대로 떠나지 않을 믿을 만한 사람이어야 한다는 결론. 그리고 그에 가장 합당한 사람은 바로 이 남자 이찬현이라는 결론.

"당신이 여길 어떻게……?"

"언니 아는 사람이야? 직원이라기에 문을 열어주긴 했는데 회사 직원이 아닌 것 같기도 하고……."

막 집 안으로 들어선 찬현을 동생 효아가 위아래로 쭉 훑어보며 중얼거렸다. 고급스럽고 깔끔한 슈트를 잘 차려입은 그의 모습은 첫눈에도 예사롭지 않게 느껴졌다. 어디 옷차림뿐이겠는가. 머리부터 발끝까지 외모에서 풍기는 분위기 죄다 상서롭지 않은 남자가 바로 이찬현인 걸. 카카오 99.9%의 다크초콜릿처럼 진하고 내밀한 눈빛은 그중 단연 최고라 할 수 있지.

"우리 회사 신입사원 맞아."

"정말?"

안 믿어지는 듯 효아는 여전히 호기심 잔뜩 들어간 눈으로 찬현을 바라보며 물었다. 사원이 아니면 뭐라고 생각하는 거야? 숨겨놓은 애인이라도 되는 줄 아는 거니? 눈살을 찌푸리면서도 효우는 애써 동생을 무시하며 찬현을 향해 말했다.

"어쩐 일이에요, 여긴? 나 오늘은 집에서 쉴 거라고 양 비서한
테 말해놓았는데, 못 들었어요?"

"하긴, 언니 애인이라기엔 나이가 좀 어려 보이긴 하다. 언니는
노땅이 취향이잖아. 가장 최근에 사귀었던 4년 전 그 양반도 마흔
이 다 되어가는 남자였지? 그 왜 내가 도시락 싸들고 다니면서 말
렸던 아저씨 있잖아. 서른도 안 된 순수 처녀 심효우를 한입에 꿀
꺽하려던 그 늑대할아방. 여자 밝히기로 소문난 변태성욕자라는
걸 내가 밝혀냈잖아. 언니도 기억나지? 나한테 거길 걷어차이고
아파 뒹굴면서 잘못했다고 질질 짜던 거."

"……."

산발된 머리는 나흘이나 안 감고, 세수는 이틀 연속 안 한데다
가 이는 어젯밤 이후로 닦지 않았으며, 무릎 불쑥 나온 트레이닝
복 차림에, 때 낀 목덜미를 벅벅 긁어대고 있는 심효아 화백. 주제
에 창피하지도 않은지 꼬질꼬질한 꼬락서니를 감추려 하지도 않
고서 이찬현 앞에 낯바닥을 들이댄 채로 잘도 나불나불 입 냄새를
풍겨대고 있었다. 이런 화상 따위, 꿋꿋이 무시하고 이찬현 상대
에만 집중하려 했던 의지의 한국인 심효우이거늘, 그녀의 마르지
않는 샘물처럼 풍요로운 인내심도 동생의 끊임없이 읊어대는 주
책바가지 언사에는 그 바닥을 보이고 말았다.

대체 변태성욕자 박 검사 애길 하필 왜 이 타이밍에 꺼내는 거
래? 그 박 변태 때문에 그나마 남아 있던 여성 호르몬이 씨가 말라
버렸는데, 그 박 변태 때문에 '남자' 하면 '변태'가 떠올라서 Y염
색체를 갖고 있는 인간에겐 이성적 호감이 콩알만큼도 생기지 않게

되었는데, 그 원수 같은 놈 얘길 여기서 왜 해? 미쳤니, 심효아?

저 입을 그냥 당장 꿰매 버릴까 보다.

"그 변태 때문에 언니가 진짜 많이 힘들었지. 오죽하면 그때 이후로 남자를 기피하겠어."

"심효아."

"그것 때문에 효이랑 내가 얼마나 언니 걱정을 많이 했는지 알아? 이러다 진짜 남자랑 연애 한번 제대로 못해보고 처녀귀신 되게 생겼다면서. 특히 효이 알잖아. 남의 연애 생활에 어찌나 감 놔라 대추 놔라 간섭이 심한지. 나한테도 아주 선생질을 쩔게 해서……."

"효아야?"

효우는 이를 꽉 다문 채 입술만 꿈틀거리며 중얼거리고는 효아를 향해 형식적인 미소를 생긋 지었다. '제발 대뇌에 개념 장착 좀. 응?'의 의미였지만, 눈치 하난 끝내주게 없는 심효아의 입술은 브레이크가 없는 듯 나불나불 계속 달리고 있었다.

"언니 요즘 아코—아이 러브 코스메틱—블로그에 남자 얘기 줄줄 올리고 있잖아. 유난히 손등과 슈트발이 섹시한 꽃미남 L군 스토리. 요즘 그거 읽으면서 나랑 효이가 얼마나 마음 놓는 줄 알아? 그거 읽고서 효이가 그러더라고. 아주 가망성이 없는 거 아니라고. 그나마 언니의 코딱지만큼 남은 여성 호르몬을 자극하는 남성이 있긴 있는 모양이라고. 어찌나 다행인 일인지. 아차차! 그러고 보니 그 L군이 언니네 회사 신입사원이라고 했던 것 같은데. 효이가 엊그제 언니네 회사 갔다가 보고 와서는 완전 잘생겼다고……."

"심효아, 입 다물고 이제 그만 비켜줄래? 나 이찬현 씨와 일 얘기 좀 나눠야 할 것 같은데."

"이찬현이라고? 이분이 이찬현 씨? 이찬현……?"

"심효아?"

"아! 이찬현!"

효아는 뭔가 생각이 날 듯 말 듯한지 고개를 연방 갸웃거리며 찬현의 이름을 입안에 넣고 살살 굴리더니만 갑자기 고개를 퍼뜩 들고는 찬현을 향해 손가락을 정조준하고 버럭 고함을 질렀다.

"설마 그 이찬현?"

"……."

그때까지 마네킹처럼 가만히 서 있기만 하던 찬현이 대답 대신 희미한 미소를 입술 근처에 머금었다. 누가 봐도 긍정의 신호.

효아는 입을 쩍 벌리며 두 눈을 휘둥그레 떴다. 이찬현이라면 그녀도 뚜렷이 기억하고 있으니까. 효우만큼은 아니지만 그녀도 찬현의 병문안을 몇 번 간 적이 있었다. 부모님 따라 서너 번, 효우 따라 두어 번. 그는 정말이지 미카엘 대천사가 아닐까 싶을 정도로 하얗고, 예쁘고, 잘생긴 오빠였다. 오죽했음 첫인사가 '언니 안녕?' 이었을까. 머리 깎고 모자를 뒤집어쓴 찬현이 하도 예뻐서 여자인 줄 알았던 그녀다. 그리 예쁘던 오빠가, 바람 불면 훅 쓰러질 것처럼 여리여리하고 약해 보이던 이찬현이 바로 이 사람이라고? 이렇게 키 크고 잘생긴 훈남이 되었단 말이야?

아싸! 이게 바로 원판 불변의 법칙이로구나!

"오빠!"

"효아라고?"

"네, 제가 바로 효아예요, 심효아. 오빠, 언제 한국에 왔어요? 미국에서 정착하신다면서요."

"효아도 그렇게 알고 있군."

"아니었어요? 회장님께서 그렇게 말씀하셨는데. 와, 반갑다. 이리 들어오세요. 이쪽으로, 이쪽으로요."

친하면 얼마나 친하다고 효아는 찬현의 팔에 팔짱까지 끼고는 집 안으로 안내, 그를 모셔가기 시작했다. 꽤 널찍한 거실 응접실 소파에 고이고이 앉혀주기까지. 갑작스러운 상황 전개에 얼이 빠진 효우는 멍하니 두 사람의 모습을 바라보고 서 있을 수밖에 없었다.

"언니도 얼른 이리 와서 앉아. 옛날 얘기 좀 해보자. 이렇게 간만에 만나니까 너무 신기하다. 사실 난 절대로 오빨 다시 만날 일이 없을 거라 생각했거든요. 이 회장님께서 보통 않는 소릴 하셨어야죠. 오빠가 미국 여자랑 결혼할 거라고 했다면서요. 미국 여자가 내 스타일이다, 미국 생활 방식이 더 익숙해져서 한국은 불편하다, 귀국할 필요성을 못 느낀다, 한국에 들어와서 가업을 이어받을 생각도 전혀 없다!"

"그런 말, 내 입에 올린 적 없는데?"

"그럼 회장님께서 혼자 추측? 하긴 뭐, 그러실 만도 하셨겠다. 딱히 오빠는 한국 들어올 생각 없어 보이고, 들어올 이유도 그다지 크게 없는 것 같고. 그래서 그리 생각하셨던 걸 수도 있죠. 오빠가 미국서 그렇게~ 잘나간다면서요? 회장님께서 그거 하난 확실히 자랑스러우신가 보던데. 만나는 사람마다 붙잡고 열변을 토하면서 자랑하셨거든요. 나도 되게 궁금했어요. 대체 뭐로 그리 성공하신 거예요? 소문에는 백만장자 부럽지 않게 돈을 어마어마하게 벌었다더구만. 돈놀이하셨나?"

"뭐, 비슷해."

목소리도 커, 액션도 커, 말은 또 어찌나 빠른지 함께 얘길 하면 혼이 쏙 나와 버리는 효아의 질문 공세에도 찬현은 흔들리지 않았다. 오히려 산만하기 그지없는 모습이 딱 예전 그대로라 옛날 생각이 나는지 그는 기분 좋게 응대해 주고 있다. 효우는 조용히 슬금슬금 다가가 소파에 소리 없이 걸터앉으며 필요 이상으로 가깝게 붙어 앉아 열렬히 대화를 나누고 있는 두 사람을 퉁명한 시선으로 살폈다.

누가 보면 이산가족 상봉했다 하겠어, 아주. 왜 저래, 심효아?

"돈놀이랑 비슷한 거면 금융업? 아하, 그 어릴 때 했다던 펀드? 그거 해서 대박 나셨나?"

"할아버지께서 펀드 얘기도 하셨어?"

"회장님이 자랑 하난 확실하게 하시는 타입이시더라고요. 오빠가 어렸을 때 시도했던 비영리 펀드인가 뭔가로 미국 대통령이 연설 도중 오빠 이름을 거론했다면서 어찌나 자랑을 해대시는지. 회장님 근처 반경 500㎞ 이내에 있는 사람은 그 사실에 대해 모를 수가 없을걸요. 하도 말씀을 자주 해주셔서. 으흠, 그랬구나. 그쪽으로 계속 일을 해나가셨구나. 아니, 근데 어쩌다가 우리 언니 회사에 들어왔어요? 우리 언니 회사, 되게 작은데. 펀드랑 관련도 없는 회사고."

“작지만 탄탄하지, 충분히 투자 가치가 있는.”

“우리 언니 회사에 투자하게요?”

“내가 아니고.”

“오빠 아닌 다른 사람? 누구? 아, 그 미국의 최고 금융투자회사 중 하나라는 Jay&Clare의 오너? 효이 말에 의하면 그 사람이 언니 프로젝트에 투자할지도 모른다던데.”

“제이 리를 네가 알아?”

“그 사람 이름이 제이 리예요? 한국인 이민 2세라는 소문이 있다더니 진짜 맞나보네. 대단하네요. 미국에서 영향력이 꽤 센 사람이라던데, 그런 사람이 한국인이라니.”

“그 사람이 하트앤소울에 투자를 해주기만 한다면 우리로선 꽤 큰 효과를 얻을 수 있을 거야. 단순히 투자금 효과뿐만 아니라 다른 주주들의 탄탄한 신뢰와 믿음까지 동시에 가질 수 있을 테니까. 제이 리가 투자를 했다는 건 그만큼 성공 확률이 높다는 의미이기도 하거든. 확실한 거 아니면 손을 대지 않는 사람이 바로 제이 리지.”

“와, 매력 있다. 괜찮은 사람 같은데? 듣기만 해도 솔깃해지는 게……. 언니, 어때?”

두 눈을 반짝반짝 빛내며 열심히 찬현의 말을 듣고 있던 심효아, 뜬금없이 효우에게 고개를 틀더니 싱긋 웃으며 돌발 질문을 건넨다. 효아의 송곳니가 반짝 빛을 발하자 효우는 뭔지 모를 불안함에 간덩이가 콩알만 해졌다.

“저번에 내가 알려준 방법 있잖아. 그걸로 제이 리의 마음을 확 잡아서 투자 유치 고고하는 거야. 한번 해볼래?”

"방법이라니?"

아니, 쟤가 대체 무슨 말을 하려고? 입만 열었다 하면 폭탄이 팡팡팡 터지는 심효아. 대체 지금 넌 무슨 말을 하려는 건데? 뜨악한 얼굴로 효우는 얼굴을 찡그렸다.

"미인계 한번 써보라고 했거든요."

"미인…… 계?"

폭탄 팡!

"유혹해서 사랑에 빠지게 만든 다음 투자를 받아내는 거죠. 우리 언니 예뻐서 잘할 것 같지 않아요? 잘돼서 결혼도 하면 좋고."

"결혼?"

폭탄 팡팡!

"미혼이라면서요, 그 제이 리인가 뭔가 하는 사람. 사회적으로 성공한 걸 감안하면 나이야 적진 않겠지만, 어차피 우리 언닌 그런 건 상관 안 하거든요. 위아래 열 살 정도는 충분히 커버할 수 있는 외모이기도 하고, 또 그쪽은 돈이 많잖아요. 돈이 억수로 많은 남자를 겟 하려면 한 가지 정도는 포기해야죠. 자기 입으로 흰머리 성성한 할아버지만 아니면 결혼할 수 있다고 했으니까."

폭탄 팡팡팡! 삼단 콤보. 효우는 충격으로 그만 얼어붙고 말았다. 아니, 어떻게 저런 말을 막 할 수가 있어? 쟤가 동생이야, 안티야? 미친 거 아니니? 왜 이찬현 앞에서 그딴 소릴 주저리주저리 지껄이는 건데?

"그래서? 어떻게 하기로 했는데?"

효아에게 온전히 집중되어 있던 찬현의 시선이 스륵 효우에게로 정조준되었다. 효우는 심장에 화살이 꽂힌 듯한 착각에 빠져 흠칫 놀라 몸을 뒤로 뺐다.

"어쩌긴 뭘 어째요. 우리 언니, 한 달간 겪어봤으면 잘 아실 거 아니에요. 저 보수적이고 앞뒤 꽉꽉 막힌 심효우가 그걸 하겠다고 나섰겠어요? 말 꺼낸 즉시 저만 등짝 한 대 맞고 상황 종료됐죠. 난 정말 이해가 안 돼. 아니, 남자가 싫은 건 아니라며. 사랑하는 게 그냥 귀찮아서 결혼을 안 하는 것뿐이라면서. 그럼 사랑은 하지 마. 괜히 감정 만들어서 복잡하게 얽히지 말고 그냥 결혼만 해. 그럼 되잖아. 제이 리가 어디 보통 남자야? 지구상에서 손가락으로 꼽는 부자라면서. 빌 게이츠, 워렌 버핏도 찾아가 상담을 하는 천금을 손안에 굴리는 남자. 상대가 그런 거물이면 결혼 까짓것 눈 딱 감고 왜 못해? 나 같으면 미인계, 그거 시도는 해보겠네. 나쁠 거 뭐 있어? 안 그래요, 찬현 오빠?"

"성공하기만 한다면야."

천천히 효우에게서 시선을 거두며 그가 부드럽고 점잖게 대답했다. 예의상 대충 긍정적으로 대답해 주는 것이겠지만 표정으로 보아 썩 유쾌한 방법이라 생각하는 것 같진 않았다. 불과 며칠 전 그녀가 그에게 '미남계는 비춥니다' 하고 정나미 뚝뚝 떨어지는 말로 충고했다는 걸 감안하면 너무나도 당연한 반응이다. 효우는 씁쓸한 입맛을 짜증스레 다시며 효아를 향해 날 선 말 한마디를 날렸다.

"그만둬."

"그만두긴 뭘 그만둬. 내 말이 틀린 게 뭐가 있는데? 딱히 남자를 혐오하는 것도 아니면서 독신으로 평생 늙어 죽는다는 게 말이 돼? 언니 때문에 나랑 효이가 아주 늙어 죽겠어. 오죽하면 효이가 언니네 회사 신입사원이랑 언니를 엮어주려고…….”

“심효아!”

“가만, 언니네 회사 신입사원이라면 호, 혹시……?”

효우에게 향해 있던 효아의 시선이 스르륵 자연스럽게 찬현에게로 향했다. 찬현은 예의 그 카카오 99%의 눈동자로 효우를 빤히 바라보고 있었다. 어찌 해야 할지 몰라 우왕좌왕하고 있는 심효우. 당황해서 당장에라도 딸꾹거릴 것만 같은 심효우. 두 눈 부릅뜨고 동생을 잡아 족칠 듯 노려보고 있는 심효우. 두 눈 나풀나풀 미친 듯이 깜빡거리며 그의 눈치를 보는 심효우. 역시 이런 모습들을 자주 보기 위해선 가족이나 가족만큼 가까운 사이가 되어야 하는 건가.

“너 방으로 올라가 있어. 이찬현 씨랑 할 얘기가 있으니까.”

빈틈이 숭숭 나 있는 심효우의 모습을 마음껏 음미해 보기도 전에 그녀는 차가운 가면을 다시 뒤집어썼다. 엄격하고 딱딱한 말투로 효아를 다그치는 모습은 단 몇 초 전 어설프고 어리바리하게 멍 때리고 있던 심효우와는 180도 다른 모습이다.

“언니.”

“빨리 들어가.”

냉정하게 딱 잘라 명령하는 효우의 말에 거역이란 있을 수 없는 일. 동생 또한 마찬가지인 듯 효아는 시무룩한 얼굴로 천천히 자리에서 일어났다. 그리곤 코 쑥 빠뜨린 얼굴로 고개까지 푹 숙이고는 슬금슬금 자리를 뜨기 시작했다. 동생이 구박받는 신데렐라처럼 불행한 얼굴로 자리를 비켜 지나가자, 효우는 여학교 사감선생만큼이나 차갑고 엄격한 얼굴을 더욱 굳혔다. 저게 언니 마음 약한 걸 빌미로 어떻게든 상황을 반전시키려고 수를 쓰는 거라는 걸 효우가 모를 리 없었기 때문이다.

하여간 잔머리 하나는. 가볍게 눈을 흘리고 효우는 여전히 자신을 빤히 뚫어져라 바라보고 있는 찬현을 향해 말했다.

"미안합니다."

"……."

"한 번 더 질문해야겠네요. 여긴 무슨 용무로 온 거죠, 이찬현 씨?"

"가만, 두 사람 친구 아니야?"

쭈뼛쭈뼛 저만치 걸어가던 효아가 휙 뒤를 돈 것은 바로 그때였다. 그녀는 웹툰 작가다운 심히 연극적이며 코믹한 표정으로 두 사람을 번갈아 보더니 '어떻게 이런 일이 있을 수가 있어?!' 라는 듯 두 눈을 휙 치켜떴다.

"웬 '씨'? 두 사람, 내외해?"

"최근에 실수로 제 얼굴이 알려져서 언니 블로그까지 털릴 뻔한 일이 있었거든요. 그때 제가 인터뷰며 뭐며 잘 마무리 지은 덕분에 깔끔하게 일이 해결되었어요. 사람들이 생각보다 단순하더라고요? 제 얼굴에만 관심을 쏟고 작품이나 블로그는 아웃 오브 안중이더라고요. 처음에는 다행이다 싶었는데, 요즘은 조금은 불편하고 서운해요. 제 작품에 더 관심을 줬으면 좋겠다 싶어서요."

주방 안쪽에서부터 효아가 목청을 높이며 주책없는 소릴 해댄다. 효우와 찬현이 회사 일 얘기를 나누도록 자리를 비켜주었던 효아는 그동안 밀린 세수도 하고, 머리도 감고, 깔끔한 모습으로 다시 등장. 보고를 끝내고 돌아가려던 찬현을 붙들어 앉혀놓고선 스파게티를 해주겠으니 점심이라도 먹고 가라며 저 호들갑을 떨고 있는 중이다.

제대로 할 줄 아는 음식도 없으면서, 체질적으로 밀가루 음식을 싫어하는 통에 집에서 효우가 해주는 것 아니면 밖에선 먹지도 않으면서 무슨 점심을 차리겠다고 난리법석을 피우는 것인지. 한숨이 대박 나오는 효우였지만 딱히 효아의 행동을 제지하진 않았다. 효아가 다 믿는 구석이 있어서 저렇게 나서는 것이란 걸 이미 알고 있기 때문이다. 여기서 믿는 구석이란 '어제저녁 해먹고 남아 냉장고에 한가득 쟁여 놓은 소스'가 되시겠다.

"아참, 그거 알아요? 효우 언니가 오빠를 저한테 소개해 줄 생각이었대요. 오빠랑 저랑 잘 어울릴 것 같았다네요. 그 얘길 듣고 우리 막내가 단번에 찬현 오빠를 포기했대요."

아무리 생각해도 최악이라고밖에 생각할 수 없는 상황이다. 앞에는 이찬현이 있고, 주방에는 요리 젬병인 심효아가 있고. 이찬현은 뭐가 그리 재미있는지 흔흔(欣欣)한 미소를 띤 채 자신을 동물원 원숭이 구경하듯 구경하고 있고, 심효아는 자유인다우신 면모를 한껏 뽐내며 나불나불 입을 털고 있고. 하지만 그중 가장 최악인 것은 자신이 얼떨결에 이찬현과 말을 트고 친구까지 먹었다는 사실일 것이다.

심효아 탓이다. 효아가 아니었다면 철저히 상사와 부하직원의 관계를 유지하고 있는 두 사람이 어떻게 다시 친구 사이가 될 수 있었겠는가. 동갑내기도 아닌데다 어릴 때 아주 잠깐 알았던 사이일 뿐인걸. 영원히 잊지 못할 추억의 에피소드 하나를 공유하고 있긴 하지만, 그것 외엔 친구랄 수 있는 구석이 하나도 없는 사이였는걸. 때문에 17년 만에 재회한 지금도 지극히 공적인 관계만을 유지하고 있지 않는가. 두 사람 모두 그다지 살갑거나 다정다감한 편이 못 되어서 어릴 때의 친구 감정으로 되돌아간다는 것은 절대적으로 무리라고 효우는 생각했다.

그건 이찬현의 생각도 마찬가지이었던 듯 심효아의 느닷없는 '내외하냐' 는 질문에 그는 몹시 당황해했다. 물론 그 당황한 표정은 몇 초 지나지 않아 언제 그랬냐는 듯 싹 사라져 버렸다. 어릴 때도 그러더니 지금도 그는 심각한 포커페이스였다. 사업할 땐 요긴하지만 실생활에서까지 써먹으면 짜증 나는 바로 그 포커페이스. 문득 효우는 궁금해졌다. 이찬현이 가족들과 함께 있을 때는 어떤 모습이 되는지.

"사실 원래는 우리 효이가 찬현 오빠 보자마자 찜했잖아요. 형부감으로."

"푸읍!"

부글부글 끓는 속을 가라앉히려 조용히 모과차를 드링킹하고 있던 효우, 밑도 끝도 없는 효아의 말에 순간 뜨거운 차를 목구멍으로 넘기지 못하고 뿜어내고 말았다. 노란 물이 입 밖으로 흐르고 공중으로 튀어 오르자 효우는 빠르게 손으로 입을 틀어막았다.

하지만 이찬현의 고급 슈트에는 아밀라아제와 아미그달린이 뒤범벅된 노란 국물이 떡하니 지도를 그리고 있었다. 헉!

"굉장히…… 놀랐나 보구나, 심효우."

천천히 자신의 슈트를 내려다보며 그가 중얼거렸다. 아, 젠장. 아, 빌어먹을. 아아, 이게 뭐야!

"미, 미안!"

오만상을 찡그리곤 자신의 멍청함과 방정맞음을 미친 듯이 저주하며 효우는 재빨리 손을 뻗어 그의 옷자락에 흉물스럽게 얼룩진 자국을 티슈로 열심히 박박 문질렀다. 하지만 이런 불상사의 원인이 되었으면서도 아랑곳 않고 심효아는 열심히 따따부따 요망한 입술을 놀려대고 있었다.

"언니한텐 자기가 찜했다고 말했지만 실은 그게 아니었대요. 보자마자 감이 딱 왔다나 어쨌다나. 언니랑 나란히 서 있는 모습이 완전 한 폭의 그림이었다나요. 그렇게나 잘 어울릴 수가 없었다네요. 아무튼 그 모습 한 방에 형부로 찜해놓고 분위기 살살 봐가면서 중매쟁이 노릇 좀 해볼까 했는데. 갑자기 언니가 오빨 나한테 소개해 준다고 해가지고 김이 팍 새버렸대요."

주방 안에서 춤을 추듯 출렁거리며 들려오는 심효아의 목소리에 맞춰 효우는 꽁꽁 얼음이 되어가고 있었다. 심효아는 대체 왜 하필 지금 저딴 얘길 주절거리고 있는가에 대한 고찰을 미친 듯이 하는 그녀였다.

"시, 신경 쓰지 마. 아주 잠깐 그런 생각을 했던 것뿐이니까. 지금은 두 사람 잘되길 바라는 마음 없어. 정말이야."

서둘러 속삭이듯 해명을 하고 효우는 그의 옷자락을 다시 한 번 박박 비벼 닦았다. 그녀의 말을 들었는지 못 들었는지 그에게선 아무런 답이 날아오지 않았다.

"근데요, 오빠. 효우 언니도 솔로거든요. 것도 4년째. 4년 전에 결혼은 절대로 하지 않겠다고 철권통치의 아이콘 심영환 씨 앞에서 간 큰 선언을 하신 위대한 독신운동가이죠. 오죽하면 아버지 입에서 여자란 자고로 결혼해서 아이를 낳고 집안 잘 꾸리면서 사는 게 최고란 소리가 다 나왔을까요. 원래 울 아빠, 여자도 아들 없는 집에 태어나면 열심히 능력 갈고닦아 사업 물려받아야 한다고 주장하시던 분이거든요. 저한테도 경영대 가라 압력 넣으셨고요. 언니가 사업 쪽에 관심이 있어서 어찌나 다행인지. 언니 아니었으면 전 꼼짝없이 잡혀서 쥐 죽은 듯이 경영 공부하고 있었을 거예요. 그나마 언니가 아버지 욕심, 야망 다 채워주고 있어서 저한텐 관심이 덜하신 거거든요. 막내 효이도 장사에 관심 있는 것 같고요. 저만 이상하게 만화 쪽으로 빠져서……."

언니가 자신 때문에 어떤 상황에 처해 있는지에 대해선 전혀 관심도 없고 걱정도 안 되는 듯 효아는 주방 안에서 열심히 제 말만 주절거리고 있다. 가끔 고개를 쑥 내밀며 이쪽을 보긴 했으나 그건 어디까지나 습관적인 행동일 뿐, 효아는 찬현이나 효우의 반응은 그다지 궁금하지 않은 것 같았다. 제 말만 열심히 주절주절 씨부렁거리는 효아를 신경질적으로 째려보며 효우는 한숨을 푹 내쉬었다.

"피곤하게 해서 미안해. 효아가 원래 좀 말이 많아."

"별로. 귀여운데, 뭘."

말 놓는 것부터 어색해 죽을 것 같은 효우와는 반대로 찬현은 자연스럽고 편안한 말투로 순순히 대답했다. 마치 17년 전부터 지금까지 쭉 교우 관계를 유지해 온 것처럼 반말이 술술 나온다. 어색하지도 않나보지? 난 이렇게 소름 돋게 어색한데.

"반가워서 그래. 신나면 앞뒤 안 재고 막 떠드는 스타일이라 가끔 저렇게 브레이크가 안 걸리거든. 대부분은 쓸데없는 말이니까 한 귀로 듣고 한 귀로 흘려."

"왜? 흥미진진한데. 결혼은 왜 안 하려는 거냐?"

테이블 쪽에 시선을 두고 있던 그가 슥 눈동자를 움직여 이쪽을 돌아보며 묻는다. 티슈를 꾹꾹 누르며 옷감에 스며들어 있는 물기 제거에 열을 올리고 있던 효우는 일순 저도 모르게 시선을 꺾어 그를 보았다.

그 순간이었다. 허공에서 또 그와 눈이 마주쳤다. 효우는 그가 예상보다 훨씬 더 가까이에 있음에 한 번 놀라고, 그의 눈빛이 너무나 짙고 뚜렷해서 두 번 놀랐다. 그에겐 당장에라도 집어삼켜질 것만 같은 강렬함이 있었다. 그 강렬함에 빠져들면 알 수 없는 미지의 세계로 빨려들어 갈 것만 같은 묘한 기분이 들었다. 일종의 최면 같은 거였다. 자신의 의지와 전혀 상관없이 정말로 속절없이 급속도로 빠져들어 그 눈동자에 갇혀 버릴 것 같은 두려움이 밀려왔다. 그의 안에서 사로잡혀 허덕이고 갈망하며 괴로워하다 결국은 함락되어 버릴 것만 같은 공포⋯⋯.

효우는 머릿속에 펼쳐진 밑도 끝도 없는 상상의 나래를 재빨리 접었다. 정신이 나갔나. 왜 그딴 상상을? 혼잣말을 소리 없이 중얼 거리며 그녀는 성급히 고개를 돌렸다. 그리고 아무 일도 없었다는 듯 그의 옷깃을 더욱 꾹꾹 눌러대며 멀쩡하고 무심한 목소리로 중얼거렸다.

"그런 게 왜 궁금해?"

"친구니까."

그래, 친구긴 친구지. 17년이나 왕래 없이 지낸. 미국 가서 제멋대로 연락도 뚝 끊고 혼자 잘 먹고 잘살던 녀석이 이럴 땐 친구라고 술술 잘도 말하네. 효우는 미간을 씰룩거리며 불편한 심기를 손끝에 담아 꾹꾹 더욱더 세차게 그의 옷자락을 눌러댔다.

"그러는 너도 아직 결혼 안 했잖아, 친구."

"난 적절한 상대가 없었어."

"빙고. 나 역시 적절한 상대가 없었던 것뿐이야."

"독신주의자에게 '적절한 결혼 상대'란 게 존재하긴 하나?"

"독신주의자에게도 마음은 있거든. 단지 얼었을 뿐."

"얼었다는 건 녹을 가능성도 있다는 말인가?"

"난 그저 사랑에 회의적일 뿐이야. 인조인간은 아니라고."

"가능성…… 있다는 뜻이로군."

가볍게 중얼거리는 그의 목소리는 낮고 부드러우며 유쾌했다. 또한 말초신경을 자극하는 은밀함까지 내포, 듣는 여자로 하여금 쭈뼛 머리카락이 한 올 한 올 올라서는 듯 짜릿한 기분을 느끼게 한다. 삑삑! 그녀가 말초적인 감각에 휩쓸리자마자 즉시 대뇌에서 위험 신호를 보내왔다. 그에게서 떨어지라는 본능의 경고다. 달콤

한 목소리에 휩쓸려 남자에게 훅 한 방에 가버리는 짓은 더 이상
안 된다는 이성의 경고이기도 하다.

'달아나! 어섯!'

본능과 이성이 머릿속에서 치열하게 아우성치며 끊임없이 경고
메시지를 보내고 있었으나, 정작 그녀는 꼼짝하지 않고 그 자리에
서 그의 시선을 가만히 받고 있었다. 당장 그를 밀어내고 그에게
서 최대한 멀어져야 한다는 걸 충분히 인지하고 있음에도 불구하
고 조금도 움직이지 않고 있었다. 움직일 수 없었다. 움직여지지
않았다. 움직이고 싶지 않았다.

"그래서……."

꽁꽁 얼어붙은 자세로 미간을 찌푸린 채 꼼짝 않고 있는 그녀를
향해 그가 소름 끼치도록 다정하게 중얼거렸다. 일부러 말끝을 늘
이는 매우 느긋한 말투였다. 초조함과 함께 긴장감이 무섭게 밀려
들었다. 그가 무슨 말을 할지 궁금해 당장에라도 숨이 넘어갈 것
같았다. 그의 숨통을 짤짤 흔들며 '어서 말을 해!' 라고 소리쳐 주
고 싶을 지경이다. 자신이 도대체 왜 이러는 것인지 이해도 안 되
고 생각해 볼 틈도 없었다. 효우는 그저 포커페이스로 도배한 얼
굴로 찬현을 가만히 노려볼 따름이다.

"넌 날 어떻게 하겠다는 거냐?"

"무, 무슨……."

너무 놀라 굳어버린 입을 겨우 움직여 뭐라 뭐라 중얼거려 보았
지만, 입 밖으로 나온 말은 겨우 이 정도 수준의 말뿐. 태연해 보
이던 그녀가 말까지 더듬자 그가 픽 입술을 위로 끌어 올리며 가

볍게 웃음을 흘렸다. 그러더니 섹시하게 힘줄이 도드라진 한 손을 들어 올린다. 그 손이 효우의 턱을 쥐는가 싶더니 그의 나른한 입술이 이렇게 중얼거렸다.

"효아한테 줄 거냐, 아니면 네가 가질 거냐?"

그녀의 입술을 그의 엄지가 슥 쓸고 지나갔다. 입술 근처에 얼룩진 달짝지근한 모과 찻물이 닦이고, 이물질을 걷어낸 그의 손은 따뜻한 온기로 그녀를 머리서부터 발끝까지 뜨겁게 덥혔다. 일순 후끈한 기운이 몸 한가운데로 몰리자 효우는 충격을 받고 두 눈을 홉떴다.

"……!"

아무 말도 할 수가 없었다.

머릿속에 생각나는 게 아무것도 없었기 때문에 입 밖으로 내뱉을 수 있는 말도 당연히 없었다. 멍하게 그의 입술을 응시하며, 그의 따가운 시선과 따스한 손길을 느끼며 꽁꽁 얼어붙어 있을 뿐 그녀가 할 수 있는 일은 아무것도 없었다. 통째로 뇌가 공기 중으로 증발해 버린 게 아닐까. 신경이 죄다 마비되어 버린 건 아닐까. 이 상태로는 그가 무슨 짓을 해도 꼼짝 못할 것 같다.

"후자로군."

막연한 두려움에 사로잡혀 멍해지고 있을 무렵, 그가 나른하게 속삭여 왔다. 여전히 그윽한 눈으로 그녀의 시선과 정신을 옴팡 도둑질해 간 채였다.

"날 갖고 싶은 거냐?"

그의 부드러운 손길이 또 한 번 그녀의 입술을 문지르며 지나가고, 그의 야릇할 정도로 다정한 목소리는 그녀의 오락가락하여 산란하기 짝이 없는 마음을 보드랍게 쓰다듬고 있었다. 찬현의 손길에 기분 좋아하면 안 된다고, 목소리에 위로받으면 안 된다고 미친 듯이 생각하면서도 효우는 아예 이성이란 게 마비되어 버린 듯 아무것도 할 수 없었다.

"그럼 가져, 망설이지 말고."

그는 싱긋 가지런한 이를 드러내며 섹시한 미소를 지었다.

"그게 네 스타일이잖아. 두려움도 망설임도 없는 대담함과 적극성의 소유자. 17년 전에도 그 누구도 감히 다가오지 못했던 내게 먼저 다가와 손을 내민 심효우 아니었던가?"

"……."

"그때처럼 하면 돼. 내가 갖고 싶다면 그때처럼 그냥 손을 뻗어."

심효우는 알 수 없는 소리를 거침없이 지껄이고 있는, 너무나 병약했고 당장에라도 죽음을 맞이할 것만 같아 누군가 꼭 지켜줘야 할 것만 같았던, 그래서 헤어진 이후에도 늘 마음에 두고 소식에 귀를 기울일 수밖에 없었던 쇠약소년 이찬현을 멍하게 지켜보았다.

얼이 빠질 대로 빠진 그녀를 향해 그는 달콤한 유혹의 미끼를 놓는다.

"그럼 난 네 것이 될 거야."

〈샤이닝으로 대표되는 주식회사 하트앤소울은 이미 형도 알다시피 마케팅의 4P, 즉 Place(유통 채널), Product(제품), Price(가격), Promotion(판촉) 중 두 개의 요소 Place와 Price을 기반으로 시작한 회사야. 당시 한국에선 단일 브랜드의 화장품을 로드숍, 혹은 마트에서 판매하는 경우가 없었고, 시판 시장에 대한 고객들의 신뢰 및 구매 욕구가 줄어들면서 신시장의 필요성이 강력하게 대두되고 있는 시점이었거든. 이때 샤이닝이 들고 나온 개념이 바로 2P스타일, 합리적인 가격과 독특한 유통 채널으로만 구성된 시장이었어. 화장품 브랜드숍은 대한민국이 시초라고 보면 될 거야. 어느 나라에서도 찾아볼 수 없는 구조였어. 당시의 그러한 획기적인 방식으로 인해 샤이닝은 선풍적인 인기를 끌었고, 이후 우후죽순 수많은 브랜드숍이 탄생하는 계기가 되었지. 현재 LK생건

에 흡수된 내추럴뷰티가 바로 그 시기에 생겨났어.〉

　개인비서인 로이 한, 한국명 한용운이 이미 알고 있는 얘기를 10여 분째 주절거리는 걸 수화기를 통해 가만히 듣고만 있는 이찬현의 눈은 날카롭게, 그러나 지그시, 또한 가늘게 좁혀 뜬 채로 100m 전방 어느 한곳을 응시하고 있었다.

　〈내추럴뷰티는 경연진이 꽤나 똑똑했던 것 같아. 쭉 자료를 훑어보는데, 카리스마나 수완이 보통 아니라는 느낌을 받았어. 초반 주사인 샤이닝의 부족한 부분들을 보완한데다가 개인적인 인맥을 이용한 판로 개척에 탁월한 능력을 발휘해서 점주들의 충성도를 높이는 발군의 리더십을 발휘했거든. 게다가 Promotion, 즉 판촉에도 두각을 나타냈어. 당시 핫한 라이징스타를 전격 기용해 인지도와 이미지 두 마리의 토끼를 잡았더라고. 판도가 뒤집힌 게 바로 그 시기야. 샤이닝이 그때 따라잡힌 거지.〉

　전면 유리로 된 유럽풍 오픈 카페 '해피데이' 안쪽에서 그의 보스인 심효우가 누군가와 심각하게 얘기를 나누고 있는 중이다. 시시각각 변하는 그녀의 표정을 섬세하게 모두 다 읽을 수는 없었지만 그녀가 웃고 있지 않다는 것만큼은 확실히 알아볼 수 있었다.

　〈당시 샤이닝은 재구매할 의사가 생기지 않는 저급한 품질, 싸구려 이미지, 고압적인 본사와 점주의 커뮤니케이션 방식 등으로 내홍을 치르고 있었어. 초창기 성장에 도취된 나머지 위기가 다가옴에도 불구하고 아무런 대처나 준비를 하지 않았던 거야. 당시 이런 시장의 상황과 웰빙 트렌드, 고객들의 푸드에 대한 인식 변화, 저가 화장품 시장에 새로운 품질 및 콘셉트에 대한 고객들의 니즈 등 시장과 사회적인 상황을 잘 파악하여 혜성처럼 등장한 게 바로 제3 주자인 푸드테라피지. 푸드테라피 이후 샤이닝은 바닥을 치는 지경까지 내려갔어. 심효우 대표가 등장한 게 바로 그즈음이야.〉

"……."

〈심효우 대표가 샤이닝에 들어온 것은 샤이닝이 업계 꼴찌라는 최악의 성적표를 받아 들고 기존 경영진이 물러나면서부터야. 주가가 대폭락한 틈을 타 대주주로 들어선 한주백화점 심영환을 대신해 경영에 참여하게 된 것인데, 지금까지의 성적표는 썩 좋아. 일선에 서서 진두지휘해 본 전적이 없는 경영 초보인 것을 감안하면 경이롭다 할 성적이지. 이 페이스라면 2~3년 안에 샤이닝이 업계 1위까지도 넘볼 수 있겠다 싶어. 분석해 본 바에 의하면 심효우 대표가 가진 기본 역량과 카리스마가 굉장하더라고. 사업에 있어서는 빠르고 정확한 결단력이 필수인데, 심효우 대표는 그걸 가졌어. 사람을 잘 부리는 것도 하나의 장점이고. 심효우가 대표에 오른 이후 퇴사한 직원이 단 두 명뿐이야. 그것도 개인적인 사정으로 어쩔 수 없이 관둔 케이스였어. 생각보다 인덕이 있는 모양이야. 미인이라서 그런가?〉

빠르게 브리핑을 이어가던 로이 녀석이 농을 건넨다. 조부의 건강 때문에 부랴부랴 짐을 쌌던 보스가 지금은 이렇게 한국에 눌러앉아 전화로 자신의 보고를 받고 있으니 장난기 많은 로이 녀석 입이 근질거릴 수밖에. 물론 녀석의 이런 반응을 예상 못한 찬현이 아니었기에 이렇다 할 반응은 없었다.

<프로필 사진은 별론데, 학창 시절 사진들을 보니까 확실히 매력이 있네. 그냥 단순히 이목구비만 예쁜 게 아니고 분위기가 있어 보여. 뭔가 럭셔리한 느낌? 부잣집에서 곱게 잘 자란 사람 특유의 분위기도 좋고, 우수에 젖은 듯한 촉촉한 눈빛도 좋고. 이런 사람이 그 험한 로드숍 전쟁터에서 그 고생을 하고 있다니 어쩐지 안쓰럽다. 아무리 봐도 이번 프로젝트 성공은 힘들 것 같은데.>

"프로젝트 성공이 힘들다는 건 나도 알고 있어. 자금력이 관건이라는 것도."

<자금이 충분하다 하더라도 프로젝트가 성공한다는 보장이 없지. 철저하게 예상 전략과 실제 시장 변화가 맞아떨어진다는 가정하가 아니라면 이쪽에서도 투자를 꺼리는 게 맞아. 투자를 개인감정이나 긍정적인 마인드만으로 결정하는 건 있을 수 없는 일이니까. 근데 어째 말투가 자세히 알고 있는 느낌이다? 어떻게 알았어? 아직 그 부분은 보고 전인데.>

"넌 내가 여기서 놀고 있다고 생각하지?"

진심으로 놀란 듯 순진하게 묻는 로이를 향해 그가 비아냥거렸다. 그리고는 칼바람이 휙휙 스치는 듯 싸하기 이를 데 없는 심효우의 얼굴에 더욱 집중했다.

전날 그의 앞에서 약점을 노출한 심효우는 그랬음에도 불구하고 오늘 아침 전과 다름없는 차분함과 냉정함으로 중무장, 무서울 정도로 차가운 얼굴로 아무 일 없었다는 듯 태연하게 그를 대했다. 어찌나 흔들림이 없던지 하루 전날로 리와인드되어 버린 게 아닌지 의심해 볼 정도였다.

"내가 갖고 싶다면 그때처럼 그냥 손을 뻗어. 그럼 난 네 것이
될 거야."

그가 마법 같은 말을 풀어내었을 때 그녀는 매혹된 듯 얼떨떨한
얼굴로 멍하게 있었을 뿐이다. 귀신에 홀린 양 얼이 나간 표정이
었다. 그때는 그가 무슨 말을 해도 다 믿고 시키는 대로 할 것만
같았다. 동생 효아가 끼어들기 전까지는 정말로 그러했다. 효아가
등장해 주위가 환기되자 그녀는 언제 그랬냐는 듯 정색한 채로 냉
랭히 이렇게 말했다.

"미안하지만 난 장난감이 필요한 나이는 지났어."

차갑고 재수 없으며 잔인한 말이었다. 17년 전 짧게 나누었던
추억을 첫사랑이라는 감정으로 인식하고 있던 그에게는 몹시도.
결국 찬현은 장난감이었다는 뜻이니까. 어린 시절 잠시 스쳐 지나
갔던 사람, 아픈 주제에 성격까지 괴팍했지만 불쌍했던 아빠 친구
아들, 그 이상은 아무 의미도 없는 사람이란 뜻이니까 말이다. 한
데 그 얘길 듣는 순간, 찬현에겐 이상한 일이 벌어졌다. 상처받아
야 함에도 불구하고 괴이하리만치 아무렇지도 않은 것이었다. 뿐
만 아니라 원망의 대상이 되어야 함이 분명한 심효우를 향해 원망
이 아닌 더욱더 강렬한 승부욕이 맹렬히 분출, 솟구쳤다.
〈놀고 있진 않겠지, 연애 사업하느라 정신이 없을 테니.〉

"넌 처음부터 끝까지 쭉, 줄기차게 믿어 의심치 않는구나. 내가 여기 머무는 이유가 여자 때문이라고."

〈그럴 수밖에 없지 않겠어? 어찌 됐든 지금 형은 조부님 병실이 아니라 그 여자분 회사에 있잖아.〉

"내가 여기 온 건 정확히 노인 양반 건강 때문이었어. 다른 건 몰라도 그건 확실히 해두자."

〈그건 왜 확실히 해두고 싶은 건데? 한국에서 남의 회사 돌보고 앉아 있는 게 다 그 여자 때문이긴 하지만, 처음 귀국하게 된 원인은 분명 조부님 건강 걱정 때문이었다, 뭐, 이런 걸 주장하고 싶은 거야? 그럼 한국에 눌러앉게 된 건 그 여자분 때문이라는 거네? 인정하는 거? 오호라, 역시 그런 거였군. 어쩐지, 난데없이 벌려놓은 사업 다 제쳐 놓고 한국에 장기간 체류하는 거 하며, 주식 사놓고 단 한 번도 관심을 두지 않던 회사 일을 갑자기 궁금해하는 거 하며, 투자 성공 여부에 대해 알아보질 않나, 여자 뒷조사를 해보라 하질 않나, 이상하다 했지.〉

"그건 투자를 결정하기 전에 늘 네가 하던 일이다. 설마 그새 잊은 거냐?"

〈물론 기억하지. 투자를 고려하던 회사들이 모두 성장 동력 200% 만땅 게이지였다는 것도. 샤이닝처럼 주변에 불안 요소가 널려 있는 회사는 절대 형의 투자 고려 대상이 될 수 없었지. 제이 리에게서 투자를 얻어내기가 얼마나 어려운지는 이미 정평이 나 있잖아. 까다로운 스텝들을 겹겹이 통과해야만 제이 리의 눈에 든다는 거, 업계에서 모르는 사람이 없을 정도야. 그런 제이 리가 자금 사정도 여유롭지 못하고 업계에서도 겨우 3위, 투자가 제대로 이루어져도 성공할지 실패할지 가늠조차 정확하게 하기 힘든 샤이닝에 투자를 고려 중이라니 이게 말이 돼? 데이터를 수집하면서도 난 긴가민가했어. 이게 꿈이야, 생시야?〉

"……."

〈하긴, 이상하긴 처음부터 이상했지. 다 쓰러져 가는 회사의 휴지 조각이나 다름없는 주식을 사들일 때부터 참 수상쩍다 싶었어. 대충 시기를 맞춰보니 샤이닝 주식 사둘 때가 심 대표 취임과 엇비슷하게 맞아떨어지는 것 같던데, 솔직히 말해봐. 형, 샤이닝에 발을 들인 거, 우연 아니지? 심효우 대표와 연관이 있는 거지? 맞지? 도대체 두 사람 어떤 사이야?〉

"네가 내린 결론이 그거냐? 내가 심 대표와 관련이 있다?"

〈단순히 관련이 있는 것뿐만 아니라 꽤나 심오하고 질척한 관계라는 게 내 생각이야.〉

"심오하고 질척한 관계?"

〈감정이 얽혀 있는.〉

"감정이 얽혀 있는?"

〈무슨 사이야? 혹시 두 사람 사겨?〉

호기심 어린 로이의 목소리가 낮고 음흉하게 깔리며 찬현의 귀로 스며들어 온다. 순순히 대화에 응하고 있는 찬현의 태도에 고무된 듯 그 목소리가 짐짓 유혹적이다. 살살 구슬려 찬현으로 하여금 모든 사실을 털어놓게 하기 위함일 것이다. 물론 찬현은 녀석이 놓은 덫에 걸려들어 우스운 꼴이 될 생각은 추호도 없다. 찬현은 느릿느릿 온몸을 쭉 늘이며 태연자약한 어조로 중얼거렸다.

"항상 말하지만 넌 너무 말이 많아."

〈그 말은, 대답 듣길 포기하라?〉

"잘 아네."

〈예, 예, 어련하시겠어요, 미스터 제이 리. 대학 시절부터 동고 동락한 후배한테조차 지금까지 내내 자신이 고려호텔 후계자라는 걸 숨겨온 분이시니 오죽하시겠습니까. 어찌나 입이 무거우신지. 심 대표의 일도 제가 직접 발로 뛰어서 알아본 다음 본격 취조를 해야 간신히 Yes, 한마디 하시겠지요.〉

"그래서 심효우의 샤이닝은 가망이 있다는 거냐, 없다는 거냐? 결론이 뭐야?"

〈다 생략하고 결론만 말하라?〉

"방금 전 네가 읊은 내용은 이미 다 알고 있으니까."

〈갑자기 궁금해져서 묻는 건데, 형. 내가 이번 건은 절대 안 된 다고 말하면 투자 포기할 거야?〉

"절대 안 될 정도로 최악인 거냐?"

〈최적의 상황은 아니지. 한국이 과연 직접 투자를 해도 될 정도 로 시장이 건강한 상황인가, 샤이닝이 과연 투자까지 할 정도로 가능성이 높은 회사인가, 이 두 가지의 가장 큰 문제에 확신이 없 으니까. 샤이닝과 심 대표가 가진 능력과 가능성을 완벽히 신뢰를 한다면 또 모를까, 이 정도의 불안 요소를 가지고선 절대로 투자 를 하면 안 된다는 거 형도 잘 알 거야. 게다가 내가 알아본 바에 의하면, 샤이닝의 주식을 가진 주주들의 면면이 꽤 흥미로워. 요

주의 인물이 몇 보인단 말이지.〉

"요주의 인물?"

〈박상구, 박형구, 강영란. 심 대표의 새어머니와 오빠들이야.〉

"새어머니와 오빠들?"

처음 듣는 소리에 조금은 날이 선 목소리로 되묻는 찬현의 미간이 움찔 꿈틀거렸다. 일행과 얘기 중인 심효우의 모습이 눈에 띄게 공격적으로 변하고 있었다. 멀리 있는 찬현의 눈에까지 감정이 잡힐 정도로 그녀는 매우 강렬한 눈빛으로 상대를 노려보고 있었다. 무슨 일이 있어도 냉정을 잃지 않는 천하의 강철 여인 심효우답지 않은 모습. 그녀에게서 이성의 고삐를 풀어버린 상대 여인은 온몸을 값비싼 모피로 휘감은 중년 여인이었다.

〈심 대표는 어릴 때 어머니를 여의었는데 곧바로 강영란이 새어머니로 들어왔어. 그리고 그때 강영란이 데리고 들어온 아들들이 바로 박상구, 박형구야. 심 대표와는 요만큼의 피도 섞이지 않은 남남인 거지. 지금은 둘 다 심 대표 아버지의 백화점에서 중역으로 일하고 있어. 둘 모두 큰 성과를 보여준 적은 없지만 나름대로 별다른 문제 없이 백화점을 잘 이끌어가고 있고, 덕분에 형인 박상구는 차기 대표로 점쳐지고 있지. 굴러들어 온 돌이 박힌 돌을 빼낸 격이랄까. 하지만 뭐, 겉으로 보기엔 아무 문제 없어 보여. 한 가지만 빼면.〉

"그게 뭔데?"

운전석에서 빠져나오며 무심히 중얼거리는 찬현의 시선은 심효우에게 고정되어 있었다. 그녀는 여전히 앞에 있는 건 뭐라도 녹여 버릴 것처럼 강렬한 눈빛으로 상대를 노려보고 있는 중이다. 매우 불안정해 보이는 그 모습에 그는 걸음을 재촉했다.

〈그 셋이 1년 전부터 야금야금 샤이닝의 주식을 사 모으고 있거든. 그것도 다른 사람 명의로.〉

"다른 사람 명의?"

〈예를 들면, 강영란의 오빠라든가, 박형구의 지인이라든가, 박상구의 처남 명의라든가. 그렇게 깨알같이 모아놓은 주식이 벌써 12퍼센트야. 누이에게 힘을 실어주기 위해서라기엔 너무 많은 지분이지. 심 대표가 가진 경영권까지 위협할 수 있는 지경이니까. 다분히 의도가 있어 보여. 조만간 경영권 다툼이 생길 우려가 크다는 거지. 만약 그렇게 된다면 지금 우리에게 청사진을 제시하고 있는 심 대표의 입지가 위태로워지는 건 자명해. 계획하고 있는 프로젝트가 제대로 마무리될지 미지수인 거지.〉

"……."

〈더욱더 가련한 건 심 대표는 이런 사실을 전혀 모르고 있다는 거야. 강영란과 그 아들들이 자신의 자리를 노리는 걸 전혀 의심하지 않는 것 같아. 내부에 적을 두고 새 사업을 구상한다는 건 위험한 일이잖아. 그걸 알고선 절대로 이런 거대 프로젝트를 계획하고 추진할 수는 없어. 확실히 모르고 있다는 거지. 순진하다기보단 멍청하다고 해야 하나?〉

"……."

〈하여튼 결론만 말하자면, 이번 건은 안 된다는 거야. 심 대표 하나만 믿고 투자를 결정하는 건 위험해. 지금은 샤이닝에 발을 담가선 안 되는 시점이야. 형도 알고 있을걸. 분명 골칫거리가 될 거라는 거. 투자를 하더라도 나중에 하는 게 좋겠어. 지금은 한발 빼고.〉

"굳이 지금 하겠다고 한다면?"

〈아마도 형은 더 오랫동안 한국에서 체류해야겠지. 투자금을 뽑아내려면 심효우 대표의 프로젝트가 성공해야 하고, 프로젝트의 성공에는 주변 여러 상황에 대한 컨트롤이 동반되어야 하니까. 형이 그 상황을 직접 컨트롤해야 할지도 모르는 일이야. 그건 형에게도, Jay&Clare에게도 손해잖아. 지금도 형의 부재 때문에 회사가 입는 손해가 하루에 수천만 달러라는 건 형도 알고 있겠지, 물론?〉

"물론."

인도로 성큼성큼 들어서며 그는 무성의하게 대답했다. 산들산들 부드러운 바람결이 그의 머릿결을 흐트러뜨렸다. 찬현은 시야를 가리는 바람을 피해 슬쩍 고개를 꺾고는 기다란 손가락으로 부드러운 머리카락을 이마 위로 쓸어 넘겼다. 길거리를 지나치던 네댓 명의 20대 아가씨 무리가 일제히 그를 돌아보았다. 어디서든 눈에 띄는 군계일학, 그의 외양이 자동으로 여자들의 시선을 잡아끌고 있는 것이다.

자신이 여인네들의 마음을 얼마나 싱숭생숭하게 만들고 있는지 까맣게 모르는 이찬현은 카페 안에 부동자세로 앉아 불꽃 튀기는 눈빛으로 상대를 야려보고 있는 보스를 주시하며 걸음을 재촉했다.

〈그럼 이번 일은 이렇게 마무리한다?〉

"아니. 좀 더 생각해 보자."

〈뭐?〉

"그 세 사람 말이야. 장……."

〈강영란, 박상구, 박형구.〉

"좀 더 자세히 알아봐 줘. 샤이닝 주식 관련 문제라든지, 백화점 쪽 후계자 구도라든지. 박상구가 백화점까지 물려받을 것이 확실시되는 지금 왜 샤이닝에 기웃거리는 건지도."

〈그건 심 대표네 가족사까지 조사해야 제대로 파악할 수 있을 것 같은데. 그 집 현재 상황이 대충만 훑어봐도 되게 어색해 보이거든. 겉으론 멀쩡히 화목한 가정으로 보이는데 냄새가 구려. 며느리까지 데리고 사는 심영환 회장이 딸들을 독립시킨 것도 그렇고, 심 회장이 기업 컨설턴트 전문가인 딸을 난데없이 인수한 회사에 사장으로 앉힌 것도 그렇고. 몇 가지만으로도 벌써 수상한 냄새가 진동해.〉

"이해관계를 분석하기 위해서 필요하다면 가족사도 뒤져."

〈근데 우리가 그런 것까지 알아야 할 필요가 있어? 그렇게까지 투자를 해야 할 이유는 솔직히 없어 보이는데.〉

"내가 알고 싶어서 그래."

〈호기심이 도지셨어? 아니면 승부욕이 생기셨나? 형, 원래 별것 아닌 걸로도 승부욕 돋아서 괜히 쓸모없는 일에 힘 빼곤 하잖아.〉

"도전은 나의 힘이지."

〈설마 정말로 심효우 대표한테……?〉

긴가민가 싶은지 수화기 너머에서 로이가 넌지시 묻는다. 정말로 심효우 대표한테 개인적인 호기심이 돋은 것이 맞는지 확인하고 싶은 것일 테다. 그딴 지극히 개인적인 질문에 대답해 줄 용의가 추호도 없는 찬현은 로이의 말을 못 들은 척 싹둑 자르곤 지독히도 사무적인 보스의 음성으로 딱딱한 질문을 던졌다.

"결과 보고는 언제 들을 수 있나?"

〈아, 뭐, 넉넉잡고 3~4일쯤이면 가능할 것 같습니다.〉

분위기 파악은 늘 LTE급인 로이 한. 녀석은 대뇌에 스위치를 장착한 듯 편안한 후배 모드와 깍듯한 비서 모드를 자유자재로 넘나들었다. 후배 모드에서는 자신의 의견을 마음껏 피력하고 주장하며 가끔은 보스인 찬현에게 충고까지도 서슴없이 하지만, 선을 넘었다 싶었을 땐 곧바로 비서 모드로 돌입하여 멀찌감치 뒤로 물러서는데 그 타이밍이 꽤나 센스 있다. 자칭 '비서계의 신'이라 떠들어대는 로이의 넉살에 가끔은 동감을 표하고 싶을 정도로. 정말로 귀신같이 상대의 기분을 알아챈다니까. 조만간 심효우를 17년 전 짝사랑했던 이력까지 캐내 자료를 들이밀며 왜 밝히지 않은 거냐며 따져 묻는 일이 실제로 일어날지도 모르겠다 싶다.

"그럼 그때 다시 통화하지."

갑자기 등골이 오싹해지는 기분이 들자 찬현은 서둘러 통화를 마쳤다. 멀지 않은 곳에서 심효우가 두 주먹을 부르르 떨며 이를 악물었다. 찬현은 빠른 속도로 카페 안으로 들어섰다.

"설마 그 얘기하시려고 여기까지 걸음하신 건 아니겠죠, 어머니?"

일부러 깍듯하게 '어머니'란 호칭을 잊지 않고 사용하며 효우는 날씬하고 매혹적인 곡선의 입술을 희미하게 비틀어 올렸다. 말투에서 냉기가 뚝뚝 떨어지는 것이 당장에라도 상대방을 얼려 버릴 듯 그 기세가 무섭다. 묘하게 비꼬는 것 같기도, 무시하는 것 같기도 한 심효우 특유의 도도함도 한몫한다. 한주백화점의 장녀로 공주처럼 떠받들어져 살아온 그녀의 태생과도 연관이 있을 것이다. 어쩌면 독신주의자가 된 것도 이 특유의 '기 셈' 때문인지도 모르겠다.

'독한 년.'

강영란은 이유도 없이 쪼그라드는 어깨를 서서히 펴며 표정 하나 안 바뀌고 꼿꼿이 자신을 마주 보고 있는 심영환의 장녀 효우를 표독스럽게 노려보았다. 물론 얼굴엔 가득히 화사하지만 가식이 뚝뚝 묻어나는 미소를 짓고 있었다. '난 널 약 올리러 왔다'고 선포라도 하는 듯.

"왜 아니겠니? 오빠가 새롭게 화장품 사업을 시작한다는데 이 기쁜 소식을 동생인 너한테 가장 먼저 알려야지. 당연한 수순 아니니? 넌 날 너무 남의 식구 대하듯 해. 난 널 10년을 넘게 친딸처럼 공들여 키웠는데. 서운하다, 얘."

"서운한 분은 아버지시겠죠. 백화점 일에 만족하며 아버지를 잘 보필한다 싶었는데 갑자기 새로운 사업에 뛰어드신다니. 백화점 일이 그다지 만족스럽지 못했나 봐요?"

슬쩍 비틀렸던 효우의 입술 각도가 더 깊어진다. 비아냥거림이 더 세졌다는 뜻이다. 영란은 안면 근육이 마비될 것처럼 격하게 당기는 것을 느끼며 파르르 입술을 떨었다. 참자, 참아. 저 계집애 앞에선 절대로 화내고 울화통 터뜨려선 안 돼. 먼저 화내는 사람이 지는 거라고.

"아무래도 그렇지 않겠니? 백화점은 네 큰오라비가 자리를 잡고 있으니."

"형구 오라버니가 새 사업에 뛰어들 생각을 하게 된 게 상구 오라버니 때문이라고요?"

"우리 형구, 벌써 서른일곱이다. 아버지와 형님 밑에서 꼭두각시 노릇 그만하면 오래 하지 않았니? 이제 그만 독립해야지."

"형구 오라버니는 백화점 일을 꼭두각시 노릇이라 생각하시나 봐요?"

"시키는 일만 해야 하는 자리이니 하는 소리다. 우리 형구가 책임 있는 자리에서 제가 원하는 방향으로 회사를 이끌어가길 바라는 게 무리니? 난 아니라고 생각하는데. 우리 형구면 무슨 일이든 다 잘해낼 거라고 본다."

"화장품 업계, 보이는 것처럼 만만하지 않아요, 어머니."

"만만하단 말 아니다. 우리 형구도 이것저것 잘 알아보고 결정 내린 거야. 불란서 유학 갔다가 샤넬 쪽 사람 눈에 뜨여 거기서 쭉 일했던 형구 친구가 이번에 한국에 들어왔다. 유능한 조향사와 함께 한국에서 브랜드를 론칭할 계획인데, 우리 형구더러 경영을 맡아달라 했다는구나. 우리 형구라면 충분히 잘해줄 거라 생각했다는 거야. 솔직히 우리 형구가 제 형 그늘에 가려져 제대로 기를 못 편 게 사실이잖니. 백화점에서도 제 형의 입김이 너무 세서 늘 2인 자 신세였고. 난 이번 기회가 형구한텐 아주 절호의 찬스라고 생각 한다. 이번 일로 아버지한테 제 실력을 증명해 보일 수도 있지 않 겠니?"

"그렇겠네요."

"네 아버지한테도 더없는 자부심이 될 게다. 아비 도움 없이 제 능력만으로 회사를 키워가는 자식이니 얼마나 자랑스럽겠니? 아 버지 돈으로 거저 얻은 회사에서 별 소득도 없이 근근이 생명줄 이어가고 있는 누구보다야 백배천배는 효자이지. 안 그러니?"

나름대로 회심의 공격을 날리고 영란은 배배 꼬인 시선을 비틀 어 효우를 노려보았다. 하지만 역시 독한 년은 다르다. 심효우는 눈 하나 깜짝 안 하고 차갑게 반격을 해왔다.

"상구 오라버니 말씀이신가요, 어머니?"

"뭐야?"

"형구 오라버니한테 축하한다고 전해주세요. 어쨌든 새로운 시 작이니까요. 잘되길 바랍니다."

"별일도 다 있구나. 네가 어쩐 일이니? 내 아들 앞길에 이리 순 순히 꽃가루도 뿌려주고."

"화장품 사업이든 뭐든 제발 잘되어서 더 이상은 백화점에 빨 대 꽂지 않길 바라니까요."

"뭐라고?"

"같은 업종이니 어떤 식으로든 만나겠네요. 선의의 경쟁 부탁한다고도 전해주세요. 모 기업처럼 힘없는 중소기업, 돈으로 휘두르는 비겁한 짓은 안 했으면 좋겠다고도요. 다른 하실 말씀 없으시죠? 제가 좀 바빠서요. 일어나보겠습니다.”

“야!”

“달리 또 있으세요?”

“넌 내가 물로 보이니? 초등학생 아들 반장 선거에서 이겼다고 동네 사람 모아놓고 떡 돌리는 할 일 없는 아줌마로 보여? 내가 여기까지 놀러 나온 줄 알아?”

“그렇게 보이는데요, 지금까지는.”

“심효우!”

“말씀하세요. 아무리 제 발로 걸어 나갔다지만 딸들이 집 나와 독립해 살고 있는 3년 동안 단 한 번도 연락하거나 찾아온 적 없는 자칭 ‘어머니’께서 여기까지 찾아온 진짜 이유.”

얄미운 것. 독한 것. 어쩌면 저렇게 흐트러짐 하나 없이 반듯하고 정갈할까. 그 주제에 어떻게 감히 자신 앞에서 이리 멀쩡한 모습으로 앉아 있을 수 있는지 영란은 화딱지가 나고 분한 마음을 가눌 수가 없었다.

하긴 어려서부터 무모하고 독한 구석이 많았지. 나름대로 사이좋게 지내보려는 자신의 노력에도 불구하고 매번 내치기나 하고, 어리바리해서 사건사고 많은 효아년 야단이라도 칠라 치면 귀신같이 알고 나타나 어미닭마냥 감싸고돌고. 말이나 못하면. 어른이랍시고 훈계라도 할라 치면 그 되바라진 눈빛과 똑똑 여문 말투로 옳은 소리만 골라가며 되받아치니 예뻐하려야 예뻐할 수가 없었다. 지독해, 지독해. 지금 생각해도 끔찍할 정도로 독하고 얄미운 계집애다, 효우는.

"샤이닝, 넘겨라."

"뭐라고요?"

"네 회사 말이야. 형구한테 넘기라고. 너 결국 얼마 못 가서 손 털 거라는 거 너도 알고, 나도 알고, 모두가 다 알고 있는 일이잖니. 뭐, 지금까지 오래 버텼지. 솔직히 너 아니었으면 하트앤소울이 여기까지 오지도 못했을 거야. 네 위기관리 능력에 관해서 만큼은 네 오라비들도 인정하더구나. 하지만 넌 여기까지야. 더 이상은 못 버텨. 네 능력이 거기까진 안 돼. 그러니 이쯤해서 손 털고 얌전히 샤이닝, 오라비한테 넘기렴."

나름대로는 부드럽고 온화한 목소리로 타이르듯 말하였다. 아마도 자신이 표현해 낼 수 있는 부드러움의 최대치일 것이다. 때려서든 얼러서든 무슨 수를 써서라도 효우로부터 샤이닝을 넘긴다는 약조를 받아오라는 형구 녀석을 떠올리자면 이런 가식 못 떨 것도 없다. 처음으로 제 사업체를 가질 수 있다는 기대에 행복해하는 아들을 위해서라면 뭔들 못할까.

"위기관리 능력은 인정한다. 하지만 이쯤해서 포기하고 넘겨라. 그게 본론인가요?"

역시나 흐트러짐 없는 모습으로 효우가 되물었다. 영란은 생긋 미소를 지어 올렸다. 부글부글 끓고 있을 텐데도 아무렇지도 않은 척 허세를 부리는 효우 앞에선 역시 행복함 가득한 눈웃음이 제격. 퇴근하는 제 아비를 영란이 침실로 끌고 들어갈 때면 늘 독한 눈으로 서서 째려보곤 했던 효우이다. 마치 '내가 불행한 것은 다 너 때문이야' 라는 듯. 그 모습이 하도 가소롭고 유치해서 효우가 옆에 있을 때면 일부러 더 심영환에게 하하, 호호 아양을 떨어댔지.

"네가 하트앤소울에서 할 수 있는 일은 여기까지야. 알잖니? 지금 네게 남아 있는 미션은 네 능력 밖의 일이라는 거. 네 임무는 심폐소생술로 생명 연장시키고 회사의 가치를 상승시키는 거였어. 이 이후의 일은 네 전공이 아니지. 너도 해본 적 없는 네 능력 밖의 일이라니까. 이 이상 나아간다면 넌 분명히 쓰디쓴 패배를 맛보게 될 거야. 불을 보듯 뻔한 실패를 굳이 무릅쓸 필요 있니?"

"……."

"쓸데없는 실패 스코어 하나 얻는 것보단 이쯤 물러나는 게 나아. 아버지 사업 기질 물려받아 똑똑하고 능력 좋다 알려져 있는 네가 이 작은 회사 하나 살리지 못하고 망해 버린다면 그것도 망신이잖니. 네 오빠한테 넘기면 그나마 면은 설 거다. 다 쓰러져 가던 회사, 위기에서 구해내 오라비한테 되판 것이 되는 셈이니. 회사 말아먹었다는 소린 듣지 않을 수 있을 거야."

"절 걱정해 주시는 건가요?"

"걱정이야 늘 당연히 하고 있지. 솔직히 네가 뭐가 부족해서 그런 소리까지 들어가며 여기에 매달려야 하니? 네 전문 분야는 경영이 아니라 컨설턴트잖니. 나름 잘나가던 너였잖아? 연봉이 웬만한 CEO보다도 더 많았다면서. 그러던 네가 아버지 때문에 남의 필드로 불려 나와 이리 고전을 면치 못하는 모습, 나도 보기 안쓰러웠다."

"……."

"물론 네 아버지가 널 믿고 맡긴 건 사실이지. 다 쓰러져 가는 회사라지만 들고 있는 주식이 휴지 조각 되게 놔둘 순 없잖니. 너라도 불러서 회살 어떻게든 살려야 했겠지. 네 능력이면 충분하다 생각하셨을 거야. 대충 굴러가게만 만들어주면 그걸로 오케이였을 거고. 어차피 애정 따위 없는 회사였고, 인공호흡기 붙였다 생각하고 널 갖다 앉혀놓은 거였으니까. 근데 넌 지금 인공호흡기 떼고 재활훈련까지도 마쳤어. 이 정도면 할 만큼 했다 생각한다. 회사, 뛰고 날 때까지 네 몸 바쳐 일할 필요까진 없다 이 말이야. 뭐 하러 그렇게까지 해? 넌 어차피 컨설턴트 회사로 되돌아갈 거잖니. 네 자린 샤이닝이 아니잖아."

"……."

"왜? 네 아버지한테 보여주고 싶니?"

조금 더 비밀스럽고 나직한 속삭임으로 영란이 물었다. 효우의 마음쯤 다 알고 있다는 듯 시선은 은밀하고 빤했다.

"네가 이렇게 능력 있다고, 회사를 이렇게까지 일으켜 세웠다고 보란 듯이 회사를 톱 반열에 올려놓고 네 능력과 자질을 만방에 증명하고 싶어? 그런 거야? 어떻게? 무슨 수로? 프로젝트인지 뭔지 그걸로? 미용과 메이크업 스쿨을 비롯한 종합 메이크업 아트 센터 건립 사업이라던데, 맞니?"

"……!"

"그거 돈이 꽤 들어가는 사업 아니니? 그 돈 투자받을 곳은 있어?"

비아냥거리는 영란의 모습은 아름답기 그지없었다. 럭셔리하면서도 패셔너블하고 감각적인 디자인의 화려한 액세서리가 귀에, 목에, 손가락에서 휘황찬란하게 흔들리고, 그것들을 효과적으로 이용해 자신의 우월함을 포장하는 영란의 입가에는 승리의 미소가 떠올라 있다. 피가 싸하게 식어가는 것을 느끼며 효우는 소리 없이 주먹을 꽉 틀어쥐었다. 이 주먹을 날리고 싶은 충동을 억제하기 위해 그녀는 무던히도 애를 써야 했다.

종합 메이크업 아트센터. 극비에 붙여 진행 중인 프로젝트의 사업 내용이 영란의 입에서 흘러나오고 있음이 뜻하는 바는 단 한 가지, 효이의 말이 다 사실이라는 것이다.

"이미 하트앤소울에 첩자를 심어놓은 것 같았어. 회사 굴러가는 소식을 죄다 알고 있었거든."

정말로 김영호 이사가 상구, 형구 형제에게 매수되어 회사 기밀을 유출하고 있는 것이었다. 그를 믿었건만, 빼도 박도 못하게 김영호 짓이란 걸 알았음에도 끝까지 믿어보려고 했건만, 배신감에 치를 떨면서도, 믿음에 대한 상처로 인해 괴로워하며 그 때문에 쓰러지기까지 했음에도 끝까지 김영호에 대한 일말의 희망을 놓지 않았건만. 부득이한 사정이 있었겠지. 피치 못할 사정 때문에 어쩔 수 없이 첩자 흉내를 내고 있는 거겠지. 회사에 대한 애정이

큰 만큼 절대로 자신을 배신하는 짓은 하지 않았을 거다. 그렇게
나 믿었건만.

"설마 아버지 믿고 벌이는 건 아니겠지? 아버진 하트앤소울에
애정이 없어. 프로젝트 따위에도 관심이 없지. 투자를 하실 리 없
다. 그 양반은 오직 하트앤소울을 빨리 처분할 수 있기를 바라고
있어. 아마도 네가 이렇게 몰래 뒤에서 더 큰 판을 벌이고 있다는
걸 아시면 상심이 크실 게야."

"극비 프로젝트의 내용까지 아시면서 이런 말씀 구구절절 하시
는 거, 우습네요, 어머니. 이미 제가 누구와 접촉하고 있는지 잘
아시잖아요?"

"물론이지. 거대 투자자를 물색해 놓았더구나. 얘기 듣고 놀랐
다, 솔직히. 수완 하나는 끝내준다고 인정할 수밖에 없었어. 도대
체 그 사람과는 어떻게 연락을 할 수 있었던 거니?"

"오라버니들은 접촉하는 데 어려움을 겪고 있는 모양이죠?"

"당연한 것 아니겠니? 제이 리는 철통 보완으로 겹겹이 차단되
어 있는, 말 그대로 베일에 싸여 있다는 표현이 딱 어울리는 사람
이다. 알려진 정보도 없고 접촉하는 사람도 한정적이지. 면담조차
아무나 해주지 않는 걸로 알아. 모든 대외적인 일은 비서와 회사
를 통해 하고 있지만 그와 반대로 모든 회사 내의 투자는 그 자신
이 직접 결정하고 있어. Jay&Clare 코퍼레이션에서 제이 리의 영
향력이란 아주 절대적이지."

"그 사람에 대해서 꽤 많이 알고 계시네요."

"네가 그 사람에게 접근을 시도했다는 얘길 듣고 공부를 좀 했

다. 적을 알고 나를 알면 백전백승 아니겠니? 그 사람이 네 편에
서면 결국은 내 적이 될 테니 알아두면 좋겠다 싶었지. 물론 공부
를 하면 할수록 공부할 당위성이 사라져서 결국 중단했지만 말이
야. 내 말, 무슨 뜻인지 알겠니?"

"……."

"제이 리는 그가 손을 댔다 하면 대박이 터진다는 징크스 아닌
징크스를 가지고 있어. 그 정도로 사업적으론 대단히 정확한 눈을
가지고 있지. 더 큰 재산가가 수두룩한데도 불구하고 제이 리의
명성이 더 자자한 것은 바로 그 때문이야. 백전불패. 투자했다 하
면 대박이 나는 사람. 그 사람이 그렇다는 말은 결국엔 네 사업에
서 손을 뗄 거라는 뜻 아니겠니? 너에게 제이 리의 투자를 받아낼
만한 한 방이 없는 게 사실이니 말이야."

"센터가 건립되면 연간 수백억의 수익과 부가가치가 창출될 겁
니다. 투자를 망설일 이유, 없다고 보는데요."

"제이 리는 세계적인 금융가야. 한국의 작은 브랜드숍 따위에
신경 쓸 이유가 전혀 없지. 게다가 넌 센터 건립 사업을 제대로 마
무리할 수 없어. 내가, 아니, 우리가 널 가만두지 않을 테니까."

"그게 무슨 뜻이죠?"

효우의 두 눈이 저절로 좁혀 떠졌다. 불길한 기운이 스멀스멀
턱밑까지 기어올라 와 소름이 오소소 돋았다. 저도 모르게 거칠게
숨을 들이쉬며 효우는 두 주먹을 더욱 세게 쥐었다. 잘 가꿔놓은
손톱이 손바닥을 파고들었다. 작은 고통이 피부를 뚫고 전해져 왔
지만 그것을 느낄 새는 없었다. 영란이 생긋 특유의 색기 넘치는

눈웃음을 지어 올렸다.

"내가 무섭니?"

"……."

"무섭겠지. 넌 지키고자 하는 게 많은 아이니까. 하트앤소울, 아버지의 신뢰, 철없는 동생들. 다 네가 지키고 싶은 것들이지 않니. 난 널 아주 잘 알아. 넌 소중한 것들을 지키기 위해서라면 무슨 짓이든 다 할걸?"

"무슨 짓을 하시려는 겁니까?"

"너무 무서워하지 마. 내가 괜히 미안해지잖니. 나, 네가 아끼는 것들을 일부러 골라 부숴 버리고 무너뜨릴 만큼 무서운 사람도 아니다. 그럴 능력도 없어. 단지 난 내가 가진 패가 꽤 많다는 걸 알려주고 싶을 뿐이야."

"효아, 효이는 건들지 마세요."

이를 악물며 효우가 느리게 뇌까렸다. 얇고 날씬하게 휘어 올라간 눈매 밑으로 부릅떠진 눈동자는 불꽃을 튀며 상대를 노려보고 있다. 당장에라도 상대를 집어삼킬 것처럼 매섭고도 무서운 눈빛이다. 동생들에 관해서라면 늘 그랬듯이 이번에도 독이 바짝 오른 방울뱀처럼 공격적으로 변하는 효우의 모습에 영란은 내심 놀라 멈칫할 수밖에 없었다.

계집애, 살 떨리게 노려보는 것 좀 봐. 어릴 때와 어쩜 저리 똑같은지. 어릴 때도 저 살벌한 눈빛에 어른인 날 오금 저리게 하더니.

처음부터 저랬다. 만난 지 한 달도 안 돼 청혼해 온 심영환과 재혼하고, 두 아들 데리고 집으로 들어왔을 때 효우는 영란에게 깍듯이 '어머니'라 부르면서도 미소 한 번, 농담 한 번 살갑게 건넨 적이 없었다. 원래 성격상 그러겠거니 넘겨보려 했지만 그것도 하루 이틀이지 시간이 가도 효우의 태도는 그대로이고 변할 생각도 없는 것 같은데, 영란인들 마냥 참고 배려해 줄 수는 없는 일 아닌가. 게다가 남편이란 작자는 결혼과 동시에 자신에게 흥미를 잃어버린 듯 도통 집안에는 관심을 두지 않았다. 중독이 아닐까 할 정도로 나날이 일에 파묻혀 살더니 급기야는 몇 날 며칠 장기 출장을 가거나 호텔에서 일하며 외박하는 일이 일상이 되는 지경에까지 이르렀고.

지긋지긋하고 괴로운 상황의 연속은 결국 영란을 폭발하게 만들었다. 가슴에 쌓인 원망의 화살이 심영환의 딸들에게 가는 것은 너무나도 지당한 일. 신데렐라 새엄마의 현신인 양 효우와 그 동생들에게 가혹하리만치 심한 보복을 해주었다. 자신을 이런 굴욕적이고 힘든 생활로 이끈 자가 심영환이고, 그들의 딸로부터 무시 아닌 무시를 당하고 있다 스스로를 합리화시키며 철저히, 잔인하게 어린것들을 무시하고 압제하였다. 그럴 수밖에 없었다. 그러지 않고선 숨이 막혀 단 하루도 그 집구석에서 살 수가 없었으니까.

"무슨 말을 그렇게 하니. 누가 들으면 내가 너희 자매한테 해코지라도 하는 줄 알겠다. 난 네 어미야. 낳은 정보다 기른 정이 더 무섭단 말 모르니? 내 배 아파서 낳진 않았지만 너희 셋 15년을 내 손으로 키웠는데 그런 너희들한테 내가 어떻게 해코지를 할 수 있겠니?"

"그러신가요?"

핏, 한쪽 입 언저리를 슬쩍 끌어 올리며 냉소하고는 효우가 시니컬하게 대꾸했다. 그러더니 섬뜩할 정도로 날이 선 눈빛으로 영란을 쏘아보며 말한다.

"한데 열네 살 효아를 한겨울 엄동설한에 외투도 없이 쫓아내신 분께서 하시기엔 너무 가식적인 말씀 같습니다, 어머니."

"뭐?"

"아버지께서 해외 출장 중이셨죠? 전 아버지와의 트러블로 잠시 친구네 기거하고 있었고요. 마침 방학이었던 터라 막내 효이는 외가에 맡겨두었었죠. 집에는 어머니와 오라버니들뿐이었어요. 효아를 지켜줄 사람이 아무도 없었던 거죠."

"너 그게 지금 무슨 말이니? 내가 일부러 효아를 해코지하려고 작정했었다는 거니?"

"그 추위에 효아는 절 찾아 무려 한 시간을 걸어왔어요. 아파트 경비의 연락을 받고 효아를 만나러 나간 저는 그 길로 병원으로 줄달음쳐야 했고요. 우리 효아, 병원에서 삼 일을 꼬박 누워 있어야 했어요."

"그건 그 계집애가 고집이 세서 불행을 자초한 거잖니. 잘못했다고 빌면 누가 내쫓아? 그렇게 맞고도 끝까지 고집 피우며 입 꾹 다물고 잘못했다는 소리를 안 하니 별수 있니, 내쫓는 수밖에."

"당신이 무슨 자격으로?"

"뭐? 당신?"

"당신은 우릴 쫓아낼 자격이 없어. 그때도 그렇고 지금도 마찬가지야."

"이, 이 계집애가 지금 누구 앞에서 두 눈을 부릅뜨고……!"

강영란이 극도로 분노한 감정을 드러내며 두 눈을 치떴다. 붉은 립스틱이 그려진 입술이 파르르 떨었다. 아버지 앞에서 한없이 다정한 사람인 척하고 뒤돌아서는 거칠고 잔인한 이빨을 드러내며 아무것도 모르는 동생들을 구박해 대던 여자답게 그녀는 혐오스러울 정도로 징그럽고 흉측한 얼굴을 하고 있다. 당장에라도 자신의 목을 조를 것 같은 공포마저 스멀스멀 올라오는 것 같자 효우는 차갑고 대차게 쏘아붙였다.

"그 집을 나가야 할 사람은 우리가 아니라 당신이라고."

"이게 보자 보자 하니까 진짜……!"

화가 머리끝까지 치밀어 오른 듯 강영란은 자신의 앞에 놓여 있는 뜨거운 커피잔을 집어 들었다. 울화가 치밀면 분을 삭이기 위해 물건을 내던지고 깨뜨리곤 하던 습성이 은연중에 튀어나온 것이다. 효우는 손에 들린 차가운 주스잔을 꽉 비틀어 쥐었다.

영란이 또다시 도발해 온다면 자신도 결코 가만있지 않을 것이다. 자신은 이제 속수무책으로 당하기만 하던 10대 소녀가 아니다. 동생을 지키기 위해선 강영란이 던지는 물세례를 대신 뒤집어쓰는 것 이외엔 할 수 있는 일이 아무것도 없던 그 어리고 연약한 소녀가 아니란 말이다. 가만있지 않을 것이다. 절대로 당하고만 있진 않을 것이다, 절대로!

효우의 손이 부르르 떨려왔다.

"대표님."

낮고 그윽한 남자의 목소리가 들려온 것은 그때였다.

첨예하게 대립하고 있던 효우와 영란의 시선이 동시에 위로 향하였다. 햇살보다도 더 화사하고 아름다운 남자의 얼굴이 높이 서 있다. 커피잔을 세게 쥐고 있던 강영란이 놀란 듯 스르르 손에서 힘을 풀었다. 효우는 가슴에 가득 담고 있던 숨을 내쉬며 속삭이듯 말했다.

"무슨 일이죠, 이찬현 씨?"

"시산이 다 되었습니다. 서두르셔야 할 것 같은데요."

깔끔하고 단정한 어조로 대답하고는 그가 빙긋 미소를 지었다. 부족하지도 넘치지도 않은 딱 부하직원이 상사에게 지을 수 있는 정도의 미소였다. 효우는 그를 잠시 바라보다 천천히 주스잔을 쥐고 있던 손을 무릎 위로 내렸다. 그리곤 차갑고 예의 바른 얼굴을 새어머니에게 향했다.

"이만 실례해야 할 것 같습니다, 어머니."

She's The One

"차장님께서 나올 줄은 꿈에도 몰랐습니다."

"왜요? 저도 클라이언트인데. 편집차장이면 어마어마한 위치예요."

"네네, 잘 좀 봐주십시오. 저희 광고도 좀 실어주시고요."

효우는 저도 모르게 나오는 한숨을 한 바가지 흘리며 이제는 절친이 된 '패션리더'의 홍아성 편집차장을 심란하게 바라보았다. 그리곤 찬현이 어느새 아성과도 인사를 주고받은 후 자신의 의자까지 매너 좋게 빼주자, 힐끗 그를 돌아보곤 털썩 의자에 주저앉았다. 긴장이 풀리니 머리가 다 어지럽다. 오는 내내 차 안에서 바짝 긴장하고 앉아 있던 탓에 온몸도 뻐근했다. 물론 깐깐한 광고팀장을 만나는 자리이니 긴장하지 않으려야 않을 수가 없었지만, 그것보다도 더 그녀를 괴롭힌 것은 동행인 이찬현의 존재였다.

신경이 무지 쓰인다. 아까 강영란과의 일 이후로는 더더욱.

그는 자신을 말리러 온 게 틀림없었다. 그 절묘한 타이밍으로 보아 밖에서 모든 상황을 다 지켜보고 있었던 것 또한 분명해 보였다. 대체 어디까지 알아챈 것일까? 어디까지 들었지? 강영란이 누구고, 그녀에게 자신이 어떤 치욕을 당했는지까지 다 알아버린 건 아니겠지?

두렵다, 그가 알게 되는 것이. 다른 사람이 아닌 이찬현에게 자신의 최대 약점인 불행한 사춘기 시절을 들키는 게 죽기보다도 싫었다. 이찬현에게만은 자신의 불행한 과거를 알게 하고 싶지 않았다. 이유는 자신도 알 수 없다. 그냥 그에게만큼은 비밀로 하고 싶었다.

"뭐, 그거야 제 소관은 아니지만 강 팀장님께서 호언장담하셨으니 조만간 해결해 주시겠죠. 기다리세요. 기다리면 만사형통, 다 제대로 풀릴 테니까."

"차장님께선 현실적으로 그게 가능한 일이라고 생각하세요? 대기업에서 들어온 압력을 일개 광고팀장이 해결할 수 있다고 생각하십니까?"

"말은 바로 합시다, 심 대표. 강 팀장이 일개 광고팀장은 아니죠. 사장님을 형부로 둔, 평소 자신이 사회정의를 위해 몸 바쳤던 사회부 기자 출신이라는 사실을 자랑으로 여기는 분이시잖아요. 거기다 꽃미남 수집가세요. 꽃미남이라면 사족을 못 쓰시고는 아주—! 뭐, 어쨌든 이번에도 어떤 잘생긴 연하남한테 확 꽂혔던데. 그쯤이면 조금은 기대해도 되지 않나?"

추파를 던지듯 찬현에게 불순한 윙크를 깜찍하게도 날리며 아성이 장난스럽게 웃었다. 아성의 윙크를 받은 찬현의 입 가장자리가 묘하게 꺾여 올라갔다. 좋아서 웃는 것인지 기분이 나빠서 일그러지는 것인지 분간이 안 되는 정말로 묘한 꺾임이다. 물론 강영지 광고팀장이 자신에게 눈독을 들이고 있다는 걸 확인사살당하는 상황이니 즐거운 꺾임은 아닐 것이다. 기분이 상당히 나쁠 텐데도 저리 겉으로나마 평온을 유지하고 있는 걸 보면 확실히 이찬현은 노련했다. 스스로 말하는 자신의 커리어가 절대 거짓은 아니라는 뜻.

여러 번 돌이켜 생각해 봐도 잘한 선택 같았다. 심복이나 다름없던 김영호 이사를 대신하기에는 이찬현만 한 사람이 없다. 일에 있어서 어설프지도 않고, 눈치도 있어서 귀찮게 하지도 않고, 자신의 장점으로 상대의 호감을 사는 융통성도 있는데다가 결정적으로 그는 최근, 하트앤소울의 사업계획안이 Jay&Clare의 투자 검토 대상에까지 오르도록 하는 등 업무적인 능력이 탁월했다. 게다가 개인적인 인맥을 동원하여 제이 리와의 면담을 성사시키기 일보 직전이라고 하니, 그야말로 최적격. 아마 이보다 더 나은 사람은 앞으로도 구하기 힘들 테다.

“신소리 그만하시고, 대체 어떻게 된 거야? 강 팀장은 어디 가고 홍 차장이 왔어?”

“그게…… 갑자기 집안에 일이 생겼다나 봐. 약속을 취소하려는데 네가 전화를 받지 않는다면서 나더러 대신 나가달라고 부탁하더라고.”

"다른 얘긴 없었고?"

"딱히 전해달란 말은 없었어. 중요한 일로 만나는 모양인데, 그 중차대한 얘길 나한테 대신 전하라고 할 리가 없잖아. 그냥 시간 어떻게든 때워달라는 거겠지. 나와 심 대표가 친한 거 잘 아는 사람이니까."

"그럼 강 팀장님께서 날 왜 보자고 했는지 홍 차장도 모른다는 거네?"

"그건 글쎄다? 과연 내가 보를까?"

"알고 있으면 말해줘. 나 급해."

"뭐야, 심드렁하게 굴 땐 언제고. 어차피 강영지 팀장이 해결해 줄 수 있는 문제도 아니라며. 그래서 기대 따위 안 한다 하지 않았어? 실력으로 승부 볼 거라면서. 이번 프로젝트에 사활을 걸어서 정직하게 붙어보겠다더니만."

"그 생각은 지금도 변함없어. 하지만 그때까지 마냥 손 놓고 기다리기엔 상황이 별로 좋지 않아. 이번 프로젝트는 지금 당장 시작한다 해도 족히 3년은 걸리는 사업이야. 그때까지 아무 대책도 없이 이렇게 손 놓고 있을 수만은 없어. 할 수 있다면 무슨 수를 써서라도 해결해야 해."

"많이 안 좋구나? 심 대표, 이렇게 풀이 팍 죽은 모습은 처음인 것 같아."

"말했잖아, 급하다고. 방법이 있으면 좀 알려줘. 뭐라도 해야지 이대로는 정말 안 돼."

"알려주면 시도해 볼 거야? 다른 직원의 도움을 좀 받아야 할 텐데. 그래도 상관없어?"

"무슨 방법인데? 다른 직원 누구?"

"누구긴 누구야, 강 팀장이 수집하는 꽃미남 연하남이지."

두 눈 반짝반짝, 긴 인조 속눈썹 나풀나풀 휘날리곤 아성이 스륵 눈동자를 굴려 이찬현을 향해 또다시 야릇한 미소를 날렸다. 그러자 지금껏 가만히 앉아 두 사람의 얘기를 듣고만 있던 이찬현의 눈동자가 천천히 아성을 향해 굴러갔다. 효우는 즉시 눈살을 찌푸렸다. 이게 대체 무슨 소리야?

'가만, 아성이 지금……?'

화장을 했다. 쭉 신경 쓰지 않아서 눈치채지 못했는데 화장을 해도 아주 짙은 화장을 했다. 눈에 띄는 핑크빛 립스틱에 펄 감이 살아 있는 눈 화장, 짙은 스모키 아이라인까지 진해도 너무 진하다. 게다가 옷차림은 또 어떻고. 쇄골과 가슴골이 적나라하게 드러난 셔츠와 박시한 재킷, 피부와 한 몸처럼 착 붙어 있는 스키니 바지.

이건 절대 일반적인 홍아성의 모습이 아니다. 평소 '일할 때 치장하는 짓은 세상에서 가장 쓸데없는 짓'이란 말을 입에 달고 다니는 그녀이니 회사에서 곧바로 왔다는 그녀는 분명 꾀죄죄하고 칙칙, 궁상스런 모습을 하고 있어야 마땅하다. 이런 패션과 화장법은 홍아성이 스트레스 풀기 위해 남자 사냥하러 클럽에 나갈 때나 하는 것이거늘 왜 지금?

서, 설마……?

저도 모르게 효우는 옆자리의 이찬현을 돌아보았다. 조각처럼 환상적인 곡선으로 잘빠진 남자의 골격이 한눈에 쏙 들어왔다.

잘생기긴 정말 미치도록 잘생겼다. 꽃미남 수집가에 연하라면 사족을 못 쓰는 강영지가 절대로 가만둘 수 없도록. 멋진 남자는 꼭 한 번 맛을 봐야 직성이 풀린다는 맨이터, 미식가 홍아성이 입맛을 다실 수밖에 없도록. 악마의 면상이다, 진심으로.

"지금 뭐라고 하셨나요, 홍아성 차장님?"

까칠함이 물씬 묻어나는 음성으로 효우가 물었다. 방금 전까지 편하게 대화를 나누던 효우가 갑자기 '차장님'이라 존칭하자 찬현의 한쪽 눈썹이 우아하면서도 남성적인 곡선을 그리며 훌쩍 올라갔다. 속으로 '걸려라, 걸려라, 걸려라' 하고 주문을 외우던 아성은 쾌재를 부르며 씩 미소를 지어 올렸다.

하여튼 심효우, 겉보기와는 달리 완전 허당이라니까. 어째 한 번도 예상을 비켜간 적이 없냐. 매번 이렇게 뻔한 낚시질에 철커덕 걸려드는 이유가 뭐야? 멍청하다고 하기엔 머리가 너무 좋고, 순진하다고 하기엔 남자에 당하고 덴 게 한두 번 아니니 이걸 대체 뭐라고 해야 하나? 타고난 백치미?

"확실한 방법 있으면 알려달라며. 우리 광고팀장, 꽃미남한테 약하니까 잘 공략해 보란 말인데, 뭐 잘못됐어?"

"잘못돼도 한참 잘못된 것 같은데. 난 꽃미남이 아니야. 그러니까 그 방법은 나한테 해당 사항 없어."

"당연히 너한텐 해당 사항 없지. 그래서 다른 직원의 도움이 필요하다고 했잖아."

"홍 차장님."

"여기까지 나온 거면 대강 짐작한 거 아니야? 광고팀장이 원하는 게 뭔지는 너도 알고 나도 알잖아. 이찬현 씨도 알고 있을 것 같은데."

"홍아성."

"아, 왜? 못할 거 뭐 있어? 억지로 시키는 게 아니라면 그다지 나쁠 것도 없지 않나? 지난번에 보니까 이찬현 씨도 썩 싫진 않는 모양이던데. 누이 좋고 매부 좋고, 사장 좋고 직원 좋고. 좋잖아, 두루두루."

"너 정말……!"

꾹꾹 화를 눌러 참고 있는 얼굴로 효우가 천천히 이를 갈며 중얼거렸다. 딱 보기에도 폭발하기 직전이다. 그에 반해 당사자인 이찬현은 표정 변화 없이 차분함을 유지하고 있는 중. 화가 났는데도 참고 있는지, 아니면 진짜 아무렇지도 않는 것인지 언뜻 봐선 도무지 짐작할 수도 없는 무표정이다.

신기하기도 하지. 심효우보다도 더 차가운 이성을 소유한 남자라니. 재미있다. 그래서 더욱더 두 사람을 부추기고 싶어진다. 마지막까지 내몰린 두 사람이 과연 어떤 반응을 보일지 자못 흥미진진하단 말씀이야. 아성은 몹시 안달하는 마음으로 그러나 즐겁게 속으로 차분히 카운트다운을 시작했다. 셋, 둘…….

"전화 왔는데요, 대표님."

얼음공주 심효우가 대폭발하는 흥미 만땅 구경거리가 막 벌어질 타이밍이었다. 잠자코 앉아 있던 이찬현이 딱 맥을 끊었다. 때마침 효우의 핸드백 안에서 핸드폰 진동 소리가 윙윙 울려대고 있었다. 부글부글 끓는 얼굴로 자신을 대차게 쏘아보던 효우는 마지못해 전화기를 들고 자리를 떴다.

"에이, 작전 실패네. 확 소리치며 발끈하는 모습을 보고 싶었는데."

아쉽다는 듯 입맛 쩍쩍 다시며 멀어지는 효우의 뒷모습을 바라보고 아성은 맥없이 중얼거렸다. 그리곤 자신을 가만히 지켜보고만 있는 이찬현을 향해 휙 두 눈을 치떴다. 꿩 대신 닭이라고, 심효우 대신 이찬현 어때? 내면의 장난꾸러기가 속살거렸다. 의외로 쉽게 조종당하는 심효우보다는 훨씬 놀려먹기 힘들긴 하겠지만, 그래서 더 재미는 있을 것 같기도…….

"만약 심 대표가 도움을 청하면 어쩔 거예요, 이찬현 씨는?"

"……."

첫 번째 공격에는 무반응. 표정 하나 바뀌지 않는다. 아성은 좀 더 내밀한 눈빛으로 그를 훑으며 싱긋 미소를 지었다.

"심 대표를 위해 협조하겠다? 아니면 자존심이 허락하지 않으니 절대 싫다? 어느 쪽이에요?"

"무조건 돕는 게 대표님을 위하는 일이라 생각진 않습니다."

두 번째 공격에도 무반응. 대답은 어찌어찌 했으나 그 표정은 심히 심드렁하다. 별다른 타격을 받지 않은 게 틀림없다. 아성은 은근히 승부욕이 발동하는 것을 느끼며 더 집요하게 캐묻기 시작했다.

"그 말은 결국 안 하겠다는 거로군요. 심 대표 돕기 싫어요? 지금 회사가 굉장히 어려운 것 같은데. 심 대표, 말로 저렇게 표현할 정도면 문제가 꽤 심각하다는 거예요. 아직까진 피해가 직접적으로 느껴지지 않겠지만 조만간 눈에 보일 정도로 큰 타격이 있을걸요?"

"……."

"도미노 알죠? 이 바닥이 원래 도미노현상 심하기로 유명해요. 우리 잡지 광고 끊긴 게 알려지면 다른 잡지사에서도 비슷한 결정 내리기 쉽죠. 처음엔 실실 업계 눈치 보며 늑장 피우다가도 한 곳에서 일 저지르면 너도 나도 그 대열에 합류하거든요. 판이 작다 보니 다들 대세를 따르는 쪽을 선택하는 거죠. 솔직히 대기업에 붙는 게 더 안전하다는 건 누구나 다 아는 사실이잖아요. 감히 샤이닝 편을 들기 위해 LK와 맞서 싸우는 간 큰 짓을 어떤 잡지사가 할 수 있겠어요? 심 대표도 그걸 알고 지금 초조해하고 있는 거예요. 심리적으로 아주 많이 위축되어 있을 겁니다. 궁지에 몰린 쥐처럼."

"샤이닝과 대표님을 구할 수 있는 사람이 저라는 말씀이십니까?"

세 번째 공격에는…… 이게 뭐야? 웃어?

"우리 잡지사가 결정을 번복한다면 얘기가 달라질 수도 있으니까요. 강영지 팀장님이 이찬현 씨 좋아하는 거 알죠?"

"무슨 답을 원하시죠?"

"저야 뭐, 사실대로 진심 어린 답을 듣고 싶죠. 심 대표를 돕기 위해 이찬현 씨는 어떤 선택을 할 것인가 무지 궁금하거든요."

"선택할 권리, 저에겐 없는 거 아닙니까? 전 샤이닝 직원입니다. 대표님이 시키시는 일이라면 뭐든 해야 하죠.”

“심 대표는 절대로 제 입으로 직원에게 그런 부탁할 사람 아니에요. 그거 알고 하는 말이죠?”

“압니다만 그것과 상관없이 전 대표님이 시키시는 일은 뭐든 할 준비가 되어 있습니다.”

“다른 여자와 만나야 하는데도요?”

“데이트 정도라면 어렵지 않은 일이라 생각합니다.”

이 대답은 또 뭐야. 이건 아니잖아. 효우가 시키는 일이라면 여자와 사귈 수도 있다는 말은 이찬현이 심효우한테 아무런 감정도 없다는 뜻이질 않은가. 그럴 리가 없다, 절대로. 두 사람이 서로에게 아무런 감정도 없을 리가 없다.

‘내 눈이 얼마나 정확한데!’

남자와 여자가 나란히 서 있는 모습만 봐도 두 사람이 그렇고 그런 관계인지 아닌지 다 알아채는 연애 호르몬의 대가가 바로 이 나님 홍아성님이시다. 신이 내린 이 몸께서 딱 처음 보자마자 동물적인 감각으로 심효우와 이찬현이 서로 남녀로 인식하고 있음을 알아보았다 이 말씀이시다. 거짓말하면 내가 속을 줄 알았나. 어디서 약을 팔아? 아니라면 순진하게 믿을 줄 알고?

“저기…… 근데 이걸 말해야 하나 말아야 하나. 이찬현 씨가 팀장님과 만나는 것까지 고려하고 있다니까 내가 말을 안 할 수가 없네. 사실은 강영지 팀장님이……. 아, 이걸 말해야 해, 말아야 해?”

“……”

“심 대표 없으니까 내가 이찬현 씨한테만 살짝 얘기해 드릴게. 실은 강영지 팀장이 여성…… 취향이에요.”

“뭐라고요?”

자신이 제대로 들은 게 맞는지 의심스러운 듯 찬현이 눈살을 찌푸리며 되물었다.

아싸, 드디어 서너 번의 시도 끝에 이 남자도 낚시 성공. 강 팀장님한텐 죄송하지만 절친 효우를 위해서라면야. 그 계집애가 넝쿨째 굴러들어 온 남자를 제 손으로 품을 주제가 못 되니 친구인 나라도 어시스트해 줘야 하지 않겠어? 능력에 미모, 집안, 어디 한군데 빠지는 게 없는 최고의 신붓감 심효우한텐 어리고 잘생긴 꽃미남 남친이 딱 안성맞춤이다. 이찬현 씨, 돈 많은 누님 품에 쏙 안겨 편안하게 셔터남으로 사는 것도 나쁘지 않답니다. 응응!

“카멜레온 알죠? 보호색. 자신을 보호하기 위해 위장하는 거. 강 팀장님한테는 꽃미남 수집가라는 타이틀이 바로 그 보호색이에요. 남들은 다들 강 팀장님이 꽃미남이라면 사족 못 쓰는 줄 알지만, 실은 그게 아니라는 거죠. 원래는 남몰래 뒤에서 꽃처녀들을 수집하고 있어요. 그리고 이번 타깃이 바로…….”

“심효우라는 겁니까?”

낮게 속삭이는 아성의 말에 귀를 기울이며 찬현이 중얼거렸다. 미간에 잔뜩 주름을 잡은 채이다.

“딩동댕.”

“지금 저한테 장난치시는 겁니까?”

“장난처럼 들려요?”

"……."

"내가 당해봐서 아는데, 강 팀장 엄청 집요해요."

"직접 당해보셨다고요?"

"그럼요. 제가 또 상당한 미녀 아니겠어요? 같은 회사 몇몇이 강 팀장 레이더망에 걸려서 아주 혹독하게 괴롭힘을 당했지 뭡니까. 저야 워낙 그런 쪽으로 단련된 몸이라 변태 취향인 척 막 연기를 해서 빠져나왔지만 우리 효우는 글쎄요."

꽃미남 연하남이 표정을 굳힌다. 이게 사실일지 아닐지 가늠해 보는 것이겠지만, 최종적으론 곧 사실이라 판단 내릴 것이다. 어떤 미친 여자가 상사의 성적 취향을 가지고 장난질을 치겠는가. 그러다 날조한 걸 들키면 끽 모가지가 댕강 날아갈 텐데 말이다. 물론 꽃미남 씨는 홍아성이 그런 짓쯤 눈 하나 깜빡하지 않고 할 수 있는 여자라는 사실은 전혀 모를 테다. 그러니 저런 표정을 짓고 있는 거겠지.

"어? 통화 끝냈어? 누구야?"

효우가 통화를 끝내고 돌아왔는데도 꽃미남 씨는 딱딱하게 굳은 얼굴 그대로이다. 예스, 예스. 그래야지. 좋아하는 여자가 위기에 빠졌는데 멀쩡하면 안 되지. 발끈해 줘야지.

"강 팀장님 지금 일 끝났다고 이쪽으로 오신대. 30분이면 도착할 수 있을 거라는데?"

"강영지 팀장이 여기로 온다고? 지금?"

"그렇다고 하시네. 꼭 만나서 해야 할 일이 있다고……."

분위기가 이상해졌다 생각했을까. 효우가 찬현의 눈치를 살피며 중얼거렸다. 아까와는 달리 찬현은 눈에 띄게 굳은 얼굴로 앉아 있었다. 반면 아성은 싱글벙글. 이게 대체 무슨 상황인 건가 싶어 효우는 고개를 갸웃거렸다.

"만나서 뭘 하려고 그러시나? 효우 너한테 꼭! 해야 할 얘기라도 있다니?"

"뭐…… 그거야 만나서 들어보면 알겠지. 근데 너 왜 그래? 뭐 좋은 일이라도 생겼어?"

"어머, 얜, 좋은 일은 무슨 좋은 일이니. 강영지 팀장이 그런 성향인데."

"그런 성향이라니? 무슨 성향?"

"일어나세요."

아성과 주거니 받거니 얘길 하는데 갑자기 찬현이 자리에서 벌떡 일어난다. 상당히 고압적인 말투로 거만하기 짝이 없는 지시어 하나를 툭 떨구며. 난데없는 말에 놀라 효우는 두 눈을 휘둥그레 떴다.

"뭐라고요?"

"일어나시라고요, 대표님."

"……"

너무 어이없어 할 말을 잃은 효우가 두 눈만 껌뻑거리며 멀뚱하게 자신을 바라보고만 있자, 찬현은 거칠게 손을 뻗어 효우의 손목을 거머쥐었다. 아성은 쩔쩔매며 꽃미남 씨에게 끌려가는 효우를 향해 살랑살랑 바이바이 작별 인사를 건넸다. 오늘 밤은 제발이지 뜨겁게, 화끈하게 보내길 기원하면서.

"팀장님? 저 홍 차장이에요. 다름이 아니라 오늘 아주 괜찮은 애가 한 명 들어왔다고 해서요. 전에 제가 클럽에 특별히 부탁해 뒀거든요. 팀장님을 위해 특별히 꽃미남으로 한 놈 준비해 두라고. 어때요? 콜?"

뒷수습은 깔끔하게. 그게 바로 홍아성. 오늘 거하게 회포를 풀고 나면 강 팀장도 당분간은 꽃미남 씨를 찾지 않을 것이다.

✳

"이게 뭐 하는 짓이에요?"

레스토랑 출입문을 통과하자마자 효우는 있는 힘껏 그를 뿌리치곤 최대한 싸늘하게 대꾸해 주었다. 도도하고 콧대 높은 싸한 미소 한 방으로 근방 100m 안의 모든 생명체를 꽁꽁 얼어붙게 만든다는 얼음공주 심효우는 명성대로 자비 없는 살벌함으로 찬현을 노려보고 있었다.

"뭐 하는 짓이냐고 물었습니다, 이찬현 씨. 이게 대체 무슨 무례예요? 명색이 회사 클라이언트와의 미팅입니다. 개인적으로 나와 친분이 두터운 사람이기 이전에 회사와 긴밀한 협조 체제에 있는 잡지사의 편집차장이에요. 얘기 도중 이렇게 자리를 뜨는 법이 어디 있습니까? 것도 나까지 끌고……."

"손 떼."

"뭐, 뭐라고요?"

"손 떼라고. 광고 쪽 일, 내가 알아서 해. 앞으로 넌 신경 꺼."

“그게 무슨 말도 안 되는!”

“어차피 네가 내게 내린 미션 아닌가? 3개월 안에 광고 지면 되찾아오기.”

“설마 이찬현 씨가 그 모든 걸 해결하실 수 있다는 말은 아니겠죠?”

“못할 것 없어, 마음만 먹으면.”

“돌았습니까?”

차가운 얼음공주의 입에서 도저히 흘러나올 것 같지 않던 말이 툭 터져 나오자 찬현이 빠르게 눈동자를 굴려 그녀를 보았다. 자신이 내뱉어놓고도 놀라워 잠시 멈칫 입을 다물었던 효우는 이내 아무렇지도 않은 듯 두 눈을 똑바로 치켜뜨고 전과 다름없이 강단 있는 말투로 쏘아붙였다.

“고작 광고 지면 하나 얻자고 강 팀장이 하자는 대로 다 하겠다는 거예요? 미쳤어요? 제정신 맞습니까?”

“그게 ‘고작 광고 지면 하나’ 는 아닐 텐데?”

“아무리 중요한 것이라도 사람 갖고 딜은 안 합니다. 난 허락 못 해요.”

“내가 네 허락 기다리는 것으로 보여?”

“이찬현 씨!”

“내가 알아서 해. 앞으로 넌 프로젝트 일에만 신경 써.”

“이찬현 씨, 혹시 강 팀장 좋아해요?”

해버렸다. 입 밖으로 드디어 꺼내 버렸다. 내내 궁금했던 걸. 묻고 싶어서 죽겠던 걸. 입이 근질근질해서 죽을 맛이었는데 드디어 봇물 터지듯 툭 털어놓아 버렸다.

속은 시원하다. 잡지사를 두어 번 함께 다니는 동안 그는 매번 강영지 팀장과 다정한 장면을 연출했고, 그걸 볼 때마다 효우는 너무나 궁금해서 죽을 지경이었으니까. 며칠 전 선물 줄 때 연출했던 모습을 보고선 확실히 그가 강 팀장을 좋아할 가능성이 농후하다 생각했다. 이찬현이 뭐가 부족해서 그런 나이 든 누님을? 이런 생각도 잠시 해보았지만, 남녀 간의 일이란 아무도 모르는 것 아닌가. 열 살 차이 나이 많은 누님이라도 꽂히면 그만인 것이다. 찬현은 어릴 때부터 외국에서 생활해서 사랑에 대한 고정관념이 없는 것일 수도 있단 생각이 들었다.

갑작스런 질문을 받은 찬현은 감정을 가늠하기 힘든 묘한 표정으로 천천히 고개를 돌려 그녀를 정면으로 보았다. 그리곤 뚜벅뚜벅 걸어오기 시작한다. 눈 한 번 깜빡하지 않고 쭉 그녀의 커다란 눈을 들여다보며 다가오기 시작하는 이찬현의 모습은 효우로 하여금 알 수 없는 두려움에 휩싸이게 했다.

"알고 싶은 게 그것뿐이냐?"

"머, 멈춰요. 거기 서요!"

저도 모르게 움찔움찔 뒷걸음질을 치며 효우가 더듬거렸다. 물론 그녀의 그런 모습에도 그는 전진을 멈추지 않았다.

"그 여잘 내가 좋아하는지 좋아하지 않는지 그게 왜 궁금하지?"

"그거야……."

"날 원하면 그냥 손만 뻗으라고 했을 텐데."

뒤꿈치가 툭 벽에 닿았다. 곧이어 꼿꼿한 등에도 단단한 벽의 차가운 기운이 전해져 왔다. 이 차가움이 의미하는 것은 후퇴할 곳이 없다는 뜻. 효우는 차가운 벽에 손톱을 세우고 두려움을 잊기 위해 두 눈을 더욱더 크게 떴다.

"그, 그게 지금 무슨 말입니까?"

"떠보지 마. 찔러보고 쑤셔보고 간 보는 짓, 재미없지 않아?"

"이봐요, 이찬현 씨. 내가 알아들을 수 있는 말을 하세요."

"친구를 이용해서 내 감정 들춰보려고도 하지 마. 지루하다, 아주 많이."

"홍 차장 얘기 하는 겁니까?"

"뭐, 적당히 신선하긴 했어. 내 평생 그런 식으로 호감을 표현한 여잔 진심으로 네가 처음이니까. 하지만 점수를 매긴다면 제로다. 재미가 없어도 너무 없어."

"호, 호감이라뇨? 누가 누구한테 호감이 있다고 이러는 겁니까?"

"차라리 블로그를 한 번 더 활용하지 그래?"

벽에 두 팔을 턱 짚더니 그가 고개를 숙이며 물었다. 훅, 안면으로 밀고 들어오는 그의 얼굴을 피해 효우는 몸을 뒤로 젖혔다. 하지만 등줄기로 전해지는 것은 콘크리트 벽의 냉기. 고개를 슬쩍 옆으로 기운 채로 입술 근방 0.5㎜까지 밀려들어 와 평온하게 숨 쉬고 있는 이찬현을 효우는 고스란히 느끼고 있었다. 피부론 그의 숨결을, 코로는 그의 향기를, 눈으론 그의 아름다운 눈동자를, 귀로는 꿈결처럼 부드럽고 목소리를. 그야말로 오감으로 이찬현을 체험하고 있는 중!

"브, 블로그?"

"아코. 아이 러브 코스메틱. 네가 운영하는 블로그 말이야."

"……!"

"그는 여자가 태어날 때부터 내부에 품고 있는 욕구를 자극한다. 서류를 넘기는 모습, 이마 위로 흘러내린 머리카락, 반쯤 내리뜬 눈, 가끔 흘려내는 작은 한숨까지도 섹시하다."

"이, 이찬현 씨!"

"섹시함이 너무 과해서 가만히 있어도 여자를 숨 막히게 하는 마력의 남자다. 여자들은 그의 새하얀 와이셔츠만 봐도 얼굴을 붉힌다. 서류를 쥔 손만 봐도 숨을 헐떡거리고, 손등 위로 굴곡져 솟은 푸르스름한 힘줄을 마주하면 내장이 쥐어짜이는 기분에 끙끙 앓는 소리를 내게 되어 있다. 그리고 보통의 정상적인 여자들이 그에게 열광하는 것만큼이나 나 또한 심하게 흔들리고 있다."

얼음. 입을 슬쩍 벌린 채로 효우는 얼어붙어 버렸다. 그의 입에서 술술 나오는 문장들은 그녀가 자신의 블로그에 포스팅한 글이었기 때문이다. 머리가 새하얘지는 것 같다. 빙빙 돌고 또 돌아 눈앞은 캄캄, 얼굴은 벌게지고 있었다. 대체 이찬현이 왜 자신이 블로그에 쓴 글을 줄줄 외우고 있는 건가.

"블로그에 그런 걸 쓰기 전에 고백부터 해야 하는 거 아닌가."

"……."

아니라고 얘기해야 한다. 아니라고! 절대로 게시물에 나오는 '그'가 이찬현이 아니라고 미친 듯이 부인해야 한다. 죽어라 우겨야 한다. 믿지 않으면 믿게끔 바락바락 우겨대야 한다. 그래야 이

위기에서 벗어날 수 있다!

라고 머리는 이해하고 있는데 목구멍이 열리지 않았다. 누군가가 두 손으로 꽉 죄고 있는 듯 아무 말도 나오지 않는다. 얼어버린 채 꼼짝하지 않는 턱을 끼끽 움직여 보려 애써봤지만, 그것도 마음대로 안 되었다. 할 수 있는 건 두 눈만 깜빡깜빡하며 이찬현의 새까만 눈동자를 들여다보는 것뿐. 그는 자신만만, 기세등등, '네 심장 따위 내 손안에 있어' 라는 듯 거만하기 짝이 없는 미소를 지은 채 그녀의 입술 근처에서 달달한 숨결을 흩뿌리고 있다.

"지금이라도 좋아한다고 고백하면 당장 네 것이 되어줄 수도 있는데."

"그, 그……!"

"용기를 내."

"……."

"설마 남자한테 고백하는 걸 두려워하는 건 아니겠지? 천하의 심효우가 거절이 무서워 짝사랑만 한다는 건 도무지 상상이 안 되는데."

"다, 당신!"

겨우 입을 열고 두 눈에 빡 힘을 준 채 소리치자, 그가 설탕처럼 달콤한 미소로 응대한다. 마치 그녀가 무슨 말을 할 것인지 모두 예측하고 있는 사람처럼 그는 매우 여유로워 보였다. 그녀가 쩔쩔매고 있는 광경을 지켜보는 게 재미있는 듯.

그렇다. 이찬현은 이미 모든 걸 다 알고 있었다. 언제부터인지는 모르지만 그녀가 자신을 탐색하고 있음을 알고 되레 그가 그녀를 관찰하고 있었던 것이다.

미쳤다. 아무리 생각해도 자신이 미친 짓을 한 것 같았다. 여자가 남자의 신체 부위를 탐욕스럽게 훑고, 그것에 흥분하고, 그 심정을 익명이 보장되는 공간에 주절주절 옮겨 적었다는 게 제정신으로 할 짓인가 말이다. 밝히는 여자라고 비웃었을 거야. 나이 먹을 만큼 먹은 여자가 젊은 남자 탐한다고 욕했을 거야. 변태 같은 여자라고 흉봤을 거야. 왜 그랬을까. 왜 그런 짓을 했을까! 이게 외부에 알려지면 어떤 일이 벌어질지 몰라서 그랬니?

심효우, 이 멍청이!

"미안하지만, 난 당신 좋아하지 않습니다."

심정과는 반대로 효우는 똑 부러지게 대답했다. 그러나 그녀의 얼굴에는 그녀가 느끼고 있는 곤혹감이 그대로 드러나 있었다.

"이런. 부인이네. 첫 단계로서 예상 못했던 건 아니지만 적잖이 실망스러운데? 내가 알고 있던 심효우라면 당당하게 사실을 밝히고 날 가져갈 텐데 말이야."

"좋아하지 않으니까요. 정말로 당신한테 아무 감정 없습니다. 난 부하직원과는 사적인 감정 키우지 않는 사람이에요."

"거짓말 탐지기라도 가져와야 하나?"

"그런 게 왜 필요한진 모르겠지만 있다 하더라도 문제없습니다. 내 말은 다 사실이니까요."

"통과할 자신 있는 모양이지?"

"물론이죠."

심효우는 심효우. 방금 전까지 당황해 쩔쩔매던 그녀는 순식간에 안정을 되찾은 듯 말짱한 얼굴로 그를 똑바로 바라보았다. 흔들림 없는 그녀의 눈빛을 가만히 지켜보며 찬현은 훗, 짧게 미소했다.

참 위대한 능력을 가진 여자란 말이야. 좀 사그라진다 싶으면 곧바로 불을 질러주신단 말이지. 그래서 끊임없이 도전하게 만든다. 승리하여 쟁취하고 말리라 다짐하게 만든다. 이 발칙함이 온전히 나의 것으로 내게 포함되게 하고 싶다. 차갑고 동시에 뜨거운 그녀의 심장이 오롯이 나를 향해 뛰게 만들고 싶다. 내게 복종하고 나만을 사랑한다고 속삭이게, 그렇게 만들고 싶은 욕구가 드릉드릉 꿈틀꿈틀 포효하기 일보 직전이다.

"좋아."

찬현은 그 어느 때보다도 더 부드럽게 속삭였다. 그리곤 살포시 미소를 머금고 있는 입술 그대로 끌어 내렸다.

"통과해 봐."

그녀의 입술을 빨아들이기 전에 그가 한 말이다. 거짓말 탐지 키스가 그대로 시작되었다.

창과 방패의 법칙

"이찬현 씨 말이에요, 되게 예쁘게 생기지 않았어요? 전 볼 때마다 깜짝깜짝 놀라요. 생긴 게 너무 예뻐서. 특히 눈이 완전 사슴 같아요. 키가 크고 어깨가 떡 벌어지지 않았다면 여자라고 해도 믿을 것 같지 않아요?"

"난 외모도 외모지만 성격이 진짜 장난 아닌 것 같아. 성격 미남이야, 완전. 어쩜 그렇게 다정하니? 저번에 내가 무거운 물건 들고 낑낑거리며 사무실 가는데, 글쎄, 내 짐을 나눠 들어주더라니까."

"어머, 정말요?"

"그래. 자기 사무실이랑은 정반대 방향이었는데도 내 사무실까지 들어다 주고 갔어. 진짜 친절하지 않니? 기사도정신 짱이야. 나 그때 보고 정말 남자를 다시 생각하게 됐다니까. 지금까지 쭉 잘난 남자들은 거만하고 재수 없다 생각해 왔는데, 다 그런 건 아니란 생각이 들더라고. 사람 나름인 거지.”

“그분 능력도 되게 좋다면서요? 한국 들어오기 전에 미국서 완전 잘나갔대요. 이번에 회사에서 추진하는 프로젝트, 이찬현 씨 미국 쪽 인맥으로 거의 성사되기 일보 직전이라던데요. 대표님께서 직접 데리고 다니면서 챙기시는 이유가 다 있더라고요.”

“우와, 능력도 있는 사람이었네? 갑자기 완전 설레기 시작한다. 어떻게 해! 나, 너무 좋아. 자기도 알지? 내가 능력 있는 남자한테 가슴 뛰는 거.”

“아서요. 그냥 포기하세요. 이찬현 씨처럼 괜찮은 남자한테 여자가 없을 리 없잖아요. 미국서 쭉 살았다는데 거기에 애인 하나 못 만들어놓았겠어요?”

“미국은 미국이고 한국은 한국이지. 미국에 애인 있어봤자 무슨 소용이야? 한국에서 살 건데.”

“그렇긴 하지만, 그래도 이찬현 씨는 좋아하지 마세요. 경쟁자가 너무 많아요. 우리 회사에서만도 이찬현 씨 눈독들이고 있는 여자들이 열 트럭은 넘을 거예요.”

“자기도 혹시?”

“에? 헤헤헤. 어떻게 아셨어요, 대리님?”

“경쟁자 하나 줄이려고 애쓴다, 애써.”

티격태격하며 코너를 돌아 시야에서 사라지는 여직원들의 뒷모습을 바라보며 효우는 내내 잡고 있던 숨을 훅 풀어 내쉬었다. 대표이사인 효우가 뒤따라 걷고 있는 것도 모르고 평소처럼 이찬현에 대한 찬사를 줄줄 늘어놓는 직원들을 보고 있노라니 속에서 천불이 올라

오려 했다. 아니, 이게 말이 되는 얘기냐고. 이찬현이 어떤 남자인지 회사 내의 그 어느 누구도 모른다는 게 있을 수 있는 얘기냔 말이야.

이찬현은 여리지 않다. 이찬현은 성격 미남이 아니다. 이찬현은 기사도정신 따위 가진 적 없는 인간이다. 이찬현은 괜찮은 남자가 아니다. 그리고 이 모든 것은 다 팩트다. 효우가 직접 체험하고 정의 내린 진정한 의미의 팩트.

그런데 왜 다들 하나같이 긍정적으로 입을 모으는 건가. 그의 화려한 외모 때문에? 아니면 가식적인 친절 때문에? 겨우 그딴 것들 때문에 진실을 보지 못하는 건가? 모든 사람에게 친절하게 구는 그 가식 너머에 얼마나 악질적이고 야비한 '남자'가 있는데. 이찬현은 마초의 표본, 모든 여자들이 자신을 좋아할 거란 착각에 빠진 밥맛, 잘난 척 좋아하고 여자 깔보는 무지렁이라고.

심지어 키스도 잘하더라. 화딱지 나게 정말 기가 막히게 잘하더라. 그에게 넘어갈 생각이 전혀 없는 효우가 그 자리에서 흐물흐물 녹아내려 정신 못 차릴 정도로 더럽게 잘하더라. 키스를 잘한다는 게 뭐겠나. 경험이 매우매우 풍부하시다는 뜻 아니겠나. 뭐, 자유분방함의 나라 어뭬뤼카에서 성(性)스러운 방사 시기를 거쳤으니 오죽하겠냐마는 그래도 화가 나는 건 나는 거다. 그의 화려한 혀 놀림과 달콤할 정도로 보드라운 입술이 만들어낸 파워 키스로 인해 그녀는 거짓말 탐지기를 통과하지 못했기 때문에.

"아니라고 또 말해보시지 그래."

입술을 뗀 그가 맨 처음 한 말이다. 그녀가 좋아하지 않는다고 부인할 때마다 키스해 버릴 기세로. 비웃음 섞인 그 말을 듣고도 그녀는 아무 말도 하지 못했다. 키스 한 방에 해롱해롱 정신을 못 차리리니 반박할 여력도 없었다. 머리서부터 발끝까지 저릿저릿해 오는 충격적인 경험에 무서울 정도로 놀라 새가슴을 부여잡고 얼떨떨해 있을 뿐 그에게 그 어떤 반박도 할 수가 없었다.

그 어벙한 뒤처리에 그녀는 발목이 잡혀 버렸다. 그날 이후 그는 더욱더 막무가내가 되었으니까. 영악하게도 그는 그녀가 자신의 감정을 부정한다는 점을 이용했다. 그녀를 끊임없이 자극했고, 발끈하는 그녀의 반응을 느긋하게 즐겼다. 그녀가 울화통을 터뜨리고 고함을 지르는데도 굴하지 않는 그 깐죽거림이란. 이찬현은 사디스트인 게 분명했다. 겉으론 멀쩡한 모범 꽃미남 청년인 양 샤방하게 굴다가 효우 앞에서만 사디스트 본능을 드러내는 걸 보면 어쩌면 두 얼굴의 사나이인지도. 지킬 박사와 하이드처럼 말이다.

어찌 됐든 둘의 티격태격 기싸움은 대부분 키스로 마무리된다. 키스 한 방이면 게임 세트. 키스에 해롱대며 힘 풀린 다리로 겨우 몸을 가누다 보면 상황은 종료되고, 승리는 이찬현의 것이 된다. 그다음 단계는 누구나 예상하듯 후회와 저주이다. 어쩌다 악마 같은 이찬현한테 꽂혀서 이 고생인 것인지, 언제쯤 그 인간한테 벗어날 수 있는 것인지 고뇌하고 괴로워하는 시간이 이어진다. 그 시간들이 효과가 있느냐고?

노우. 없다. 아무런 효과도 없다. 다음날 그가 또다시 놀려대다 키스하면 그녀는 똑같이 반응한다.

아무런 발전도 진전도 없는 반복, 도돌이표의 연속이다. 날이 가면 갈수록 효우의 피가 바짝바짝 말라가는 이유가 바로 거기에 있다. 그에 대한 갈망이 점점 더 커진다는 것. 그의 손등을 보면 두근거리며 폭주하던 심장이 이젠 그의 옷깃, 그의 턱선, 그의 입술에까지 반응하기 시작했다는 것. 이젠 점점 그의 키스가 기다려진다는 것.

점점 더 일이 꼬이고 있었다.

"왜요? 왜 안 되는 건데요? 사귀는 사람도 없다면서요. 근데 왜 전……?"

또각. 복도의 후미진 통로를 막 지나칠 무렵, 들려온 여자의 울먹이는 음성에 효우는 걸음을 멈추었다. 자연스럽게 고개를 꺾은 그녀의 눈에 들어온 것은 손에 선물 박스를 들고 선 여자와 멀대처럼 꼿꼿이 서 있는 남자의 모습. 이찬현이었다. 이찬현이 또 여직원한테 고백받고 있었다. 효우는 자신도 모르게 굳어버린 채 우뚝 서버렸다. 덕분에 인기척을 느낀 두 사람의 시선을 한 몸에 받아야만 했다.

여직원이 전속력으로 줄달음치기 시작했다. 부끄러움에 몸을 떨며 도망치는 것이다. 후다닥 죽어라 달려가는 여자의 뒷모습을 효우는 무감각한 시선으로 지켜보았다. 그리고는 여자를 울렸다는 죄책감 따위는 눈곱만큼도 느끼지 못하는 듯 멀쩡하게 서 있는 이찬현을 향해 차갑게 쏘아붙였다.

"나 좀 보죠, 이찬현 씨."

소름이 쫙 끼칠 만큼 냉랭한 말투였는데도 불구하고 그는 아무렇지도 않은 듯 매우 느긋하고 여유로운 걸음으로 그녀의 뒤를 따랐다. 어찌나 태연자약하신지 등골서부터 다리까지 스멀스멀 그의 시선이 느껴지기까지 했다. 뒤따라오면서 마음껏 여자의 뒤태를 감상하는 것일 테지. 변태. 속물. 더러운 남자!

속으로 저주의 말을 쏟아내는 효우는 꿈에도 모르고 있었다. 찬현이 눈여겨보고 있는 곳이 올 나간 자신의 스타킹이라는 것을.

"회사 내에서 그런 모습, 보기 안 좋습니다. 힘들겠지만 좀 자제해 보시는 게 어떻습니까?"

그가 문을 닫고 대표실 안으로 들어오자마자 그녀는 날카롭게 비꼬았다. 등 뒤로 그의 움직임이 느껴졌다. 보나마나 그는 어디 흠 잡을 곳 없이 완벽한 자세로 서 있을 것이다. 늘 그랬듯이. 일순, 뒤를 돌아 그와 마주하고 싶다는 충동이 불끈 일었다. 물론 지금은 그럴 수 없었다. 왜냐하면 자신은 지금 화가 나 있으니까. 감정 조절을 못해 잔뜩 흐트러져 있는 모습을 그에게 보일 순 없으니까. 효우는 최대한 스스로를 누그러뜨리기 위해 애를 쓰며 꿋꿋이 그에게 등을 보이는 자세를 고수했다.

"보기 안 좋아도 어쩔 수 없지. 밖에서 따로 만날 순 없잖아?"

"차라리 밖에서 따로 만나 해결하는 게 나은 것 아닌가요? 사람들 이목이 있는데, 버젓이 사람들 드나드는 곳에서 그런 꼴을 보이면 다들 뭐라고 생각하겠습니까?"

"불쌍한 아가씨 한 명이 또 차였구나 하겠지."

"이봐요, 이찬현 씨!"

장난스럽게 대꾸하는 그를 향해 소리치며 효우는 휙 고개를 꺾었다. 그리고 기다렸다는 듯 뜨겁게 쏟아지는 그의 시선을 정직선으로 받아들였다.

흡, 작지만 격렬하게 숨을 들이마시며 효우는 두 눈을 홉떴다. 그녀를 맞이하는 그의 시선은 농밀했다. 너무나 짙고 내밀해 사람 애간장을 다 녹여 없애 버릴 것만 같은 그러한 시선이다. 저도 모르게 얼굴이 달아올라 화끈거리기 시작하자 효우는 빠르게 입술을 놀렸다.

"회사가 연애하는 곳입니까? 사적인 일 해결하는 곳이에요? 왜 회사에 이상한 말이 돌게 하는 겁니까? 이리 가도 쑤군, 저리 가도 쑤군. 당신에 대해서 이러쿵저러쿵 말들이 얼마나 많은지 아세요? 내가 왜 가는 곳마다 당신 연애 얘길 들어야 하죠? 한두 명도 아니고, 도대체 이게 몇 명째냐고요."

"얼추 열 명 정도?"

"이찬현 씨, 난 이찬현 씨가 몇 명이나 여잘 걷어찼는지 하나도 궁금하지 않거든요. 내가 이런 말을 하는 건 다시는 회사에서 사적인 일로 왈가왈부 되는 일이 없길 바라서예요. 당신이 누굴 만나든, 연애를 하든 말든, 여자를 걷어차든 말든 그건 회사 밖에서 하세요. 내 눈에 뜨이지 않게 하란 말입니다."

"……."

"그리고 회사 내에선 호칭 제대로 쓰길 바라요. 회사 밖에선 그렇다 치지만, 안에서까지 내게 말을 놓는 건 엄연히 대표인 날 무시하는 행동입니다. 아시겠어요? 당신은 고작 우리 회사 인턴사원이에요. 3개월간이라는 제한된 시간 안에 자신의 능력을 제대로 보여줘야만 비로소 정직원으로 채용이 될 수 있는 임시직 사원. 사원이 대표에게 존칭하는 것은 당연한 겁니다. 당연한 것이 지켜지지 않는다면 해고당해도 할 말 없으실 텐데요. 지금 이 자리에서 해고당해도 좋습니까, 이찬현 씨?"

대차게 쏘았지만 역시나 그를 위협하기엔 역부족. 그는 히죽 심히도 가벼이 웃더니 두 손을 양쪽 호주머니에 쑥 집어넣고 삐딱하게 서서 그녀를 슥 비켜보았다. 그리곤 어린아이 어르듯 나직하고 다정한 음성으로 속삭이며 뚜벅뚜벅 이쪽으로 다가왔다.

"어쩌냐. 네가 그리 말해도 난 하나도 안 무서운 걸."

"뭐, 뭐라고요?"

"내가 해고를 두려워할 사람이 아니란 건 네가 더 잘 알잖아. 난 아쉬울 게 없는 사람이야. 아쉬운 쪽이 있다면 너겠지. 날 해고하면 프로젝트는 당장 좌초될 위기에 빠질 테니까."

"지금 날 협박하는 겁니까?"

"해고하기 전에 입 다물어라 하고 협박한 건 내가 아니라 너야. 하지만 방금 전 내가 말했듯이 너에겐 내가 필요하고. 영리한 너니까 상황 파악 못하진 않을 거다. 다 알면서도 화를 내고 있다는 거지. 왜일까? 막무가내로 떼쓰듯 요구하고 명령하는 이유는 대체 뭘까?"

"……."

"질투, 맞지?"

꽤 가까운 지점에 우뚝 선 그가 대뜸 물었다. 마치 '밥 먹었어?'와 같은 뻔한 질문을 날린 듯 무덤덤하고 평범한 얼굴로. 그 섹시한 입술엔 특유의 비웃음이 이미 장착되어 있었다. 야한 상상이나 해대는 상사한테 비웃음을 날리지 않으면 누구한테 날리겠냐만 당하는 상사는 모멸감과 수치심을 느낄 뿐이다.

"미쳤어?"

효우는 기를 쓰고 이를 갈며 그를 노려보았다.

안 좋아해. 아무 감정 없어. 그러니까 내 앞에서 꺼져!

"너 같은 애송인 한 트럭을 갖다 안겨줘도 싫어."

"고작 두 살 차이에 애송이는 좀 너무한 거 아닌가."

"내가 연하한테 관심이 없거든. 나이 어린 남자는 남자로 느껴지지도 않아."

"나한테 음심을 품었다 해도 널 부도덕하다 욕할 사람은 아무도 없다. 그러니 죄책감 같은 게 있다면 미련 없이 버려라. 하등 쓸모없는 것이니."

"죄책감 같은 거 없다니까. 애초 연하한텐 그딴 생각 하지 않는다고."

"거짓말."

"거짓말 아니라고!"

"거짓말 탐지기에 통과한 적 한 번도 없으면서 큰소리치기는."

"그거야……!"

"다시 한 번 테스트해 볼래? 마지막 키스한 지 24시간쯤 지난 것 같은데."

느긋하게 손목시계까지 확인하며 그가 깐죽거렸다. 미친놈. 욕이 절로 나온다. 키스를 밀어내지 못하는 게 상대를 좋아하고 있단 증거라는 말도 안 되는 주장에는 아무런 근거가 없었다. 그냥 그렇다고 우겨대는 것뿐이다. 밑도 끝도 없이 키스를 퍼붓고, 사람 정신 못 차리게 황홀한 순간을 엮어 내놓고서 거절하지 않았으니 좋아하는 게 확실하다니, 이게 말이니, 소니? 기분 좋은 키스를 하니까 밀어내지 못하는 거 아니야? 있는 스킬, 없는 스킬 다 이용해서 사람 황홀경에 빠뜨려 놓고 왜 거절하지 않았냐고 묻는 게 대체 어느 나라 법이냐고.

"내가 키스하기 위해 널 부른 건 줄 알아? 착각하지 마. 물어볼 게 있어서야."

"그럼 30초 줄게. 물어봐."

"네가 내게 시간을 왜 줘? 난 대표이사야. 넌 내 부하직원이고. 시간을 줄 수 있는 사람은 나란 말이야. 미치겠네. 내가 왜 이런 얘길 내 사무실에서 하고 있는 건지 도무지 모르겠다. 도대체 너 뭐니? 내 회사에 왜 들어왔어? 왜 갑자기 내 앞에 나타나서 이렇게 모든 걸 헝클어뜨리는 거야? 대체 왜?"

"10초 지났다."

"야, 이찬현!"

"11초."

"너, 광고 지면 문제 어떻게 된 거야? 어떻게 했기에……?"

"연락 왔구나?"

대수롭지 않다는 듯 그가 씩 웃더니 물었다. 충격적인 수준의 잘생김이 뚝뚝 떨어지는 이찬현의 얼굴을 빤히 바라보며 효우는 미간에 힘을 주었다. 방금 전 그녀는 잡지사로부터 광고 지면 문제를 회사 차원에서 전면 재조정하겠다는 소식을 전해 들었다. 정말로 좋은 소식이고 내내 기다렸던 결정이지만, 듣는 순간 강 팀장이 떠오르는 건 어쩔 수가 없었다. 게다가 자신이 다 알아서 해결하겠다던 찬현의 발언도 꺼림칙했다.

"어떻게 해결한 거야? 말해."

"모종의 거래가 있었을 거라고 생각하는 거냐?"

"아니야?"

"아니라 해도 믿지 않을 기세군."

"그게 아니면 네가 그걸 무슨 수로 해결해? LK생건의 내추럴 뷰티를 네가 무슨 수로 이겨?"

"LK생건의 압력도 뿌리칠 만큼 대단히 흥미로운 것이 있을 수도 있지."

"그걸 네가 줬다는 거야?"

"기브 앤 테이크. 인생은 원래 거래의 연속이야. 주는 게 있어야 받을 수도 있는 거지."

"너 정말! 설마 진짜……?"

"뭘 상상하는 거냐?"

말할 수 없다. 머릿속에 빨간 딱지 영상들이 휙휙 지나가고 있다는 사실을 도저히 이찬현 앞에서 읊을 수 없다. 그런 기막힌 짓을 해놓고도 이리 차분함을 유지할 수 있는 이찬현이 어처구니없어서 달리 무슨 말을 해야 할지도 모르겠다. 도대체 이 남잔 무슨 생각인 걸까? 뭘 하자는 걸까? 자신을 선택하라며 강요에 가까운 설득만 수차례. 도무지 저항하기 힘든 유혹으로 단단한 방패를 서서히 갉아먹어 자신을 점점 더 빠르게 무력화시키고 있으면서 그런 주제에 어떻게 다른 여자랑 엮일 생각을 할 수 있는 걸까?

날 원하는 거 아니었어? 좋아하는 거 아니었어? 좋아하지도 않으면서 그렇게 치명적인 매력을 발산하기도 하는 거야? 좋아하지 않는 여자도 갖기 위해선 유혹할 수 있는 거야? 미국서 자란 아메리카 스타일이면 그러기도 해? 가는 여자 안 말리고, 오는 여자 안 막아? 엉겨 붙는 여잔 모조리 다 만나고 잠도 자?

뭔지 모를 싸한 감정이 가슴을, 두 팔을, 다리를, 머리를 지배해가기 시작했다. 남자라는 종족에게 기대 따위 걸지 않은 지 오래라 생각했는데 아니었던가. 온몸의 힘이 빠지고 실망감 때문에 마음이 아팠다. 이찬현에게 뭘 기대했던 걸까, 자신은?

효우는 천천히 숨을 골랐다.

"회사를 위해 뭔가를 하고 싶었던 네 마음은 이해해. 하지만……!"

그녀가 허리를 꼿꼿이 펴고 똑바로 그를 올려다본 채로 야무지기 짝이 없는 평소의 카리스마 CEOst. 음성으로 말을 건넬 무렵이다. 긴 속눈썹을 드리운 근사한 눈동자로 심효우를 그윽하게 내려다보고 있던 이찬현이 말랑말랑 다정다감한 목소리로 중얼거렸다.

"땡. 30초 지났어. 이제부턴 테스트 시간이야."

즉시 효우의 미간이 심하게 구겨졌다.

"난 질투 같은 거 안 해. 그러니까 실험 따위 할 필요 없어. 아까도 말했을 텐데."

"질투가 아니면 아니란 걸 증명해 보여야지."

"내가 그런 걸 왜 증명해 보여야 하는데?"

"내가 원하니까."

그 어느 때보다도 더 도전적으로 확고하게 그가 대답했다. 듣는 순간 머릿속을 텅 비워 버리는 말. 무엇에 홀린 듯 정신이 몽롱해지고, 그나마 끝까지 붙들고 남아 있던 이성이란 놈은 순식간에 날아가 버렸다. 망설임 없이 깔끔한 동시에 편안하기까지 한 이찬현의 목소리에 그녀는 최면 걸린 여자처럼 멍하게 서버렸다.

그가 섹시하게 입술 언저리를 끌어 올려 웃는데도, 두 손을 끌어 올려 자신의 어깨를 짚는데도 아무 저항도 할 수가 없었다. 고개를 기울이며 입술로 입술을 누르는데도, 입술을 벌려 입술을 감싸는데도 하지 말란 말을 할 수가 없었다. 하고 싶지 않았다. 입술을 벌리고 입안으로 밀고 들어오는 혀끝이 느껴졌지만, 밀어내기는커녕 목덜미를 끌어안고 더 깊은 각도로 고개를 꺾어 그를 도왔다.

아늑하고 따뜻한 공간에 꽉 들어찬 그의 것이 곳곳을 움직이며 애무했다. 때론 긴 호흡으로, 때론 짧은 간격으로 격하게 휘감아 빨다가 부드럽게 쓸고 비비고, 자잘한 입맞춤을 입술에 수놓다가 혀가 뽑힐 듯이 강렬하게 빨아올렸다.

쉽게 멈추지 않을 듯한 그의 격정적인 움직임은 그녀를 마법의 세계로 인도했다. 온몸과 정신을 꽉꽉 조이던 강박세계가 빗장을 풀고 열렸다. 마음속 깊은 곳에 묻혀 있던 본능과 욕망은 스스로 일어나 숨을 쉬었다. 그리하여 그녀로 하여금 옥죄었던 스스로를 자유롭게 풀어버리도록 만들었다.

효우는 그를 자신의 의지로 끌어안고 키스에 협조했다. 즐겁게, 행복하게, 그와 함께라면 늘 그러하듯.

"질투 맞네."

입술을 겨우 떼고 그가 효우의 귓가에 속삭였다. 그의 목소리에 담겨 있는 흥미로움이란 오늘도 그녀가 그에게 굴복했음을 의미하는 것. 이쯤 되면 병이다. 이찬현 병. 이찬현 '만' 유독 거절 못하는 병. 연애 한 번 못해본 초보자도 아닌데 왜 이렇게 그에게 휘둘리는 걸까? 왜 유독 이찬현한테만큼은 거절을 못하는 걸까? 이렇듯 무기력하게 그가 일으키는 소용돌이 속에 저항 한 번 못하고 속절없이 빠져드는 자신이 한심하고 답답했다.

"넌 오늘도 여전히 날 좋아하고 있는 걸로."

그녀의 머리는 터질 듯 복잡하기만 한데 그는 뭐가 그리 재미있는지 빙그르르 웃는 중이다. 기가 막힐 정도로 해맑기까지. 멍청한 심효우. 속으로 중얼거리며 효우는 슥 손등으로 제 입술을 세차게 닦아냈다.

"이건 반칙이야. 넌 아직도 광고 문제를 어떻게 해결했는지 내게 말 안 했다고."

"난 말한 것 같은데. 기브 앤 테이크, 기억 안 나?"

"나한테 말할 생각 아예 없는 거지? 내가 못 알아낼 것 같아?"

"내가 누군가에게 손을 떼라고 했을 때는 구구절절 설명 따위 할 필요성을 못 느끼니까 그만 입 다물라는 뜻이다. 알아둬."

"내 일이야. 다른 사람은 몰라도 난 알아야겠어."

"네 일 아니지. 네가 내게 내린 미션이니 내 일이지."

"너 정말!"

"한 가지만 말할게. 요 근래 내 입술에 키스한 여자는 너뿐이야."

그의 말 한마디에 심효우의 미간이 심하게 일그러진다. 쯧쯧. 찬현은 속으로 혀를 차며 그녀의 커다란 눈망울을 물끄러미 들여다보았다. 보통 저런 표정은 자신의 예상이 크게 빗나갔을 때 짓는다. 심효우가 뭘 상상했는지 대강 짐작이 가고도 남는 바.

아무래도 '심효우의 상상력은 어디까지인가'로 논문을 좀 써봐야 할 것 같다. 어떻게 그런 끔찍한 상상을 할 수가 있는지 심히 궁금하다. 아무리 다급하다고 그가 그런 일을 할 리가 있나. 신입 사원 이찬현이라면 모를까, 미국의 신흥 부자 제이 리라면 못할 것이 없는데 뭣 하러 그런 짓을?

가끔 이럴 때 보면 참 대책 안 서는 여자다, 심효우는. 평소엔 매우 이성적이며 똑똑한 것 같은데, 특정의 어떤 면에서만큼은 황당한 사고 체계를 가지고 있달까. 심하게 뜬금없는 생각을 해서 사람을 당황하게 만든 적이 종종 있었다. 어릴 때에도 물론. 그 어떤 것에도 반응하지 않던 그가 호기심이란 걸 처음 느꼈던 것도 바로 그녀의 그런 의외로움 때문이었다. 모든 걸 우울하게만 생각하던 그의 앞에서 늘 상상 이상의 것을 보이고 말하던 그녀는 통통거림 그 자체였다. 그래서 사랑스러운 친구라고 생각했었지.

지금도 그녀는 사랑스럽다. 직원 따위 좋아하지 않는 대표님 행세할 때만 빼고.

"아무리 생각해도 넌 이찬현 맞춤 여자인 것 같다, 심효우."

"뭐?"

더욱더 인상을 쓰며 그녀가 되물었다. 이게 무슨 개풀 뜯어먹는 소리냐 그녀의 얼굴을 빤히 내려다보며 찬현은 자신의 타액으로 번들거리는 그녀의 입술을 엄지로 부드럽게 문질렀다. 이런 걸 달고 인상을 쓰면 남자들은 더 흥분하게 된다는 걸 모르는 건가 하고 투덜거리면서.

"호칭은 단둘이 있을 때는 늘 놓는 걸로. 너, 나, 우리 모두. 좋지?"

"그럼 회사에서도 네 반말을 들어야 한다는 거니? 내가 왜? 난 네 상사야."

"반복해서 말하지 않아도 이미 알고 있어. 잔소리 그만해."

"넌 이게 잔소리로 들리니? 난 네 상사라니까."

귀엽게 얼굴을 붉히며 그녀가 발끈한다. 화가 머리끝까지 난 듯한 모습이지만 채 채워지지 않아 불만 가득한 그의 욕구에 불을 붙이기에는 충분해 보인다. 이래서 심효우 곁엔 오래 머물면 안 되는 거다. 가까이에 있으면 있을수록, 오래 있으면 있을수록 그녀를 더 침범하고 싶어지니까. 그녀의 방어벽을 조금씩 더 무너뜨리고 싶어지니까.

어디까지 무너지는지 알고 싶어진다. 더 깊숙이 한 발자국, 두 발자국 들어갈 때마다 그녀의 최종 저지선이 무너지는 걸 느낄 수 있었다. 그녀에겐 그를 밀어낼 의지가 전혀 없었다. 밀고 들어가는 대로 그녀는 그를 받아들이고 있는 것이다. 어쩌면 충동이 원하는 대로 더욱 과감하게 그녀를 쟁취해도 상관없을지도 모른다.

하지만 굳이 서두를 필욘 없었다. 원하는 걸 얻기 위해선 굳은 인내심과 치밀한 계획이 필수다. 남자를 믿지 않는 독신주의자 심효우 대표에게서 러블리의 결정체였던 꼬마 소녀 효우 공주를 끌어내기 위해선 좀 더 긴 시간이 필요하다. 제이 리가 이찬현이라는 사실에 적응시키는 데에도 많은 오해를 풀어내야 할 것이고.

"맞다. 이찬현 맞춤형 상사."

"야!"

"아, 제이 리와의 미팅 날짜가 잡혔어. 보름 후야."

"뭐라고?"

얼굴을 붉히면서까지 화를 내던 심효우가 커다란 눈을 훌쩍 더 키우며 맑고 맑은 눈동자로 그를 올려다보았다. 투명한 그녀의 눈동자 속에서는 아직도 열망이 이글거리고 있었다. 찬현은 식욕이 도는 혀 끝을 움직여 아랫입술을 슥 핥고는 씩 입가에 미소를 띠었다.

"네 돈줄이 한국에 들어올 거라고. 그의 환심을 사려면 보고서를 더 철저히 준비해야 할걸."

찬현은 제이 리와의 미팅 때 발표할 프리젠테이션 작성에 몰두해 있었다. 자신이 검토하고 심사해야 할 서류를 자신이 만들고 있는 매우 우스꽝스러운 상황이지만 확실히 재미는 있었다. 작업을 진행하면 할수록, 서류를 검토하고 작성하면 할수록 이 사업을 꼭 성공시키고 싶다는 열망이 커졌다. 성공할 수 있다는 확신도 점점 더 크게 들었다. 서구에는 없는 새로운 시스템을 구축해 이만큼 발전시킨 대한민국 화장품 브랜드숍에 대한 경외심은 보너스. 덕분에 시간이 갈수록 피곤함은커녕 더 빠릿빠릿해지는 손과 눈이 즐거워지고 있는 찬현이었다.

"찬현 씨, 이거 마시고 해요."

서류를 타이핑하느라 분주한 그의 팔 옆으로 따끈한 홍차가 내려앉았다. 양하은 비서였다. 찬현은 서류에 집중해 있던 고개를 들어 그녀를 올려다보았다.

"아, 고맙습니다."

"퇴근 안 하세요? 퇴근 시간도 넘었고, 대표님도 외부에서 바로 댁으로 들어간다 하셨는데."

"오늘 밤까지 마쳐야 할 일이 있어서요."

"야근?"

"그래야 할 것 같네요. 먼저 퇴근해요."

"아, 네. 그래야죠. 근데…… 무슨 일을 그렇게 열심히 해요? 사람 오는 줄도 모르고. 혹시 대표님께서 요즘 진행 중이시라는 그 프로젝트 건인가요?"

작은 쟁반을 가슴에 붙이고 두 눈을 반짝 뜨며 하은이 물어왔다. 입가에 경련이 이는 건 아닐까 할 정도로 과도한 미소를 달고 있다. 두 눈에 온통 호기심이 가득 들어찬 걸 보니 어지간히도 궁금한 모양이다. 사내에 뜬소문만 자자하고 실체는 그 어디에도 공개되지 않고 있으니 궁금할 법도 했다. 하지만 그 누구에게도 알려져선 안 되는 극비. 찬현은 희미하게 띠고 있던 미소를 서서히 접으며 천천히 그녀가 갖다 놓은 찻잔을 손으로 말아 쥐었다. 상냥한 온기가 손바닥 가득 전해져 왔다.

"비슷해요."

"대표님께서 찬현 씨를 엄청 신뢰하시나 봐요? 요즘은 김 이사님과도 프로젝트 일은 전혀 상의하지 않으시더라고요. 참 이상하죠? 이전엔 중요한 일은 무조건 김 이사님과 상의하셨거든요. 이번 대형 프로젝트 건도 물론 그랬고요. 회사의 모든 기밀은 김 이사님 컴퓨터 속에 들어 있다 해도 과언이 아니었는데. 광고 지면 사건 이후론 통 김 이사님과는 교류를 하지 않으셔요. 그때 엄청 화가 많이 나셨나 봐요. 아, 찬현 씨도 기억하시겠네. 입사 면접 보러 오셨던 날이잖아요.”

“기억납니다.”

“김 이사님이 이번 프로젝트에 왜 배제가 되었을까 전 진짜 너무 궁금하거든요. 아무리 지면 광고 일로 의견 충돌이 있었다지만 김 이사님은 우리 회사의 또 다른 기둥이에요. 한마디로 표현하자면 정신적 지주! 대표님보다 훨씬 더 하트앤소울에 대해 잘 알고 애정도 넘치는 분이시거든요. 대표님이 믿고 의지할 만한 정말 유일한 분이기도 하고요. 근데 어쩌다가 김 이사님의 일을 이찬현 씨가 맡아서……”

“……”

“아, 제 말은 이찬현 씨의 능력이 출중하지 않다는 게 아니고요. 알아요, 저도. 이찬현 씨가 미국에서 엄청 좋은 회사에서 일했다는 거. 실력도 인정받아서 높은 자리에까지 올라갔고, 덕분에 인맥도 엄청 넓다고 들었어요. 맞죠?”

“그런 얘기들은 어디서 들었어요?”

“에이, 이거 왜 이러실까. 이찬현 씨가 대표님 일 맡아 하면서부터 쫙 사내에 퍼지기 시작한 소문이잖아요. 그 인맥 덕분에 이번 프로젝트의 성공 가능성이 한층 높아졌다고 하던데요? 아니…… 에요?”

“아직 일이 한창 진행 중이라 성공한다, 못한다 단언하긴 어렵습니다. 더 두고 봐야죠."

"일의 진척이 별로인가 봐요? 아무래도 김 이사님께서 손을 떼신 이후로는 좀 그렇죠?"

"글쎄요. 뭐라 말씀 드리기가 어렵네요."

"아……."

"하지만 이거 한 가지만큼은 확실히 말씀드릴 수 있습니다. 김 이사님께서 손을 떼신 이후 훨씬 더 수월하고 빨리 일이 진행되고 있다는 것."

"그럼 이찬현 씨가 엄청난 역할을 하셨다는 거네요? 프로젝트의 성공이 코앞까지 와 있다는 설도 얼추 맞는 거 아니에요?"

하은의 눈이 휘둥그레 떠졌다. 김 이사가 빠졌는데 이렇게까지 착착 일이 진행되고 있을 줄이야. 너무나 놀라운 일이었다. 입사한 지 한 달 겨우 넘어가는 신입사원 이찬현이 어떻게 그리 대단한 일을 해낼 수 있단 말인가. 미국에서 대체 어떤 일을 했관데? 얼마나 좋은 회사에 얼마나 대단한 자리까지 올라갔으면 김 이사님도 못했던 일을 이리 거뜬히 해낼 수가 있는 걸까?

새삼 대단하다 감탄하게 되면서도 궁금해졌다. 이찬현의 정체가. 아무리 생각해 봐도 이찬현이 절대로 보통 사원이 아닐 거란 생각이 드는 게 사실이니까. 냄새가 풍겼다, 아주 심하게. 대체 뭘까? 어떤 사람일까? 심효우 대표는 이찬현의 진짜 정체를 알고 있는 걸까, 모르는 걸까? 특채로 면접까지 볼 정도면 안면이 아주 없는 사이는 아니라는 건데, 이미 알고 일부러 끌어들인 것일까?

"어떤 프로젝트든 계약서에 사인하기 전까진 성공을 단언할 수 없죠. 단 한 번의 실수만으로도 뒤집힐 수 있는 게 일이니까요."

"아…… 네……."

생각이 많아진 듯 양하은은 고개를 주억거렸다. 그리고 무심코 쟁반을 끌어안고 있던 팔을 툭 힘없이 흘러내리는 바로 그 순간, 찻잔이 갸우뚱 움직이더니 툭 뒤집혀 고꾸라지고 말았다. 순식간에 뜨거운 베르가모트 향의 진한 오렌지색 찻물이 찬현의 책상 위로 주르륵 미끄러져 퍼져 갔다.

"어? 어, 어머낫!"

너무나 당황해 멀뚱하게 서서 입만 쩍 벌리고 있는 하은을 대신해 찬현이 재빨리 찻물에 젖기 일보 직전인 서류를 집어 들었다. 그러나 찻물의 일부가 책상 가장자리를 지나 바닥으로 낙하하는 걸 막지는 못하였다. 후두둑, 찬현의 다리 사이로 끓인 찻물의 강렬한 뜨거움이 파고들었다. 미처 위험을 감지 못한 찬현이 놀라 자리에서 일어나자 하은도 기겁을 하며 책상 위에서 티슈를 뽑아 들고 그의 젖은 바짓자락을 향해 달려들었다.

"세상에! 이를 어떡해? 잠깐만요. 제가 닦아드릴게요."

"괜찮습니다."

"아니에요. 제가 닦아드려야죠. 어떻게 해요? 죄송해요. 제가 잘못 건드리는 바람에."

"됐어요. 내가 닦을게요."

"어떻게 그래요? 제가 닦아드려……."

하은이 자신도 모르는 사이 남세스러운 장면을 연출하고 있다는 걸 깨달은 것은 바로 그때였다. 그녀는 자신의 실수를 만회하고 싶은 마음에 열심히 그의 젖은 부위를 닦아내려 했던 것뿐인데, 하필 그의 젖은 부위가 제일 민망한 부위인지라 자신도 모르는 사이 남자의 주요 부위를 더듬거리고 있었던 것이다. 찬현이 다급히 그녀의 손목을 붙들고 허공으로 휙 낚아채지 않았더라면 정말로 다시는 서로 얼굴을 마주하지 못할 만큼 난감한 상황에 봉착하게 되었을지도 몰랐다. 아, 쪽팔려.

"미, 미안합니다."

너무 쪽팔려서 고개도 들지 못한 채로 하은이 울상을 지었다. 그녀는 자신의 인생에서 오늘을 싹 지워 없애 버리고 싶었다. 남친이 이 사실을 알면 뭐라 할까. 아마도 '우리 애기, 이런 사람이었어?'라며 실망하겠지. 남친은 하은을 '일도 사랑도 100점짜리 모던 시크 뉴욕 스타일'로 알고 있다. 처음부터 그런 여자가 이상형이라 했고, 하은을 보자마자 그런 여자일 거란 감이 온다며 적극적인 대시를 해왔다.

하지만 하은은 그런 여자와는 거리가 멀었다. 회사 일에 관해서라면 웬만한 직원보다도 더 잘 알고, 사장을 가까운 데서 보필하는 능력 많고 똑 소리 나는 여비서. 사장이 톱 시크릿 정보까지도 다 믿고 공유할 정도로 대단히 믿음직스럽고 잘난 커리어우먼. 그런 사람 절대로 아니다. 톱 시크릿은커녕 회사 다음 아이템이 뭔지조차 모를 정도로 정보에 어둡고 하는 일이라곤 사장의 스케줄 관리에 커피 심부름이 전부인, 정말이지 별 볼일 없는 직원이었다. 그리고 자신의 이런 모습이 얼마나 한심스러운지도 너무나 잘 알고 있는 사원이기도 하다. 자신에게 첫눈에 반했다는 남자 앞에서 '실은 차 심부름이나 하는 멍청한 비서'라고 말할 용기는 더더욱 없는 비겁함의 결정체이기도. 결국 자의 반 타의 반으로 그녀는 멋지고 능력 있는 비서 코스프레를 하기 시작했다.

무려 반년 동안 뼈를 깎는 고통을 느껴가며 노력했다. 텅 빈 머리를 채우기 위한 그 어떤 노력도 그녀는 마다하지 않았다. 이 눈치, 저 눈치 봐가며 회사 정보도 귀동냥하고, 회사 내에 떠다니는 소문도 전부 분석해 사실인지 아닌지 가려내며 정확한 사실은 모조리 다 머릿속에 저장해 두었다. 다행히 대표실 방음이 부실하고, 대부분의 일을 일선에서 처리하고 있는 김 이사의 목소리가 워낙 큰데다가 늘 대표와 대립각을 내세우느라 말다툼이 잦은 터라 그동안엔 웬만한 것은 다 엿들을 수가 있었다.

정말이지 아무 문제가 없었다. 남친은 하은을 최고의 커리어우먼이라며 공주처럼 떠받들어 주는 일등 남친감이다. 하은이 제멋대로 떠들어대는 회사 이야기를 아주 재미있게 들어주는 친절함과 사소한 기념일에도 비싼 명품 백을 사서 안겨주는 배포와 아량을 가진 사람이기도 했다. 최근 들어 모든 일을 이찬현이 처리하기 시작하고 점점 회사 돌아가는 사정을 알아내지 못해 남친에게 해줄 말이 없어지기 전까지는 정말로 행복한 나날의 연속이었다.

아! 오늘은 우리 회사 최고 인재에 대해 일장 연설, 열심히 아는 체를 해보려 했더니만 이게 다 뭔 꼴이니, 양하은!

"이게 뭐죠?"

쪽팔려서 고개도 제대로 못 들고 스멀스멀 팔을 치우려는 순간이었다. 차갑고 명료하게 하은의 귓전을 때리는 목소리.

"대표님!"

"지금 이게 뭐냐고 물었습니다."

"어, 어, 저, 저기 저는 저, 저……."

뭐라 말을 해야 하는데, 여차저차 해서 여차저차 했다고 차분히 웃으면서 설명해야 작금의 상황이 겉보기와는 달리 실은 별일 아니라는 걸 대표님이 믿어줄 텐데. 말을 더듬지 않고 제대로 설명하기에는 자신과 이찬현이 만들어내고 있는 장면이 너무나 이상했다. 그녀의 손목을 틀어쥐고 있는 이찬현. 그런 이찬현의 하반신에 시선을 둔 채 몸을 숙이고 있는 자신. 이 얼마나 기가 막히고 코가 막히는 장면인가. 오해하기 십상!

"차를 엎질렀습니다."

너무나 놀라 아무 말도 못하고 어버버거리고 있는 하은에 비하면 이찬현은 양반이었다. 당황한 기색이 전혀 없는 그는 얼굴색 하나 바뀌지 않은 멀쩡한 모습으로 하은을 일으켜 세우고 천천히 심 대표를 바라보며 대꾸하였다. 심 대표는 척 보기에도 심기가 불편하기 짝이 없는 냉정한 얼굴로 하은을, 찬현을 차례로 번갈아 보았다.

"차를 엎질렀다고요? 그것뿐이라고요? 그걸 지금 나더러 믿으라는 겁니까?"

"믿지 못할 이유라도 있습니까?"

"이 상황을 보고도 내가 믿길 바란다는 게 더 우스운 일 아닙니까? 차를 엎지르면 남녀가 꼭 붙어 있어야 하나요? 차를 엎지르면 남자가 여자의 손을 붙잡고 있어야 하나요? 차를 엎지르면 두 사람이 꼭 그렇게 서서……! 아, 됐습니다. 구구절절 이렇게 얘기하는 것도 참 우습고 유치하네요. 네, 아무것도 아닌 걸로 해요. 하자고요. 차, 엎질렀어요. 그것뿐입니다. 내가 본 건 다 환상이고 신기루였어요. 됐죠? 휴—! 양 비서!"

"네!"

갑자기 호명되어지자 하은이 반사적으로 대답했다. 그리곤 찍 이마에 주름을 그었다. 대표님이 평소와 다르다. 조금, 하은처럼 가까이서 보필하는 사람이 아니라면 전혀 눈치채지 못할 정도로 아주 조금. 여전히 엄격하고, 여전히 싸늘하고, 여전히 예민한데, 동생들과 얘기를 하거나 자신에게 사적인 얘기를 건넬 때나 가끔 보이던 구멍이 지금 이 순간 슬쩍 보였다. 대표님, 갑자기 왜 이러시지?

"내 책상 위에 있는 푸른색 서류철 좀 갖다 줄래요?"

"네!"

어떻게 대처해야 할지 몰라 안절부절못하고 서 있던 하은은 명령을 받자마자 서둘러 대표실로 들어갔다. 효우는 격하게 끓는 감정을 억누르며 훅 숨을 불어 얼굴을 식혔다. 이마 위로 살짝 드리워져 있던 머리카락이 공중으로 나풀거렸다. 물론 그것만으로 벌떡벌떡, 쿵쾅쿵쾅 빠르고 격렬하게 뛰어대는 심장이 얌전해질 리는 만무했다. 팔짱을 가슴 밑으로 끼고 아랫입술을 윗니로 긁어대며 꼴도 보기 싫은 이찬현을 가능한 한 많이, 아주 많이 외면하기 위해 애를 썼다. 왜 자신이 이렇게 극렬하게 분노하고 있는지에 대해서는 생각할 여유도 없었다.

그녀가 분노를 억지로 삭이고 있는 사이, 찬현은 조용히 책상을 정리하고 있었다. 얼굴이 붉으락푸르락 어쩔 줄 몰라 하는 효우와는 정반대로 차분하고 묵묵히 서류를 정리하고 컴퓨터를 껐다. 한 손에 일거리를 들고 막 다른 한 팔에 재킷을 걸고 나자 대표실에서 하은이 헐레벌떡 효우의 서류를 챙겨 나왔다.

"여, 여기요."

하은은 최대한 공손히 서류를 내밀며 두 눈을 크게 뜨고 심 대표를 바라보았다. 전 정말 아무 사심이 없습니다. 남자친구도 있습니다. 사무실에서 썸씽을 만들고 싶은 마음 눈곱만큼도 없어요. 믿어주세요, 대표님!

간절하게 자신의 결백을 알아봐 주십사 애원하는 눈빛이었으나 안타깝게도 심 대표는 차갑게 서류를 낚아채 휙 뒤를 돌아 사무실을 나가 버렸다.

아, 님은 갔습니다. 존경하는 나의 대표님은 갔습니다.

"먼저 갈게요."

울상을 짓고 있는 그녀를 향해 찬현이 빙긋 웃으며 인사를 건넸다. 퇴근 준비가 완벽하게 끝난 상태의 이찬현을 보고 하은은 두 눈을 빠르게 깜빡거리며 고개를 갸웃거렸다.

"퇴근하시게요? 야근한다고 하지 않으셨어요?"

"집에서 하면 돼요. 뒤처리는……."

"아! 네, 네. 그럼요. 제가 엎질렀으니까 제가 치워야죠. 걱정 마세요. 깔끔하게 닦아놓고 갈게요."

"미안해요, 돕지 못해서."

"아니에요. 제가 괜히 실수해서 민폐를 끼친 건데요, 뭐. 안녕히 들어가세요."

"그럼 내일 봐요."

언제나 그렇듯 그는 젠틀하고 다감하게 웃으며 인사까지 깔끔하게 마치고 사무실을 나섰다. 이로써 상황 종료. 당황해서 멘붕이 온 와중에도 웃기지도 않는 이 해프닝을 제대로 잘 마무리한 자신에게 칭찬을 보내며 하은은 그제야 긴장을 훅 풀었다.

"아, 이게 나 뭐야. 정신이 하나도 없네. 왜 대표님은 갑자기 나타나셔서는. 아니, 왜 하필 그 순간에 나타나신 거야? 괜히 오해하시게. 내가 남친 있는 거 뻔히 아시는 분께서 얼마나 황당하셨겠어? 그게 어디 흔한 자세였나. 남세스럽고 부끄러운 그 자세를 보고 어떤 사람이 오해를 안 하겠냐고. 이찬현 씨랑 나랑 뭔 사달이라도 난 줄 알았을 거 아냐."

폭풍처럼 지나간 5분 전의 상황이 머릿속으로 차근차근 정리되는 와중이었다. 순간 뭔가 상황이 아주 많이 수상쩍다는 생각이 퍼뜩 들었다.

"이게 뭐야."

심상찮은 촉이 삑삑 감지되자 하은은 휙 두 눈을 치떴다.

설마 대표님이 이찬현 씨를?

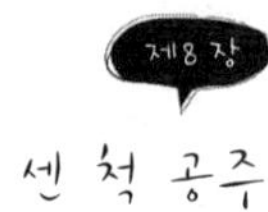

선척 공주

옛날 옛날 아주 옛날, 모두가 부족함 없이 잘사는 나라 꿈의 왕국에 귀엽고 깜찍한 심효우 공주가 살고 있었어요. 심효우 공주에게는 두 명의 여동생이 있었는데 개구쟁이 둘째 효아와 예쁜 척하기 좋아하는 셋째 효이가 바로 그들이었어요. 서로 사랑해 마지않는 왕과 왕비의 보살핌 속에서 귀여운 동생들과 우애 있게 지내며 효우 공주는 행복한 나날을 보내고 있었답니다.

그러던 어느 날, 자애로우신 왕비가 그만 병을 얻어 세상을 뜨고 말았어요. 부족한 것 없이 행복했던 효우와 두 동생은 순식간에 우주를 잃은 듯 큰 슬픔에 빠졌답니다. 하지만 그 슬픔을 채 가누기도 전에 더 큰 시련이 몰아쳤지요. 바로 왕이 새 왕비를 들인 것이에요. 왕비는 무섭고 성격 포악한 두 아들과 함께 궁으로 들어와서는 효우와 두 동생을 괴롭히기 시작했답니다.

효우 공주는 어린 두 동생이 안쓰럽고 불쌍했습니다. 자신이 구박당하는 것은 견딜 수 있었지만, 동생들이 당하는 모습은 마음이 아파 참을 수가 없었어요. 효우 공주는 새 왕비와 그 아들들에게서 동생들을 보호해야겠다고 마음먹었어요. 어떻게 하면 동생들을 지킬 수 있을지 생각하고 또 생각했지요. 그리고 마침내 효우 공주가 내린 결론은 동생들을 지키기 위해선 자신이 힘을 길러야 한다는 것이었어요. 스스로를 지킬 수 있는 힘, 동생들에게 방어막이 되어줄 수 있는 힘, 그것을 기르기 위해선 스스로가 강해져야 한다고 생각하게 되었답니다.

지금도 심효우 공주는 세상에서 제일 강한 사람이 되기 위해 노력하고 있답니다. 자신과 동생들을 지키기 위해서 말이지요.

"심 대표 어디 있어? 심 대표! 심 대표 어디 갔어?"

비서실 문을 거칠게 열어젖히고 고함을 고래고래 쳐대며 성큼성큼 들어오고 있는 이 무례한 사람은 김영호 이사였다. 어디서 무슨 얘길 들었는지 그는 당장에라도 뚜껑을 날려 버릴 것처럼 격렬하게 성을 내며 심효우 대표를 찾아댔다. 대표실에서 들려오는 소리에 귀를 기울이며 심각하게 앉아 있던 양하은 비서는 갑작스레 들려오는 소음에 퍼뜩 놀라며 자리에서 빨딱 일어났다.

"이, 이사님!"

"심 대표 안에 있나?"

"계, 계시는데, 지금은 좀……."

들어갈 타이밍이 아니라는 말을 막 건네려는 순간이다. 그녀와의 대화를 위해 잠시 걸음을 멈추었던 김 이사가 갑자기 성큼성큼 하은을 지나쳐 가기 시작했다.

"김 이사님! 지금 들어가시면 안 됩니다!"

"안에 있는데 왜 안 돼? 뭐가 안 돼? 내가 얼마나 기가 막힌 소리를 들었는데."

"기, 김 이사님, 들어가시면 안 돼요. 아, 안 됩니다!"

울상까지 지으며 애를 써보았으나 초침 하나 똑딱 지나가는 짧은 시간 안에 성난 코뿔소처럼 등장, 일사천리로 대표실까지 쳐들어가는 김 이사의 기세를 하은 혼자 막아낸다는 것은 거의 불가능한 일이었다. 하은은 꽝! 대표실 문이 열리는 굉음을 들으며 두 눈 찔끔 감고 어깨를 움찔하였다.

"심 대표! 자네가 어떻게 내게 이럴 수가 있나? 자네가 감히 어찌 내게 이런 굴욕을 안길 수가 있어?"

분노로 벌게진 얼굴로 코를 씩씩, 소리를 고래고래 질러대며 김영호 이사는 대표실 안으로 매섭게 쳐들어갔다. 하은은 괴로워 죽을 것 같은 얼굴을 두 손에 묻고 얕은 신음을 내뱉었다.

당장 사라져 버리고 싶다. 우주 밖으로 날아가 버리고 싶다. 이 모든 게 꿈이라고 생각하고 싶다. 아아, 지금 이것이 한낮에 꾸고 있는 백일몽이라면 얼마나 좋을까. 이곳이 꿈속이고, 나는 꿈을 꾸고 있고, 대표님도 꿈을 꾸고 있는 것이라면 얼마나 좋을까!

"이사님."

효우는 거칠게 문을 열고 들어선 김영호를 차분히 바라보았다. 화가 나면 물불 안 가리는 다혈질로 유명한 김영호답게 그는 예의 고 뭐고 다 벗어 던진 무뢰배의 모습으로 들이닥쳤다. 씩씩. 거친 숨소리와 뾰족 솟구친 어깨, 우악스럽게 거머쥐어진 채 바들바들 떨고 있는 주먹. 무엇 하나 새로울 것 없는 모습이다.

김영호는 효우가 처음 회사를 찾아왔을 때에도 이런 모습으로 들이닥쳐 사무실을 난장판으로 만들어놓았었다. 회사를 말아먹기 위해 심영환 사장이 보낸 능력 없는 딸이라 그녀를 몰아붙이며 당장 물러나라 행패를 부렸었다. 하지만 이어진 효우와의 담판에서는 샤이닝에 대한 강한 애착을 보여주었고, 가정이 풍비박산 난 자신에게 남은 건 샤이닝뿐이라며 꺼이꺼이 우는 그에게 효우는 마음을 열었었다. 투박하지만, 세련되지는 못했지만 그는 그 나름대로 회사를 아끼고 사랑하고 있었다. 그 마음을 전달받고 찡한 감동을 느낀 효우는 그 자리에서 회사의 재건을 함께하자 제안했었다.

그땐 정말로 회사를 아끼는 줄 알았는데, 진정으로 마음에서 우러나오는 애정이라 여겼는데…….

효우는 사신이 와도 눈 하나 깜짝하지 않을 것처럼 굳은 얼굴로 고요히 김영호를 노려보았다.

"심 대표, 자네가 나를 빼돌린 채 프로젝트를 추진하고 있다는 게 사실인가? 계약이 벌써 초읽기에 들어갔다는 게 정말이야? 나도 모르는 사이에 일을 그렇게까지 진행시켰다는 게 진짜 사실이냔 말이야?"

김영호는 목이 타는지 넥타이를 풀어 헤치고 삿대질까지 해가며 거침없이 효우를 향해 걸어 들어왔다. 그러나 채 두 걸음도 떼지 못하고 그는 그 자리에 멈춰 서고 말았다. 소파에 얌전히 앉아 있던 두 남자가 천천히 자리에서 일어났기 때문이다. 그들의 얼굴을 확인한 김영호는 예상대로 두 눈을 훌쩍 키우고는 크게 놀랐다.

"김 이사님, 오랜만입니다."

"지난 정기주주총회 이후 처음인 것 같은데, 그동안 잘 지내셨죠?"

박상구와 박형구가 차례로 김영호에게 인사를 건넸다. 김영호는 죽은 사람이 살아 돌아오기라도 한 듯 얼이 빠진 얼굴로 두 사내를 번갈아 바라보았다.

회사 주식의 10퍼센트를 소유하고 있는 하트앤소울의 최대 주주 심영환의 의붓아들들이었다. 정재계 인사들이 드나들던 고급 한정식집 '류(流)'를 운영하다 심영환의 눈에 들어 혼인까지 하게 된 강영란의 친자들이기도 하다. 강영란은 원래 사내깨나 울릴 법한 빼어난 미색, 유난히 고운 한복 자태, 음전한 행실 등으로 유명했으며, 두 아들의 장래를 위해서라면 무슨 일이든 하는 '대단한 자식 사랑'의 대표이기도 했다.

항간에는 그녀가 심영환과 재혼을 한 것이 그에게 아들이 없기 때문이라는 설도 있었다. 아들 없는 심영환이라면 자신의 아들들이 마음껏 기를 펴고 활개를 칠 수 있을 거란 계산이 있었기에 결혼했을 거라는 것이다. 사람들의 그 추측은 적중해 지금 이 두 사람은 한주백화점을 장악한 채 마음대로 그 권력을 휘두르고 있었다.

"자, 자네들이 여긴 어쩐 일로……!"

"아니, 무슨 그런 섭섭한 말씀을! 어쩐 일이라니요. 동생 회사인데 오라비인 저희들이 못 올 이유라도 있나요?"

"맞습니다. 지나가는 길에 들러 잠시 얘기 중이었죠. 앞으로의 인생 설계? 뭐, 그런 걸로요. 그나저나 우리 김 이사님, 따님은 잘 계시나? 일본 동경대라고 했나요? 공부 중이죠?"

형구가 느물거리며 씩 웃었다. 입가에는 미소가 떠올라 있었으나 눈가에는 날카롭게 번뜩이는 경고가 불을 뿜고 있었다. 비록 입 밖으로 내뱉진 않고 있으나 김영호는 형구의 눈빛이 무얼 의미하는 것인지 잘 알아들었다.

"입 다물어. 그 입 잘못 놀렸다간 네 딸은 죽을 거야."

두 달 전, 암암리에 음성적 주식 거래가 이뤄지고 있다는 사실을 포착한 영호에게 그가 한 말이다.

"일본이 요새 극우 세력 때문에 골치 아프다고 하던데. 뉴스 보니까 피해가 꽤 심각하더라고요. 극우 단체들이 피켓 들고 시위하는데, 아이쿠! 섬뜩하더이다. 재일교포를 한국으로 반송시키라는 둥, 방송국에서 한류를 몰아내자는 둥 감정이 꽤 격하던데. 유학생들도 조심해야 하지 않나 싶어요. 분위기로 봤을 땐 한국인이라는 이유만으로 정말 쥐도 새도 모르게 죽을 수도 있겠더라고요."

"……."

"아참, 따님과는 요즘 연락을 전혀 못한다고 하셨죠? 근황도 거의 주고받지 않는다고. 그럼 지금 어떻게 지내는지 전혀 모르겠네. 더 걱정되시겠습니다.”

상구가 씩 웃으며 나지막하고 나긋나긋한 목소리로 중얼거렸다. 듣기에 따라선 소름 끼칠 만큼 공포스럽게 느껴질 것 같기도 한. 놈의 비열한 입매를 노려보며 김영호는 침을 꼴깍 목 뒤로 넘겼다.

꿀꺽 침을 넘기는 그의 목울대가 어쩐지 가련하게 느껴져 효우는 비릿하게 냉소했다. 방금 전까지 우렁차게 고함을 지르며 씩씩거리던 그는 지금 언제 그랬냐는 듯 사색이 되어 파르르 떨고 있었다. 그러게 왜 죄를 지으셨어요? 왜 스스로 한 다짐과 약속을 저버리셨나요? 왜 3년을 함께했던 동료를 배신한 겁니까? 왜요? 도대체 왜?

“무슨 일이시죠, 김 이사님?”

효우는 목구멍까지 치미는 추궁을 삼키고 조용히 물었다. 듣고 싶은 답은 많았지만 아무것도 캐묻지 않기로 했다. 어차피 그의 흠은 자신의 흠. 동료의 배신은 곧 자신의 부덕함을 뜻했기에 그의 행위를 들추면 들출수록 아픈 건 자신이라 생각했다.

“아, 아, 아무것도…….”

김영호는 목에 가시라도 걸린 양 힘들게 입을 열었다. 어느새 그의 이마에는 땀이 송골송골 맺혀 있었다. 당황한 기색이 정말 딱할 정도로 역력한 모습이다.

“중요한 얘기 중인 모양이니 전 다음에 다시 찾도록 하겠습니다, 대표님.”

들어올 때와는 정반대의 모습으로 김영호는 효우를 향해 고개를 꺾으며 상사에 대한 예의를 갖췄다. 그러자 강 건너 불구경하

듯 두 사람을 구경 중이던 상구와 형구가 실실 알 수 없는 웃음을
흘리며 빈정거리기 시작했다.

"아, 왜요? 같이 얘기하시죠. 급하게 하실 얘기 있어서 온 거 아
니었던가?"

"언뜻 들으니 효우가 이사님 빼고 뭘 했다고? 아니, 뭘 하는데
우리 김 이사님을 빼버렸을까? 효우가 그렇게 의리 없는 앤 아닌
데. 뭔가 착오가 있었던 거 아닌가? 우리 효우는 김 이사님 없이는
아무것도 못하는 아이잖아. 회사 처음 들어올 때부터 김 이사님이
랑 찰떡궁합 과시하며 환상의 짝꿍으로 승승장구하던 앤데? 근데
왜 김 이사님을 빼고 일을 추진해?"

"김 이사님을 대체할 만한 사람이 등장하지 않고서야 효우가
그럴 리가 없지. 그럴 수도 없고."

알 듯 모를 듯 묘한 뉘앙스의 말들을 쏟아내는 상구와 형구를
뒤로하고 김영호는 대표실을 서둘러 나갔다. 쿵! 유난히 명료하게
울리는 소리로 문이 닫히고, 효우의 사무실 안은 잠시 무덤처럼
섬뜩한 고요에 휩싸였다. 딸깍딸깍, 형구의 손이 라이터로 장난치
는 소리를 제외하고는 숨소리 하나 들리지 않는 정적이 세 사람을
에워쌌다.

팽팽하게 흐르는 긴장감을 깨고 제일 먼저 입을 연 이는 박상구
였다.

"그래서, 내가 보낸 서류들은 검토해 봤다는 거냐, 말았다는 거
냐?"

반짝반짝 윤이 나는 구두코를 들이밀며 뚜벅 한 발자국 다가선

그는 날카롭게 솟아오른 매부리코와 얇디얇은 입술을 비틀며 의붓동생 효우를 향해 물었다.

"오늘 아침 급행으로 보내오신 그 서류를 말씀하시는 거라면 쓰레기통으로 처박혔습니다만."

"예상대로구나."

별로 놀랍진 않다고 생각하며 상구는 입술을 비틀며 비웃음을 날렸다. 결혼, 연애, 사랑, 이 세 가지와 심효우가 담을 쌓은 관계라는 것을 모르는 이는 아마 세상 그 어디에도 없을 것이다. 사기꾼 같은 놈들한테 낚여 '사랑이다' 우겨대던 몇몇 해프닝을 빼곤 서른세 살 지금의 나이가 될 때까지 연애 한 번, 사랑 한 번 제대로 해본 적 없는 여자가 아닌가. 오죽하면 별명이 강철 여인이다. 심장이 철로 된 피도 눈물도 없이 냉정한 여자. 얼마나 가망이 없으면 아비인 심영환조차 포기 선언을 했을까.

심영환은 포기했는지 모르지만 그는 절대로 포기할 수 없다. 심효우를 이대로 두면 분명 문제가 될 것이기에. 앞으로 자신의 미래를 갉아먹는 좀이 될 것이기에. 강력한 해악으로 자라기 전, 미리 싹을 잘라내 버려야 한다. 사업에서 손을 떼고 절대로 회사 근처엔 얼씬도 못하도록 자근자근 밟아놓아야 그나마 마음이 놓일 것 같았다. 사업이며 회사며 다 놓고 집안에서 썩게 만들어 버려야 직성이 좀 풀릴 것 같다.

하트앤소울, 작지만 탄탄하다. 컨설턴트, 언제든 사업으로 방향 선회 가능하다. 심영환의 장녀라는 타이틀만으로도 충분히 위험한데, 위험한 분야에서 놀도록 그냥 내버려 둘 수는 없는 일이다.

가장 안전한 길은 심효우를 사업에서 완전히 손을 떼게 하고 이 세계에서 추방시키는 것, 바로 결혼이었다. 극성맞은 시댁에 깊이 파묻어 다시는 빠져나오지 못하게 만들어 버리고 말 것이다. 그곳이 무덤이 되게 만들어 버릴 것이다.

여자란 자고로 결혼해 집에 들어앉아야 여자지. 바깥일은 남자들한테 맡기고 말이야.

"결혼은 정말 생각 없는 거냐?"

"이미 말씀드렸을 텐데요. 전 결혼 안 합니다. 심씨 가문과 한주백화점을 위한 정략적인 혼인에 제 인생을 헌납하는 일도 없을 겁니다. 당연히 오라버니들의 장난에도 놀아날 생각 없어요."

"네 눈엔 이게 장난으로 보인다는 거냐? 이거야 원, 섭섭하다. 그래도 장안에서 난다 긴다 하는 놈들로만 골라 리스트에 올렸는데. 한용재단 이사장 첫째에 KFT 조선철강 둘째, 강원그룹 회장댁 조카, KBC방송국 아나운서 부장, 새정치민주당 김행석 의원 비서관. 이 정도면 AAA급 리스트 아니냐? 도대체 뭘 믿고 그런 대단한 남자들을 걷어차겠다는 거냐?"

"전 저만 믿어요. 아무도 안 믿습니다."

"그래서 결혼을 안 하겠다는 거냐? 널 지켜주지 못하는 남자들 따위, 필요 없다 이거야? 네 인생에 결혼보다도 더 대단한 일이 있을 거라 생각해? 뭐? 뭘 기대하고 있는 거냐? 혹시 한주백화점 욕심내는 거냐? 아버님께서 너한테 백화점 한번 맡아봐라 해주실 것 같아? 사업에 대해선 쥐뿔도 모르는 게 친딸이라는 이유만으로 백화점을 꿀꺽하겠다는 거야, 뭐야?!"

"못할 거 있습니까?"

"뭐?"

"오라버니 말대로 전 아버지의 친딸이에요. 그것도 장녀. 아버지의 뒤를 이어 한주백화점을 이끌어갈 자격, 저보다 더 확실한 사람 이 자리에 또 있나요?"

효우는 상구와 형구를 차례로 돌아보며 싸늘하게 미소 지었다. 그녀가 두 형제와 새어머니의 행패에도 굴하지 않고 꿋꿋이 여기까지 올 수 있었던 것은 바로 이것, 심영환의 친딸이라는 사실이다. 그것이 바로 효우의 최대 무기이자 이들의 최대 약점이었다. 상구와 형구는 양자라는 사실에 엄청난 콤플렉스를 가지고 있다. 그래서 더더욱 효우와 동생들을 괴롭혔던 건지도 모르는 일. 새어머니 역시 자신이 재취라는 사실을 수치스럽게 생각하는 편이었다.

"재수 없는 년. 넌 내가 무슨 수를 써서라도 이 회사에서 도려내고 말 거다!"

쾅! 상구가 효우의 책상에 두 팔을 소리 나게 짚더니 이를 악물고 눈을 부라렸다. 방금 전까지 여동생 끔찍이도 생각하는 오빠 행세를 꽤나 잘 해내고 있던 상구의 눈빛이 위험하게 빛나고 있었다. 당장에라도 주먹이 날아올 것만 같은 살벌한 분위기. 하지만 그는 절대로 효우를 칠 수 없다. 심효우는 심영환의 딸이기 때문이다. 효우는 코웃음을 치며 바퀴벌레 바라보듯 상구를 깔보았다.

"미안하지만 상구 오라버니, 전 여기서 안 나갑니다. 우리나라 화장품 브랜드숍 업계 1위 자리를 탈환하기 전까진 절대로 안 나갈 겁니다. 이 회사에 들어오면서 직원들과 약속했습니다. 애정을 가지고 회사를 끝까지 책임지겠다고. 1위 탈환, 목표 완수하겠다고. 겪어봐서 아시겠지만 전 약속은 기필코 지키는 사람입니다.”

“제 발로 안 나간다면 쫓아내야겠지. 수많은 사람들 앞에서 고개 숙이게 해주마. 웃음거리가 되어 사방으로부터 손가락질당하게 해주겠다. 무릎 꿇고 빌며 봐달라 사정하게 해줄 거다. 네 인생 통틀어 최대의 굴욕을 당하게 해줄 거란 말이다. 알아들어? 네년이 차라리 죽게 해달라고 빌 때까지 괴롭혀 줄 거니까 각오 단단히 하는 게 좋을 거야.”

“아무리 분노 조절이 쉽지 않은 분이라지만 상스런 욕은 이제 좀 자제하셔야 하는 것 아닌가요? 조만간 아이 아빠가 되실 분이 상황 파악 못하시고 아무 데서나 욕설을 내뱉으시는 거, 보기 안 좋습니다.”

“입 닥쳐, 이년아.”

“내버려 두세요, 형님. 어차피 저 허세, 오래 못 갈 겁니다.”

당장에라도 주먹을 날릴 듯 으르렁거리는 상구를 동생 형구가 막아 세웠다. 한시도 내려놓지 않고 쉴 새 없이 라이터를 똑딱거리고 있던 그는 끝나지 않을 것 같은 효우와 상구의 실랑이가 지겨운 모양이다. 그는 효우의 존재는 신경조차 쓰이지 않은 양 가소롭다는 듯 그녀를 향해 비웃음을 날렸다.

“가진 게 없는 앱니다. 말 그대로 맨땅에 헤딩하는 거라고요. 운 좋게 경험 있는 사람 옆에 두고 여기까지 올라왔지만 절대 오래 못 가죠. 옆에 있던 사람들, 하나둘 떠나기 시작할 테니까요. 지옥은 그때부터죠. 벌써 한 명 보내지 않았나요? 김 이사 그놈 말입니다. 제 소식통에 의하면 저게 김 이사 따돌린 지 꽤 됐답니다.”

“아! 소식통!”

형구의 거들먹거림에 상구가 효우의 얼굴을 슥 살피며 소리쳤다. 비록 싸늘한 포커페이스를 유지하며 앉아 있었지만, 마음은 분명 산산조각이 나고 있을 심효우였다. 그만큼 효우는 김영호를, 직원들을 믿었었다. 성심성의로 대하면 출신 성분 다른 자신도 샤이닝 식구로 받아줄 거라 믿었던 게 틀림없었다. 그랬기에 남몰래 가정 형편 좋지 않은 직원의 아들 등록금도 내주고, 동생 병원비도 내주고, 할머니 장례식도 치러주는 등, 살뜰하게 챙기고 보살폈을 터다.

“어린놈 하나 꾀어서 회사로 끌어들였다는군요. 김 이사를 대신할 만큼 꽤 능력 있는. 어쩌면 결혼도 그놈 때문에 안 하겠다 버티는 건지도 모르죠.”

형구가 효우의 눈앞에서 새끼손가락을 까딱까딱 흔들며 비릿한 미소를 기분 나쁘게 흘렸다. 마치 다 알고 있다는 듯, 내숭 떨지 말라는 듯 그의 눈동자가 번들거리고 있었다.

“오호라, 얘기가 그렇게 되는 건가?”

“어느 집, 어떤 집안 자식인지는 모르겠지만 확실히 인맥 하난 제대로인 것 같습디다. 만나기 어렵기로 소문난 천재 금융사업가 ‘제이 리’가 효우를 다 만나준다는 걸 보면. 인맥 ‘만’ 높은 것인지 인맥 ‘도’ 높은 것인지는 좀 더 두고 봐야 알겠죠.”

“쓰레기 같은 놈들만 물고 와서 집안 난리 피우던 심효우다. 이번 놈도 뻔하지. 여자 등쳐먹는 사기꾼이거나 능력이라곤 쥐뿔도 없이 얼굴만 반드르르한 제비족 아니겠냐? 스무 살에 연애질하다 아버님한테 들켜 머리카락 잘렸을 때, 그때 사귀었던 놈이 고등학 교 중퇴한 해수욕장 구조대원이었잖아. 스물둘에 만난 놈은 등록 금이 없어서 3년이나 휴학 중이던 고학생이었고.”

“스물다섯 살엔 보험 외판원과도 사귀었죠. 사법연수생이라고 뻥 치는 것도 모르고. 아! 그해 잠깐 소개팅해서 다섯 번 정도 만났다는 놈은 우리 백화점 점원이지 않았나요? 일부러 회장 딸인 걸 알고 접 근했다던. 그리고 최근에 만난 검사 놈은 부잣집 여자 몇 명 동시에 사귀면서 문어발식으로 어장 관리하다가 파티에서 들통 났고.”

“얘기하다 보니 눈물이 앞을 가린다. 나이도 아직 한창인 게 아 주 험난한 역경을 견뎌 여기까지 왔구나. 연애질이 지겨울 만도 했네, 응?”

“어쨌든 말이다, 아무리 그런 지긋지긋한 일들을 겪었다고는 하나 정도는 지켜야 하지 않겠냐? 아무리 아버님 눈 피해 연애질 이 하고 싶었어도 회사에 피해는 주지 말아야지.”

“보나마나 외모만 번듯하고 가진 것 없는, 아버님이 절대로 승 낙하지 않을 형편없는 놈인 모양인데, 그런 놈을 몰래 회사에 입 사시키고 연애질하는 거, 민폐야. 남자 하나 꼬시겠다고 회사와 생사고락을 함께해 온 김 이사를 내친다는 거, 미친 짓이란 말이 야. 넌 아버님이 무섭지도 않더냐? 이 사실을 아시면 아버님이 가 만 안 계실 텐데 그래도 괜찮아?”

“끝까지 들키지 않을 줄 알았겠지, 내가 회사에 몰래 스파이를 심어놓았을 거란 건 꿈에도 생각 못했을 테니.”

"그렇다면 넌 세상에 둘도 없는 멍청한 년이거나 우릴 너무 얕봤거나 둘 중 하나다. 우린 네가 생각하는 것보다 훨씬 더 똑똑하고 잔인해."

끽. 상구가 입술을 움직여 기분 나쁜 소리를 흘리더니 효우를 비웃었다. 자신들이 어떤 실수를 해 적에게 어떤 패를 내보였는지는 전혀 눈치채지 못하고 있는 게다. 효우는 질끈 입술을 깨물고는 빠르게 머리를 굴렸다. 저 둘이 효우를 짓누르기 위해 의기양양, 자신만만하게 씨불인 말속에 아무렇게나 뒤섞여 그녀의 품에 날아들어 온 정보.

저들은 효우와 '제이 리' 간의 미팅이 잡혔다는 사실을 안다. 하나 스파이로 의심되는 김영호는 전혀 모르는 일이다. 그렇다면 이 정보는 김영호가 아닌 다른 사람으로부터 누수된 것이다. 그리고 미팅이 잡힌 것은 효우를 제외한 단 한 명만이 알고 있다.

"나가."

박상구가 상체를 숙여 뱀 머리처럼 교활하고 더러운 면상을 이쪽으로 들이밀며 나직이 뇌까렸다.

"좋은 말로 할 때 이 회사에서 꺼져."

"……"

"안 그러면 우리가 무슨 짓을 할지 우리도 몰라."

살모사 같은 눈빛으로 효우를 노려보며 그가 중얼거렸다. 당장에라도 그녀를 집어삼킬 수 있지만 나름대로 선심 쓰고 있다는 듯이. 모양 좋게 그녀가 자진해서 물러날 기회를 주겠다는 것이다. 그 어미에 그 아들이라더니, 어쩌면 협박하는 방법도 이리 똑같을까. 효우는 흔들리지 않는 눈으로 상구를 쏘아보며 냉기 뚝뚝 흐르는 목소리로 똑똑히 맞받아쳤다.

"기대되네요."

"허세 떨지 마, 이 계집애야. 오금이 저려 움직이지도 못하는 주제에 안 그런 척하기는. 다음 주주총회 때까지야. 그때까지 다 정리해. 다 쓰러져 가는 회사 기사회생시키고 명예롭게 퇴진하는 걸로 마무리 지어. 그럼 네가 지금까지 벌인 일들, 까발리진 않겠다. 만인 앞에서 창피와 조롱을 당하는 꼴은 면하게 해주겠다 이 말이다."

"주주들까지 다 포섭하셨나 봐요?"

"포섭뿐이겠냐. 야금야금 지분까지 사들였지."

"쉽진 않을 겁니다. 제겐 오라버니들도 아시다시피 제이 리가 있으니까요."

"제이 리를 만난다는 게 곧 투자 유치라 착각하지 마. 제이 리는 절대로 만만한 사람이 아니다. 다른 꿍꿍이가 있지 않고서야 절대로 네 일을 거들어주지 않을 거다. 내 말 믿고 지금부터 조심하는 게 좋을걸."

"오라버니께서 제 걱정까지 해주시다니, 고마워서 눈물이 앞을 가리네요."

"충고할 때 들어. 조금만 머리를 굴려보면 알 수 있는 문제다. 제이 리는 샤이닝을 키울 생각이 전혀 없는 사람이야. 샤이닝이 돈이 되느냐 마느냐에만 관심이 있지. 몇 년 동안 주주회의에 단 한 번도 참석하지 않았다는 사실 하나만으로도 답은 나온다. 돌아가는 상황 대충 보고받다가 위기 조짐이 보인다 싶으면 주저 않고 발

뺄 거야. 결코 끝까지 믿고 함께할 사람 아니다. 내 말 명심해.”

“말이 기시네요. 제가 성공할까 봐 걱정되세요?”

“웃기는 소리 마! 넌 절대로 성공하지 못해!”

상구가 이를 악물고 헐크처럼 고함을 질렀다. 흡사 어린애들이 떼쓰는 듯한 우격다짐. 늘 이런 식이다. 효우와 이야기하다 보면 점점 코너에 몰리는 기분에 빠져들고, 그러다 보면 이성을 잃고 고함을 질러대는 꼴불견을 연출하는 것이다. 또 말려들었어. 심효우 심리전에 또 당했어. 형구는 속으로 웅얼거리며 잽싸게 상구를 잡아끌며 말렸다.

“형님, 됐습니다. 그만하십시다. 이렇게까지 말했는데 바보가 아닌 이상 알아들었겠지요. 동생 걱정하는 이 오라비들 마음을 알면 설마 귓등으로 흘리기야 하겠습니까. 이제 생각을 정리할 시간을 좀 줘봅시다. 심효우! 부디 생각 잘해서 결정하길 바란다.”

“……”

“네 지분을 내게 넘기면 내가 새 브랜드를 론칭해서 새롭게 시장을 개척할 거다. 우리나라에도 이런 명품이 나올 수 있다는 걸 보여줄 수 있는 고급스럽고 비싼 화장품을 선보일 거야. 이 불황에도 해외 명품 날개 돋친 듯 잘 팔려 나가는 거 너도 잘 알지? 바로 그 시장을 공략할 거야. 절대로 손해 보지 않을 자신 있으니까 날 믿고 맡겨줘. 내 말 무슨 뜻인지 잘 알겠지?”

형구가 부드러운 말로 효우를 구슬린다. 뺨 때리고 어르고, 북 치고 장구 치고. 어처구니없는 형제의 횡포에 효우는 다시 한 번 치를 떨었다. 다시는 이렇게 내 사무실까지 쳐들어오지 못하게 하겠어. 다시는 내 앞에서 큰소리치지 못하게 할 거야. 다시는 감히 그 낯짝을 들고 내게 협박하지 못하게 할 거야, 다시는!

"그래, 넌 영리하니까 어떻게 해야 네 자신을 보호할 수 있을지 잘 알고 있을 거다. 암, 그렇고말고. 그럼 우린 우리의 뜻을 다 전했으니 이만 가겠다."

"브랜드숍은 좋은 제품을 합리적인 가격에 판매하는 것을 목표로 하고 있습니다. 고가의 명품 라인은 브랜드숍의 가치와는 거리가 멀지요. 그리고 샤이닝은 브랜드숍의 선구자이자 대표 주자입니다. 명품 라인으로의 궤도 수정은 있을 수도 있어서도 안 되는 일입니다."

"뭐, 뭐?"

"그게 제가 샤이닝에서 한 발자국도 나갈 수 없는 이유예요."

"너 진짜 기어이 끝까지 그 자리에 앉아 있겠다는 거냐? 한번 해보자는 거야?"

"해보죠, 뭐. 못할 것 있나요?"

효우가 매섭게 쏘아보던 눈을 고혹하게 내리뜨더니 이내 휙 다시 치떴다. 그리곤 소름이 오싹할 만큼 싸늘하게 씩 미소를 짓는다. 꿀꺽. 상구의 목구멍으로 마른침이 절로 넘어갔다.

"제이 리는 네까짓 것한테 절대 투자하지 않아! 네 사업은 분명 눈곱만큼의 가치도 없을 테니까! 네까짓 게 뭘 할 수 있겠어? 보나마나 제이 리 앞에서 말도 안 되는 허황된 소리나 줄줄 늘어놓을 테지!"

"형님! 형님, 이제 그만합시다. 가요, 그만."

"그딴 사업계획서에 제이 리가 사인해 줄 것 같으냐? 어림없다! 넌 절대로 제이 리의 투자를 받아내지 못해. 주주들도 그딴 뜬구름 잡는 사업이나 구상하는 널 신임할 리 없다. 결국 넌 머리채 잡혀 끄집어 내려질 거야. 모두가 보는 앞에서 척살당하고 굴욕을 맛보여 질질 끌려 내려오게 될 거라고! 내가 그렇게 만든다. 꼭 그렇게 만들 거다! 걱정해 주는 오라비 말 안 듣고 끝까지 버티고 버틴 네 그 고집스런 결정의 말로가 뭔지, 내 똑똑히 알게 해줄 거다!"

쾅! 형구가 서둘러 상구를 잡아끌고 밖으로 나왔고, 대표실 문까지 닫아버리자 상구의 격렬히 떠들썩하던 목소리도 이내 잠잠해졌다.

대표실과 붙어 있는 비서실에는 효우의 얌전하고 일 잘하는 여비서 양하은과 새로 들어온 남자 직원이 앉아 있었다. 비서실 내부는 쥐 죽은 듯 조용했기에 상구는 절로 입을 다물 수밖에 없었다. 직원들 앞에서 추태를 보일 수는 없지 않는가. 어쨌든 자신은 이 회사의 주식을 상당히 많이 가지고 있는 주주였다. 상구는 큼큼, 어색하게 목청을 가다듬으며 옷매무새를 매만졌다.

"가세."

상구는 언제 그랬냐는 듯 몸을 가누곤 쌩하니 비서실을 빠져나갔다. 시선을 피하는 하은을 물끄러미 바라보던 형구도 흘낏 찬현 쪽을 한 번 돌아보았을 뿐 별다른 말 없이 자리를 떴다.

하은은 두근두근 멈추지 않는 심장을 한 손으로 꼭 누르며 숨을 고르고 또 골랐다. 이 모든 상황들을 어떻게 해석해야 할지 도무지 이해할 수도, 받아들여지지도 않았다. 납득 안 되는 것이 한두 가지가 아니었다. 대체 어떻게 이런 일이 일어날 수가 있는 거지?

하은이 멍하니 앉아서 두 손만 바들바들 떨고 있을 때다. 찬현이 지금까지 내내 묵묵히 지키고 앉아 있던 자리를 박찼다. 그리곤 노크도 없이 대표실 안으로 들어갔다.

"심효우."

침묵이 무겁게 깔려 있던 실내로 찬현의 음성이 묵직하게 내려앉자 뒤돌아 앉아 있던 효우의 회전의자가 움찔했다. 깊은 생각에 빠져 있느라 찬현이 들어선 것도 눈치채지 못한 모양이다.

"대답해, 심효우. 네가 멀쩡한지 확인해야겠어."

"네가…… 상관할 일 아니야."

까칠할 대로 까칠해진 목소리로 그녀가 간신히 입을 열었다. 목구멍에 가시라도 걸린 양 거칠고 촉촉한 음성이다. 그렇잖아도 굳어 있던 찬현의 낯빛이 한층 어두워졌다.

"뒤돌아. 내 얼굴 보고 얘기해."

"나가줘. 혼자 있고 싶어."

"네 얼굴 확인하면 나가지 말래도 나갈 거다. 뒤돌아."

"나가란 말 못 들었어? 나가. 나가란 말이야!"

이를 악다물고 낮게 뇌까리는 그녀의 목소리엔 분노와 증오가 담겨 있었다. 찬현은 더욱 우울한 얼굴로 의자 팔걸이를 꼭 붙들고 파르르 떨고 있는 그녀의 연약한 손을 물끄러미 바라보았다. 견딜 모양이다. 저렇게 막무가내로 무작정 견뎌낼 작정인 모양이다.

고집불통 같으니라고. 힘들면 누구에게든 기댈 것이지. 견디기 힘들면 아무나 붙잡고라도 하소연할 것이지. 한 번쯤은 무너져 내려도 괜찮잖아. 무거운 짐 내려놓고 쉬어가도 좋잖아. 왜 그리 죽자사자 버티는데? 뭐가 무서운 거냐? 힘들지 않은 척 이 악물고 버틴다고 뭐가 달라져?

"그러다 네가 망가져."

"내가 망가지든 말든 네 알 바 아니야. 부하직원 주제에 까불지 마."

"네 부하직원이기 이전에 난 네 친구야."

"까불지 말랬지. 네가 왜 내 친구야? 네가 나에 대해서 뭘 안다고 친구야? 까마득한 그 옛날 잠깐 알던 인연이면 다 친구야? 잠깐 알고 지내다 17년이나 연락 없이 살아왔는데 이제 와서 친구야? 웃기지 마. 넌 내 친구 아니야."

"심효우, 그땐……."

"나가랬지!"

그가 입을 여는 순간이다. 효우는 저도 모르게 휙 고개를 돌려 거칠게 소리치고 있었다.

아무 말도 듣기 싫었다. 지금 이 순간은 그에게서 단 한 마디도 듣고 싶지 않았다. 계속 이야기하면 그를 믿어버릴 것만 같았다. 자신의 곁에 아무도 없다는 사실이 믿어지지 않았기에, 자신이 믿을 사람은 단 한 명도 남아 있지 않다는 사실이 너무나 절망스러운 나머지 그가 하는 말을 죄다 믿어버릴 것만 같았다. 그에게 의지해 버릴 수도 있을 것 같았다.

정말로 그를 믿고 의지할 수 있다면 얼마나 좋을까. 그럴 수만 있다면 지금 이 순간 이 절망감도 조금은 덜어지겠지. 힘들어도 가슴에 일말의 희망은 남아 있겠지. 하지만 그녀의 현실은 냉혹하다.

이찬현은 성격상 손해 보는 짓은 절대로 하지 않을 사람이다. 그런 그가 멀쩡한 미국 회사를 뒤로하고 한국으로 들어왔다. 그리고 그 이유는 너무나도 뻔했다. 무엇인가 얻어낼 것이 있기 때문.

그녀의 곁엔 이제 이찬현밖에 남아 있지 않는데, 믿을 사람이 이젠 아무도 없는데. 그런데 지금 스파이일 가능성이 가장 높은 사람은 이찬현이다. 박형구에게 내부 기밀을 누설하고 있는 이가 이찬현이라니. 그녀가 현 시점에서 가장 경계해야 할 사람이 이찬현이라니!

현실은 정말이지 잔인토록 냉혹하다.

주르륵…….

부릅뜬 눈에서 뜨거운 눈물이 흘러내렸다. 찬현을 노려보는 그녀의 눈동자는 여전히 증오로 이글이글 불타오르고 있는데, 그 눈망울 한가득 눈물이 차오르고 있다.

"꺼져."

입술을 피가 나도록 짓이기며 효우는 뇌까렸다.

"내 눈앞에서 당장."

✻

"뭔가 있어. 얼굴을 봐봐. 완전히 죽을상이잖아. 허구한 날 일감을 산더미처럼 많이 갖고 들어오면서도 늘 룰루랄라 웃는 얼굴이었는데 오늘따라 왜 그러겠어? 뭔가 밖에서 일이 있었던 거지. 연애 전선에 이상이 생긴 거야. 혹시 차였나?"

"애는. 네 오빠가 어디가 어때서 차여? 아무리 목석 같은 여자라도 네 오빠 앞에선 꼼짝 못할 텐데 그럴 리가 있니?"

제 방으로 들어가기 위해 계단을 막 두어 개 오르는 찬현의 귀에 철부지 동생 찬유와 어머니의 대화가 또렷이 들려왔다. 관심법이라도 하는지 현관문을 통과하는 순간부터 그에게 무슨 일이 있는 게 틀림없다고 판단, 꼬치꼬치 캐묻더니 그가 아무 일도 없다 딱 잘라 말하고 이층 계단을 오르기 시작하니 이제는 계단 밑에 숨어 자신을 엿보며 뒷담을 나누고 있는 것이다. 엿볼 거면 소리 없이 몰래 엿볼 것이지 당사자에게 들리게 큰 소리로 대화를 나누는 건 또 뭔지.

"그건 오빠가 엄마 아들이니까 그런 거죠. 여자들 눈엔 오빠 같은 타입도 그다지 별로거든요? 여자들은 본능적으로 누군가의 보호를 받고 싶어 한다고요. 내가 힘들 때 날 위로해 줄 수 있는 사람. 그런 사람을 좋아하게 되어 있단 말이에요. 근데 오빤 그게 안되는 남자잖아. 딱 봐도 여리디여린 이미지인데 어떻게 기대?"

"누가 들으면 네 오빠가 아직도 끙끙 아픈 사람인 줄 알겠다. 네 오빠 이제 다 나았거든? 견디기 어려운 아픔, 끈질긴 병마 다 이겨내고 이제 건강한 사람 됐어. 여자 하나 못 지켜주는 약한 남자 아니라고. 저 혼자 미국에서 일 잘하고 사는 거 보면 몰라서 그런 소리 하니?"

"아, 엄마! 내 말은 그게 아니야. 오빠 몸이 약해서 여려 보인단 말이 아니라 분위기가! 가늘고 길잖아. 새하얗고 뽀송뽀송하잖아. 어깨만 넓으면 뭐 해? 얼굴이 예쁘장한걸. 키만 크면 뭐 해? 살집이 별로 없어서 늘씬한데. 오빤 너무 약해 보여."

"네 취향이 근육질인 건 아니고?"

"그런 점도 없잖아 있지. 뭐, 어쨌든 그 여자분도 취향이란 게 있으니까 오빠를 싫어할 수도 있다는 말이야. 모든 여자가 다 오빠를 마음에 들어 할 수는 없다 이거지. 난 완전 개취는 존중하자는 주의거든? 나 같은 여리여리하고 하늘하늘 코스모스 같은 이미지의 소녀도 우락부락 울퉁불퉁 근육남, 짐승남만 좋아할 수 있는 것처럼."

하여간 이 두 여인 등살은 세월이 가도 변하질 않는군. 징그러울 정도로 똑같다. 화석인가. 시니컬하게 속으로 중얼거리는 찰나, 이번엔 조부께서 한마디 거든다.

"됐다. 심 대표, 몸 좋고 건장한 남자 좋아하는 스타일 아니야. 얇은 몸에 샤프하고 스마트한 남자 취향이다. 딱 네 오라비 스타일이지. 절대 네가 생각하는 그런 일은 없을 테니 염려 붙들어 매."

"할아버지는. 그럼 오빠가 왜 저렇게 기운이 쭉 빠져 있는데요. 들어오자마자 축 처져 있기에 어디 아프냐고 물어봤는데 아무 문제 없다고, 귀찮게 하지 말라 그랬단 말이에요. 딱 제가 남친한테 차였을 때랑 똑같은 반응이었다니까요."

"글쎄, 네 오라비는 어디 가서 여자한테 차이고 올 녀석은 아니라니까. 이 할아비가 장담한다. 아픈 게야. 가족들 걱정할까 봐 아픈 거 숨기고 있는 게라고.”

“정말 그런 걸까요, 아버님?”

“그거 말고 또 뭐가 있겠니? 백 프로 확실하다. 그러게 내가 뭐랬어. 한국 막 들어왔을 때 용한 한의원에 데리고 가서 보약 한 제 지어 먹이라 하지 않았니. 몸도 약한 애가 날이면 날마다 그리 일을 하니 축나지 안 나?”

듣고만 있어도 피곤해지는 얘기의 연속이다. 죽겠군. 혼잣말을 중얼거리며 찬현은 더 세찬 걸음으로 쿵쾅쿵쾅 계단을 올랐다.

그가 공부를 마치고도 귀국을 미루고 또 미뤘던 것은 바로 이러한 연유 때문. 가족들은 시시때때, 사사건건 그에 대한 걱정을 놓지 않는다. 골수이식으로 백혈병이 완치되고, 그 이후 경과도 좋아 지금까지 멀쩡하게, 너무도 건강하게 잘 살아오고 있는 그인데 가족들은 그를 마치 17년 전 병마에 시달리는 열네 살 소년 대하듯 했다. 불면 꺼질세라, 놓으면 다칠세라 걱정하고 고심하고 일분일초라도 놓칠세라 체크하고, 하루라도 낯빛이 좋지 않으면 건강에 이상이 온 것인가 전전긍긍이다. 아침마다 조깅하고, 수영에 럭비, 축구, 야구, 못하는 운동 없이 골고루 해온 미국 생활을 생각하면 정말이지 어처구니없는 상황이다. 이러니 한국이 싫단 소리가 절로 나오지.

“네가 따라 올라가 보거라. 가서 약속을 잡아. 주말께에 진맥 한번 받아보자고 넌지시 운을 떼봐.”

“아버님이 말씀하시는 게 어때요? 아무래도 찬현이는 제 말보단 아버님 말씀을 더 무서워하니까……."

"내 말을 무서워하는 놈이 그래 지금껏 미국에 있었단 말이더냐? 내 말보단 네 말을 더 잘 들을 게다. 넌 어미잖니."

"그래도 전……."

"내가 갈게. 설마 열 살도 더 어린 동생이 애교 피우며 병원 가자 그러는데 거절하겠어?"

"어미 네가 가라니까 그런다. 그 녀석이 저래 봬도 효성은 지극해. 대하는 건 여느 집 자식처럼 살갑진 않아도 네 말이라면 꼼짝 못할 게다. 네가 가봐."

"제가 갈게요, 할아버지. 오빠, 은근히 여자 애교에 껌뻑 넘어가요. 자기도 남자라 이거죠. 제가 잘 구슬려서 약속 받아올게요. 덤으로 그 여자랑 무슨 일이 있었던 건가도 알아보고."

"예끼, 이놈. 너 본론은 그거였지? 심 대표랑 무슨 일이 있었던 건가 염탐하려고 네가 가려는 거지?"

"궁금하잖아요. 분명 뭐가 있는데 말을 안 하니까."

아무리 자신과는 전혀 상관없는 소리라 무시하고 계단 밟는 일에만 집중하려 했지만 그것도 한계라는 게 있는 법. 중간쯤 올라가다 결국 찬현도 참지 못하고 우뚝 걸음을 멈추고 제자리에 서버리고 말았다. 그는 계단 난간 쪽으로 쭉 목을 늘여 계단 밑에 우르르 몰려 있는 가족 멤버 한 명 한 명 면면을 살피고는 세상에서 가장 따분한 일을 앞둔 소년의 목소리로 퉁명스럽게 중얼거렸다.

"누구든 좋으니 대표로 한 사람만 올라오세요."

"정말? 아프지도 않고 여자한테 차인 것도 아니라고?"

"못 믿는 얼굴이다?"

"당연하지. 두 가지 모두 아니라면 오빠 얼굴을 이 모양으로 만든 게 대체 뭐란 말이야? 오빠한테 문제가 될 게 그 두 가지밖에 더 있어?"

찬현의 재킷을 능숙하게 받아 챙기며 찬유가 호기심 가득한 두 눈을 나풀나풀 깜빡거렸다. 겨우 중학생 주제에 연애에 어찌나 관심이 많은지. 이찬유는 연애학 박사가 되는 게 꿈이란 소릴 입에 달고 살아서 어머니는 물론 할아버지에게까지 두통을 심어준 골칫덩이 엉뚱 소녀였다. 미국 생활을 시작한 후에 태어난 녀석이라 그와는 함께 보낸 시간이 그다지 많진 않지만 녀석이 워낙 붙임성이 좋고 쾌활한 꼬마인데다가 어지간한 일은 모두 입 밖으로 배설해야 직성이 풀리는 수다쟁인지라 웬만한 보통 한국 오빠보다는 훨씬 동생에 대해 잘 알고 있다 자부하는 찬현이다.

"난 거짓말은 안 해."

"대신 입이 무거워서 탈이지."

"가벼워서 거짓말도 잘하는 것보단 낫잖아."

"차라리 거짓말을 하는 게 나을 수도 있어. 안 한답시고 입 꾹 다무는 것보단."

"침묵이 거짓말보다 더 나쁘단 거냐?"

"상대가 말을 안 하면 이쪽에선 별의별 상상을 다 하게 되거든. 궁금해 죽겠는데 아무것도 모르는 사람의 심정은 당해보지 않은 사람은 절대로 몰라. 머릿속으로 별의별 상상을 다 하게 되니까 거의 고문이나 마찬가지야. 솔직히 어떤 오해가 생겼을 때, 상대가 변명도 설명도 하지 않는다면 당연히 의심할 수밖에 없잖아? 아무리 믿고 싶어도 혹시 하게 되는 게 사람의 심리라고. 생각해 봐, 그게 얼마나 고통스러울지."

"……."

"좋아하는 사람, 믿었던 사람을 의심해야 하는 거, 그거 정말 고통스럽고 잔인한 일이다? 웬만한 정신력 아니면 견디기 힘들어. 가슴이 그냥 너덜너덜해지는 일이지, 완전. 오빤 그런 경험 한 번도 없어? 하긴, 그걸 알면 오빠가 지금 그렇게 찡찡한 얼굴일 순 없겠다."

"지금 너, 무슨 얘길 하는 거냐?"

절로 가운데로 모아지는 미간을 잔뜩 찌푸린 채 찬현이 키 작은 꼬마 동생 찬유를 향해 고개를 끌어 내렸다. 이 녀석이 뭘 알고 말하는 것인지 모르고 말하는 것인지 알다가도 모를 일이다. 평소 헛다리짚기로 유명한 녀석이 오늘따라 왜 이러는 것인지? 작두라도 탔나? 핵심만 콕콕 정확히 짚어내고 있다.

"모든 사람한테, 모든 일에 해당되는 연애학 강의, 바이블 같은 말씀이십니다요."

오빠에게 눈곱만큼이나마 도움이 될지도 모른다는 생각에 들뜬 찬유가 생글생글 웃으며 눈동자를 반짝반짝 빛내고 있다. 떨떠름한 표정으로 찬현은 두 눈을 가늘게 좁혀 떴다.

"중학생이 생각하는 연애 바이블이란 '연애 중 거짓말은 죄가 아니다' 인 거냐?"

“에이, 아니지. 노노!”

작두소녀 이찬유, 고개를 세차게 흔들며 검지를 하늘로 콕콕 찌르더니만 근엄하게 자신의 철학을 역설하신다.

“침묵은 연애의 최고의 적이다!”

“침묵이 뭐의 적?”

“남자들이여! 수다를 떨어라! 하고 싶은 말은 절대 참지 말고 할지어다! 그리하면 여친은 말발의 노예—!”

“……”

“얘길 하세요, 오빠. 사랑한다고.”

마지막은 생글생글 깜찍한 충고 한마디. 딴엔 오빠에게 좋은 충고를 날렸다 생각한 듯 찬유는 뿌듯한 미소를 입에 가득 담고 있다. 서른한 살의 다 큰 남자가 미성년자 동생에게 연애에 관한 충고를 듣고 있어야 하다니, 기가 막히고 코가 막히는 현실이로다. 찬현은 푹 긴 한숨을 내쉬고는 동생 머리에 군밤 하나를 놔주었다.

“가서 잠이나 자, 인마.”

핀잔은 덤으로.

제9장

사랑은 차가운 거래

　그녀의 집을 다시 찾은 것은 딱히 동생 찬유의 충고 때문만은 아니었다.

　물론 그는 효우와 의붓오빠들이 어떤 얘기를 나눴는지 궁금했고, 그들이 가고 난 후 효우가 왜 그리 괴로워했는지 궁금했고, 그녀의 분노에 찬 눈빛은 누구를 향한 것인지도 알고 싶었다. 평소 그의 성격대로였다면 누가 뭐라 해도 그 자리에서 당장 묻고 추궁하여 모든 걸 선명하게 했을 것이다. 그리고 정말로 그땐 그리 할 작정이었다. 그녀의 뜨거운 눈물을 목격하기 전까지는 무슨 일이 있어도 모든 걸 해부해 알아내고야 말겠다고 결심하기도 했다. 하지만 그녀가 무너지는 모습을 본 순간 모든 것이 달라졌다.

　내부에서 늘 끓던 의지가 순식간에 사그라져 버렸다. 모든 것이 무의미하게 느껴져 버렸다고나 할까. 온 우주가 멈춰 버린 기분이었다. 머릿속이 고장 난 것처럼 아무 생각도, 아무 말도 할 수가 없었다. 벙어리가 된 것처럼 하고 싶은 말이 입 밖으로 나오질 않았다. 그녀의 아픔이 가슴으로 고스란히 전달되어져 숨도 쉬어지지 않았다. 심장이 욱신거렸고, 피가 끓어올랐다.

그 순간 그가 느꼈던 감정은 한 가지로 정의 내리기 어려운 것이었다. 아픔, 절망, 분노, 열망, 욕구. 오만 가지의 감정이 복합적으로 뒤엉켜 만들어낸 결정체 같은 것이어서 한마디로는 표현할 수 없었다. 하나 이거 한 가지만은 확실했다. 그녀를 단지 흥미로운 존재, 과거의 첫사랑, 사로잡고 싶은 여왕벌쯤으로 치부하기엔 자신이 너무나 깊은 곳까지 발을 들여놓았다는 사실.

효아의 초대에 응하여 이곳 그녀의 집까지 찾아온 것은 바로 그 커다란 치명적인 깨달음 때문이었다. 그날 사건 이후 무엇 때문인지 회사에서조차 그를 못 본 척 외면하는 효우를 이제는 그냥 내버려 두지 않겠다고 결심한 것이다. 무엇이 그녀를 그로부터 멀어져 가게 한 것인지는 모르겠으나, 더 이상 멀어져 가는 건 두고 보지 않을 것이다. 그것은 찬현 자신이 원하지 않는 일이다.

이젠 그녀를 완전히 손에 넣을 것이다. 미꾸라지처럼 남의 마음속을 흙탕물 만들어놓고 유유히 내빼도록 가만 두고 보지 않을 것이다. 해야 한다면 기꺼이 피해를 감수할 수도 있다. 이렇게 된 거 더 깊이 빠져들지, 뭐. 발목을 잡아채는 깊은 수렁, 그곳에 자진해서 다이빙해 보이겠다. 그녀가 자신의 꽉 닫힌 마음을 열었던 것처럼 자신도 그녀의 마음을 열고 들어갈 것이다. 심효우의 꽉 닫힌 세계, 그 세계를 들어가 정복하여 그녀의 사랑을 마음껏 영위

할 것이다.

　너무나 전투적으로 임하는 건 아닐까 잠시 생각해 보았지만 그게 원래 자신의 모습이니 어쩔 수 없다. 그의 사전엔 ‘대충’, 혹은 ‘어영부영’이란 단어가 없다. 무조건 ‘성공’과 ‘완벽’만이 있을 뿐이다.

　“아, 아니, 애가 오늘따라 왜 이래? 경사는 나한테 생겼는데 왜 지가 술을 처마시고 난리야? 차, 창피하게.”

　심효우의 세계에 들어가려면 그 첫 관문인 두 동생을 만나야 한다. 오늘은 효우의 동생 효아가 사신의 웹툰 ‘밥캔디’의 이름을 딴 방송 프로그램이 편성 논의 중에 있다는 사실을 축하받기 위해 그를 호출한 날. 얼짱 작가로 소문이 난 이후 입소문에 입소문이 퍼지고, 인터뷰가 쇄도하면서 인터넷 여신으로 등극한 지 두어 달. 드디어 작품까지 주목을 받아 여성의 외모에 관련된 주제의 웹툰 ‘팝캔디’의 콘셉트를 그대로 딴 뷰티메이크업 시연 프로그램이 만들어지게 된 것이다. 좋은 소식을 듣고 축하를 위해 고급 샴페인을 들고 집에 와보니 조금 괴상한 성격의 두 자매가 그를 맞이했다.

　“진짜 웃겨. 지가 뭐가 그리 잘났는데. 가진 건 쥐뿔도 없는 주제에 얼굴만 번드르르해서 여자 등골이나 빼먹게 생겨놓고 말이야. 엉? 머리엔 똥만 넣고 몸에 근육만 키웠으면서. 참치 같은 놈이 감히 나를 거절해? 내가 어때서? 내가 어디서 어때서 날 거절하는 거야? 내가 어때서! 내가 뭐가 부족해서 날 거절한 거냐고, 이 무식한 새끼야!”

　“죄, 죄송해요, 찬현 오빠. 이 계집애가 밖에서 안 좋은 일이 있었나 봐요. 얘 버릇이 술로 속상한 마음 달래는 거거든요. 학교 다닐 때 혼자 몰래 술을 배워서 버릇이 잘못 들었어요. 술을 왜 화딱지 날 때 마시냐, 즐거울 때 마셔야지. 야! 정신 차려! 정신 차리라니까! 심효이! 심효이!"

효아는 바닥에 널브러져 웬 사내에게 악담을 퍼부으며 술주정을 해대는 동생 효이를 수습하기 위해 안간힘을 썼다. 흔들고, 뺨을 때리고, 꼬집기까지 하며 나불거리는 동생의 입을 열심히 수습하려는 효아의 노력에 반해 효이는 정신 차릴 가능성이 눈곱만큼도 없어 보였다. 오죽하면 찬현의 눈치를 보며 열심히 동생을 일으켜 세우는 효아의 모습이 안쓰러워 보일 정도일까. 보다 못한 찬현이 그녀를 대신해 효이를 부축해 안았다.

"효이 방이 어디지?"

"오빠가 부축하시게요? 그, 그러실 필요까진 없는데……."

라고 말했지만 이미 효아의 표정은 방긋 해가 떴다. 지금껏 자신의 팔을 저리게 만든 짐덩어리를 찬현에게 떠넘겨 너무나도 홀가분한 표정이시다. 그녀는 자신의 팔을 주먹으로 토닥거리며 냉큼 손가락으로 효이가 묵을 방을 가리켰다.

"저기예요! 여기 오면 효이가 항상 묵는 방. 제일 끝 방이요. 부탁드려요!"

"야, 이 자식아! 너 그렇게 살지 마! 여자 마음에 스크래치 남긴 놈치고 잘되는 놈을 못 봤다! 내가 널 좋아해서 이러는 것 같지? 미련 남아서 이러는 것 같지? 아니거든? 분해서 이러는 거야, 분해서! 내가 겨우 네까짓 것한테 거절당했다는 분함! 분노! 억울하고 화나는 심정 때문에 이러는 거라 이 말이야, 이 거지 같은 새끼야!"

"부, 부탁……."

부탁드린다는 효아의 입이 부끄럽게 효이는 쩌렁쩌렁 고함을 지르며 계속 주정을 해댔다. 쟤 왜 저러니? 언니도 없는데. 찬현 오빠를 괜히 불렀나. 아, 창피해 죽겠네. 나름 축하받고 싶은 마음에 찬현 오빠까지 부른 건데, 축하는커녕 완전 난장판될 위기잖아!

효아는 뜨악한 얼굴로 계속해서 주절주절 남자를 향한 거친 항의를 쏟아내고 있는 동생 효이를 째려보았다. 쟤가 정말 미쳤나 보다. 효우와 잘될지도 모르는, 잘되면 형부가 될지도 모르는 사람을 앞에 두고 이런 미친 짓을 하다니. 얼마 전까지 효우와 찬현을 잘 이어보자고, 그래서 효우를 외로운 솔로에서 구원시켜 보자고 도원결의하는 심정으로 단단히 맹세까지 했던 효이가 어떻게 형부 후보감 1위인 찬현 앞에서 이런 생쇼를 할 수가 있단 말인가.

이 미친 것. 넌 내일 잠에서 깨면 너 죽고 나 죽자다, 이 계집애야.

"효이, 사귀던 사람과 헤어졌나 보네."

당황한 나머지 얼어붙어 꼼짝 못하고 서 있는 효아를 향해 찬현이 부드럽게 미소를 지으며 효이를 안쓰러운 듯 내려다보았다. 웬일이니. 마음도 비단결처럼 곱다. 나였다면 이런 지랄을 해대는 계집애는 바닥에 패대기치고 도망쳐 버렸을 것을.

"그런가 봐요."

효이로부터 받은 스트레스가 절로 사라지는 기분을 느끼며 효아는 배시시 웃으며 대답했다.

"많이 좋아했던 모양인데?"

"네, 조금 그런 모양이에요. 믿지 않으시겠지만 정말 이런 적은 한 번도 없었거든요. 나름 남자는 쿨하게 만나고 쉽게 헤어지는 애라서요. 근데 오늘 왜 이러는 건지. 오빠가 좀 이해해 주세요. 얘가 보기엔 시크하고 거칠 것 없이 당차 보여도 실은 마음이 엄청 여린 애예요. 아주 어릴 때 엄마가 돌아가셔서 늘 애정 결핍이었거든요."

"그건 너도 효우도 마찬가지 아니야? 둘 다 감수성이 예민한 시기에 어머닐 잃었잖아."

"전 괜찮아요. 언니가 엄마 대신이었거든요. 뭐든 잘 챙겨줬어요. 부족함 느낄 새도 없이 잘요. 어쩌면 언니가 저보다 더 외롭고 힘들었을 거예요. 언니를 위로해 줄 만큼 제가 어른스럽진 못했거든요. 사실 전 늘 언니한텐 폐만 끼쳐요. 짐덩어리요, 스트레스요, 부담인 존재죠. 독립해서 이렇게 따로 나와 사는 것도 다 저 때문이에요. 제가 못나빠져서 아버지한테 늘 혼만 나는데, 언닌 또 그 꼴은 못 본다 해서요."

"언니는 한 번도 효아를 짐이라 여겨본 적 없을 거야. 그건 내가 장담해. 그리고 힘들 때 언닐 위로해 주지 못했다고 자책하지 마. 효우는 네가 옆에 있어주는 거, 그것만으로도 충분히 힘이 되었을 거야."

"정말 그렇게 생각하세요?"

"사람은 무색무취의 에너지를 받거든. 눈에 보이지 않고, 들리지도 않고, 말로 표현할 수 없는 그 무엇으로부터 위로받고 힘을 받아. 곁엔 없지만 세상 어딘가에 날 생각해 주는 사람, 날 기억하고 추억하는 사람이 있다는 것만으로도 힘이 나는 것처럼 효우도 말없이 자신의 곁을 지켜주었던 너로부터 에너지를 받았을 거다. 네가 존재한다는 것, 그거 하나만으로도 큰 위로였을 거야.”

“왠지…… 오빠 이야기로 흘러가는 것 같은데요?”

가만히 듣고만 있던 효아가 고개를 끄덕이더니 조심스럽게 반문한다. 그러자 그리스 남신을 형상화한 조각품처럼 잘 빚어진 찬현의 얼굴에 빙그레 환한 웃음이 떠올랐다. 눈이 부실 만큼의 화사함. 이럴 때 쓰는 말이 ‘그 얼굴에 햇살’ 인 것인가. 에수께 은혜 받은 백성처럼 얼이 반쯤 나간 얼굴로 효아는 찬현의 입술에 초집중하였다. 정말로 자신의 생각처럼 그는 머나먼 타국 땅에서 효우를 생각하며 버텼던 것일까! 두구두구두구!

“야! 너!”

찬현의 대답을 들을 수 있으리라 막 기대에 부풀어 있을 때다. 방금 전까지 찬현의 어깨에 떠메진 채로 기진맥진 축 늘어져 있던 효이가 갑자기 정신을 차리더니만 알딸딸하니 거나하게 술이 올라온 목소리로 찬현의 멱살을 잡는다.

“너 이놈, 잘 만났다! 왜 내가 싫은 건데? 엉? 왜 날 걷어찬 거야? 내가 뭐가 모자라? 네가 선택했다는 그 망나니 계집애가 대체 나보다 나은 게 뭔데? 왜 나보다 좋다는 건데? 걘 돈도 없잖아! 얼굴도 나보다 달리고!”

“헉! 야! 너 정신 나갔니? 어디다 대고 망발이야?”

“왜? 왜 날 그렇게 쉽게 띠니는 긴데? 내가 그렇게 우스워? 쉬워 보였냐? 그 계집애랑 나랑 비교해서 내가 밀리는 게 대체 뭐야? 뭐냔 말이야!"

"시, 심효이!"

이제 숫제 찬현의 멱살을 잡은 손을 마구 흔들어대기 시작한다. 이를 어째? 당황하고 놀란 효아는 당장 효이를 제지하기 위해 달려들었다. 하지만 이때 효아의 뒤통수를 찌릿찌릿 공격해 오는 날카로운 목소리.

"이게 다 뭐야?"

효우다. 효아는 '띠리리~'로 시작하는 바흐의 '토카타와 푸가 D단조'의 첫 선율이 귓전을 때리는 듯한 착각에 빠진 채로 천천히 뒤돌아보았다. 언제 온 걸까. 효우는 현관까지 들어와 서 있었다. 여느 때처럼 깔끔하고 흠 잡을 데 없이 완벽한 모습으로. 설마 우리끼리 나누는 대화까지 다 들은 것은 아니겠지? 식겁한 나머지 효아는 저절로 차렷 자세가 된 뻣뻣한 몸으로 어색하게 웃으며 주절거렸다.

"어…… 저…… 그게 내가 그리고 있는 웹툰이 주목받게 되어서……. '마이 스타일' 알지? 케이블TV 패션 관련 채널. 거기서 내 웹툰을 타이틀로 뷰티 프로그램을 하나 만들자고 제안을 해왔어. 완전 경사. 뭐, 아직 확정된 건 아닌데 해보자는 쪽으로 결론이 날 것 같아서 말이지. 나더러 제작 관련 회의에 참석해 달라고 그쪽에서 연락을 했지 뭐야. 거기서 정식으로 계약도 하자는 것 같고……. 그, 그래서 찬현 오빠와 상의도 할 겸, 축하도 받을 겸 겸사겸사 불렀지. 언닌 좀 바쁜 것 같아서……."

"……."

"효, 효이도 축하해 달라고 부른 거였는데 애가 갑자기 폭주를 하는 바람에. 오늘 속상한 일이 있었나 봐."

눈치를 보면서 변명에 변명을 열심히 했으나 효우의 굳은 표정은 여전하다. 그녀는 찬현을 쭉 시선을 떼지 않은 채 노려보고 있었다. 그가 이 자리에 있다는 사실이 싫고 화나는 게 틀림없었다. 동생의 안 좋은 면을 찬현에게 들킨 게 마음에 걸리는 걸까? 뭐, 그럴 수도 있는 일이다. 원래 효우는 누군가에게 자신의 치부를 들키는 걸 극도로 꺼려하는 여자다. 새어머니와 의붓오빠들의 등살 속에서 동생들과 자신의 자리를 지키며 치열하게 살아온 결과물.

효아는 슬금슬금 찬현의 옆으로 걸어가 힘없는 손으로 그의 멱살을 어설프게 잡은 채로 옹알옹알 쓸데없는 소릴 씨불이고 있는 효이를 냉큼 잡아챘다. 끙차!

"얜 내가 처리할게. 아직도 정신 못 차리는 걸 보니까 나한테 한 대 맞아야 할 것 같아. 웬 민폐니? 찬현 오빠한테. 어휴, 이 등신아! 어디서 무슨 일을 당했기에 이렇게 정신을 못 차려. 어떤 놈이야? 뭐 하는 놈인데? 남자는 소모품이라며. 나한텐 남자 따위 쓰다 버리면 그만이라 큰소리칠 땐 언제고. 왜 이렇게 구질구질 너 싫다는 남자한테 목매달아? 정신 차려, 이 계집애야!"

"소모품이지, 남자는. 쓰다 버리면 되지, 남자는. 근데 그 자식은 쓰다 버릴 생각 없었단 말이야. 그놈은 내가 마음에 콕 찍어놓았단 말이야. 가진 것도 쥐뿔 없는 놈인데. 볼 거라곤 무식하게 힘만 센 거 그거 하난데. 그런 놈인데! 내가, 내가 그놈을 마음에……!"

"입 안 다물어? 어디서 소리를 질러, 지르긴. 언니 왔어. 조용히 입 다물어.”

“언니가 뭐? 언니가 나한테 무슨 할 말이 있는데? 남자 제대로 만나지 못하고 이러는 거, 다 언니 때문이란 말이야! 남자 만날 때마다 언니가 했던 말이 떠오른단 말이야! 남자라는 거, 믿을 놈 하나 없다던 그 말! 효아 언니도 다 들었잖아! 효아 언니도 그 때문에 남자 못 만나 여태 연애 한 번 못해본 숫처녀로 사는 거 아니냔 말이야!”

“야, 심효이! 너 정말 입 안 다무니? 뭐 하는 짓이야?”

“나랑 언닌 효우 언니 때문에 완전 새됐어! 새됐다고…… 흡!”

제멋대로 나불거리는 효이의 입을 효아는 솥뚜껑처럼 두껍고 커다란 손으로 턱 틀어막았다. 그리곤 어디서 솟아난 것인지 갑자기 불끈거리는 호랑이 기운으로, 기운 센 천하장사처럼 흐느적거리는 효이의 몸을 질질 끌고 제일 구석진 방까지 한달음에 달려갔다. 쾅, 세차게 문을 열고 아직도 뭔가를 열심히 나불거리는 효이를 방 안으로 짐짝 던지듯 넣고 효아는 배시시 웃으며 공손이 허리를 굽혀 배꼽 인사를 했다.

“그, 그럼 안녕히 주무세요.”

알 수 없는 인사를 남기고 효아가 방으로 쏙 들어가 버리자 넓은 거실엔 찬현과 효우만이 덩그러니 남아버렸다.

“…….”

“…….”

짧지만 무겁고 긴 시간이 유난히 천천히 흘러가는 사이, 두 사람은 말없이 서로를 바라본 채로 서 있었다. 차갑고 명료한 심효우 특유의 말투로 그녀가 입을 연 것은 꽤 한참 후였다.

"내 동생들 투정, 다 받아줄 필요 없어."

찬현이 효아 때문에 어쩔 수 없이 찾아온 것이라 여기는 말이다. 찬현은 가타부타 아무 말도 하지 않았다. 유독 진하게 발하는 눈빛으로 효우의 얼굴을, 외로워 보이는 눈동자와 피곤함이 쌓여 있는 눈가, 지쳐 힘듦이 여실히 드러난 메마른 입술을 차례로 훑을 뿐 꾹 입을 다물었다.

그날 이후 며칠 사이 효우 얼굴이 매우 까칠해졌다. 살도 낳이 내려 안 그래도 살집 없는 몸매가 이젠 거의 피골이 상접한 몰골로 당장에라도 쓰러질 것처럼 위태위태해 보였다. 그 모습을 가만히 훑고 있자니 가슴 저 밑에서 찌르르 울리는 게 있었다. 울컥하고 올라오는 감정도 있었다. 그 본능적이고도 원초적인 감정을 꾸욱 눌러 참으며 찬현은 아무것도 아닌 것처럼 무심히 어깨를 으쓱했다.

"투정이라고 생각한 적 없어."

"여긴 어쩐 일이야?"

집 안으로 들어서며 그녀가 물었다. 자연스럽게 재킷을 벗으며 소파에 앉는 그녀는 감정이 없는 로봇처럼 완벽하게 이성으로 통제되어 있는 모습이다. 무표정. 찬현은 그녀가 앉은 자리와 마주 보는 곳으로 골라 앉으며 씩 웃었다.

"말했잖아, 효아로부터 초대받았다고."

"효아와 사적으로 초대하고 초대받는 사이였나?"

"못할 거 없지. 모르는 사이도 아닌데. 좋은 일로 즐거운 기분에 누군가로부터 축하받고 싶었던 모양이야. 연락 되는 사람이 나뿐이었다고 하더군. 넌 급한 일 때문에 늦는다고 했다며? 회사에 급히 처리해야 할 일이 있었나? 내 기억으론 없는 것 같은데. 중요한 일은 모두 내 손으로 직접 처리하고 있다 생각했는데 아닌가?"

"아니, 맞아. 지금 하트앤소울에 가장 핵심이 되는 일은 모두 네 손을 거치고 있어. 내가 그렇게 하도록 했지. 난 김 이사가 맡던 모든 일을 다 너에게 맡겼어. 넌 그만한 능력이 있음을 내게 증명해 주었고, 매번 그걸 재입증해 주고도 있지. 맡기지 못할 이유 없어."

"네게 이렇게 인정받는 날이 오다니. 쥐구멍에도 볕 들 날이 오긴 오는군."

"쥐구멍이라니 당치도 않아. 어떻게 널 쥐라고 표현할 수 있겠니? 이런 일도 다 해내는 넌데."

차가운 미소가 그녀의 입가에 걸리나 싶을 때였다. 효우가 내내 손에 들고 있던 잡지를 딱 소리를 내며 탁자 위에 내려놓았다. 둥글게 말려 있던 잡지가 천천히 몸을 폈다. 패션리더. 얼마 전, LK생건의 위협을 받고 샤이닝의 광고 게재를 포기하겠다고 선언한 바로 그 잡지다.

"내일부터 오프라인 서점으로 판매되어 나갈 따끈따끈한 신간이야. 이미 며칠 전부터 예고되었던 전직 가수 G—Tiger의 미국 유학 생활 스케치 기사가 몽땅 빠지고 다른 기사로 대체되었어. 바로 미국 금융계의 신성, 베일에 싸인 미스터리 같은 남자 제이 리, 그와의 서면 인터뷰 기사야."

"……."

"제이 리는 지금껏 우리나라 언론은 물론 자국인 미국에서조차 제대로 인터뷰에 응한 적이 없는 사람이야. 미혼에 남자라는 것을 제외하면 사적인 정보도 알려진 적이 없기 때문에 그 실체를 파악하기 힘들어. 파파라치들이 득시글거리는 미국에서도 그를 잡아내진 못했지. 완벽 차단. 그 사람을 만나기 위해선 수십 개의 절차를 거쳐야 하고, 대부분의 사람들은 그 절차를 채 밟기도 전에 탈락돼. 그런 사람과의 서면 인터뷰라니. 패션리더, 대단하지 않아?"

"……."

"아니나 다를까, 아주 난리가 났더라. '국내 굴지의 신문, 잡지 기자들도 못해낸 일을 패션리더가 해냈다. 그 대단한 일을 해낸 사람이 대체 누구냐. 성사시킨 기자와 단독 인터뷰를 진행해 보고 싶다', 타 언론 기관에서조차 패션리더를 인터뷰하고 싶어 안달 났다고 하더라."

잠시 하던 말을 멈춘 그녀가 두 눈을 휙 치뜨고 찬현을 쏘아보았다. 그리곤 반쯤 쉰 피곤함이 묻어난 까칠한 음성으로 천천히 물었다.

"너 뭐야? 뭔데 제이 리와의 서면 인터뷰를 따낼 수 있었던 거야? 그 사람과 어떤 사이야?"

"알게 됐구나, 내가 그 인터뷰를 제공했다는 걸."

"당연한 거 아니니? 거기 편집차장이 내 친구야. 잊었어?"

"잠시 홍 차장님을 잊고 있었군."

"너, 이 인터뷰를 제공하는 대신 광고 문제 해결해 달라고 요구했다며? 나더러 손 떼라더니 이렇게 해결하려고 그랬던 거였어?"

"해결됐으니 된 거 아니야?"

"되긴 뭐가 돼? 제이 리는 내 생명줄이나 마찬가지인 사람이야. 그 사람이 내가 구상한 사업에 투자를 해준다면, 하겠다고 결정만 내려준다면 난 지금의 이 위기에서 벗어나는 것뿐만 아니라 내가 애초 구상했던 바대로 회사를 마음껏 키우고 발전시킬 수 있어. 그야말로 추락하는 새에 날개를 달게 되는 거지. 그 사람 마음을 잡기 위해서라면 난 뭐든 할 수 있어. 지금의 내 사정이 그래. 그만큼 난 다급한 상황이야. 궁지에 몰려 있다고."

"……."

"한데 넌 그 사람과 연락을 할 수 있을 뿐만 아니라 그 사람을 언론사와 인터뷰까지 하게 만들 수 있어. 그건 그 사람과 보통 사이가 아니란 뜻이잖아. 대체 넌 그 사람과 어떤 사이니? 어떤 사이이기에 하찮은 대한민국 브랜드숍 대표인 날 그와 만나게 해줄 수 있는 거니?"

"그게 네가 알고 싶은 것 전부야?"

"알려줄 수 있어?"

"못 알려줄 이윤 없지."

"그럼 알려줘. 뭐야? 너 뭔데 제이 리를 알고 있어?"

"……."

"후배니? 제자니? 비서야?"

효우는 사실을 알고 싶은 간절히 마음으로 다급하게 추궁했다. 제발, 제발 그가 차라리 제이 리의 측근이었으면, 그랬으면 좋겠다고 생각하며 효우는 질끈 입술을 깨물었다.

지난 며칠 동안 미친 듯이 생각하고 또 생각해 보았다. 그가 형구의 사람으로 정보를 빼내기 위해 의도적으로 자신에게 접근했을 가능성에 대해 추리하고, 유추하고, 상상하고 할 수 있는 건 뭐든 다 해보았다. 하지만 수많은 의혹에도 불구하고 믿어지지가 않았다. 믿을 수가 없었다. 그가 자신을 기만하고, 샤이닝을 망치기 위해 샤이닝으로 잠입해 샤이닝의 정보를 빼내어 악마보다도 더 더럽고 악독한 형구에게 물어다 주었다는 걸 도무지 받아들일 수가 없었다.

자신에게 박상구와 박형구는 절대 악이다. 그리고 철저하게 개인감정을 배제하고 본다 하더라도 이찬현은 악일 수가 없는 사람이다. 자신의 이익과 영달을 위해 남을 짓밟는 행위도 서슴지 않는 그들 형제에게 이찬현이 동조했을 리가 없다. 이런 결론밖에 내릴 수 없는 자신이 어리석고 바보라 느껴져도 어쩔 수 없는 일이다. 아무리 그를 의심해 보려 해도 의심할 수가 없으니 하는 수 없다. 받아들여지지 않는 독을 억지로 꾸역꾸역 집어삼킬 수는 없는 일 아닌가.

"알고 싶은 게 많다는 건."

줄곧 굳게 닫혀 있던 그의 입이 드디어 열렸다. 느릿느릿 매혹적이리만치 나른하고 섹시한 움직임으로.

효우는 저절로 그의 입술로 향하는 눈길을 가까스로 잡아끌어 그의 눈을 바라보았다. 하지만 그의 눈은 다크초콜릿 빛. 진하디 진하고 내밀한 빛이라 단 1초를 마주하고 있어도 꿰뚫리는 기분이 들게 되는. 효우는 자신도 모르는 사이 꼴깍 마른침을 삼키고 있었다.

"알려줄 것도 많다는 뜻이겠지?"

"그게 무슨 말이야?"

"인생은 기브 앤 테이크의 연속이라지? 주고, 받고."

"너한테 나도 뭔가를 내놓아야 한다는 거니?"

"좋은 생각이야."

눈 한 번 깜빡이지 않고 또렷한 시선으로 그녀를 빤히 바라보며 그가 산뜻한 어조로 말했다. 그리곤 입아귀를 희미하게 비틀어 올리며 천천히 탁자 위에 놓인 샴페인을 쥐었다.

또르르르륵.

쥐 죽은 듯이 조용한 집 안에 그녀와 그의 잔이 채워지는 소리가 스릴 넘치게 울려 퍼졌다. 효우는 아랫입술을 꾹 짓눌러 점점 거칠어지는 숨소리를 입안에 가두고는 잔을 채우는 그의 섬세한 동작을 단 1초도 놓치지 않고 주시했다. 오늘따라 그의 손가락이 유난히 하얗고 길어 보인다. 푸른 힘줄은 유독 더 도드라져 보이고 손가락과 손등, 손목으로 이어지는 라인은 유난히도 섬세하면서도 역동적이다.

불쑥 튀어 올라 있는 관절들을 손으로 쓸어보고 싶다는 미친 생각이 들고, 그것이 서서히 그녀의 뇌를 잠식하기 시작할 때쯤, 달깍. 그가 탁자 위에 샴페인을 내려놓았다. 동시에 미쳐 가기 시작하던 그녀의 뇌도 제자리로 돌아왔다. 효우는 두 눈에 불끈 힘을 주고 짐짓 전투적으로 그를 노려보았다. 물론 이것은 적개심이 아닌 혐오감의 발로였다. 이런 상황에서도 이찬현을 향해 심장이 두근거릴 수 있는 자신에 대한 혐오감.

"마셔. 대답을 듣기 위해선 꼭 지불해야 할 대가야."

샴페인잔을 들고 생긋 웃으며 그가 말했다. 효우는 그의 정갈한 손톱과 길고 긴 손가락을 멍하게 바라보다 덥석 잔을 집어 들었다. 그리곤 주저하지 않고 원샷을 날렸다.

"마셨어. 이제 내가 한 질문에 답해줘."

"우선 난 Jay&Clare 코퍼레이션의 일원이 맞아. 여기에 네게 소속되어 있는 지금에도. 아마 그 회사를 그만둘 일은 앞으로도 영원히 없을 거야."

"그게 정말이야?"

눈에 띄게 반기는 얼굴로 그녀가 되물었다. 찬현은 빙그레 미소를 지으며 그녀의 또릿또릿 반짝거리는 눈망울을 가만히 들여다보았다. 그리곤 특유의 나직하고 부드러운 목소리로 속삭였다.

"질문은 한 번에 한 가지씩. 이번엔 내 차례야."

"뭐? 그럼 너도 마셔야지."

"슈어."

일도 아니라는 듯 그가 샴페인을 목구멍으로 넘겼다. 느릿느릿 나른한 동작으로 움직이는 그의 목울대를 노려보며 효우는 또다시 이를 악물었다. 이런 게 대체 왜 지금 이 순간까지 눈에 들어오는 거냐고, 왜!

"해, 질문."

그가 잔을 내려놓자마자 효우가 서둘렀다. 찬현은 자신 쪽으로 고개를 쑥 빼고 자신을 빤히 쳐다보고 있는 효우를 가만히 내려다보았다. 커다랗게 떠진 그녀의 두 눈에 흥미진진한 즐거움이 나른하게 퍼져 있는 자신의 얼굴이 보였다. 마치 빨간망토 소녀를 노리는 늑대의 표정 같다 생각하며 그는 피식 웃었다. 그리곤 질끈 깨물려진 그녀의 아랫입술을 맛있는 저녁 식사를 탐하는 양 느릿느릿 훑으며 중얼거렸다.

"네 페티시의 상대, 누구냐?"

그녀의 입술이 열렸다. 예상치 못한 질문인 듯 그녀가 벙쩌 스스로 입을 스르륵 열어버린 것이다. 탐욕스러운 눈으로 그녀의 핑크빛 혀를 훑으며 그는 더욱더 낮게 속삭였다.

"사실대로 대답하지 않으면 다음 단계는 없어."

순간 그녀의 귓전으로 그의 속삭임이 들려오는 것 같았다. 이렇게.

답은 정해져 있으니 너는 대답만 해.

얼이 나간 듯 멍해 있는 그녀를 지그시 바라보는 그의 입가가 춤을 추듯 유연한 곡선을 그리며 위로 올라갔다.

다음날 늦은 아침, 효우는 두 눈을 찡그리며 눈을 떴다. 살짝 접어 올라간 커튼 사이로 한줄기의 환한 아침 햇살이 짜하게 내려와 그녀의 한쪽 눈을 줄기차게 자극하고 있다. 손등으로 눈을 가리곤 따가운 눈을 깜빡거리며 효우는 반쯤 남아 있는 잠기운을 쫓기 위해 애를 썼다.

컨디션이 좋지 않았다. 정신이 몽롱하고 몸은 물 먹은 솜처럼 묵직하다. 온몸이 착 가라앉아 있는 것만 같다. 침대마저 푹 꺼져 있다 착각할 정도. 움직이고 싶은데, 일어나고 싶은데 몸이 움직여 주질 않는 것도 같다. 왜 이러지? 술 마신 다음날처럼……

"마셔."

눈살을 찌푸리며 생각이란 걸 좀 해보려는 순간 불쑥 떠오른다.
머릿속 한구석에 아주 귀에 익은 목소리가. 그녀를 향해 이찬현이
말하고 있었다. 얼굴까지 선명하게 떠오른 것은 그로부터 정확히
2초 후. 효우는 두 눈을 휙 지뜨고 벌떡 자리에서 일어났다. 아니,
일어나려고 했다. 일어났을 것이다, 누군가가의 손길이 자신을 덮
고 휘감고 짓누르고 있지 않았다면.
"……!"
효우는 침대에 누운 채 꼼짝하지 않았다. 거의 1~2분 정도는
숨도 쉬지 않고 천장만을 뚫어져라 바라보며 누워 있었다. 당장에
라도 악악 비명이 터질 것만 같아 두 손으로 제 입을 미친 듯이 틀
어막고 죽어라 천장을 노려보았다. 거기에 답이 있는 것 양, 거기
에 이 모든 사태의 원흉인 이찬현이 있는 양.

"너야, 네가 맞아."
"날 보면서 야릇한 상상을 하셨다? 언제부터?"
"질문은 한 번에 하나씩 아니었나? 다음 답을 원한다면 내 질문
에도 답을 해줘야지."
"질문에 답을 원한다면 샴페인 원샷은 기본. 드시죠, 대표님."

주거니 받거니 두 사람이 술과 질문으로 몇 시간을 보냈는지는 아무도 모른다. 며느리도 모른다. 필름이 끊겼으니까. 마지막 시각을 확인했던 게 새벽 두 시였으니 아마 그보다 훨씬 더 오랫동안 대작을 했을 것이다. 서너 병 갖고 있던 샴페인이 바닥나서 양주까지 나왔으니 말해 뭣 해.

그렇게 해서 그녀가 얻은 정보는 이찬현이 스파이가 아니라는 것이다. 그는 대외비이자 회사의 최대 기밀이라 할 수 있는 제이리에 대한 정보를 제외한 나머지 모두를 다 얘기해 주었다. 그는 제이 리의 회사 직원이었고, 꽤 귀중한 결정을 내릴 수 있는 중진급 인사였으며, 그만큼 제이 리의 신임도 받고 있었다. 또한 하트앤소울에 들어온 것과 제이 리와는 아무 상관이 없으며, Jay&Clare 코퍼레이션에서는 장기 휴가를 받아놓은 상태라고도 하였다. 조부이신 이 회장님의 부탁으로 잠시 한국에 나와 있는 거란 말에는 뭉게뭉게 의구심이 피어올랐지만 거짓말까진 아니란 생각이었다. 그녀가 겪어본 이찬현은 입을 다물었음 다물었지 구차하게 거짓말로 남을 속일 인물은 아니었다.

다행이다, 그가 스파이가 아니라서. 박상구의 편이 아니라서. 박형구의 사주를 받아 하트앤소울에 잠입한 게 아니라서. 자신을 속여 신임을 받은 게 아니라서.

"나한테 한 가지라도 거짓말한 거 있어?"

"없는 것 같은데?"

"네 입으로 직접 날 기만한 적 없어?"

“적어도 내 입으로 직접 널 속인 적은 없다.”

“맹세해?”

“맹세는 술이 두 잔인데.”

피식 웃으며 농을 치던 그의 얼굴이 아직도 눈에 선했다. 그리고 실제로 두 잔의 술을 마셔 알딸딸해 있는 그녀를 향해 말했다. 맹세해, 라고. 감정이 거의 느껴지지 않는 메마른 어조의 담백한 목소리였지만 그 소릴 듣자마자 그녀는 안도해 버렸다. 온몸의 기운을 쭉 빼고 나른하게 웃어버렸다. 너무나 좋아 눈물까지 흘렸던 것 같다. 다행이라고 중얼거리며 퍽 이마를 테이블에 박았던 것 같기도. 그리곤 디 엔드.

필름이 끊길 정도로 술을 마신 건 정말이지 심효우 인생에 처음 있는 일이었다. 남에게 흐트러진 모습을 보이면 안 된다는 강박관념이 심했기 때문에 항상 적당히, 절대로 넘치지 않게 알코올의 양을 조절해 왔던 그녀다. 늘 그래 왔고, 지금까진 단 한 번도 그 철칙을 어긴 적이 없었다. 그런 그녀가 이찬현 앞에서 술에 취해 꼬꾸라졌다니. 그런 모습을 보였다니. 게다가 침대에서 단둘이 누워 잠까지 잤다니!

“미쳤어, 심효우.”

혼잣말을 중얼거리고 효우는 천천히 고개를 돌려보았다. 그의 얼굴을 확인할 엄두가 전혀 나지 않는 그녀였지만, 지금 이 순간 자신의 옆에 누워 있는 남자가 이찬현이 아니라면 더 미쳐 버릴 것 같았다. 누군가와 밤을 보냈다면 차라리 이찬현이길. 다른 사람이 아닌 그냥 이찬현이길. 제발!

“……!”

고개를 채 다 꺾기도 전에 남자가 움직였다. 아직 잠결인 듯 무심코 뒤척거리며 꿈틀거리는 것이었으나, 안타깝게도 그것은 효우의 몸을 감고 있는 남자의 팔뚝에 좀 더 힘이 들어가는 부작용을 낳았다. 순식간에, 1초도 안 되는 짧은 순간에 그녀는 남자의 품에 더 깊숙이 안기고 말았다. 효우는 비명이 터지는 입을 필사적으로 틀어막았다. 그리곤 뜨악한 시선으로 자신의 가슴 밑으로 휘돌아 감고 있는 남자의 팔뚝을 내려다보았다.

푸른색 와이셔츠.

이찬현이…… 맞다!

“미, 미친!”

손등에 도드라진 힘줄을 내려다보며 효우는 울상을 지어야 했다. 대체 왜? 어떻게 이찬현이 여기에 있단 말인가. 여긴 자신의 침실이고 자신의 침대인데. 왜 여기에 그와 자신은 이렇듯 나란히 누워 잠을 자고 있는 건가. 대체 필름이 끊긴 이후에 무슨 일이 있었관데.

혹 술에 취해 해롱해롱 정신없는 와중에 무슨 일이라도 저지른 것일까? 그게 과연 있을 수 있는 일인가? 강철 심장을 가진 철의 여인 심효우가 술에 취해 남자와 밤을 보냈다는 게 말이 되는 일이난 말이다. 아니, 안 된다. 그럴 일은 절대로 있을 수 없다. 있어서도 안 되는 일일뿐더러 그럴 가능성마저 제로인 일이다.

남자라면 치를 떠는 자신이 아닌가. 자신을 돈으로 보는 남자.

마마보이에 결단력 없는 남자. 여자한테 경제적으로 기대려는 한량 같은 남자. 제 미모 팔아 여잘 꾀어 스폰하게 만드는 남자. 여러 군데 발 담그고 월척 기다리는 남자. 종류도 가지가지, 만나는 남자들마다 재수 옴 붙었는지 그녀를 진창에 구르게 만들었다. 그 지긋지긋한 '남자' 라는 족속들 때문에 그녀가 독신을 고집하게 되지 않았던가.

이 세상에 제대로 된 남자는 없다고 생각했다. 자신에게 어울리는 제 짝이다 싶은 남자가 있을 리는 너너욱 만무하다 생긱했다. 그랬던 자신이 이찬현과 그렇고 그런 일을 저질렀을 리가 없다. 아무리 술에 취했다지만 이찬현도 남자이질 않은가. 아무리 이찬현만 보면 싱숭생숭 가슴이 뛰고 얼굴이 붉어진다고 하지만 남자인 이찬현을 자신이 거부하지 않았을 리 없다. 그렇다! 절대로 아니어야 한다! 절대로 그런 일은……!

없어야 한다고 미친 듯이 생각하고 있던 찰나다. 숙숙, 조각조각 산산이 흩어진 기억의 파편들이 또다시 날아들어 와 어젯밤 있었던 일을 퀼트처럼 꿰맞춘다. 너무나도 선명하게 그려지는 어젯밤 이곳, 이 자리, 그와의 대화.

"이찬현 너, 왜 내 연락 씹었어? 왜 내 편지에 답장하지 않았어? 왜 연락을 끊었는데? 아팠던 것도 이해하고, 미국 생활 적응하는 시기였단 것도 이해하는데, 근데 왜 그 이후로도 연락 없었어? 난 네 연락 기다리느라 이메일 주소 안 바꿨는데. 집주소도 그대로인데. 니네 할아버지께서도 우리 집 주소, 내 전화번호 다 알고 있는데. 마음만 먹으면 얼마든지 나와 다시 연락할 수 있었을 텐데 왜 안 했어? 왜 먼저 연락 끊었어? 내가 그렇게나 싫었니?"

"질문이 너무 많다."

"술 가져올까? 몇 잔이고 마셔줄 수 있는데."

"침대에선 어울리는 게 따로 있지."

"그게 뭐야?"

"키스."

그 말이 떨어지자마자 그에게 키스를 했다. 자신이 자진해서. 그것도 그의 복부 위에 걸터앉은 민망스러운 자세로. 그의 얼굴을 양손으로 부여잡고 아주 매우 적극적으로!

'아아악!'

또다시 비명이 터져 나올 것만 같아 효우는 절로 틀어쥔 주먹을 제 입에 미친 듯이 밀어 넣었다. 어떻게 이런 일이! 어떻게 이찬현한테 자신이 그런 일을! 왜 그랬대? 왜 그딴 짓을 저질렀대? 뭐가 그리 궁금해서 그런 말도 안 되는 짓을 한 거래? 엉? 왜 그랬니, 심효우? 왜? 왜?!

효우가 패닉에 싸여 온몸이 굳은 채로 꼼짝하지 못할 때였다. 또다시 그가 뒤척였다. 자세가 조금 더 바뀌었고, 그 탓에 그녀의 귓불은 그의 부드럽고 따스한 숨결을 스트레이트로 받게 되었다. 직사 숨결이다. 손길은 좀 더 위로 올라가 가슴 둔덕을 감싸기 직전의 아슬아슬한 위치에 정지해 있다. 절로 숨이 거칠어지면서 심장이 빠른 속도로 질주하기 시작했다. 생각하지 않으려 해도 가슴이 자꾸만 신경 쓰이고 아파왔다. 온몸이 딱딱해지면서 뜨끈뜨끈 열이 오르는 사람처럼 더워졌다. 귓불을 애무당하고 있는 상황이니 당연한 일이겠지만, 다리의 힘은 왜 풀리는 거야? 몸 여러 곳은 왜 아파오는 건데?

효우는 두 눈을 질끈 감았다. 그리곤 소리 없이 침대에서 빠져나오기 위해 조심스럽게 움직였다. 온 신경을 곤두세우고 그의 손가락을 자신의 몸에서 떼어내기 시작했다. 황당무계한 상황이지만 부인하고 도망칠 생각은 없다. 다만 지금 이 순간만큼은 그와 정면으로 마주치고 싶지 않다. 적어도 침대 위에서 그와 마주하는 일만큼은 절대로 있어서는 안 된다 생각했다.

잠시 후, 천천히 그의 손에서 벗어나 침대 가장자리까지 성공적으로 몸을 굴린 효우는 깊은 숨을 몰아 내쉬었다. 그리고 막 바닥에 두 발을 내려디딜 때였다. 갑자기 우당탕 밖이 시끄러워졌다. 뭔가 이상한 낌새가 느껴지자 효우는 냉큼 가슴팍이 풀어 헤쳐진 블라우스를 여미고 서둘러 밖으로 나가기 위해 움직였다. 하지만 시끄러운 기세가 한발 더 빨랐다.

침실 문이 열리고 폭풍이 등장했다.

심영환 사장이다.

폭풍 속의 두 사람

"이게 대체 무슨 일이냐! 내가 지금 뭘 보고 있는 거야? 네가 어떻게 이런 일을! 다른 사람도 아닌 네가!"

심영환을 방 밖으로 밀어내는 데는 성공했지만 안타깝게도 집 밖으로 밀어내는 데에는 실패했다. 심영환은 자신의 눈으로 직접 목격한 일임에도 도저히 믿기지 않은 듯 거실이 쩌렁쩌렁 울리게 소리를 쳐대고 있었다. 처음엔 어찌할 바 모를 정도로 당황했던 효우도 아버지의 과할 정도로 격한 반응에 서서히 냉정을 되찾아 가고 있었다. 평소의 냉소적이고 이성적인 심효우로 되돌아오는 데에 아버지의 '좋은 아빠인 척하기'가 약이 되고 있었다.

"독립한답시고 동생까지 끌고 집을 나가더니 겨우 한다는 짓이 이거냐? 집에 남자를 끌어들여 술을 마시고 침대에서 뒹구는 거야? 이게 바로 네가 주장하던 독신주의의 실체인 거냐? 그런 거야? 겨우 이런 짓이나 하려고 아비가 소개해 준 그 수많은 남자들 다 걷어차고 독신을 부르짖었어? 엉?!"

"말씀이 너무 지나치신 것 같은데요, 아버지."

"그럼 이 꼴을 보고도 아비 입에서 좋은 말이 나올 거라 생각했던 거냐? 난 지금 더한 상욕도 날리고 싶은 걸 꾹 참고 있는 거다. 알겠냐? 도대체 나이 서른셋에 이게 무슨 꼴이냐? 제 앞가림도 제대로 못해 동생들 앞에서 이런 꼴이나 보이고, 대체 이게 무슨 창피야? 동네 부끄러워 어디다 하소연도 못하겠다. 네 동생들이 뭘 보고 배우겠냐? 이러고도 네가 동생들 책임지겠단 말이 나와? 아비 비난할 자격이 돼?"

"목소릴 좀 낮추시죠."

목구멍까지 치고 올라오는 비명을 눌러 참으며 효우는 차분하게, 그리고 당당하게 요구했다. 도대체 이 시간에 심영환이 왜 자신을 찾아온 것인지는 모르겠으나 지금의 상황에서 자신이 죄인이 되는 건 온당치 못하다 생각했다. 적어도 심영환에게 잘못했다 다신 안 하겠다 빌 생각은 없었다. 솔직히 말하자면 그가 이렇게 '애지중지 키운 딸의 일탈 행위에 충격받은 아버지' 처럼 날뛰는 것 자체가 코미디라고 생각했다. 그는 그럴 자격이 없는 아버지다.

"지금 이 상황에 내가 목소리 낮추게 생겼냐? 딸내미가 웬 듣도 보도 못한 놈이랑 밤을 지새웠는데! 내 두 눈으로 똑똑히 네 침대에 누워 있는 저 사내놈을 보았는데! 대체 저놈은 어디서 굴러 늘어온 놈이냐?"

"……."

"또 지난번처럼 양다리를 수십 개씩 걸치고 다니는 카사노바 족속이냐? 사랑, 사랑, 사랑, 입만 열었다 하면 사랑을 외치던 너답게 얼굴 번드르르하니 잘생겨 입에 달달한 말 달고 다니는 바람둥이 놈이겠지. 네 돈 보고 달려드는 사기꾼 놈, 아니지. 네 돈이 아니라 내 돈이지. 내 돈에 욕심내 달려드는 놈들, 그런 놈들의 표적이 되어 있는 줄도 모르고 사랑한다는 헛소리에 홀딱 넘어가 간이고 쓸개고 다 빼주고는 결국 상처는 혼자 다 받고 질질 짜기나 하는 게 바로 너 아니냐!"

"아버지."

"그렇게 당해놓고도 또야? 또 그놈의 사랑 타령이야? 독신을 부르짖더니 결국 또 사랑이야? 이번엔 어떤 놈팡이냐? 뭘 바라고 너한테 덤빈 거야? 승진? 돈? 5년 전 그 바람둥이 놈처럼 빚이라도 갚아달라던? 아니면 늙다리 변태 놈처럼 교수 직 돈으로 사달래?"

"이번엔 정보가 좀 느리시네요. 아직 정체조차 파악 못하신 걸 보니."

"뻔하지. 네가 만나는 놈들, 다 그렇고 그런 놈들. 가난하고 능력 없는 주제에 생긴 것만 번드르르한 놈들. 하나같이 너한테 기대 손이나 벌리는 찌질한 놈들이 아니더냐. 취향이 20년간 어찌 그리 단 한 번도 바뀌질 않는지. 여고생 시절 보디가드 따위한테 마음 빼앗길 때부터 내가 알아봤지. 번듯한 집안의 자제들도 허다한데 왜 하필 그런 놈들과……!"

"전 적어도 아버지처럼 집안 배경, 가진 돈의 액수로 사람을 판단하지 않아요."

"그래서 네가 잘했다는 거냐? 멍청하고 순진해서 돈 보고 접근하는 놈들도 가려내지 못하고 매번 그렇게 당했으면서! 내가 오죽하면 이러니! 오죽하면 아침부터 여길 쫓아와? 어젯밤 한숨도 못 잤다. 네 새엄마한테 소식 듣고 밤새 잠을 뒤척였어. 왜였겠니? 걱정되어서였지. 네가 남자를 만나는 것 같다는데, 그것도 회사에 사람을 심어놓고 하루 종일 붙어 지낸다는데."

"어머니…… 셨군요, 역시."

"저놈 때문이었냐? 네 방, 네 침대에 누워 자고 있는 저놈이 원흉이었어? 상일그룹 외아들과 딱 한 번만 만나보라 사정하는 나한테 그리도 매몰차게 거절하던 것이 모두 다 저 녀석 때문이었던 거냐? 언제부터였냐? 언제, 어디서, 어떻게 만났던 거야? 대체 회사에 남자는 왜 끌어들여? 제정신이 아니고서야 대체 왜?"

"회사 직원 채용 문제는 전적으로 제 권한입니다, 아버지."

"그래, 네 권한이니 네 마음대로 이용했겠구나. 만나고 싶은 남자 회사에 꽂아두고 사무실에서 집에서 마음껏 만났겠어. 좋으냐? 네 마음대로 내 눈 피해 남자 골라 만나니 좋아? 세상 다 가진 것 같아? 아비한테 받은 상처 다 치유되더냐? 어미한테 채 못 받아 부족한 사랑, 다 채워져? 그래?"

"네."

격렬하게 흔들리는 심영환의 목소리 사이로 그녀의 싸늘한 음성이 폭탄처럼 뚝 떨어졌다. 주위를 모두 얼려 버릴 것 같은 차가움이 순식간에 거실을 뒤덮었다. 심영환은 속사포처럼 쏘아대던 입놀림을 멈추고 무서울 정도로 무표정한 딸아이의 얼굴을 뚫어져라 바라보았다. 귀신을 바라보는 듯 믿을 수 없는 시선이다.

"바, 방금 뭐라 했니?"

"믿을 수 있는 사람이에요. 적어도 현재 제 옆에서 제게 힘이 되어주는 유일한 사람입니다."

"아직도 정신을 못 차렸구나, 너. 독신주의 선언할 때 다시는 감정 따위에 휘둘리고 싶지 않아서라 하더니만 벌써 다 잊고 또 시작이야. 남자 믿을 거 못 된다 그리도 말했건만 또 사랑이라는 거냐?"

"감정에 휘둘리는 게 사랑이라면, 네, 사랑 맞아요."

무슨 객기일까, 이건. 다른 사람도 아닌 아버지 앞에서 당당하게 이찬현을 사랑한다고 말하다니. 너무나 화가 나 머리가 어떻게 된 건 아닐까. 이성을 잃고 막 나가고 있는 것은 아닌가. 곰곰이 좀 더 치열하고 진지하게 생각해 보고 싶었으나 지금은 그럴 만한 여유도 없다. 생각하고 싶은 마음도 없다.

그냥 모를 일이다. 왜 이런 말이 튀어나왔는지, 왜 이렇게 속이 후련하게 느껴지는지. 뭔가가 꽉 막혀 답답하던 가슴이 뻥 뚫린 듯 시원하다. 머릿속이 싹 청소된 듯 상쾌하고 가벼워졌다. 게다가 아버지의 당혹스러워하는, 묘하게 일그러져 우스꽝스럽게 보이는 저 표정을 보니 기분이 날아갈 듯 좋아졌다. 이 쾌감은 뭐지? 마치 복수에 성공한 기분이다.

심영환에게 남자를 사랑한다는 딸의 말은 전쟁 선포를 의미했다.

효우가 '사랑'을 언급하면 심영환은 수많은 정보원을 동원해 상대 남자를 파헤치고 분석한다. 그리곤 결국엔 남자가 딸에게서 떨어지도록 만든다. 늘 그래 왔다. 아름다운 로맨스를 꿈꾸던 순진한 여고생 시절, 좋아하던 보디가드와 과감한 외출을 감행했던 그날 이후부터 쭉. 심영환에게 효우는 돈을 노리는 사기꾼에게 속아 넘어가는 멍청한 딸이자 집안을 위한 결혼은 한사코 고사하면서 사랑이라는 불필요한 감정 소모에 목매는 골칫덩이에 불과했다. 뜻대로 안 되는 딸 대신 상대 남자를 족쳐서 떨어져 나가게 만드는 그의 솜씨는 지금껏 백 프로 완벽하게 성공.

하지만 이번엔 좀 어려울 것이다. 상대가 만만치 않으니까.

"저 사람한테 흔들려요, 저."

"효우 너 정말!"

"알아요, 이런 말 하면 안 되는 거. 불과 몇 년 전 사랑 따윈 절대로 안 할 거라 했던 것도 기억해요. 결혼도, 사랑도, 연애도 다 싫다고 했었죠. 걱정하지 마세요. 약속대로 결혼은 안 할 겁니다."

"결혼은 하지 않되 사랑은 하겠다 이거냐? 즐기며 살겠다 이거야?"

"아버지께 피해드리지 않을 겁니다. 어떤 식으로든요. 그러니 그만 역정 내시고 이만 가주세요. 출근, 안 하십니까?"

"뭐? 피해드리지 않을 거니 그만 역정 내? 네 눈엔 내가 피해 볼 게 걱정돼 안달하는 노인네로 보이냐? 내가 그깟 돈 때문에 이러는 걸로 보여? 넌 내 딸이야! 어떤 아비가 이런 모습을 목격하고도 멀쩡하겠니! 어떤 아비가 그냥 순순히 물러가?"

"순순히 물러나지 않으시면 어쩌시겠다는 건데요?"

"깨워와. 내 앞에 대령해. 내 뭐 하는 녀석인지 알아야겠다. 어디서 뭐 하다가 너처럼 나이만 먹고 순진해 빠져서는 달콤한 말에 홀랑 넘어가기나 하는 애를 낚은 것인지 내가 알아봐야겠어."

"알아보셔서 뭘 어떻게 하시려고요? 또 돈 주고 떼어버리시게요?"

"필요하다면 그렇게라도 해야지. 당장 녀석을 불러내. 안 그럼 내가 직접 들어가겠다."

"싫어요."

"심효우!"

눈에 쌍심지를 켜고 심영환이 우렁차게 소리쳤다. 문제가 꽤나 심각하다 느꼈는지 눈빛이 아까와는 차원이 다른 진지함이 있다. 무슨 일이 있더라도 이 자리에서 침대남의 정체를 까발리고 말리라는 비장한 결심도 엿보인다. 효우는 흔들림 없이 아버지를 마주 보고 서 있었다. 절대로 아버지 마음대로 되도록 그냥 두진 않겠다는 듯 그녀 또한 결연한 모습이다.

이건 또 하나의 기싸움이었다. 동생들로 인해 집안에 문제가 생길 때마다 늘 벌이던 바로 그런 종류의 소리 없는 싸움.

바로 그때다. 숨소리조차 크게 들리는 고요함을 뚫고 무거운 남자의 목소리가 허공을 살포시 내려왔다.

"절 찾으셨습니까?"

소리도 없이 침실 문이 열렸던 모양이다. 문지방 근처에 이찬현이 서 있었다. 뒤통수가 잔뜩 헝클어진 머릿결, 구김이 심하게 간

와이셔츠, 맨발. 점잖음과는 전혀 거리가 먼 모습으로.

"자네는……?"

"오랜만에 뵙습니다, 회장님."

얼이 반쯤 나간 심영환을 향해 찬현이 싱긋 웃었다. 그리곤 잘생김이 뚝뚝 떨어지는 그 얼굴을 숙여 정중히 예를 갖추었다.

"내가 왜 여기서 한발 물러서야 하지?"

욕실 안은 작은 소리로 얘기해도 쩌렁쩌렁 울린다. 고로 심영환이 거실에 앉아 있는 이상은 아무리 욕실 안이라도 조용히 얘기해야 했다. 이럴 줄 알았으면 방으로 들어갈걸. 잠시 후회도 해보았지만 역시 부질없는 짓. 아버지가 보는 앞에서 남자를 데리고 침실로 들어갈 수는 없었다. 비록 전날 그와 함께 침대에서 곤히 잠까지 주무신 주제이긴 해도 지킬 건 지키고 싶었다.

"상황 한가운데에 날 던져 놓은 건 너야. 빠지고 싶어도 절대로 빠질 수 없도록 네가 그렇게 만들었어. 날 사랑한다고 아버지께 선언해 놓고 나더러 물러서 있으라고 말하는 거 좀 우습지 않아?"

"목소리 좀 더 낮추는 게 어때. 우리 대화, 아버지께서 다 듣게 하고 싶지 않으면."

"별로. 난 상관없는데."

"넌 그럼 이 모든 상황을 우리 아버지께서 아셔도 괜찮다는 거니?"

"안 괜찮다고 말하고 싶은 모양인데, 아까도 말했지만 이런 상황을 자초한 건 너야."

"웃기지 마. 애초 네가 내 침대에서 자는 일만 없었어도 이렇게 꼬이진 않았어."

"내 잘못만은 아닌 것 같은데? 술에 취한 것도 너고, 날 침대로 끌어들인 것도 너야. 내 멱살을 잡고 협박한 것도 너고, 남자라면 절대로 참을 수 없을 진한 키스를 퍼부은 사람도 너야. 더 해줘?"

"됐어. 네가 그리 친절히 말해주지 않아도 나도 알아, 기억해. 내가 그랬다는 거. 하지만 아버진 당신 눈으로 직접 우리가 한 침대에 있는 걸 보셨어. 아무리 우리가 별일 없었다 말해도 절대 믿으려 하지 않으실 거야. 근데…… 정말 우리 아무 일도 없었던 건 맞니?"

"기억 안 나나 보네, 나는 척하더니."

"맞는다는 거니, 안 맞는다는 거니?"

"아무 일도 없었던 게 아니면 어쩌나 걱정돼?"

"이찬현."

"안타깝군. 그 재미있는 기억을 다 날려 버렸다니."

묘한 미소를 지으며 그가 중얼거린다. 뭐야? 뭐가 재미있었다는 거야? 내가 뭘 어떻게 했기에.

하나도 기억이 안 난다. 침대 위에서 무슨 일이 있었는지는 전혀. 물론 아주 단편적인 기억은 몇 개 있다. 키스랄지, 키스랄지, 키스 같은 거. 어렸을 때 먼저 연락을 끊어버린 그에 대한 서운함을 토로했던 것도 기억이 나긴 한다. 왜 그랬는지 자신이 추궁했던 것도. 그의 대답을 듣기 위해 그녀는 그에게 키스를 했었다. 짧게 순간순간 떠오르는 기억들을 조합해 보면, 적어도 서너 번은

했던 것 같다. 하지만 안타깝게도 키스의 대가로 얻은 답이 무엇인지는 전혀 떠오르지 않았다.

믿을 수가 없다. 어떻게 해답은 기억에서 지우고 키스한 기억만 새록새록 하나도 빠짐없이 떠오르고 있는 것인지. 그게 그렇게 좋았던 건가. 기억을 다 날려 버려도 그것만은 간당간당 남겨두고 싶었을 만큼 미치도록 좋았던 거야?

"아쉽지만 아무 일 없었어. 사실이니까 믿어라."

"……."

"난 술에 취한 여자는 흥미 없다고."

불신이 가득 담긴 눈으로 자신을 바라보는 효우를 향해 그는 한숨을 내쉬며 대답했다. 엄밀히 말하면 무슨 일이 있었던 건 맞지만, 아무 일 없었다는 말도 결코 틀린 말은 아니다. 이게 대체 무슨 말이냐 싶겠으나 사실은 사실이다.

그는 어젯밤 키스에 이성이 날아갔고, 한순간 위험한 상태로까지 내몰렸다. 그녀를 다시 만났을 때부터 지금껏 그의 속에 똬리를 틀고 앉아 기회만을 엿보고 있던 욕망이 물 만난 물고기처럼 넘실거리며 그녀를 탐했다. 열정적으로 반응하며 매달려 오는 그녀의 몸짓에서 지금껏 단 한 번도 느껴보지 못했던 희열을 느꼈으며, 그로 인해 그는 어마어마한 심리적 쇼크를 받았다. 아무 일도 없었다고 단순히 치부하며 넘겨 버리기엔 확실히 너무 큰일이지 않은가.

그는 굴하게 인정하기로 했다. 자신이 서국석인 목석으로, 순수한 동정심과 거룩한 정의를 위하여 그녀를 돕고 있는 게 아님을.

그녀에 대한 자신의 욕구가 사랑한다, 지켜주고 싶다와 같은 예쁘고 감동적인 단어로 포장할 수 있는 단계를 이미 넘어섰음을. 그는 그녀를 아주 많이 원했다. 완전히, 온전히 자신의 것으로 만들지 못하면 미쳐 버릴 수도 있을 만큼 아주 강력히 원했다. 본능 같은 것이다. 여자를 손아귀에 쥐고 흔들고, 괴롭히고 싶은 간악함. 그것은 모든 남자들의 종족적 특성이다. 그리고 그의 수컷은 어젯밤 깨어났다.

물론 그의 욕망이 현실로 분출하는 일은 없었다. 사람들이 흔히 말하는 '일'이란 게 섹스를 말하는 거라면 분명히 아무 '일'도 없었던 게 맞았다.

"어쨌든 넌 빠져. 이 일은 아버지와 내가 풀어야 할 문제야."

"아까도 말했지만 빠지고 싶어도 난 빠질 수가 없어. 네가 그렇게 만들었어. 아버지께 날 사랑한다고 말한 그 순간 난 네 아버지의 타깃이 되었다고. 내가 결코 빠져나갈 수 없는 상황이란 말이지."

"우리 아버지가 무슨 일 꾸미신다 싶으면 내게 연락해. 알아서 처리할 테니까. 네겐 아무 피해도 가지 않게 할 거야. 넌 그냥 가만히 있으면 돼."

"날 장기판 한가운데에 던져 놓고 아버지와 게임을 벌이시겠다?"

"기분 나빠할 거 없어. 네 입장에선 어처구니없겠지만, 너도 함께 벌인 일이니 책임도 나눠야지. 네가 내 침대에서 날 안고 잔 대가라고 생각하고 참아. 금방 지나갈 거야. 네가 누군지 안 이상 아버지도 널 돈을 노리고 계획적으로 접근한 불한당으로는 결코 보지 않을 테니까."

"그러고 나선?"

"자유지, 너도 나도."

"그게 끝이냐?"

우습다는 듯 가볍게 입술을 비틀며 그가 물어왔다. 욕실의 은은한 조명을 받은 채 가슴 밑으로 팔짱을 척 낀 그는 정말이지 욕이 나올 정도로 살생겼다. 어려 보이는 것은 물론이다. 오죽하면 심영환 회장이 '자네가 몇 살이더라?' 하고 반문했을 정도이다.

"뭐가 더 있어야 해?"

"네 아버지께서 네 계획대로 순순히 잠잠해지실 분은 아닌데. 내 조부님께도 요구하지 않으실까? 책임지라고. 과년한 딸을 댁의 손자가 범하였으니 이 사태를 어찌 수습할 거냐고."

"당치도 않아. 우린 아무 일도 없었잖아."

"순진하군. 과연 아무 일도 없었을까?"

"뭐?"

차갑고 이성적이기 그지없던 그녀의 눈빛이 일순 흔들렸다. 미간에 희미하게 주름이 지기 시작하는 그녀의 새하얀 이마를 가만히 내려다보며 찬현은 씩 알쏭달쏭한 미소를 지어 올렸다. 그러더니 턱 벽에 한 손을 짚고 그녀를 향해 고개를 끌어 내린다.

"솔직히 말해봐. 너, 정말로 날 좋아하지?"

눈앞에 찬현의 길고 새하얀, 그러나 푸른 동맥이 펄떡펄떡 뛰는 남성적인 목이 펼쳐졌다. 몰랐는데 그의 셔츠 단추가 세 개나 풀어져 있는 상태이다.

방금 전까진 나름대로 단정하게 보이던 옷차림이 갑자기 야하고 퇴폐적으로 느껴진다. 덕분에 그의 숨소리도, 부드러운 입김도 뜨겁게 다가왔다. 심장이 팔딱팔딱 뛰고 숨이 가빠왔다. 입이 바짝바짝 마르고 광대 근처는 붉어진다. 꼭 그에게 감정적으로 흔들리고 있다 말하던 그녀의 말을 몸소 증명해 보이려는 듯 반응이 너무나 즉각적이다. 효우는 힘차게 뛰는 그의 동맥을 뚫어져라 노려보며 심호흡을 했다.

"또 시작이니?"

"날 좋아하게 됐지만 다시 누군가를 좋아하게 되었다는 걸 인정하고 싶진 않은 거야. 두려우니까."

"어린애 장난 같은 짓 이제 그만하시지. 계속 들어주는 것도 지겨워. 지금은 그럴 여유 없다고."

"너무 깊이 빠져들까 봐 무서운 거야."

"그만하라고 했잖아. 날 좋아하는 척, 유혹하는 척하면서 내 반응 살피고 놀려먹는 게 재미있다는 건 알겠는데 이번엔 심각해. 네 말대로 우리 아버지께서 얼마나 세게 대처하실지 가늠도 못하겠어. 이럴 때가 아니라 작전도 세우고, 공격에 대비해 만반의 준비를 해야 한단 말이야. 이렇게 한가하게 농담 따먹기나 할 시간 없다고."

"상처받고 싶지 않겠지. 독신이라는 방패 안에서 영원히 안주하고 싶을 거다. 사랑이라는 게 존재한다는 사실조차 믿을 수 없을 테니까. 아마도 넌 남녀 사이에 믿음이 존재한다는 것조차 믿고 싶지 않겠지.”

“나에 대해서 다 아는 양 지껄이지 마. 네가 뭘 안다고!”

“좋아해라, 마음껏.”

불쑥. 무뚝뚝하게 떨어진 그의 말에 즉각 그녀의 눈빛이 요동을 친다. 고혹하리만치 나른하게, 요망하게, 앙큼하게 치켜 올라간 아름다운 눈동자는 그를 향해 번뜩였다. 마녀의 그것처럼, 아마조네스의 그것처럼 전투적이고 살벌하다. 그 표독하기까지 한 눈빛을 고스란히 받고 있음에도 그는 느긋하게 달콤한 미소를 흘리고 있다. 그녀가 곤두세우고 있는 가시는 남들보다 연약한 자신을 보호하기 위함이라는 것을 그는 이미 알고 있었다.

찬현은 천천히 몸을 숙여 그녀의 귓가에 입술을 붙이고 나직이 속삭였다.

“날 마음껏 좋아하라고. 그래도 된다고.”

“……”

“상처 주지 않을게.”

“너 지금 네가 한 말이 뭘 의미하는지 알고는 있니?”

몸을 뻣뻣하게 굳히고 그녀가 로봇처럼 뇌까렸다. 시선은 전방 2m에 고정한 채. 귓전을 간질이는 그의 숨결과 다정한 음성, 숨 막힐 듯 따스하게 느껴지는 온기 등은 철저하게 외면하고 있었다. 그런데도 참 이상한 일이다. 이리도 차가운 여자가 귀엽다는 생각이 드는 걸 보면. 언제부턴가 찬현은 이렇게 냉기가 풀풀 흐르는 그녀의 모습을 볼 때마다 볼을 꼭 꼬집어주고 싶은 충동이 일었다. 피식 작게 웃음을 흘리고 찬현은 한 손으로 그녀의 턱을 쥐었다. 그리곤 그녀의 볼을 꼬집는 대신 제 입술을 갖다 붙여 진하게 쪽 입을 맞추었다.

"뭐 하는 짓이야?"

즉각 그녀의 미간이 주름을 잡았다.

"내가 무슨 말을 했는지 알고 있다는 뜻이다. 지금부터 날 네 마음대로 해도 돼. 날 가지고 아버지와 전쟁을 하던 사업 확장에 이용을 하던 마음대로. 사랑은 전쟁을 하면서 해도 되니까."

"네 말대로 난 배신을 너무 많이 당해서 남자를 싫어해. 믿지 않아. 그런 내가 널 믿고 좋아하기 시작한다면 너도 내게 그만큼의 신의를 보여줘야 해."

차가운 그녀의 눈이 슥 위로 치떠지며 찬현을 정면으로 바라본다. 온몸이 오싹해지는 기분을 느끼며 찬현은 두 눈을 빛냈다. 그녀의 시선을 이렇게 가까이, 온전히 모조리 혼자 다 받는다는 것이 이렇게 짜릿한 일일 줄이야. 그는 작고 뾰족한 그녀의 턱을 손끝으로 다정하게 문지르며 나른한 쾌감에 빠져들었다.

"기브 앤 테이크는 세상살이의 진리이지."

"배신하면 내 손에 죽는다."

상처가 가득 담긴 눈으로 그를 바라보며 그녀가 윽박질렀다. 고양이 눈처럼 아름답고 귀족적으로 휘어 올라간 눈매에 쓸쓸함과 외로움이 매달려 있다. 찬현은 손에 쥔 그녀의 턱을 천천히 끌어 올리고, 낭창낭창 가녀린 허리를 끌어당겨 자신의 몸에 찰싹 붙이며 씨익 입술 언저리를 비틀었다.

"마음대로 하십시오, 심효우 대표님."

"지금 아무 일도 없었다는 자네 말을 나더러 믿으라는 겐가?"

날카로운 목소리로 추궁하듯 캐묻는 심영환은 잔뜩 찌푸린 얼굴로 자신의 앞에 앉아 있는 청년을 죽일 듯이 노려보고 있었다.

야릇한 기운으로 유난히도 후끈한 딸의 방 안. 커튼이 짜한 아침 볕을 막고 있어 어딘지 모르게 비밀스럽게 느껴지는 이곳 바닥에는 아직도 청년의 것임이 분명한 남성 슈트와 넥타이가 널브러져 있고, 침대 한구석에는 딸의 것임이 명백한 스타킹이 걸쳐져 있다. 그리고 침실 한쪽을 장식하고 있는 여성스럽고 엔틱한 작은 응접세트에는 딸의 인생을 망가뜨리기 위해 나타난 침입자와 아비가 살벌한 분위기를 만들어내며 마주하고 있다.

"서른이 넘은 다 큰 성인 남녀가 한 침대에 있는 것을 이 내 두 눈으로 똑똑히 보았는데, 그런 나더러 이대로 아무 소리 말고 물러가라?"

심영환이 이미 일그러진 입술을 더욱더 비틀며 물었다. 놈은 대한민국에서 열 손가락 안에 드는 거부의 손자이자 정통 후계자이다. 돈이라면 넘치고도 남을 만큼 가진 녀석이란 소리. 그 얘긴 이 녀석이 지금까지 만난 그 어떤 놈보다도 더 무섭고 만만찮은 남자란 의미였다. 돈 없고 백 없어 빌빌거리는 놈이라면 그걸 꼬투리 삼아서라도 쥐어짜고 윽박질러 원하는 대로 휘두를 수 있을 텐데, 이 녀석에겐 그것마저 통하지 않을 것이다. 돈으로 유혹하고 회유해 떨어뜨리는 것도 물론 힘들 테다. 그러니 더 괘씸하고 고얀 놈이란 생각을 하지 않을 수가 없는 거다.

　여기에 불편한 진실을 하나 더 추가하자면, 놈은 죽은 친구의 아들이기도 했다. 심영환은 이미 오래전에 고인이 된 친구를 떠올리며 씁쓸한 입맛을 다셨다. 정말이지 근 20년 만에 보는 찬현은 죽은 친구를 빼다 박았다 할 정도로 매우 닮은 모습으로 앉아 자신을 향해 웃고 있었다. 친구를 생각하자면 마주 웃어주어야 마땅하지만, 지금 이 순간엔 절대로 그럴 수가 없는 영환이었다. 딸을 생각하자면 주먹을 날려도 시원찮은 게 그의 현재 심정이다.

　"아무 일도 없었다는 말은 사실입니다. 믿어주시면 좋겠지만, 못 믿으신대도 달리 서운하거나 화나진 않을 겁니다. 못 믿으시는 게 당연하니까요. 저도 제 눈으로 아까의 광경을 보았다면 아무 일 없었단 말 믿지 못했을 겁니다."

　이찬현은 적개심을 품고 있음이 역력한 심영환을 향해 여전히 미소 짓는 얼굴로 차근차근, 조용조용, 그러면서도 명료하게 말하고 있었다. 심영환은 딸을 품은 주제에 죄책감은커녕 창피함도, 일말의 움츠러드는 기색조차 보이지 않는 이찬현의 당당함을 뚫어져라 노려보았다. 대체 어디에서 저런 당당함이 나오는 것인지, 그 근원이 뭔지 꿰뚫어 알아내려는 것이다. 분명히 꼼수가 있을 거다. 뭔가 속임수를 품고 있지 않고선 이리 뻔뻔하게 나올 순 없지.

　"그런 말로 설득하려 해봤자 소용없네, 난 안 믿을 테니. 그리고 자네 말이 사실이래도 달라지는 것은 아무것도 없어. 자네가 내 딸 침대에 누워 잤다는 사실은 변함이 없고, 그 사실만으로도 자네는 내 딸에게 못할 짓을 한 것이니 말일세. 잘 생각해 보게. 이 일이 밖으로 새어 나가면 누가 가장 큰 피해를 볼 것인가."

"굳이 피해를 따져야 합니까?"

"21세기 한국 사회는 매우 이중적이고 불균형한 형태여서 앞에선 다들 개방적이고 자유분방함을 자랑 삼아 얘기하면서도 뒤로는 구시대 잣대를 가지고 판단하고 난도질하지. 당사자가 여자라면 더욱 심해져. 당연히 이 일은 잘잘못을 구분하고 얘기의 끝을 봐야 한단 말일세. 난 자네가 한 짓을 결코 이해하지도 용납하지도 못하네. 자넨 명백히 내 딸을 욕보였네."

"그동안 효우를 등쳐먹던 불한당들과 저를 동급으로 여기시는 거로군요."

"당연히 그 자식들과 자네가 다른 점은 하나도, 잠깐, 방금 자네 뭐라 했나?"

삼영환이 깜짝 놀란 듯 두 눈을 훌쩍 키우더니 다시금 훅 좁혀 뜬다. 효우의 돈을 노리고 들러붙었던 그 수많은 놈팡이들의 존재를 찬현이 모두 알고 있다는 사실을 뒤늦게 캐치한 것이다. 그것을 아는 사람은 가족들과 몇몇 측근들뿐이었다. 끊임없이 이어지는 딸의 불미스러운 연애사를 수치스럽다 여기는 심영환 때문에, 측근들은 그 일에 대해선 철저하게 입을 봉하고 언급을 하지 않았다. 이렇게 대놓고 그의 앞에서 노골적으로 입에 올린 사람은 이찬현이 처음이었다. 과거에도 단 한 명도 없었고, 아마 앞으로도 없을 것이다. 심영환이 그 일은 절대 타인에게 알려져선 안 된다 생각하고 있으니.

"분명하게 말씀드리겠습니다. 전 그들과 다릅니다."

“다르다?”

“네, 다릅니다.”

“그래, 자네 말대로 자넨 다를 수도 있겠지. 자네가 뉘 집 자식인지는 나도 이미 알고 있네. 돈 때문에 우리 효우한테 의도적으로 접근한 것이 아니란 것만큼은 내 인정해 줄 수 있어. 하지만 그렇다고 해서 내 입장이 바뀌진 않을걸세. 난······!”

“말씀 중에 죄송합니다만, 한 가지만 여쭙도록 하죠. 회장님께서는 제가 돈 때문에 접근한 게 아니면 뭣 때문에 이곳에 효우와 함께 있었다고 생각하십니까?”

“그거야······.”

“가볍게 즐기기 위해서라고 생각하신 것 같은데요.”

차마 대답하지 못하는 심영환을 대신해 이찬현이 마무리한다. 심영환을 똑바로 바라본 채로. 상대의 거친 공격에도 평온함을 유지하고 있는 찬현을 유심히 바라보며 심영환은 꾹 입을 다물었다. 심기 불편하게도 놈의 눈이 너무나 맑았다. 거꾸로 봐도 옳게 봐도 한 점의 티끌도 없이 아주 맑았다. 뭔가 구린 속내가 있을 거라 넘겨짚은 와중에 꼼꼼히 훑어보는 것인데도 깨끗하고 해맑을 뿐이다. 저건 정말 아무 흑심 없는 눈이거나 완벽하게 흑심을 가린 눈이거나. 그렇다는 걸 모를 리 없는 심영환이라 그 눈을 마주하고 있는 지금 더더욱 마음이 불편해지고 있었다. 심영환은 불퉁하고 뚝뚝한 목소리로 불쑥 찌르듯 매섭게 물었다.

“아니라는 말인가?”

“즐기기만 할 생각이었다면 좀 더 쉬운 여잘 골랐겠죠. 회장님의 따님은 어려워도 보통 어려운 게 아닌, 최고 난이도의 여자입니다. 굳이 분류하자면.”

“무슨 말을 하고 싶은 건가? 가벼운 만남이 아니다, 그러니 너그러이 용서하고 이만 물러가라, 뭐 이런 뻔한 말을 하고 싶은 것인가?”

“지금은 무슨 말씀을 드려도 회장님의 생각이 달라지지 않을 것 같습니다만, 굳이 제 입장을 사실대로 말씀드리자면 전 효우를…….”

“진심으로 대했다, 앞으로 서로에 대해 알아가며 교제할 것이다, 이런 말을 하고 싶은 거겠지? 효우의 돈을 보고 일부러 접근해 효우의 마음을 짓밟은 놈들의 대부분이 내 앞에서 그렇게 나불댔지. 그러고는 뻔뻔하게도 효우의 평판을 미끼로 돈을 요구했네. 입도 벙긋하지 않을 테니 빚을 갚아달라, 소문내지 않을 테니 취직을 시켜달라. 물론 자네야 돈을 갚아달라거나 취직을 시켜달라는 소린 할 필요 없겠지. 하지만 여전히 난 자넬 믿을 수 없네. 자넨 내 허락도 없이 내 딸의 집에서 내 딸과 동침을 했어. 그건 분명한……!”

허연 이를 드러내고 두 눈을 희번덕거리며 당장에라도 상댈 잡아먹을 듯이 심영환이 소리쳤다. 애길 하면 할수록 분노가 차올라 참을 수가 없다. 이전에 다른 놈들이 했던 행태까지 새록새록 떠오르니 부글부글 속이 끓고 혈압이 치솟아 당장에라도 놈을 때려잡고 싶은 마음인 것이다. 바로 그때였다. 분노가 최고조에 이르러 두 주먹을 부르르 떨며 찬현을 노려보는 그 순간, 그가 입을 열었다.

“저는 효우를······.”

두 사람이 무슨 애길 하는지 밖에서 엿듣고 있던 효우는 갑자기 작아지는 대화 소리에 인상을 팍 찌푸리며 문 쪽으로 더욱 바짝 제 귀를 밀어붙였다.

“뭐? 정말······ 인가?”

찬현이 뭐라 했는지 반문하는 심영환의 음성에 당혹스러움이 묻어 있다. 하늘을 찌르던 분노의 기세도 한풀이 아니라 두 풀, 세 풀도 더 꺾인 듯 가라앉아 있고. 혹시라도 유혈 사태가 벌어지면 어쩌나 노심초사 걱정하며 여차하면 문을 열고 쳐들어갈 모든 준비를 다 마친 효우로서는 매우 의아스러운 일이 아닐 수 없었다. 이게 대체 어찌 된 일이지? 일이 어떻게 돌아가고 있는 거야?

“제대로 사실대로 말하게. 방금 한 말, 한 점의 거짓도 없는 게 확실한가?”

“물론입니다.”

“나중에라도 거짓말인 게 탄로 나면 내가 가만두지 않아.”

“심 회장님 앞에서 효우 일로 거짓말하면 어떻게 된다는 것쯤 잘 알고 있습니다.”

“자네 혹시 해외에서 재산을 탕진했다거나 할아버님의 눈 밖에 나 후계자 경쟁에서 밀려났다거나 하진 않았겠지?”

“전 미국에 안정된 직장과 부동산, 현금, 증권, 주식 등 꽤 많은 재산을 보유하고 있습니다. 아마 미국에 가지고 있는 집 몇 채만 정리해도 한국에서 작은 사업체 하나쯤은 거뜬히 인수할 수 있을 겁니다. 재산을 탕진해 본 적도 없을뿐더러 성격이나 직업상 탕진하려야 탕진할 수도 없죠. 고려호텔을 물려받지 않아도 제 재산은 충분하다고 생각합니다. 뭐, 제 의견과는 달리 할아버님께선 여전히 강력하게 호텔을 제게 주시겠다고 하시지만요. 할아버님께서 유언장을 고치신 게 아니라면 아직 호텔 상속인은 저 이찬현이 맞습니다. 그리고 전 호텔의 상속자를 정하는 일은 전적으로 할아버님의 권한이자 뜻이라 생각합니다. 유지를 받들 생각이죠."

"정말로 아무런 하자 없이 멀쩡하다…… 이 말인가?"

"조사해 보셔도 됩니다."

"……."

"반대하실 게 아니라면 이제부터 잘 부탁드리겠습니다, 아버님."

"뭐…… 정 그렇다면야."

빠끔히 문을 열고 들여다보니 두 남자는 악수를 하고 있었다. 방금까지 버럭버럭 핏대 올리며 찬현을 잡아먹을 기세로 달려들던 심영환도 순순히 찬현의 손을 맞잡고 있었다. 썩 기꺼운 것 같진 않지만, 그렇다고 하여 내키지 않은 것 역시 아닌 얼굴. 찬현이 제 재산 내역에 대해 줄줄 읊고 나니 격렬하게 끓던 분노가 일시에 사그라진 것인가? 기가 막혀. 무슨 아버지가 저래?

물론 이찬현의 스펙이 보통 아니니 조건 무지하게 따지는 심영환이 끝까지 강경하게 버티진 못할 거라고 예상하긴 했다. 좀 좋아야 말이지. 집안부터 학벌, 능력, 재산, 뭐 하나 빠짐없이 완벽하게 휘황찬란하니 기준치 하이하이한 심영환도 물러서지 않고선

배길 수가 없었을 터. 일단 돈을 노리고 여자 등쳐먹는 우라질 놈은 절대 아니니 딱히 멱살잡이할 일은 없을 거라 생각하긴 했다.

하지만 어디까지나 그건 그와 효우가 침대에 있는 모습을 심영환이 직접 목도하기 전의 일이다. 심영환은 딸이 남자와 침대에 있는 모습을 보고 극도로 분노하고 있었다. 상대 남자가 고려호텔의 손자 이찬현이라는 사실을 알았을 때도 약간 주춤하긴 했으나 화가 풀린 것은 아니었다. 찬현과 할 얘기가 있다며 방으로 들어갈 때만 해도 그 굳은 얼굴에 특유의 깐깐함과 거센 분노가 적나라하게 떠올라 있었다. 얘기하던 사이사이에도 처음 사실을 알게 되었을 때의 기억이 새록새록 떠오르는지 불끈불끈 역정을 내시기도 하였다. 한데 지금은 그게 싹 가신 후다, 마치 순한 양처럼.

"저는 효우를⋯⋯."

찬현이 했던 말 때문이다. 그녀가 놓친 뒷말. 그것 때문에 거세게 들끓던 아버지의 화가 싹 가라앉았다. 대체 무슨 말을 했던 걸까? 그가 뭐라 했기에 아버지가 그리 기를 확 죽이고는 저렇게 이찬현의 손을 맞잡고 있는 걸까? 궁금하다. 들을 수 있었는데 못 들어서 더 그렇다.

효우는 뚱하게 찌푸린 얼굴로 두 사람이 만들어내는 아스트랄한 광경을 가만히 바라보았다. 훅 가슴 답답함이 실린 한숨도 함께.

*

"그래서 네가 지금 하고자 하는 말이 뭐야? 이찬현 씨가 스파이라고? 작정하고 내 옆자릴 파고들어 우리 회사 정보를 솔솔 빼먹고 있는 거라고? 내가 또 멍청하게 남자한테 속아 넘어간 거란 말이니?"

막 공항 안으로 들어서던 효우가 딱 걸음을 멈추고 수화기 저편에서 조잘거리고 있는 동생 효이의 말을 가로막았다. 뭐가 그리 불안한지 효이는 아까부터 효우한테 줄기차게 전화를 해대며 지신의 주장을 이어가고 있었다.

〈아니, 내 말은 꼭 그렇다는 게 아니라 조금은 의심을 해도 좋겠다, 뭐…… 그런 뜻이지.〉

"그래?"

〈솔직히 이상한 것투성이인 건 맞잖아. 그 사람이 갑자기 언니 앞에 나타난 것부터 이상하지 않아? 내내 미국서 활동하던 사람이라며. 미국에서 정착하고 미국에서 결혼해 살 거라 했던 사람이라며. 이 회장님께서도 그것 때문에 매번 골치라 하셨잖아. 그건 나도 기억하는데.〉

그래, 그랬었다. 그건 그녀뿐 아니라 웬만큼 이 회장님과 친분이 있는 사람이라면 누구나 다 알고 있는 사실이다. 가만있자, 미국에서 잘나가던 이찬현이 왜 한국에 들어왔다고 했더라?

"바로 그 이 회장님께서 부르셨어. 할아버지께서 부르시니 어쩔 수 없이 들어온 서시."

〈그게 말이 돼? 지금껏 안 들어오고 버텼으면서 갑자기 들어왔

다는 게? 그리고 한국에 들어왔으면 할아버지 호텔로 들어가야지 왜 언니네 회사야? 것도 이상해.〉

"할아버지의 회사이니 더더욱 피하고 싶었던 거겠지. 낙하산이라는 오명을 쓰고 싶지 않았을 거 아니야. 그 사람 성격으론 너무나도 당연한 선택이었어."

〈그러니까 할아버지의 회사를 피해 다른 회사로 입사한 건데, 왜 하필 언니네 회사냔 말이야. 다른 회사도 많잖아. 호텔이며 리조트며 이 회장님이 가진 사업체도 수두룩하고 그로 인해 생긴 인맥도 상당하지 않아? 근데 왜 그 하고많은 사업체 다 놔두고 하필 언니네 회사로 들어왔냔 말이지, 내 말은.〉

"그거야……."

따박따박 효이의 말에 잘 대응하고 있던 효우는 하던 말을 멈추며 콧잔등을 찡그렸다. 생각해 보니 이 질문은 예전에 그녀 자신이 찬현에게 직접 던졌던 것이다. 왜 하필 우리 회사냐고 물었던 기억이 난다. 그때 그가 뭐라고 대답했더라?

〈하지만 그 무엇보다 가장 의심스러운 건 그 사람이 언니 마음을 흔들었다는 점이야. 언니가 어디 보통 여자야? 남자라면 아주 치를 떠는 여자잖아. 남성혐오 증세가 심각해서 어떤 남자와도 사랑에 빠지지 못하는 로맨스 수치가 극악인 여자.〉

"네가 너무 어렸을 때라 기억을 못하는 모양인데, 나도 처음부터 그랬던 건 아니야."

〈알아. 언니가 운명과 사랑을 극 신봉했던 순진 처자였단 사실, 나도 알고 있어. 당연히 언니도 사랑에 목말라하는 보통의 여자였겠지. 이 심효이의 언니이니 오죽하겠어? 솔직히 이젠 레전드가 되어버린 언니의 연애 히스토리를 가만히 생각해 보자면 내 마음도 짠해져. 배신당한 상처가 어쩌면 그리도 많은지. 난 거기에 비하면 진짜 새 발의 피지.〉

"엊그제 울고불고 난리를 피웠던 게 그 때문이었니? 배신당했어? 어떤 놈이 너한테 그딴 걸 날려? 언놈이야?"

〈아아, 그딴 자식, 이미 지나간 놈 이야긴 됐고. 여하튼 이찬현은 '절대로 남자의 유혹에 빠질 수 없는 상대의 언니를 팔다리 흐물흐물 뇌척수까지 녹아나게 만들 수 있는 사람' 이야. 위험하단 소리지. 'Danger' 라는 표식을 달아놓아야 마땅한 남자다 이 말이야. 생각해 봐. 언닐 유혹할 수 있다면 어떤 여자라도 유혹할 수 있단 소리잖아. 그런 사람이 뭔들 못하겠어?〉

"내 뇌척수는 안전하니까 내 걱정이라면 붙들어 매."

멈췄던 걸음을 다시금 재촉하며 그녀는 들고 있던 수화기를 반대쪽으로 옮겨 들었다.

오늘은 제이 리의 귀국 일. 지금 몇 시간째 두 자매의 입에 뻔질나게 오르내리고 있는 이찬현은 제이 리의 입국 시간에 맞춰 미리 공항에 마중 나가 있었다. 중요한 일정이 잡혀 있던 효우는 부랴부랴 서둘러 일을 처리하고 뒤늦게 합류하는 중이고.

〈그리고 이찬현이 언니한테 뽕 갔단 소리도 못 믿겠어. 툭 까놓고 말해서 언니가 여자로서 딱히 매력적인 스타일은 아니잖아. 애교도 없고, 권위적이며, 차갑기까지 한데. 게다가 프라이드는 또 얼마나 높아? 머리는 또 어찌나 좋은지 웬만한 남자들은 쥐락펴락

하고. 언닌 남자들이 싫어하는 조건을 고루고루 다 갖추었어. 보
통 남자라면 절대로 좋아할 수가 없는 여자란 말이야.〉

"이찬현 씨가 보통 남자는 아니지."

〈보통 남자가 아닌 걸까, 아닌 척하는 걸까?〉

"그 사람이 날 좋아하는 척하고 있단 말이니?"

〈언니가 알고 있는 게 진실이 아닐 수도 있다는 말이야. 언니도
어쨌든 그 사람한테 뿅 간 건 맞잖아. 좋아한다며. 감정이 흔들렸
다며. 그럼 이미 언니도 객관성을 잃은 거지. 이찬현이 뭘 해도 지
금의 언니 눈엔 다 좋게만 보일 거란 얘기야. 그럼 게임은 끝난 거
아니야? 그 사람이 언닐 속이거나 배신하면 고스란히 당할 수밖에
없는 거잖아. 그렇게 되지 않기 위해선 언니가 아닌 다른 누군가
의 눈으로 이찬현을 볼 필요가 있다고 생각해.〉

"다른 누군가의 눈?"

〈완벽하게 객관적인 눈.〉

"그런 눈을 누가 갖고 있다는 거냐?"

〈나.〉

"너?"

〈언니도 알다시피 내가 남자에 대해서는 일가견이 있잖아. 내
가 봐서 괜찮은 남자면 진짜 괜찮은 남자인 거 맞아.〉

"괜찮다고 이미 말하지 않았니? 너 이찬현 씨 처음 보자마자 찜
했었잖아."

〈그건 그냥 가볍게 겉모습만 보고 판단한 거고. 아버지까지 둘
사이를 다 알게 된 마당이라면 좀 더 면밀한 관찰과 연구가 필요

하지 않겠어?〉

"그래서 네 평가는 어떻다는 거야? 이찬현 씨가 내 남자로서 합격이라는 거야, 불합격이라는 거야?"

〈그걸 지금 내가 어떻게 말해? 한 번도 제대로 만나서 얘기해 본 적도 없는데. 언닌 어떻게 남자를 만나면서 동생들한테 인사도 한 번 안 시킬 수가 있나? 내가 직접 꼭 이렇게까지 말을 해야 해? 이찬현 좋아한다며. 사귀는 거잖아, 그럼. 우리랑 아주 모르는 사이넌 또 몰라. 서로 안면도 있고, 난 이찬현 앞에서 고래고래 술주정까지 했다면서. 그럼 나름대로 에피소드 있는 사이인데 언니가 나서서 정식적인 자리 한 번쯤은 마련해 줘야 맞는 거 아니냐고. 안 그래?〉

여기까지 듣고 있자니 풋! 웃음을 터뜨리지 않을 수가 없는 효우였다. 결국 이거였던가. 오전 내내 바빠 정신이 없는 효우를 붙들고 본론 없는 빈말만 고르고 골라 빙빙 돌려가며 하던 얘기의 본질이 바로 이찬현 소개해 달라는 것? 그냥 대놓고 직구 쏠 것이지 뭐 그리 힘든 얘기라고 이리 돌리고 저리 돌리며 미적거리는 거야. 하여간 싱겁기는.

"바빴어."

〈진짜 바빴던 거 맞아? 언니 원래 사생활 공개 안 하는 사람이잖아. 좋아하는 사람도 꽁꽁 숨겨놓고 안 보여주고. 뭐, 감시 붙이기 좋아하는 아버지 때문이기도 하겠지만. 어쨌든 지금까지 언니는 자기 남자 남들에게 보여주는 서 엄청 극도로 싫어했잖아.〉

"아니야. 소개해 줄게, 그 사람."

〈정말? 언니가 웬일?〉

"대신 지금 당장은 안 돼. 주총이 코앞이라 정신이 없어. 일 다 마무리되면 그때 자리 만들어볼게. 됐지?"

〈정말이지? 약속했다? 나중에 딴말하기 없기다?〉

"약속해."

〈효아 언니한테도 말한다? 그래도 되지?〉

"말해. 상관없어."

이게 도대체 무슨 배짱이고 무슨 자신감일까. 찬현에게 묻지도 않고 약속을 정하면서도 뻔뻔스러우리만치 떳떳하다.

어디서 이런 당당함이 흘러나오는 것인지 효우 자신조차 알 수가 없다. 아무리 찬현으로부터 '네 마음대로 해도 된다'는 허락을 받았다지만 그녀는 심효우. 성격이 워낙 깔끔해 남들한테 요만큼도 책잡히지 않는 걸로 유명한 심효우다. 그녀는 절대로 이런 개인적인 약속은 독단적으로 결정해서 잡지 않는다. 언제나 그랬다. 그게 상대방에 대한 최소한의 예의라 생각했고, 사랑하면 할수록 더 예의는 각별히 지켜져야 한다고 생각했다. 한데 지금은 왜 이러는 걸까요? 이찬현은 뭐가 다른 걸까요? 다른 남자들과 뭐가 달라서 이렇게 마음대로 해도 된다고 생각하는 걸까요?

효이의 '끼얏호!' 하는 환호성을 뒤로하고 휴대전화의 종료버튼을 누르면서도 효우는 열심히 생각해 보았다. 자신이 이찬현의 어떤 면을 그리도 만만하게 보고 있는 건지, 그가 자신의 요구라면 뭐든 군소리 없이 흔쾌히 들어줄 거라 생각했다면 과연 그의 무엇을 보고 그리 생각했던 것인지. 물론 답은 낼 수 없었다. 빠르게 걷던 그녀의 다리가 어느덧 목적지에 도달하였기 때문이다.

공항 출구 앞에서 찬현이 누군가와 얘기를 하고 있다.

180㎝쯤 되어 보이는 키에 체구는 호리호리한 편, 검은 머리에 황색 피부가 멀리서도 동양인임이 확실해 보이는 남자이다. 번쩍번쩍 비싸 보이는 고급 시계를 손목에 휘두르고 언뜻 클래식한 것 같지만 섬세한 멋스러움이 느껴지는 패션 슈트를 입은 남자는 찬현과 밝게 대화를 나누며 환히 웃고 있었다. 웃는 모습이 호탕하고 가식 없이 느껴지는 것이 쾌활하고 온순한 사람이라는 인상이다. 저 사람이 제이 리인가?

'너무 젊은데.'

남자는 그녀가 여태 생각해 왔던 제이 리의 모습과는 전혀 다른 느낌을 풍기는 사내였다. 좀체 남들 앞에 모습을 드러내지 않는 제이 리는 무척 조용하고 무거운 사람이라 생각했다. 또 미국 경제의 한 축을 담당한다 할 정도로 어마어마한 영향력을 가지고 있는 사람이니 어느 정도는 연륜이 있을 거라고도 생각해 왔다. 물론 일하는 방식이나 사업에 접근하는 스타일 자체가 쿨하고 세련된 사람이라 나이 지긋한 노인과는 거리가 멀 거라 짐작하고는 있었다. 하지만 저렇게나 젊은 사람일 거라곤…….

"대표님."

그녀의 구두 발자국 소리를 먼저 알아들은 사람은 이찬현이었다. 남자와 위화감 전혀 없이 자연스레 대화를 나누던 찬현은 다가오는 그녀를 발견하고는 곧바로 자세를 바로 하여 그녀를 향해 인사를 건네왔다.

눈치를 보아 하니 상대방과는 아주 잘 알고 있는 사이인 것 같
았다. 그가 Jay&Clare의 직원이니 그럴 수밖에 없겠지만, 자신과
는 무관한 사람과 활발하게 대화를 잇는 그의 모습에는 잠시 멈칫
할 수밖에 없는 효우였다. 익숙지 않은 광경이랄까. 기분이 썩 좋
지는 않았다. 불편하다. 떨치고 싶어도 쉽게 떨어지지 않는, 아니,
오히려 더욱더 끈질기게 달라붙어 그녀를 괴롭히는 불편함이다.
효우는 탐탁지 않은 기분을 애써 털어내며 정중히 손을 내밀어 상
대에게 악수를 청했다.

"제이 리 맞으시죠? 반갑습니다. 심효우입니다."

"아! 제 이름은 로이 한입니다. 제이 리 씨의 비서 일을 맡고 있
지요."

"비서라고요? 그럼 제이 리 씨는……?"

"아직 얘기 못 들으셨습니까?"

환히 웃으며 손을 내밀던 남자의 힘찬 움직임이 스톱, 허공에서
굳었다. 그의 얼굴에 떠 있던 미소 또한 굳어버렸다. 난처하게 되
었다는 듯 그는 찬현을 돌아보았다. 뭔가 심상찮은 낌새를 금세
감지한 효우는 찬현을 향해 살 떨리게 달콤한 미소를 빙긋 지었
다.

"내가 뭘 못 들었다는 거죠, 이찬현 씨?"

냉랭하기 짝이 없는 그녀의 음성에 로이 한이 흠칫 떤다. 그리
곤 휘둥그레 눈을 치며 찬현과 효우를 차례로 번갈아 보며 눈치를
살피기 시작했다. 효우의 살벌한 분위기에 압도되어 쩔쩔매는 로
이였으나, 그와는 달리 찬현은 그녀를 느긋하게 마주 보며 희미하

게 미소까지 띠고 있다.

"제이 리 씨는 사정상 오늘 도착하지 못하십니다."

"도착하지 못하신다고요?"

"공항으로 나오시는 도중 갑자기 급한 일이 생겨서 제이 리 씨는 출국을 미루셨다는군요. 내일 주총 시간에 맞춰 도착하실 거라 하십니다."

"주총 시간에 도착하신다고요? 그럼 우리 사업계획안은 어떻게 되는 거죠? 분명 주총 전 이번 프로젝트 투자에 관해 사타부타 결정을 내려주시겠다 하셨는데요. 최종 결정을 앞두고 우리 쪽 설명을 좀 더 상세히 들어보시겠다 한 걸로 아는데. 이렇게 되면 얘기가 아주 많이 달라지는 거 아닙니까?"

그녀는 로이를 찌르듯 날카로운 시선으로 노려보며 살 떨리게 나직한 음성으로 추궁했다. 로이는 저도 모르게 꼴깍 마른침을 삼키고는 다시금 찬현을 흘끔 돌아보았다. 그는 이 연극을 꾸민 당사자이면서도 아무것도 모른다는 듯 태연히 서 있다. 저 나긋한 미소를 보라지. 웃음이 나오나? 사람 이렇게 진땀 빼게 해놓고서 웃음이 나와?

"달라질 것은 없습니다, 심 대표님. 일단 급한 대로 이찬현 씨께서 관련 서류를 정리해 팩스로 보내드렸고요, 그 서류를 제이 리 씨께서는 한국 들어오는 비행기 안에서 따로 면밀히 검토하실 겁니다. 최종 결정이 미뤄지는 일은 없을 거예요."

"최종 결정이 미뤄지진 않을지 몰라도 결정 내용이 날라질 수는 있겠죠. 제이 리 씨께 직접 이번 사업 계획에 대해 보고할 수 있는 저희 쪽의 가장 중요한 기회가 사라졌으니까요. 그것도 그쪽의 일방적인 약속 파기로 인해서.”

“그 부분에 대해서는 정말 죄송스럽게 생각합니다. 하지만 저희 쪽에도 어쩔 수 없는 사정이 있었습니다. 말씀드리기 곤란하지만 정말로 피치 못할 일이 있어서……. 하지만 이번 일이 절대로 하트앤소울에 누가 되는 일은 없을 겁니다. 그것만큼은 약속드릴 수 있습니다. 제이 리 씨의 결정에 큰 영향을 미치지는 않을 겁니다.”

“……”

“너무 크게 걱정하지는 마십시오. 저희 제이 리 회장님께서는 이번 투자 건을 아주 긍정적으로 생각하고 계십니다. 큰 틀에서 하트앤소울의 개혁적이고도 공격적인 경영 방식을 지지하고 계시니 아마도 좋은 결과 있을 겁니다.”

“결과는 우리 사업이 얼마나 가능성이 있는지에 따라 판가름 나겠지요. 그쪽도 우리 사업이 전혀 수익성 없다 판단된다면 어마어마한 자금이 필요한 사업에 쉽사리 투자를 결정하진 않을 테니까요.”

“어, 그렇죠.”

딱히 할 말이 없어진 듯 로이가 대충 얼버무리다 딱 입을 다물었다. 그리곤 원망의 눈길로 찬현을 돌아보았다. ‘세도 너무 세잖아’ 라는 의미.

찬현은 히쭉 웃으며 눈썹을 씰룩 움직였다. ‘뭐, 이 정도쯤이야’ 라고. 남들 앞에서 딸 자랑하며 어깨나 으쓱해 대는 딸바보 아빠의 기분이 이럴까. 뭔가 아주 많이 뿌듯하고 자랑스럽다. 사실 이 일을 처음 계획했을 때 찬현은 대강 이런 그림이 나올 거라고 이미 예상했었다. 그가 아는 심효우는 자존심 빼면 시체. 돈 앞에서도 당당한 여자이니 일방적으로 약속을 파하고 상대를 기만하는 자라면 아무리 세계적인 투자자라 할지라도 이렇게 얄짤 없이 대해줄 거라 생각했다.

그런데 역시나. 그녀는 그의 예상대로 전혀 꿀릴 기미가 안 보인다. 이 얼마나 상큼한 여자인가. 흡사 발포 비타민 같다. 톡 쏘지만 상쾌한. 알게 모르게 중독되어 못 마시면 금단현상에 시달려 찾고 또 찾게 되는. 심효우가 세게 나오면 세게 나올수록 그의 기분도 너울너울 춤을 춘다. 이 알 수 없는 기분의 정체가 뭘까 싶을 만큼 대책 없이. 그녀가 세계를 지배하고 세상 위에 군림하면 입이 찢어져 사망할지도 모르겠다 생각하게 될 정도로.

자신은 그녀의 지배를 받고 싶은 것일까?

"한데 대표님, 제이 리 씨께서 대표님의 사업 설명을 로이 한 씨를 통해 대신 전달받겠다고 하셨습니다."

"뭐라고요?"

"예?"

그의 말에 효우와 로이가 동시에 반문해 왔다. 효우는 휙 고개를 꺾어 이런 소린 금시초문이란 듯이 놀라고 있는 로이를 돌아보았다. 미간을 찌푸리며 '이게 어떻게 된 거죠?' 라 소리 없이 묻고 있는 효우의 시선이 로이의 당황한 낯에 꽂혔다. 그녀의 날카로운 눈빛에 자동으로 번쩍 정신을 차린 로이는 순발력을 발휘해 위기를 넘겼다.

"아, 아, 맞습니다. 저한테 대신 설명을 듣고 다시 얘기하자 하셨습니다. 방금…… 이찬현 씨와도 그 얘길 나누고 있었죠."

"그렇습니까?"

흔들림 없이 딱 부러지는 음성으로 그녀가 물었다. 그리곤 딱히 대답을 바란 건 아닌 듯 곧바로 생긋 예의 바르고 상냥한 미소를 지으며 말하였다.

"그럼 식사 먼저 하시죠."

두 얼굴의 제이

"아직도 제이 리 쪽에선 연락이 없습니까?"

빈틈없이 단정한 자세로 승용차에서 내려선 효우는 자동차 도어를 연 후 반듯하게 서서 그녀를 맞고 있는 찬현을 향해 나직이 속삭였다. 그녀는 허리를 꼿꼿이 세우고 비장한 각오가 담긴 시선으로 주총회장 건물을 잔뜩 노려보고 있었다.

"아직입니다."

"도대체 어떻게 된 거죠? 왜 갑자기 연락이 안 되는 겁니까?"

"시간은 아직 충분합니다. 너무 걱정하지 마십시오. 조만간 연락이 올 겁니다."

"한 시간입니다, 앞으로 남은 시간. 한 시간이 지나면 주총이 시작되는데 그때까지 연락이 없다면……"

가망이 없다는 얘기다. 투자는 물 건너가는 것이고, 그럼 계획했던 사업은 수포로 돌아갈 수밖에 없다. 회사를 완전히 일으켜 세울 거대 프로젝트가 시도조차 해보지 못한 채 사장되는 것이다. 그렇게 된다면 그녀는 지금의 이 자리조차 지키기 어려워질 것이다. 경영권을 내놓아야 하는 최악의 수도 있었다. 적어도 '성공 프로젝트와 거액의 투자 유치'와 같은 히든카드를 손에 쥐고 있어야 이번 주총을 성공적으로 마무리할 수 있을 것이다. 그러나 히든카드를 자신에게 쥐어줄 제이 리는 아직까지 연락이 되지 않고 있다. 그가 한국에 무사히 도착했는지, 프로젝트를 제대로 검토했는지, 비서로부터 이쪽 보고는 제대로 전달받았는지 아무것도 알 수가 없는 상황인 것이다.

"대표님, 들어가시죠."

뒤따라 내린 양 비서가 조심스레 재촉의 말을 건넸다. 중요한 안건이 상정될 주주총회인 만큼 미리 검토하고 다시금 점검해 둘 것이 산더미처럼 쌓여 있다. 총회 참석 직전 체크할 것들은 미리 체크해야 했고, 그러기 위해선 빠른 출석이 급선무였다. 갑자기 긴장되는 것을 느끼며 효우는 심호흡을 했다. 그리곤 차분히 길게 호흡 내려놓기를 반복하고는 중얼거리듯 이렇게 명령했다.

"좋아요. 갑시다."

그를 기다렸다. 기다리는 수밖에 없었다. 제이 리의 핫라인은 아직 손에 넣지 못하였고, 그의 비서와는 연락이 닿지 않은 상황이니 무작정 그들이 오기만을 고대하며 기다리는 수밖에 다른 도리가 없었다. 혹시 몰라 손에 휴대전화를 들고 안절부절, 좌불안

석, 이리 갔다 저리 갔다, 우왕좌왕. 하지만 총회 시작 시간이 코앞까지 다가오는데도 그가 도착했다는 연락은 오질 않고 있었다. 뜬금없는 이 회장과 심 회장의 전화만 걸려왔을 뿐.

〈자네 아버지께 그간의 애길 전해 들었네, 심 대표. 아무래도 긴히 나와 따로 할 얘기가 있을 것 같은데 시간 한번 내주지 않겠나? 아, 물론 일 때문에 바쁜 건 내가 잘 알고 있네. 오늘도 주주총회에 중요한 안건이 올라와 꽤 정신이 없다지. 하지만 자네도 알다시피 내 사정도 급하네. 내 나이가 나이인지라 건강이 언제까지 허락할지도 모르는 일이지 않은가. 생때같은 자식들 차례로 보내고 내 그 녀석 하나만 바라보며 여태껏 버텨왔네. 그 녀석이 내 후계자로서 자리를 잡는 모습을 보아야 비로소 편히 눈 감을 수 있을 것 같다 이 말이네. 자네한텐 참으로 미안한 말이지만은, 일이 이렇게 되었으니 빨리 혼례를 치르는 게 낫지 않나 싶은데, 자네는 어찌 생각하나?〉

이신양 회장의 전화를 받은 그 순간 그녀는 알았다, 아버지가 드디어 행동을 개시하신 것이란 것을. 소리 없는 전쟁이 정말로 소리 소문 없이 자신의 뒤통수를 가격하며 시작되었다는 것을. 아무래도 아버진 이찬현이 아주아주, 매우매우 마음에 드셨던 모양이다. 일주일도 안 됐는데 벌써 일을 꾸미시는 것을 보면.

하긴, 일주일이면 이것저것 다 재보고도 남을 시간이긴 하다. 고려호텔과 고려휘트니스클럽, 고려리조트 등 각종 레저스포츠

사업에 손을 대 흑자를 남기고 있는 이신양과 사돈지간이 되는 것
이 결코 손해는 아니라고 결론 내리는 데는 일주일이란 시간도 과
했다. 옳다구나 할 수밖에 없었을 것이다. 손해는커녕 이익을 잔
뜩 챙길 수 있는 최고의 기회라 여겼을 테지. 한 번 물면 절대로
놓지 않는 근성의 소유자가 바로 심영환 아닌가. 그라면 ‘손자의
결혼에 목을 매는 이신양을 꼬드겨 빠른 시일 내에 혼인을 성사시
키는 것’ 이 최선의 방책이라 결론 내리는 게 너무나도 당연했다.
　‘결혼을 누가 한다 했다고.’
　안 합니다, 안 해. 결혼 따위, 절대로 안 한다고요. 내가 왜 그딴
것에 인생을 저당 잡혀야 하나요? 왜 그딴 쓸데없는 짓에 에너지
를 낭비해야 하나요? 어차피 망쳐질 게 뻔한데. 새드 엔딩일 게 뻔
한데. 그딴 걸 왜 해서 스스로를 괴롭혀야 해요? 왜요?
　강력하게 항의해 보았으나 날아온 답은,

　“결혼이 다 새드 엔딩이라는 건 대체 누구의 생각이냐? 결혼하
면 다 불행해진다고 대체 누가 그래? 네 주위 어떤 사람이 그런 소
릴 하더냐? 원하는 상대와 각자 조건에 맞춰 합을 이루는 신성한
의식이다. 결혼은 그런 거야. 네가 원하는 상대는 이찬현이라며.
좋아한다 하지 않았어? 좋아하는 상대, 네가 가장 원하는 남자와
결혼을 하라는 것인데 왜 싫다는 거야? 뭐가 불만이야? 연애는 하
겠지만 결혼은 싫다? 거 무슨 신개념 사랑인지는 모르겠으나 내
겐 안 통한다. 남자를 만났으면 결혼을 해야지! 그동안엔 너와 어
울리지 않는 놈들이라 내가 쌍심지 켜고 반대를 했다만 이찬현은

다르지 않냐. 빠른 시일 내에 날짜 잡아. 양가 상견례하자."

상견례 날짜를 잡자는 것이었다. 기운이 쑥 빠지는 소리다. 결혼이라니. 결혼은 무덤이라고, 남자는 사기꾼이라고 철저하게 끊겠다 다짐했던 자신이 결혼을 해야 한다니. 게다가 상대가 이찬현이라니! 이게 말이나 되는 소린가?

그녀는 아직 그에 대한 감정을 확실히 정리하지 못하였다. 그날의 일로 인해 가까스로 '대충 우리는 연인 관계이다'라는 식의 교통정리는 해두었으나 아직도 그녀의 마음은 카오스 상태였다. 그에게 미친 듯이 흔들리지만 그것이 사랑인지 아닌지 아직까지 확신하지 못하고 있었다. 그런 와중에 결혼이라니. 이게 말이 되는 건가? 사랑을 확신하지도 못하는데 어떻게 결혼을 해?

"대표님, 총회 시작 30분 전입니다만."

휴대전화를 손에 꼭 쥔 채 입술을 윗니로 미친 듯이 갉아대고 있는 그녀를 향해 찬현이 말을 걸어왔다. 초조해 입이 바짝바짝 타고 있는 그녀에 반해 그는 아무 일도 없는 양 차분해 보였다. 좋은 자세다. 상사의 초조함을 미리 읽고 기분까지 고려해 행동하는 것은. 하지만 안타깝게도 그의 꽉 다물린 입술과 무심해 보이는 차분하고 진중한 눈빛을 보는 순간 그녀의 가슴은 더욱 쿵쾅거리기 시작했다.

인간적으로 너무 잘생겼잖아.

"잠깐 얘기 좀 해요, 이찬현 씨."

"시간이 별로 없습니다."

"잠깐이면 돼요."

"대표님, 지금 입장하셔야 합니다."

"따라오세요."

거역할 수 없을 만큼 단호한 명령을 내리며 그녀는 생각했다. 보고 있으면 심장이 터져 버릴 것 같은 이 반응은 사랑일까, 아닐까, 하고.

"아니라고 할 순 없을 것 같은데. 육체적으로 끌리지도 않는데 사랑할 수는 없잖아?"

빈 회의실로 그를 끌고 들어가 한차례 진한 키스를 퍼붓고 나서 그녀가 찬현에게 진지하게 한 질문은 '육체적인 끌림이 사랑이라고 말할 수 있어?'였다. 격렬하게 뜨거운 숨결을 연신 내뱉으며 잔뜩 부풀어 오른 입술과 잔뜩 흐트러진 눈빛을 한 주제에 이런 질문이라니. 신선하지 아니한가. 늘 그렇듯 이번에도 찬현은 상큼한 기분을 맛보고 있었다. 그는 슥 아랫입술을 도발적으로 핥으며 타액으로 번들거리는 그녀의 입술에 너무나도 빤한 시선을 꽂았다.

"육체적으로 끌리기만 할 뿐 믿지도, 의지하지도, 좋아하지도 않을 수는 있잖아. 그건 그 사람을 사랑하지 않는다는 거 아니야?"

"지금 그거 날 사랑하지 않는다는 말이냐?"

"해야 하니?"

"그럴걸."

"왜?"

"사랑하지도 않는 남자를 강제로 끌고 들어와 이렇게 키스하는 건 범죄니까."

"너도 원했잖아. 거절 안 했으면서."

"난 네게 약속을 했잖아. 원하면 언제든지 날 제공하기로."

"그건 사랑이 아니니?"

"그런 개인적인 질문에는 대답할 수 없다. 대가를 치른다면 또 모를까."

"사기꾼."

"기브 앤 테이크는 사기가 아니라 정당한 거래야."

"그렇게나 정당한 거래 따지시는 분이 그래, 일을 이렇게 만드니? 제이 리, 회의 시간이 코앞인데 아직까지 나타나지 않고 있어. 우릴 갖고 놀겠다는 심보야. 내가 자기 아님 살길 없다는 거 뻔히 알고서 내 숨통을 조이고 있는 거라고. 넌 대체 일을 어떻게 처리했기에 날 이 지경으로 만드니? 얼마나 만만하게 보였으면 그 사람이 지금 이 시간까지 내게 연락도 없이 코빼기도 안 비칠 수 있냐고."

"걱정돼?"

"당연하지."

눈에 쌍심지를 켜고 그녀가 거칠게 속삭였다. 제이 리만 생각하면 부글부글 속에서 열불이 터지는데, 코앞에서 유들유들 알 수 없는 미소를 지은 채 나른한 눈으로 자신을 내려다보고 있는 오만불손한 부하직원 이찬현을 보고 있으면 속에서 끓는 천불이 다른 불로 번질될 것 같았다.

정말이지 돌아버리겠다. 미쳐 버리겠다. 왜 자꾸 저 섹시한 입

술이, 팔딱거리는 숨통이, 길게 그늘져 내린 속눈썹과 새까만 눈
동자가 눈에 들어오는 것이냐. 왜 자꾸 저 입술에 이 입술을 대고
싶고, 그의 입술에 자신을 밀어 넣고 싶은 것이냔 말이다. 방금까
지 미친 여자처럼 그에게 달려들어 그렇게 했잖아. 하고 또 하고
계속 했잖아. 하고 싶은 대로 다 해버렸으면서 왜 또 이래?

심장이 쿵쾅거리고 머리엔 미열로 들끓었다. 정신이 약하게 혼
미해질 정도로 그에 대한 욕구가 커져 가고 있었다. 헉헉, 연신 뜨
겁게 달아오르는 숨을 몰아내 보았으나 증상이 나아지질 않는다.
소용없다. 오히려 조용한 실내에 감도는 숨소리는 그녀를 더욱 불
타게 할 뿐. 그녀는 쥐고 있던 찬현의 넥타이를 더욱 세차게 비틀
어 쥐었다.

"너도 알다시피 나, 믿을 사람이 제이 리밖에 없어. 그 사람 아
니면 나 죽어. 회사 사수 못해."

그래서 불안해. 너한테 이렇게 매달리는 것도 불안해서 죽을 것
같아서야.

"그래서 무서워?"

"무서워."

무서워 죽겠어. 다 잃게 될까 봐. 내가 사랑하고 아끼는 것, 사
람들, 회사, 모든 것을 무기력하게 빼앗기게 될까 봐 겁이 나 죽겠
어. 그나마 네가 옆에 있으니까 이만큼이라도 버티고 있는 거야.
네 입술은 마약 같아. 머금고 있으면 머릿속에 하얘져. 아무 생각
도 안 나. 그냥 너에 대한 욕심만 가득해져. 제이 리도, 사업 확장
도, 주주총회도 모두 부질없는 것처럼 느껴져. 그래서 좋아. 그래

서 너한테 매달리는 거야.

"지금 같아선 제이 리가 무릎 꿇고 빌라면 빌 수도 있을 것 같아. 날 길들이기 위해 이런 게임을 생각해 낸 거라면 제이 리는 성공한 거지."

"간절하구나."

"간절해. 난 지금 사면초가야. 새어머니, 의붓오빠들 모두 날 겨냥하고 있어. 전쟁터에서 아군 하나도 없이 고립된 격이지. 지금의 내겐 제이 리가 유일한 희망이야. 그 사람만이 날 살릴 수 있어."

"제이 리가 어떻게 해주길 바라?"

염세주의자처럼 나른하고 퇴폐적인 그의 눈빛이 그녀의 눈을, 그녀의 입술을 훑었다. 몸 안에서 조용히 불타고 있던 뜨거운 욕구가 그녀의 숨통을 조여왔다. 효우는 작은 입술 밖으로 거칠게 숨을 토하곤 손에 쥐고 있던 그의 넥타이를 더 세게 죄었다.

"당연히 날 도와주길 바라지. 내 프로젝트에 거액을 투자해 줬으면 좋겠어. 그가 투자한다는 사실은 내 프로젝트가 완벽하다는 증거가 될 거고, 그 증거로 인해 주주들은 날 다시 신임하게 될 거야. 그럼 새어머니와 오빠들은 날 끌어내릴 수 없게 되겠지. 그들이 끌어모은 주식도 다 부질없는 것이 될 테고. 그럼 난 하트앤소울을 지킬 수 있어."

"그거면 돼?"

"그거 이외에 뭘 더 바라겠어? 그거면 돼, 나는. 프로젝트를 제대로 이끌 자신이 있으니까 그 사람에겐 지금 이외에 더 도움을 받을 필요는 없다고 생각해. 뭐든 할 거야. 그 사람이 원하는 일이라면, 내가 그 사람의 투자를 유치할 수만 있다면 뭐든. 다 할 거야.”

“그 사람이 원하는 게 너라면?”

“나?”

“결혼 같은 거 말이야. 네가 정말 싫어하고, 절대로 할 수 없는 것.”

“그 사람이 날 원한대?”

핏 웃음을 터뜨리고 효우는 빙그레 웃음기가 묻은 입술을 움직여 깜찍하게 중얼거렸다. 농담이라 생각하는 거다. 세계를 호령하는 대금융가가 자신과의 결혼을 원할 리 없다고 여기는 것이다. 불과 3개월 전이었다면 물론 그럴 리 없다는 데에 그도 동의했을 것이다. 세계를 호령하는 대금융가 제이 리는 효우 못지않게 결혼에 대해 비관적인 남자였으니까.

하지만 조부의 말도 안 되는 억지로 인해 심효우 옆에 머물게 된 후 제이 리의 생각은 달라졌다. 지금은 자신이 언제 결혼에 대해 비관적이었나 싶을 만큼 호기심을 느끼고 있다. 결혼은 합법적으로 한 여자를 자신의 영역 안에 가둬둘 수 있다. 게다가 남의 눈치를 보거나 굳이 머리를 쓰지 않아도 마음껏, 재량껏 여자를 도울 수도 있다.

생각보다 꽤 합리적이고 편리한 제도이지 않은가?

“원할 수도 있지. 넌 관상용은 절대 될 수 없는 여자거든.”

“그게 무슨 말이야?”

“보면 볼수록 소장 욕구를 불러일으켜, 너는.”

“그거 날 갖고 싶다는 말이니?”

효우가 장난스럽게 콧잔등을 찡그리며 인상을 썼다. 사탕을 손에 쥐고 자랑하며 으쓱으쓱 빼기는 꼬마 애처럼 귀엽게 눈웃음도 친다. 불끈거리는 본능을 꾸역꾸역 누르고 있던 이성과 자제력이 춤을 추며 울렁거렸다. 아무도 없는 곳에 그녀에게 끌려 들어와 키스를 당할 때까지 참으로 오랫동안 잘 참아내고 있었건만. 야비하고 포악한 남성 본연의 본능을 끝까지 짓눌러 없애기엔 그녀의 매력이 너무나 치명적이었다.

그는 애완견 목줄인 양 ㄱ의 넥타이를 비틀어 쥐고 있는 효우의 손목을 휙 거머쥐었다. 그리고는 본성에 잠식된 깔깔한 목소리로 중얼거렸다.

"그런 개인적인 질문, 대가 없이는 답해줄 수 없다고 말했을 텐데."

가느다란 그녀의 손목을 쥐는 순간 그의 본성은 자유롭게 풀려났다. 포악하게 날뛰는 야생의 상태로. 얌전한 모범생인 양, 병약하고 여린 연하남인 양, 젠틀하고 다정한 남자인 양 탈을 쓰고 행세하던 이찬현이 날것의 본래 모습을 찾은 것이다.

효우의 커다란 눈이 신기한 생명체를 보는 듯 휘둥그레 떠졌다. 거칠게 벽에 밀어붙여져도, 그의 앞에 무방비 상태로 펼쳐져도, 손발을 쓸 수 없게 된 채로 키스당하면서도 그녀는 무서워하지 않았다. 그의 입에서 터지는 신음 소리를 듣는 것이 즐거워 오히려 키득키득 웃고 있었다. 그리고 다 끝났을 땐 이렇게 속삭였다.

"답은 필요 없어. 이미 알아버렸으니까."

확실히 심효우는 소장용이다.

＊

　“대표님, 어디 갔다 이제 오세요? 지금 바로 입장하셔야 합니다. 시간이 다 되었어요.”

　빈 회의실을 나와 주총이 열리는 대회의실로 되돌아오자마자 비서인 양하은이 다급한 얼굴로 효우를 채근했다. 참석을 위해 도착한 주주들이 속속 대회의실로 입장하고 있는 중에 대표이사가 자취를 감춰 버렸으니 비서로서 당황하고 놀라지 않을 수 없었던 것이다. 효우는 긴장감을 숨기며 단아하게 차려입은 재킷을 손으로 단정하게 매만졌다. 천천히 미소를 짓는 그녀의 머릿속엔 방금 전 뜨거웠던 순간들이 휙휙 지나갔다.

　“먼저 나가.”

　“그러려고. 같이 나가면 사람들이 눈치채잖아.”

　“떨려?”

　“떨려. 그것도 아주 많이. 제이 리가 끝까지 안 나타나면 어떻게 하지?”

　“걱정하지 마. 나타날 거야.”

　“나타나면 그게 바로 내 프로젝트에 투자하겠다는 말이겠지?”

　“널 재신임하겠다는 뜻이기도 하겠지.”

　“제이 리가 그렇게 해줄까?”

　“그 사람은 널 믿을 거야. 네 신념, 네 열정, 네 능력 다.”

"그랬으면 좋겠네, 정말로."

"그럴 거야, 정말로. 꼭. 나만 믿어."

키스도 달콤하고 짜릿했지만 그것보다도 더 그녀를 감동시킨 것은 그의 따뜻한 손길이었다. '나만 믿어'라며 커다랗고 따스한 손으로 그녀의 손을 꼭 잡아주었을 때, 그의 단단함에 둘러싸인 손끝으로 다정함과 애정이 전달되었을 때, 보드라운 입술이 한껏 달아올라 부끄러운 그녀의 볼에 외 닿았을 때 그 순긴 그녀는 형언할 수 없는 희열을 느꼈다.

사랑받고 있다. 보호받고 있다. 신뢰받고 있다.

어머니를 병마에 잃고, 아버지를 일중독에 잃고, 두 어린 동생을 새어머니의 횡포 속에서 지키기 위해서는 필히 강해져야 했던 그녀가 늘 갈구하던 것이다. 사랑, 믿음, 울타리. 어쩌면 그녀가 가장 원하는 것은 사랑하는 사람과의 결혼이었을지도 모른다. 완벽한 사랑과 믿음으로 만들어진 울타리에 스스로 갇히고 싶었던 건지도 모른다. 그녀가 남자 때문에 늘 아프고 힘들었던 것은 상대나 자신이 진정으로 믿고 사랑하는 사람이 아니었기 때문이다. 최적임자를 만나지 못했기 때문에 늘 힘들고 아팠던 것이다.

그라면, 이찬현이라면……

그 사람과 함께라면 결혼도 꼭 나쁘지만은 않을지도 모르겠다.

효우는 빙긋 입술을 끌어 올리며 아직 그의 온기가 남아 있는 두 손을 꼭 쥐었다. 그리고 직게 숨을 내쉬고 들이쉬며 불안한 호흡을 가다듬었다. 이제부턴 진짜 전쟁, 승리가 아니면 처절한 패배뿐인.

전쟁터로 출발.

"갑시다."

"그놈이 오늘은 안 보이는구나."

활짝 열린 전쟁터 한복판. 차갑고 냉정하기 짝이 없는 '강철 심장' 의 모습으로 등장한 심효우를 가장 먼저 발견한 적은 김상구였다. 잔뜩 빈정거리는 투로 슬쩍 효우의 옆과 뒤를 훑는 그의 눈빛은 거의 하이에나 급이었다. 어쩐지 바들바들 안절부절못하며 서 있는 양 비서를 비릿한 시선으로 흘기고는 상구는 두 손을 바지 호주머니에 푹 찔러 넣은 불량한 자세로 효우를 야려보았다.

"얘기가 잘 안 된 거냐? 왜, 그놈이 너랑 결혼은 안 하겠대?"

"……."

"자는 건 예스, 결혼은 노?"

"아랫사람 있는 자리입니다. 자중하시죠."

"아랫사람한테 이런 얘기 퍼지는 건 부끄러운 모양이지?"

"오라버니께도 체면이란 게 있을 거 아닙니까? 주주들 다 모여 있는 자리에서 집안 대소사 까발리는 거, 오라버니 체면도 깎이는 일입니다."

"난 상관없다. 들어보니 그놈, 아주 만만한 놈은 아니던데, 뭘. 핫! 네가 고려호텔 손자를 물었을 줄이야 어디 상상이나 할 수 있었겠냐. 얘기 듣고 놀라서 기절할 뻔했다. 너, 우리 뒤통수 제대로 쳤어. 사랑, 사랑, 입으론 그놈의 사랑 타령 지겹게도 하더니 결국 손에 넣은 건 최대 돈줄 대어잖냐. 좋아, 아주 좋아. 머리가 비상해. 네가 잘난 계집애인 줄은 예전부터 알았지만 이 정도일 줄은 솔직히 나도 몰랐다. 그래, 그놈이 네 계획대로 결혼하자 하더냐?"

"제 결혼 문제에 오라버니께서 이토록 관심 가져 주실 줄은 몰랐습니다. 고맙습니다만, 제 결혼은 제가 알아서 할 겁니다. 관심 꺼주세요."

"근데 말이야, 사람 너무 믿지 마라."

무슨 말을 하려고 저리 뜸을 들이는 걸까. 효우는 건들건들 불쾌한 태도로 마음에도 없는 칭찬을 늘어놓고 있는 상구를 예리하게 훑었다. 분명히 뭔가 속셈이 있다. 그러지 않고서야 저렇게 여유로울 수가 없다. 어깨가 과도하게 올라가 있고 입술은 히죽히죽 즐거움이 역력한 것으로 보아 회심의 한 방을 준비하고 있는 게 틀림없었다.

"넌 늘 그랬어. 의심이 없어서 항상 낚였지. 속고 또 속아도 그 다음에 다시 또 속았지. 사랑한다는 말 한마디에 홀딱 넘어가 네 마음을 다 주었어. 난 그게 항상 신기하더라고."

"그게…… 무슨 말이죠?"

"신기해서 계속 해보았지. 어디까지 속나 싶어서. 근데 한도 끝도 없이 속더라고. 네다섯 번째쯤 되니까 그냥 포기하게 되더라. 너무 잘 낚여서 재미가 없더란 말이지."

"그러니까 그 남자들이 모두 오라버니의 사주를 받아 내게 접근했단 말입니까?"

"다는 아니야. 난 처음 몇 번만 재미 삼아 하고 끝냈어. 그 이후 네가 골라온 허섭스레기들은 내가 사주한 놈들이 아니다. 모두 네가 그냥 속은 거지. 멍청하게."

"……."

피가 싸하게 식는 것을 느끼며 효우는 꾹 입술을 다물었다. 승진을 노렸다는 백화점 직원도, 동아리 선배도, 고학생 흉내 내던 불량배도 모두 상구의 계략이었다니. 순진한 그녀를 농락하고 순수한 마음을 짓밟았던 그들이 실은 상구의 사주를 받아 자신에게 접근한 거였다니. 기가 막히고 코가 막히는데, 그에게 속아서 화나고 분해 머리가 터져 버릴 것 같은데, 그때의 그 서럽던 기억들이 한꺼번에 다 떠올라 눈물이 터질 것만 같은데, 근데 왜 다행이란 생각이 드는 걸까.

마음은 더 편안해진다. 가슴속을 꽉 막고 있던 그 무언가가 쑥 내려가 버린 기분이다. 내 잘못이 아니구나. 내가 못나서 배신당했던 게 아니구나. 내가 무매력이어서 남자들 눈에 돈으로만 보였던 게 아니었구나. 아니었어. 아니었던 거야. 난 그냥 속았을 뿐이야.

"사람을 너무 쉽게 믿으면 그렇게 아픔을 겪는 거다."

"그렇군요. 고마워요, 오라버니. 덕분에 세상에 대해 조금은 알게 되었어요. 그래서 저에게 아주 딱 맞는 사람을 골라잡을 수 있었고요. 돈 있고 백 있고 능력도 있는 고려호텔의 손자."

흔들림 없는 얼굴로 여느 때와 똑같이 똑똑한 목소리로 효우는 대답했다. 자신만만한 눈빛으로 미소까지 띤 그 자그마한 얼굴을 보고 있자니 상구의 속에서는 알 수 없는 분노가 치밀었다. 열등 감이다. 심효우 앞에만 서면 치솟는 열등감.

아무리 발버둥 치며 노력해도 절대로 따라갈 수 없는 친자의 자리. 그 자리에서 늘 여유 만만하게 자신을 비웃으며 서 있는 심효우가 너무나도 미웠다. 깔아뭉개려 해도 뭉개지지 않는 도도한 심효우가 너무나도 싫었다. 어디서든 꿀리지 않는 자신이 심효우 앞에서만큼은 한없이 작아지고 약해져 그게 너무나 화딱지 났다. 얼굴도 모르는 자신의 아버지가 그리워 친아비지의 과도힌 애정괴 신뢰를 듬뿍 받는 효우가 죽을 만큼 싫었다.

그래서 괴롭혀 주었다. 효우가 울고 상처받고 괴로워하며 망가지는 꼴을 보기 위해 자신이 할 수 있는 가장 잔인한 방법으로 괴롭혔다. 사랑하는 동생들을 구박하고, 사랑을 믿는 순진한 마음을 망가뜨려 주고, 아버지를 증오하도록 만들었다. 다행히 아버지와 효우는 시답잖은 오해로 사이가 멀어졌고, 골이 깊어져 결국엔 분가로 이어졌다.

그걸로 끝인 줄 알았다. 아버지의 애정도 후계자 자리도 모두 자신의 것이 될 줄 알았다. 자신이 아버지의 곁을 지키고 있으니 당연히 그의 신뢰 또한 모두 독차지할 수 있을 줄 알았다. 하지만 아니었다. 안타깝게도 아버지는 효우를 아직 많이 사랑한다. 그녀를 아주 많이 의지하고 믿었다.

"아무나 네게 웃어주고 잘해주면 다 네 편 같지? 앞에선 웃고 뒤에선 무슨 짓을 할시 모르는 세 사람인네."

"세상 모든 사람이 다 오라버니 같진 않아요."

심효우는 더 괴로워야 해. 아직도 많은 걸 갖고 있기 때문이지. 자신을 사랑해 주는 아버지와 두 동생, 갖은 회유와 유혹에도 넘어오지 않는 굳건한 부하직원, 잘나신 남자친구까지 다 가지고 있었다. 아직은 부족해. 심효우는 더 쓴맛을 맛보아야 한다. 아끼고 믿었던 사람으로부터의 배신, 그로 인해 받은 충격과 아픔.

더, 더 겪어보고 힘들어야 마땅하다, 심효우는.

"여전히 네 사람들은 네 편이라 믿는 거냐? 그런 일을 당하고도?"

"김 이사님 얘기하시는 거라면 이제 그분 그만 괴롭히세요. 오라버니가 어떻게 접근시켜도 소용없으니까요."

"자르기라도 할 셈이냐? 그게 그리 쉬운 일은 아닐 텐데. 그 양반, 나이 들어 예전만 못하긴 해도 여전히 화장품 업계에선 독보적인 존재지. 하트앤소울의 중심축이고 샤이닝 론칭의 주역이기도 하고. 상징적인 의미가 굉장한 양반이라 잘라내면 타격이 적진 않을 거다."

"알아요. 저도 그분, 그렇게까지 내치진 않을 겁니다. 말씀하신 대로 그분은 존재 자체만으로도 충분한 영향력을 가지고 계시니 굳이 애써 떨궈낼 이유가 없죠. 다만 이 이후의 중요한 프로젝트에서는 제외될 겁니다. 그분은 더 이상 우리 하트앤소울의 중역이 아니에요. 그러니 오라버니도 그분을 더 이상 괴롭히지 마세요. 그분, 가족에게 내쳐졌지만 아직도 가족을 아주 많이 사랑하십니다."

"그 양반이 내게 협박받아 어쩔 수 없이 스파이 노릇을 했다 생각하는구나."

"아니라곤 말 못할 텐데요."

"너다운 멍청한 결론이다. 그 양반을 아직도 스파이라고 생각하고 있다니, 쯧쯧."

"그게 무슨 말이에요?"

"스파이는 네 가까운 곳에 있다. 지금 바로 이 순간에도 우리의 스파이 짓을 하고 있지. 너와 가장 가까운 곳에서."

입술을 움직여 끽 하고 기분 나쁜 소리를 내더니 상구가 느끼한 미소를 흘린다. 나쁜 짓을 벌일 때마다 늘 하던 바로 그 짓이다. 불길한 기운을 느끼며 효우는 미간을 찌푸렸다. 상구는 이미 휙 뒤를 돌아 제자리를 찾아가는데 효우는 움직일 수가 없었다. 가슴이 빠르게 뛰었다. 너무나 빠르게 뛰어 정신이 하나도 없을 지경이다. 이 불길함은 대체 뭐지?

"대, 대표님, 어, 어서 자리에……."

양다은 비서도 놀랐는지 말까지 더듬으며 제자리에 앉도록 권했다. 대충 아무렇게나 대답하고 효우는 또각또각 흔들림 없는 발걸음으로 자리를 찾아갔다.

장내는 긴장감이 넘치면서도 고요했다. 보이지 않는 압력과 눈치가 난무하여 결코 편안하다 할 수 없는 분위기. 조용히 착석하고 가지고 있던 파일을 펼쳤다. 눈에 아무것도 들어오지 않았지만 지금은 뭐라도 붙들고 있어야 마음이 편할 것 같았다.

파일을 뒤적거리며 얼마나 시간을 보냈을까. 짧지만 길게 느껴지는 몇 초간이 지나고 효우는 자꾸만 바짝바짝 타는 입술을 핥으며 재빨리 시간을 확인했다. 아직도 1~2분 정도는 여유가 있는 시각. 고개를 들어 입구를 확인해 보았으나 여전히 제이 리의 모습은 보이지 않았다. 효우는 입술을 지그시 깨물며 휴대전화를 꺼내 들어 찬현에게 전화를 걸었다. 밖에서 제이 리를 기다리는 모양인데 그냥 포기하고 혼자라도 입장하라는 뜻을 전하기 위함이었다.

제이 리가 도움을 주지 않는다면 어떻게든 자신 혼자서라도 해나아가야 한다. 그리고 그러기 위해선 찬현이 필요했다. 그의 손에서 전해지는 온기와 다정하면서도 단단한 말 한마디가 지금 효우에겐 절실했다.

하지만 바로 그때, 귓속으로 막 따르릉 발신음이 들리기 시작한 바로 그 순간, 장내가 갑자기 눈에 띄게 술렁거리기 시작했다.

"뭐, 뭐라고요? 지금 누가 오고 있다고요?"

"제이 리라니? 한 번도 참석한 적 없는 사람이 여길 어떻게?"

"그, 글쎄 말입니다! 하트앤소울에 지분을 갖고 있단 말은 들었어도 실제로 주총에 나타난 적은 한 번도 없는데, 이, 이런 날이 올 줄이야. 믿어지지가 않습니다그려."

"그러게요. 저도 지금 꿈인지 생신지 모르겠습니다."

"오늘 주총이 아주 흥미로워지겠습니다."

"대체 어떻게 생겨먹은 사람이랍니까? 제이 리, 이름만 들었지 어떤 사람인지는 알려진 게 없어서 아주 궁금해 죽겠습니다."

"여기 안 궁금한 사람이 어디 있겠습니까? 제이 리는 지난 10년간 단 한 번도 공개적인 곳에 모습을 드러낸 적이 없는 사람인걸."

그녀의 귀에 딱 붙어 있던 전화기가 스르르 아래로 흘러내렸다. 제이 리가 회장 안으로 들어오고 있었다. 그가, 제이 리가. 그가 등장했다는 것은 그녀의 프로젝트에 손을 들어주었다는 뜻. 오늘 그녀가 주주들을 상대로 발표할 대형 프로젝트에 큰 힘을 실어줄 것이 분명하다. 효우는 서둘러 발신 중이던 전화 통화를 종료하고 자리에서 벌떡 일어났다.

회장 입구에는 이미 많은 사람들이 자리를 잡고 제이 리의 등장을 지켜보고 있었다. 지금껏 전여 일러지지 않는 제이 리의 실체를 모두 다 궁금해하고 있는 것이다. 효우는 미친 듯이 뛰기 시작하는 가슴을 진정시키며 천천히 움직였다. 큰 결심을 해준 제이 리에게 고마움을 표하기도 해야 했지만, 그것만큼이나 세계 경제를 쥐락펴락하는 그 대단한 금융인 제이 리에 대한 호기심도 컸다. 이렇게 공식 석상에 나타난 것이 재계에 혜성처럼 등장한 이후 거의 처음이질 않은가.

"실례합니다. 비켜주십시오. 미스터 제이 리께서 들어가실 수 있도록 자리를 터주십시오. 실례하겠습니다."

겹겹으로 둘러싸여 있는 인파는 쉴 새 없이 플래시를 터뜨리며 천천히 한꺼번에 뒷걸음질을 치고 있었다. 그리고 안쪽에선 귀에 익은 목소리 하나가 쉬지 않고 얘기를 하고 있었다. 로이 한, 제이 리의 비서였다.

심장이 더욱 크게 뛰었다. 효우는 연신 긴 호흡을 토해내며 심장을 조여오는 긴장감을 떨치려 노력했다. 또각또각. 속은 사시나무 떨듯 떨고 있음에도, 겉은 아무렇지도 않은 듯 차분하기 이를

데 없는 모습으로 그녀는 제이 리의 일행이 있는 곳을 목표로 천천히 걸었다.

"대체 무슨 일을 꾸미고 있는 거니?"

어디에선가 강영란의 음성이 날아왔다. 걷던 걸음을 멈추고 효우는 희미하게 입꼬리를 끌어 올려 그녀를 비웃어주었다. 강영란의 표정을 확인해 볼 필요도 없이 그녀가 심히 당혹스러워하고 있음은 그 음성으로 이미 파악되고 있었다. 그녀는 효우가 제이 리를 끌어들이는 데에 성공할 거라곤 상상도 하지 못한 것이다. 천하의 제이 리가 효우의 편에 설 거라고는 효우 자신도 확신하지 못했던 일이다. 강영란이 놀라는 것은 당연한 일이다.

"이게 다 무슨 쇼야?"

"어머니께서 제게 경고하셨잖아요. 그 경고를 듣고도 제가 가만히 있을 거라 생각하셨어요?"

강영란이 재차 다그쳐 오자 효우는 도도하게 고개를 꺾어 그녀를 마주 보았다. 강영란은 예상했던 것보다 훨씬 더 흔들리고 있는 모습으로 효우 앞에 서 있었다. 새빨간 립스틱이 정성스럽게 발려진 그녀의 입술이 바들바들 떨리는 것을 효우는 무심히 지켜보았다.

"이게 정말로 네가 혼자 준비한 반격이란 말이냐? 정말로 제이 리를 포섭하는 데 성공했다고? 네가?"

"어머니께서 절 치기 위해 준비한 어마어마한 양의 주식에 비하면 보잘것없습니다. 반격이라기보단 방어겠죠."

"네 마음대로는 안 될 게다. 제이 리가 그리 쉽게 널 도울 리 없어. 그 사람은 결코 호락호락한 사람이 아니야. 분명히 또 다른 꼼수가 있을 게다. 네가 어려울 때 도움을 주고 널 자기 손에 넣은 후 마음대로 조종할 속셈인 것이 분명해. 그렇게 이 하트앤소울을 꿀꺽할 속셈인 거지. 절체절명의 순간에 제이 리는 네 목에 칼을 들이밀 게 뻔하다.”

“…….”

“그 사람과 손을 잡으면 넌 분명 후회하게 될 거다. 제이 리는 나나 네 오라비와는 차원이 달라. 그야말로 최고의 고수린 말이야. 그런 사람이 널 그냥 돕겠다고 나섰을 것 같니? 원하는 것 없이 네 말대로 순순히 따를 것 같냔 말이야. 잘 생각해 봐라. 우리 판에 제이 리를 끌어들이는 것은 너나 나, 모두에게 도움이 안 돼.”

“절 걱정해 주시는 건가요? 아니면 당신 자신을 걱정하고 있는 건가요?”

“나는……!”

강영란의 다음 말은 들어보나마나였다. 그녀의 초조함이 무엇에 기인하느냐는 것은 그녀가 지금껏 무엇을 위해 움직였느냐는 것만큼이나 확실하고 분명했다. 그녀의 눈동자에 충만히 떠올라 지배하고 있는 두려움은 본능적인 것이었다. 직감적으로 그녀는 자신의 패배를 예감하고 있는 것이다. 승리는 효우의 코앞까지 다가와 있었다.

“장내에 계신 주식회사 하트앤소울 주주 여러분께 알려드립니다. 지금 막 주식회사 하트앤소울의 주주이신 Jay&Clare 코퍼레이션의 제이 리 회장님께서 입장하셨습니다.”

연단에 서 있는 사회자가 마이크를 통해 제이 리를 소개했다. 소개를 듣자마자 장내에 있던 주주들이 우르르 자리에서 일어났다. 하나같이 그들의 눈은 세계 경제를 좌지우지하고 있는 자랑스러운 한국인 대금융가에 대한 존경과 호기심을 담고 있었다. 하나 둘 박수가 터지고, 간헐적이었던 박수 소리는 점점 더 커져 우레와 같은 갈채로 이어졌다. 효우 또한 제자리에서 박수를 보냈다.

감동적인 그의 등장. 메시아가 나타난 것만큼이나 감격적인 그 순간, 사람들에게 둘러싸여 회장 안으로 걸어 들어오는 제이 리의 얼굴을 효우는 똑똑히 볼 수 있었다.

"아니, 저 사람은……."

옆에 서 있던 강영란이 중얼거렸다, 반쯤 혼이 나간 사람처럼 멍한 얼굴로. 믿을 수 없는 광경에 품위 없이 입까지 쩍 벌린 채였다. 강영란은 이게 어떻게 된 일이냐고 버럭 소리를 지르며 휙 고개를 꺾어 효우를 돌아보았다. 이것이 모두 효우가 지어낸 시나리오라 여긴 듯 그녀는 효우를 죽일 듯이 노려보기 시작했다. 하지만 곧 효우의 표정을 확인했고, 영란은 또다시 의문에 휩싸일 수밖에 없었다.

효우는 어마어마한 충격을 받은 양 백지장처럼 하얀 얼굴을 하고 간신히 버티고 있었다.

자발적인 연애

　누군가에겐 짧게, 다른 누군가에겐 길게 느껴졌을 대략 한 시간 후. 상정된 안건이 모두 처리되었음을 사회자가 선언하자 오늘 주총의 핵심이었던 제이 리는 빠르게 자리를 떴다. 아마도 그의 주총 참석 소식을 듣고 구름떼처럼 몰려와 밖에서 진을 치고 기다리는 기자들과 카메라의 눈을 피해 뒷문으로 빠져나가기 위함일 것이다. 이것은 이미 효우 측에서 예상하고 찬현을 통해 미리 준비해 놓았던 일. 자신이 이용할 차량과 보디가드 인력을 자신의 손으로 직접 준비했을 찬현을 떠올리며 효우는 허탈한 웃음을 흘렸다.

　그가 제이 리였다니. 이찬현이, 지난 3개월 동안 자신의 밑에서 수족처럼 모든 일을 처리해 온 이찬현이 세계적인 투자 금융계의 마이더스 제이 리였다니.

　상상도 못했던 일이다. 어떻게 이런 일이 있을 수 있단 말인가.

이찬현은 열네 살의 나이에 치료차 미국으로 간 이후 연락이 끊긴 자신의 친구다. 그뿐인가. 대한민국 호텔업계 1인자라는 이신양 회장님의 손자이자 고려호텔을 물려받을 후계자이다. 그런 그가 어떻게 제이 리가 될 수 있단 말인가. 제이 리가 어떻게 미국 생활을 접고 한국으로 들어와 효우의 회사인 하트앤소울에 낙하산 입사를 할 수 있단 말인가. 어떻게 그가 효우의 밑에서 3개월짜리 수습사원의 일을 하는 웃기지도 않는 일이 벌어질 수 있단 말인가. 믿을 수가 없다. 믿어지지가 않는다.

물론 찬현은 완벽한 실무 처리 능력을 가졌고, 아무도 해내지 못했던 이런저런 일들을 해결하기도 했다. 솔직히 효우도 그의 능력에 감탄한 적이 많았다. 특히 제이 리의 지면 인터뷰를 제공하고 광고 지면 문제를 시원하게 해결해 주었을 때는 정말이지 껴안고 뽀뽀라도 해주고 싶은 심정이었다. 그때는 그게 찬현에게 얼마만큼 쉬운 일인지 몰랐으니 더더욱 고마웠다. 왜 그때 의심하지 않았을까. 그가 아무도 모르는 제이 리의 실체를 알고 있다는 사실을 왜 이상하다 생각하지 않았던 걸까. 심지어 Jay&Clare 코퍼레이션에서 일한다는 말을 듣고도 효우는 대수롭지 않게 넘겼다.

'멍청이.'

완벽하게 속아 넘어갔다, 그녀는. 정말이지, 이보다 더 확실하게 속을 수는 없을 것이다. 지금 이 순간 승리는 그녀의 것이었으나 패배한 것처럼 쓰라린 심정인 것은 바로 그 때문일 것이다. 그녀는 이찬현의 모든 게 가짜였음을 알아버렸다.

"역시 네 승리로 끝이 났구나."

하나둘 자리를 뜨는 회장 안에 덩그러니 홀로 자리를 지키고 있는 그녀 앞으로 그림자 셋이 드리워졌다. 지긋지긋한 강영란과 그 아들들이다. 짜증이 있는 대로 솟구치는 것을 느끼며 효우는 손마디가 부서져라 꽉 주먹을 틀어쥐었다.

"정해진 수순 아닌가요?"

"그렇지. 네가 우리의 싸움에 제이 리를 끌어들이면서부터 네 승리는 예정되어 있었지. 이걸 얻기 위해 네가 그토록 애를 썼던 게 아니니? 신선했다. 내가 상상도 못했던 방법으로 넌 날 막아냈어. 대단해. 놀라운 반전, 그걸 이끌어낸 너. 둘 다 훌륭했음을 인정하마."

"……."

"헛! 남자라니. 남자를 이용해 날 칠 생각을 했다니. 남자에 데고 질려서 남자라면 치를 떨며 거부하던 네가 남자의 품에 안기고 그 남자의 힘까지 빌릴 생각을 했다니. 내 눈으로 똑똑히 목격했는데도 믿을 수가 없다. 놀라워. 물론 그만큼 절실했던 거겠지만. 그래, 그렇게나 내게 지기 싫었던 거니? 모든 걸 다 가진 네가 그중 하나 빼앗겠다는 날 그렇게까지 해서 이기고 싶었어?"

"애초부터 당신 것이 아니었어요. 주인 있는 물건을 욕심내는 건 잘못된 일이죠."

"처음부터 주인이 정해져 있는 건 아무것도 없어. 뭐든 먼저 손에 넣는 사람이 임자인 거지."

"언제든지 다시 빼앗기 위해 전쟁할 생각이 있다는 뜻인가요?"

"물론이다. 이대로 물러실 내가 아니지. 네겐 아직도 12퍼센트의 지분이 있어. 우리를 지지하는 주주들의 주식까지 합하면 15퍼센트에 육박하지. 이 정도라면 얼마든지, 언제든지 다시 널 공격할 수 있다. 너도 잘 알겠지만 말이야.”

“아버지께서 모든 걸 아시기 전에 그만 몸 사리는 게 좋을 텐데요.”

“네 아버지가 알게 되는 일이 있겠니. 하트앤소울에 애정이라곤 눈곱만큼도 없는 양반이신데. 얼른 주가가 예전만큼 회복해 투자금을 뽑아낼 수 있기만을 바라고 계시는 양반께서 주총에서 무슨 일이 있었는지 귀 기울일 일 없지. 네가 오늘 준비한 쇼라면 또 모르겠다. 적어도 한 달 정도는 언론에서 시끄럽게 떠들어댈 테니 그건 좀 관심을 가질지도. 뭐, 그래 봤자 사윗감 하난 잘 얻었다며 좋아하시는 정도겠지만.”

“제가 일러바칠 거라곤 생각 못하시네요.”

“그럴 리가 없으니까. 넌 원래 이런 일 아버지께 시시콜콜 알리지 않는 아이잖니. 어찌나 독한지 매번 억울하게 당하면서도 아버지한텐 입도 벙긋하지 않아서 내가 아주 학을 뗐지.”

“……”

“많이 기꺼워해. 마음껏 승리를 자축해. 네가 가진 그 모든 것, 조만간 다시 내가 빼앗아올 거니까 그때까진 마음껏 즐겨둬.”

악의적으로 입술을 비틀며 강영란이 저주의 말을 뇌까렸다. 그리곤 휙 뒤돌아 나가기 시작하자 그녀의 뒤에 서서 효우를 노려보고 있던 두 형제가 기다렸다는 듯이 비웃음을 날렸다.

“천하의 제이 리를 꾀일 생각을 하다니, 놀랍다, 놀라워.”

“보기보단 능력도 있나 봐. 이렇듯 단번에 대어를 낚은 걸 보면.”

"제이 리를 '사랑' 하셨나 보지. 사랑에 아주 목을 매시는 공주님 아니신가."

"진정한 사랑은 역시 제이 리이시겠지. 사랑이 인생의 목표인 양 구시더니 결국 선택한 건 제이 리. 허허, 아주 우습지도 않아. 천박하고 속물 같은 것!"

쥐고 있던 주먹이 부르르 떨려왔다. 아름답고 단정하게 다듬어진 손톱이 손바닥을 파고들어 왔다. 그녀의 심장에도 날카롭고 흉포한 가시가 푹푹 쑤셔온다. 죽을 만큼 이픈 통증이 느껴지는 듯해 효우는 질끈 어금니를 사리물었다.

이딴 말, 다 헛소리라 치부하면 그만. 내가 진심이면 그만.

그녀는 진정한 사랑을 핑계 삼아 남자를 유혹하는 짓 따위 하지 않았다. 적어도 그에게는 진심이었다. 17년 전 처음 만났을 때부터 그녀는 그가 좋았다. 정말로 친구가 되고 싶었고, 아픈 그를 지켜주고 싶었다. 그가 미국으로 떠난 이후 연락이 끊겼지만 단 한 순간도 그를 잊어버린 적 없으며, 그가 다시 완벽한 남자로 자신의 앞에 나타났을 때에도 표현은 하지 않았지만 무척 반가웠다.

'그래, 이찬현은 완벽했어.'

어쩌면 그에게 흔들린 것은 예상된 수순이었는지도 모른다. 친절하고 사려 깊으며 다정하고 부드러운 남자. 거기에 잘생긴 외모까지 더해져 그는 모든 여자의 로망일 수밖에 없었다. 그런 사람에게 마음을 빼앗기지 않을 여자가 세상에 과연 몇이나 될까. 그가 제이 리이든 아니든 상관없이 그녀는 그를 마음에 둘 수밖에 없었다. 그의 완벽에 가까운 남성성이 메말랐던 그녀의 연애 감정에 다시 불을 놓은 것이다.

볼 때마다 설레는 감정이 커졌다. 처음엔 그저 너무나 잘 어울리는 새하얀 와이셔츠와 넥타이 차림에 혹했을 뿐이지만, 다음날은 소매 걷힌 팔뚝에 마음이 흔들렸다. 그 다음날은 남성적인 아름다움이 물씬 묻어나는 손가락과 손등에 꽂혔다면, 그 다음다음날엔 그 손가락이 훑어 올리는 머릿결에 싱숭생숭해졌다. 그가 건네는 예의 바르고 다감한 말에 숨 막히고, 깊고 감동적인 울림을 가진 목소리에 긴장하고, 나른하게 움직일 때의 새까만 눈동자에 다리 힘이 풀리기도 하였다.

그렇게 그에게 서서히 이끌렸고, 그에게 빠졌다. 굳이 따지자면 그녀가 그를 유혹한 게 아니라 그에게 유혹당한 거란 말이다.

무엇보다 그녀가 가졌던 감정은 모두 진짜였다. 만들어낸 가짜가 아니라 마음으로부터 자동 생성된 진심. 그러니 그녀가 의붓오빠들에게 이런 식으로 폄하당할 이유는 절대로 없었다.

"맞아요."

완벽하게 통제된 효우의 목소리가 얼음장처럼 차갑게 허공을 갈랐다. 그러자 막 뒤돌아 어머니를 따르려던 두 형제가 우뚝 걸음을 멈추고 효우를 돌아본다. 효우는 천천히 자리에서 일어났다. 흔들림이라곤 단 한 톨도 드러내지 않는 차가운 얼굴로 효우는 상구와 형구를 차례로 번갈아 보았다.

"내가 제이 리를 유혹했어요. 그 사람이 가진 힘과 재력이 이 싸움을 내 것으로 만들어줄 거라 확신했거든요."

흔들림 하나 느껴지지 않는 강인한 어조. 똑똑 부러지는 말투.

그녀는 어디서든 꿀리지 않는 특유의 자신만만한 태도와 목소리로 당당하게 말하고 있었다.

예상치 못한 도도함에 상구는 눈살을 찌푸리며 형구를 돌아보았다. 그냥 효우에게 모멸감을 던져 주기 위해 대충 건드려 본 것인데 진짜 그녀가 제이 리를 작정하고 유혹했다니 믿어지지 않은 것이다. 형구 역시 그녀의 말에 놀랐는지 입꼬리를 아래로 꺾으며 상구를 마주 보았다. 의구심에 둘러싸여 어리둥절해 있는 두 형제를 향해 빙긋 웃으며 효우는 크고 아름답게 치켜 올라간 고양이 눈매를 고혹적으로 내리뜨고 속살거렸다.

"아시다시피 하트앤소울이 업계 꼴찌를 벗어나게 된 것은 겨우 작년부터였잖아요. 매출이 큰 폭으로 상승하긴 했지만 아직 적자를 면치 못하는 것이 현실이죠. 그런 회사에 어떤 눈먼 투자자가 몇백억 대의 투자금을 대가 없이 지원하겠어요? 돈이 썩어 나갈 정도로 많은 사람 아니고서야 그럴 리는 없죠. 해서 제이 리를 유혹했어요. 그 사람이야말로 돈이 썩어 나갈 정도로 많은 사람 아니겠어요? 몇백억 정도는 껌값이니 투자를 망설일 이유도 없을 거라 생각했죠."

"네가 정말로?"

"유혹, 그거 꽤 재미나더라고요. 어렵지 않았어요. 일이 잘 풀리려고 그랬던지 그 사람은 날 아주 마음에 들어 했어요. 내가 그 사람 취향이라고 하더군요."

"정말 작정하고 유혹한 거었냐?"

뜨악한 얼굴로 상구가 물어왔다. 어떻게 그런 일을 벌일 수가 있냐는 듯, 다른 사람은 몰라도 효우는 그런 일 못할 거라 생각했다는 듯. 묘하게 통쾌하단 생각을 하며 효우는 색기가 철철 흘러넘치는 미소로 답했다.

"제이 리는 사랑하는 날 위해 허술하기 짝이 없는 내 프로젝트에 어마어마한 자금을 투자하기로 결정했어요. 프로젝트가 실패해 투자금을 모두 날린다 해도 아깝지 않다면서요. 사랑하는 여자를 위해서라면 그 정도는 충분히 감수할 수 있다는 거죠."

"제, 제이 리가? 그 세계적인 금융가가 그, 그런 말도 안 되는 소릴 했단 말이야?"

"그뿐만 아니라, 그 사람은 내가 하트앤소울의 대표이사 자리도 계속해서 맡아주었으면 해요. 아마 지금도, 앞으로도 쭉 그 사람은 날 신임할 거예요. 오라버니도 이미 알고 있겠지만, 그 사람이 가진 주식이라면 충분히 날 대표이사로 굳건히 만들어줄 수 있잖아요? 그의 주식이야 단 4퍼센트에 불과하지만 아버지와 내가 가진 14퍼센트에 더하면 오라버니들이 긁어모은 15퍼센트의 주식을 훨씬 상회하게 되니까요."

"그 모든 걸 다 계산해서 제이 리를 꾀었단 말이냐? 네가?"

반쯤 혼이 나간 얼굴로 형구가 중얼거렸다. 짜릿함이 밀려와 효우의 어깨는 저절로 스르르 펴졌다. 허리를 쭉 세우고, 턱을 치켜올리며 그녀는 더할 나위 없이 아름다운 미소로 화답했다.

"오라버니들은 늘 해오던 일 아닌가요? 저라고 못할 것 없죠."

"제이 리는 세계적인 금융가야. 투자에 있어서는 정확한 잣대로 상대방을 평가해 거르고 걸러 가장 안전한 투자처를 선별하는 것으로 유명하다고. 그런 사람이 단지 여자 때문에 그런 결정을 했다는 게 말이 된다고 생각하냐? 어디서 그런 씨알도 안 먹히는 허풍을! 거짓말하지 마!"

"그 사람이 절 아주 많이 사랑하거든요."

"뭐?"

"제게 빠져도 너무 깊이 빠졌더라고요."

또각또각, 차갑고 딱딱한 바닥을 그녀의 높은 하이힐이 자로 잰 듯 정확한 속도로 찍어 내렸다. 효우는 반쯤 얼이 빠진 듯 넋을 놓고 있는 두 형제를 향해 도도한 특유의 걸음걸이로 걸어갔다. 이미 승리를 손에 쥔 자만의 여유로움이 만면에 떠올라 보는 사람으로 하여금 저도 모르게 움찔하게 만드는 포스였다. 오죽하면 '아닐 거다. 허풍 치고 있는 거다. 제이 리가 어떤 사람인데 그럴 리 없다' 생각하던 마음도 눈처럼 녹아버리는 지경. 상구와 형구는 이미 머릿속으로 치열하게 '제이 리가 최대의 적이 되었을 때 이쪽이 입을 피해'에 대해 계산하고 있었다.

"제가 혹시라도 자기 곁을 떠날까 봐 안절부절못한 나머지 원하는 건 다 들어주겠다고 나서서 저도 아주 골치가 아파요. 봐서 아시겠지만 제이 리는 꽤나 성급한 편인데다 뒤처리까지 완벽해서 잘못 건드리면 끝장나거든요. 조심하세요, 오라버니들."

두 오빠 앞에 딱 서더니 그녀가 목소리 톤을 낮추고 은밀하게 속삭였다.

"오라버니들이 제 사무실까지 찾아와 제 기분을 나운시킨 적이 있어서 제이 리가 벼르고 있거든요. 이번 일도 그래서 직접 나선 거죠. 경고 차원이라고 해야 하나. 더 이상 봐줄 순 없다는 뜻이라고 하더라고요. 그런데도 또다시 거슬리는 짓을 한다면 제이 리가 가만히 있지 않겠죠?"

"……"

"괜히 건들었다 나중에 후회하지 마시고 지금 지키고 있는 자리나 끝까지 잘 지키시는 게 현명한 일일 겁니다, 오라버니."

상구와 형구를 차례로 돌아보며 그녀는 예를 갖춘 상냥한 얼굴로 말했다. 오라버니라는 단어에 특별히 힘주는 것도 물론 잊지 않았다. 사근사근 웃는 얼굴로 살랑살랑 협박의 말을 상큼하게 내려놓는 효우의 눈빛은 그러나 그 어느 때보다도 예리하고 날카로웠다. 두 형제는 멍하게 효우를 바라본 채 얼어붙어 버렸다. 효우에게 협박이란 걸 당하고 있는 이 상황이 아무리 생각해도 이해하기 어려운 것이다.

효우는 당황한 채 어찌할 바 모르는 두 형제를 싸늘하게 지나쳐 회장을 빠져나왔다. 두 형제가 허둥거리는 모습을 통쾌하고 짜릿한 심정으로 되뇌며.

사랑 따위가 뭐 중요해서 매번 남자한테 배신만 당하느냐며 그녀를 비웃던 두 사람은 자신들이 비웃던 바로 그 '사랑에 맹목적인' 남자로 인해 철퇴를 맞게 되었다. 사랑을 비웃고, 사랑을 폄훼하고, 사랑 따위는 어린애들 장난 같은 것이라 비하하던 두 사람에게 이보다 더 적절한 벌이 또 있을까. 딱이다. 정말 제대로 딱 어울리는 벌이다.

비록 내뱉은 말이 다 거짓이긴 해도 그녀는 상관없다고 생각했다. 그가 제이 리라는 걸 알고 일부러 접근하기는커녕 되레 속아 주총 당일에서야 진실을 알게 되었고, 그를 유혹한 게 아니라 오히려 유혹당한 것이었으나 괜찮았다. 아무렇지도 않다. 두 형제가 쩔쩔매는 모습만으로도 충분히 속 시원하고 보람찼다. 사랑 따위, 원래부터 소질 없는 자신이 아닌가. 별일 아니다. 이런 일쯤 워낙 많이 겪어봐서 너무나도 익숙하다. 상황을 받아들이는 것도, 상처를 수습하는 것도, 차곡차곡 쟁여놓았던 추억들을 다 청소하는 것도 다 쉬웠다. 정말이다. 아무렇지도 않나.

진짜다.

"정말로 제가 아무렇지도 않을 거라 생각하세요?"

빗발치는 전화세례를 받으면서도 끝까지 아무렇지도 않다며 쿨하고 시크하게 '제이 리 따위'라 치부하며 버티고 버티던 이성의 끈은 단 한 통의 전화로 뚝 끊어져 버렸다. 오라비들을 향해 시원하고 통쾌한 어퍼컷을 날리곤 유유히 회장을 빠져나왔고, 이런 일쯤 아무것도 아니라는 듯 멀쩡한 얼굴로 사무실까지 잘 도착해 자리에 앉았는데 이놈의 전화. 이놈의 닦달. 이놈의 결혼. 이놈의 사랑! 그것들이 그녀를 끝까지 몰고 가 결국은 폭발하게 만들었다.

"몰랐다니까요. 전 정말 몰랐다고요. 그 사람이 제이 리인지 몰랐다니까요! 그런데도 제가 그 사람과 결혼을 해야 한다고요? 저를 속이고 바보로 만든 남자예요. 그렇게 접근한 남자와 제가 진짜 결혼해야 된다고 생각하세요?"

〈우스운 소리 마라. 찬현 군이 뭣 때문에 너한테 일부러 접근을

해? 뭐가 부족해서. 설사 접근을 했다손 치더라도 결과적으로는
네게 큰 도움이 되어주기로 결정했는데 대체 뭐가 문제야? 접근했
다면 네가 좋아서 접근했겠지. 너한테 마음이 있었으니 네 옆에
자리를 잡고 떠나지 않은 거겠지.〉

"아버지, 언제부터 이렇게 관대하셨어요? 그 사람은 절 속였어
요. 절 돕기로 했든 말든 속였다는 것은 변함없다니까요. 자신이
제이 리라는 걸 숨겼고, 것도 모자라 제이 리한테 잘 보이기 위해
안간힘을 쓰는 절 옆에서 돕기까지 했다고요. 자기 손으로 자기한
테 보고할 서류를 만들었다니까요. 이게 말이 돼요? 이걸 어떻게
해석해야 하는데요? 어떻게 받아들이면 그게 아무렇지도 않게 느
껴지는 건데요?"

〈속일 수밖에 없는 사정이 있었겠지. 제이 리라는 존재는 지금껏
베일에 싸여 있지 않았니. 세상 그 누구한테도 알리지 않은 비밀을
어떻게 함부로 발설할 수 있었겠냐. 조심스러울 수밖에 없었겠지.〉

"결국 저더러 모든 걸 이해하고 넘어가라, 이 말씀이신 거네요."

〈네 주변 모든 사람들에게 물어봐라. 이해해야 하는지 말아야
하는지. 아마 거의 대부분의 사람들이 이 아비의 의견에 손을 들
어줄 거다.〉

기가 막혀서 말이 안 나오는데 반론을 재기할 수 없으니 이 얼
마나 미칠 노릇인지. 답답하다. 속이 터져서 죽어버릴 것 같다. 왜
사람들은 하나같이 자신에게 이해하라 말하는지 모를 일이다. 속
였는데, 거짓말을 했는데, 자신 앞에서 아무것도 모르는 사람 행
세를 했는데 그게 어떻게 이해해 줄 수 있는 범위의 일인가.

하나, 너무나 어처구니없게도 심영환의 말은 다 사실이었다. 끊이질 않고 날아드는 그 수많은 전화와 메시지들은 하나같이 환호와 놀라움, 감탄이었다. 아무도 그녀를 걱정해 주지 않았다. 그 누구도 그녀의 심정을 헤아려 주지 않았다. 모두들 그녀더러 이해하고 받아들이라 했다.

〈이봐, 심 대표! 이찬현 씨가 제이 리야? 정말로 네 꽃미남 연하남께서 제이 리였어? 니도 몰랐니? 이머니, 세상에! 그 잘생기고 귀엽고 멋들어진 남자가 세상에서 가장 돈이 많다는 금융가 제이 리일 줄이야. 어떻게 이런 일이 있을 수가 있니? 어쩌면 그리 깜찍하게 널 속여서 이리 서프라이징한 해프닝을 만들 수가 있어? 야야, 우리 잡지사도 지금 난리 났어. 완전 뒤집어졌잖아. 우리 사장님, 완전 나한테 손이 발이 되게 빌고 있다니까. 한 번만 더 인터뷰 진행해 달라는 거지. 사장님도 내가 심 대표랑 친하다는 걸 아주 잘 알거든. 제이 리가 샤이닝의 광고 지면 문제를 해결해 준 사실이랑 이번 주총 사건이랑 연관 지어보면 딱 견적 나오잖아. 너희 두 사람, 보통 사이 아니라는 거 잡지 물 조금이라도 먹은 사람이라면 벌써 눈치챘을걸? 어때, 너희 두 사람 결혼 발표를 우리 잡지사 통해 하는 것은?〉

홍아성은 머릿속에 온통 특종에 대한 생각으로 꽉 차 있었다. 벌써부터 자신의 잡시에 제이 리의 인터뷰를 실을 생각에 들떠 친구의 심정은 전혀 헤아리지 못했다.

〈언니, 방금 뉴스에 나온 소식이 다 사실이야? 제이 리가 이찬현 오빠였다고? 엄마야, 난 몰라. 그 오빠 앞에서 언니한테 제이 리 유혹해 보라고 부추겼었는데, 그 오빠가 제이 리였다니. 어떡하면 좋아. 얼마나 비웃었을까? 아, 창피해!〉

효아는 제이 리 앞에서 헛소리를 지껄인 제 실수 걱정에 여념이 없었다. 제이 리를 코앞에 두고 제이 리를 유혹해서 이용해 보란 소릴 했으니 실수도 보통 실수가 아닌 것은 맞았다. 어떻게든 그 문제는 효아가 찬현 앞에서 해명을 해야 할지도 모르는 일. 하지만 그것뿐, 언니가 상처받았을 거란 생각은 전혀 안 드는 듯 온통 제 얘기만 하다가 통화를 마무리해 버렸다. 어쩜 이래.

〈꺄아아앗! 언니, 진짜야? 진짜 제이 리가 우리 형부인 거야? 거짓말 아니지? 내가 지금 꿈을 꾸고 있는 거 아니지? 진짜 세계적인 금융가 제이 리가 찬현 오빠지? 와와와와와! 그럼 우리 그 마녀와 돼지들한테 시원하게 복수해 줄 수 있는 거야? 보란 듯이 언니 사업 다 일으키고 아버지한테 인정받을 수 있는 거야? 형부 백그라운드라면 언니가 아버지의 후계자가 될 수도 있겠지? 마녀랑 돼지들 쫓아내고 언니랑 효아가 당당히 집으로 들어올 수 있는 거겠지? 형부가 그렇게 하도록 만들어주겠지? 그럴 힘, 충분히 있지?〉

효이는 아예 찬현을 형부라 불렀다. 부자에 백그라운드 빵빵한 사람이면, 그래서 자신이 처한 어려움을 모두 해결해 줄 슈퍼맨이라면 그럼 모든 걸 이해하고 다 받아들여야 한다고 생각하는 것이다. 정말 너무하다. 다들 정말 진짜진짜 너무하다. 자기 일 아니라고 너무나 쉽게들 말한다. 자신들이 속았어도 이리 쿨하게 나왔을지 정말이지 진지하게 묻고 싶은 효우였다.

〈내일이든 모레든 빠른 시일 내에 집으로 데리고 오거라. 결혼 날짜 바로 잡고 상견례하사.〉

"전 결혼할 생각 없다고 말씀드렸을 텐데요."

〈나도 이미 말했다, 내 딸이 남자와 함께 밤을 보냈음을 안 이상은 그냥 넘어갈 생각 추호도 없다고.〉

"찬현 씨가 제이 리가 아니었어도 이렇게 서두르셨을까요?"

〈그런 가정을 왜 해야 하는지 모르겠구나. 찬현 군은 제이 리이고 난 찬현 군도 제이 리도 마음에 든다.〉

"물론 그러시겠죠. 찬현 씨도 제이 리도 아버지 사업에 도움이 됐으면 됐지 손해는 안 될 테니까요."

〈네가 생각하는 그런 이유로 찬현 군을 좋아하는 게 아니다. 난 그 녀석이 널 아낀다는 걸 알아.〉

"아낀다고요? 절요?"

〈아낀다, 진심으로. 난 그걸 알아.〉

"뭘 근거로 그리 확신하시는지는 모르겠지만, 네, 집에서 기르는 강아지도 아낄 수 있는 거니까요."

〈그런 차원으로 아낀다는 말이 아니야. 내가 무슨 말을 하고 있는지 잘 알면서 계속 그렇게 삐딱하게 나올 게냐? 왜 자꾸 딴소리냐? 네 입으로 찬현 군이 좋다 하지 않았어? 네가 찬현 군에게 감정적으로 흔들린다 말하는 걸 내 두 귀로 똑똑히 들었는데 이제 와서 왜 이러는 거냐? 대체 뭐가 문제야?〉

"자꾸 딴소리하시는 건 아버지세요. 전 아직 결혼할 생각 없다고 분명히 말씀드렸고, 그건 지금도 마찬가지입니다. 달라질 건 하나도 없어요."

〈너, 찬현 군한테 많이 서운한 게로구나.〉

"아버지는 제가 단지 서운해서 이러는 줄 아세요? 전요……!"

〈좋아하는 거야, 아주 많이.〉

약간의 시간을 두고 담담히 읊조리는 심영환의 음성이 쓸쓸하다. 귓속을 외롭게 공명하는 그의 음성에 효우는 멈칫 하던 말을 멈추었다. 그러자 기다렸다는 듯이 나직한 아버지의 음성이 수화기를 타고 흘러들어 왔다.

〈생각했던 것보다 훨씬 더 찬현 군을 사랑하는 거야. 그래서 더 배신감이 느껴지는 거지. 네 어미가 세상을 떠났을 때 나도 그와 비슷한 기분을 느꼈었다. 그래서 지금의 네 마음 이해해.〉

"아버지……."

〈찬현 군과 얘기를 해보렴. 내가 알고 있는 이찬현 군은 널 일부러 속이고 작정하여 접근할 사람이 아니다. 그 녀석, 널 아주 많이 생각해. 네게 해를 끼칠 생각은 전혀 없었을 거다.〉

찬현의 무엇이 심영환에게 이토록 굳건한 믿음을 심어주었는지는 모른다. 하지만 그가 찬현의 옳음을 확신하고 있다는 것만큼은 확실했다. 우습기도 하고 신기하기도 한 일이다. 심영환이 지금껏 이만큼 한 사람을 신뢰한 적이 있던가 의문이 드니 기가 차기도 하다. 결국은 딸인 자신보다 찬현을 더 믿는다는 뜻이 되니까. 대체 그의 무엇이 심영환으로부터 이런 반응을 이끌어낸 것인가 궁금증이 일었다. 오늘 겪은 온갖 충격적인 사건들과 심적인 좌절감에도 불구하고 일말의 희망을 갖게 된 것은 바로 그 하나의 궁금증 탓이다.

이찬현이 심영환에게 무슨 밀을 이떻게 했는지, 그가 자신을 진심으로 아끼고 위한다는 것을 도대체 어떻게 심영환에게 증명해 보였던 것인지, 정말 그는 자신을 사랑하고 있는 것인지 효우는 그것을 직접 알아낼 생각이다.

효우는 아버지와의 통화를 끝내고 사무실을 나와 제이 리가 묵고 있는 호텔로 향했다.

✳

"어서 와."

호텔 안으로 들어서자마자 그는 환영의 말을 건네왔다. 손에 샴페인을 든 채로. 효우는 호텔방 문을 열어주는 로이 한에게서 천천히 시선을 거두고 이찬현을 바라보았다. 찬현은 그 어느 때보다도 더 멋진 모습으로 그녀가 들어오는 모습을 가만히 지켜보고 있었다. 재킷을 벗은 흰 와이셔츠와 베스드, 바지 정장 차림, 잘 빗어 넘겨 붙인 헤어. 어느 것 하나 흐트러짐 없이 완벽했다. 심지어 평소 자주 느끼던 너무 어려 보인다는 인상조차 지금엔 전혀 느껴지지 않았다. 더도 말고 덜도 말고 딱 제이 리의 모습이다.

이거였구나, 네 진짜 모습.

성급하게 굴지 말자 생각했지만 배신감으로 가슴이 욱신거리는 것은 어쩔 수가 없었다. 아버지의 말대로 그와 얘기를 해보기 전엔 이 상황을 멋대로 판단하진 말자 생각했는데도 그의 전혀 다른 느낌이 나는 이런 모습에는 화가 나지 않을 수가 없었다. 그가 자신을 속였다는 것은 말 그대로 팩트. 자신에게 했던 말, 행동, 보여줬던 수많은 이미지가 다 거짓이었을지도 모른다는 생각을 지울 수가 없다.

그의 진짜 모습은 '17년 전 친구 이찬현'이 아니라 '세계 금융계의 거물 제이 리', 바로 자신 앞에 서 있는 이 프로페셔널하고 카리스마 넘치는 남자이니까.

"자축하고 있었나 봐. 남 엿 먹이는 게 그렇게도 즐거웠니?"

"난 널 도왔다고 생각했는데, 엿 먹인 게 아니라."

"그건 네 생각이고."

눈 한 번 깜빡이지 않고 똑똑히, 또렷이 그녀는 그를 노려보았다. 날 선 그녀의 시선에도 불구하고 그는 노련하고 여유 있게 대처하고 있었다. 살얼음판 같은 분위기를 금세 읽고 로이는 슬금슬금 자리를 비켜 방 밖으로 나가 버렸다. 순식간에 호텔방에는 효우와 찬현 두 사람만 남게 되었다.

찬현은 천천히 손에 들고 있던 샴페인잔을 탁자에 내려놓고 두 손을 바지 주머니에 쑥 밀어 넣었다. 그리곤 한쪽 눈썹을 훌쩍 끌어 올리며 그윽하기 짝이 없는 목소리로 물었다.

"그럼 네 생각은 다르다는 거냐?"

"원하는 게 뭐야? 말해."

"원하는 거?"

"날 도와준 거 고맙게 생각해. 어떤 의도로 도와줬던 간에 도와준 건 도와준 거고 고마운 건 고마운 거지. 보답해야 할 건 해야 하는 거고. 세상살이, 기브 앤 테이크 아니겠어?"

"그 말은 내가 원하는 건 다 들어주겠다는 뜻이냐?"

빌어먹게도 너무나 다정한 음성으로 그가 중얼거렸다. 웃는 것인지 비웃는 것인지 알 수 없는 미묘한 꺾임의 미소를 동반한 얼굴로. 순간 알 수 없는 감정에 휩싸여 울컥 눈물이 솟구치려 해 효우는 입술을 질끈 깨물었다.

미친 게 아닐까. 제정신이 아닌 것 같다. 지금 이 순간에 왜 뜬금없이 눈물이 나오려는 겐가. 그가 뭐라 했다고. 진정으로 이해를 구한 것도 아니요, 마음으로부터 진심으로 사죄를 해온 것도 아닌 것을. 무에 감동받을 일이 있다고 이리 가슴을 적시는 것인지 효우는 도통 자신을 이해할 수가 없었다.

"네가 원하는 건 뭐든 다 할 거라고 먼저 말한 사람은 나니까. 난 헛소린 안 해. 무슨 일이 있어도 내가 한 약속은 지켜."

"난 남들이 쉽게 얻을 수 있는 것에는 관심 없어. 호기심만큼이나 모험심도 충만한 사람이거든."

"투자처를 엄선하는 걸로 소문난 제이 리의 입에서 나올 말은 아닌 것 같은데."

"인생은 투자가 전부는 아니니까."

"그래서 뭘 원한다는 거야? 샤이닝? 내 주식 지분? 경영권을 원하니?"

"찍기 솜씨가 형편없네."

심드렁하게 중얼거리는 그의 음성은 부드러운데 가볍다. 살랑살랑 다정하게 피부를 간질이는 봄바람처럼. 느낌이 좋다. 효우의 미간에 강한 주름이 잡혔다. 꼭 양손을 틀어쥐어 주먹을 쥐고 그녀는 냉기가 뚝뚝 떨어지는 목소리로 응대했다.

"내가 절대로 양보할 수 없는 걸 바라는 거 아니야?"

"그게 네 회사라고 생각하는 거냐?"

"아니라는 거야?"

"미안하지만 하트앤소울을 손에 넣는 건 주총에 나타나 주주들 마음을 훔친 것만큼이나 내겐 쉬운 일이야. 마음만 먹는다면 내가 하트앤소울을 삼키는 건 일도 아니지. 하지만 난 하트앤소울을 너에게 주기로 했어. 성공을 점치기 힘든 프로젝트에 거금을 투자하기로 결정했고, 그것을 주총에서 정식으로 발표했고, 수많은 주주들의 호응을 얻어냈어. 덕분에 대표이사로서의 네 입지는 더더욱 굳어졌지. 널 밀어내려던 세력들은 난데없이 나타난 나 때문에 낭패를 봐야 했을 거야."

"……."

"난 하트앤소울에 흥미 없어."

"거금의 투자를 결정해 놓고서 그런 말이라니, 거짓말이 너무 심한 거 아니야?"

"거짓말 따윈 안 한다고 했을 텐데. 난 정말로 네 회사에 관심 없어. 전에도, 지금도, 앞으로도 쭉 그럴 거야."

"어떻게 4퍼센트나 되는 주식을 가지고 있으면서 하트앤소울에 관심 없다는 말을 할 수 있어? 관심 없는 회사의 주식은 왜 사들인 건데? 제이 리가 하트앤소울 주식을 소유한 건 3년 전이었어. 넌 그때부터 우리 회사에 눈독들인 거라고."

"눈독, 들인 건 맞아. 네 회사가 아니라 너한테."

"뭐?"

효우가 눈살을 찌푸리며 되물었다. 자신이 방금 무슨 소릴 들었는지 제 귀를 의심하는 얼굴이다. 그 모습을 멀찌감치 선 채로 가만히, 그러나 뚫어지게 바라보고 있는 찬현은 짐짓 대단한 일도 아니라는 양 태연했다.

"난 네 회사가 아니라 너한테 관심이 있다고, 심효우."

"나…… 라고? 그럼 처음부터 나한테 관심 있어서 접근했단 말이야? 위장 취업한 것도 나 때문이었고?"

"어떤 면에서는."

"거짓말하지 마. 너와 난 지난 석 달 전 재회했어. 그전엔 무려 17년이나 서로 왕래가 없었다고. 심지어 난 네가 미국에서 뭘 하며 지냈는지도 몰랐어. 그렇게 오랜 시간 서로 외면하면서 살아왔는데 갑자기 나한테 관심이 생겼다는 게 말이 돼? 미국 생활까지 접고 들어올 정도로 내게 관심이 있었다면 대체 왜 17년 동안이나 날 보러 오지 않았는데? 왜 연락 한 번 한 적 없었는데? 넌 메일 한 통, 전화 한 통 해준 적 없잖아. 거짓말이야. 니 지금 거짓말을 하고 있어. 댈 핑계가 그리 없니?"

"다시 한 번 말하지만 난 거짓말은 취향이 아니다."

"그럼 정말로 단지 나 때문에 이 모든 일을 벌였단 말이야? 네가 원하는 게 나 하나야?"

"결과적으론."

그의 간단한 대답에 효우는 도저히 믿을 수 없는 듯 두 눈을 부릅떴다. 아무리 생각해 봐도 앞뒤가 안 맞는 모양이다. 억지로라도 사건 정황과 감정의 얼개를 여기저기 꿰맞춰 보려 했지만 그녀가 가진 정보로는 도저히 맞춰지지가 않는 것이다. 그럴 수밖에. 그녀는 가장 중요한 연결고리 하나를 아직 손에 넣지 못했으니까.

찬현은 고민했다. 그녀에게 결정적인 단서를 그냥 고분고분 넘겨줄 것인가, 아니면 자신이 맛보았던 쓴맛을 조금이라도 맛보게 좀 더 두고 볼 것인가.

"날 가지고 싶었단 말이지?"

수많은 감정으로 머릿속이 뒤죽박죽이 된 그녀가 혼란스러움을 뒤로하고 차분히 무겁게 입을 열었다.

"그래서 내게 일부러 접근했다는 거지? 내 회사에 들어와 내가 스파이 문제로 괴로워하는 틈을 타서 중요한 자리를 꿰차고, 자기 자신에게 선보일 프로젝트 보고서를 작성했단 말이지? 자신의 이름을 이용해 내가 잃은 광고 지면을 찾아주고, 경영권 다툼이 일 것이 뻔한데도 나의 프로젝트에 투자도 해주시고. 그게 다 날 원해서였다는 거지? 그럼 제이 리가 원하는 건 뭐든 다 할 거란 내 말을 듣고 쾌재를 불렀겠구나."

"……."

“좋아.”

차가운 그녀의 목소리가 호텔방 안을 공명했다. 동시에 그녀의 손에 들려 있던 핸드백이 바닥에 툭 떨어졌다.

“네가 원하는 게 나라면, 나 하나라면 마음대로 해.”

“…….”

“줄게.”

그녀의 새하얀 손이 거침없이 블라우스 단추를 풀어내기 시작했다. 하나, 둘, 셋. 세 개째 풀이져 열리는 순간, 그녀의 손목이 그의 힘 있는 손아귀에 붙들렸다. 바람처럼 소리 없이 다가온 그가 오늘 처음으로 인상을 쓴 채 그녀를 내려다보고 있었다.

“뭐 하는 짓이야?”

“원하는 게 나라며. 주겠다고, 날.”

“원하는 게 너라고 했지 네 몸이라곤 안 했어.”

블랙홀처럼 보면 볼수록 빠져들 것 같은 그의 눈동자가 짙은 빛을 띤 채 그녀의 눈을 들여다보고 있다. 효우는 빈정거리듯 한쪽 입술 꼬리를 비틀어 올려 웃음을 흘렸다.

“날 원하지만 내 몸은 아니다. 그게 대체 무슨 말이야? 장난하니?”

“장난질은 내가 아니라 네가 하고 있는 것 같은데? 내가 겨우 네 몸 하나 갖기 위해 수백억이나 되는 돈을 투자했을 것 같아?”

“그럼 대체 내게서 뭘 원하는 건데? 내가 뭘 어떻게 해주길 바라? 무릎이라도 꿇을까? 네 발바닥이라도 핥아줘? 네 노예가 되어줘? 그래야 식성이 풀리겠니?”

“대단한 각오로군.”

그의 입술이 나른하게 열리고, 비아냥거림이 흘러나왔다.

분해, 분해 죽겠어. 분해서 당장에라도 그를 벌하고 싶어.

속으로 되뇌고 또 되뇌며 효우는 그를 삼켜 버릴 듯 이글거리는 분노의 눈으로 노려보았다.

"그런 각오라면 뭐든 충분히 해낼 수 있겠어."

"이제 그만 원하는 걸 말씀하시죠, 미스터 제이 리. 뭐든 다 해 드릴 테니."

효우는 할 수 있는 한 가장 도도한 자세로 차갑게 응수했다. 블라우스 단추를 세 개나 풀어 헤치고 그에게 손목까지 붙들린 채였음에도 굴하지 않았다. 굴할 이유 없으니까. 그가 도대체 자신에게 무슨 원한이 있어서 이러는 것인지 알 길도 없고 알고 싶지도 않았다.

그녀는 처음 만났을 때부터 지금까지 단 한 순간도 그에게 진심이 아닌 적이 없었다. 17년 전에도, 석 달 전 재회했을 때에도, 그 이후 지금까지 쭉 그녀는 그에게 거짓된 모습을 보인 적이 단 한 번도 없었다. 늘 진심이었다. 그러기에 지금 이 순간 떳떳하다. 무슨 말을 들어도 놀라거나 흔들릴 일이 없었다. 그렇다고 생각했다. 그의 시크한 음성이 후둑 떨어지기 전까지는.

"사랑…… 해."

효우의 미간이 움찔 수축했다 제자리로 돌아간다. 입술은 열리지 않았지만, 그녀가 '무슨 뜻이냐?'고 묻고 있는 것임을 찬현은 알고 있었다. 아직도 그녀는 상황 파악이 안 되는 것이다.

이런 한심하기 짝이 없는 여자 같으니라고. 사랑을 무려 17년 동안 스무 번이나 해보았다는 여자가, 입만 열었다 하면 사랑사랑 노

래를 부른다는 여자가, 사랑에 너무 데어 남자 따윈 이제 거들떠도
보지 않는다는 여자가 어떻게 이 관문까지 왔는데도 해답을 못 내?
통솔력과 지도력 뛰어난 여성 CEO 심효우 어디 갔어? 쯧쯧.

속으로 혀를 차며 찬현은 따분해 죽을 것 같은 얼굴로 심드렁하
게 중얼거렸다.

“날 사랑하라고.”

“뭐……?”

이번엔 심효우의 미간이 짙게 주름을 잡고 꽤 긴 시간 고정되어
있다. 이런 말도 안 되는 소리를 그가 왜 지껄이고 있는 것인지 심
히 이해 못한다는 얼굴이었다. 찬현은 한 손 검지를 들어 올려 쿡
그녀의 미간을 찍고 슥슥 문질렀다.

“그것도 진심으로.”

“뭐, 뭐, 뭐라고?”

꾹 두 눈을 감았다 뜨며 그녀가 다시금 반문한다. 여전히 이 상
황이 적응되지도 이해할 수도 없는 모양이다. 이해가 안 되면 되게
해줘야겠지. 찬현은 세상에서 가장 따분한 상황에 처한 사람처럼
심드렁하게 눈살을 찌푸리곤 한숨을 내쉬었다. 그리고 가냘픈 그녀
의 턱을 한 손으로 쥐고 슥 위로 들어 올리며 거만하게 명령했다.

“날, 자발적으로, 진심을 다해, 사랑하라고.”

RE [riː-] : 뒤에, 다시

"말해, 말하라고! 대체 무슨 속셈인 건지 다 말하란 말이야!"

그녀에게 멱살이 잡힌 채 찬현은 거칠게 뒤로 떠밀려졌다. 출렁. 단박에 그는 칠성급 호텔의 펜트하우스 침실 한복판에 무방비 상태로 드러누운 우스꽝스러운 꼴이 되어버렸다. 그것도 여자에게 짓눌린 채로. 이런 기막히는 일을 한 번도 아니고 두 번이나 당하다니. 너무나 어처구니가 없어서 실없이 웃음만 나오는 지경이다.

물론 나오는 웃음을 뱉는 실수는 범하지 않았다. 지금 효우는 매우 진지하다. 우습고 재미있게 상황을 받아들이고 있는 자신과는 정반대로 말이다. 그날의 기억이 하나도 없다고 하니 어쩌면 당연한 일인지도 모른다. 어떻게 하나도 기억 못할 수가 있지? 그 수많은 얘길 다 망각의 강에 떠내려 보냈다니 정말이지 맙소사다.

"심효우, 진정해."

"진정하란 말이 나와? 내가 묻는 말에 계속 같은 말만 되풀이하고 있잖아. '그날 밤에 다 대답했다' 라고. 근데 내가 기억 못한다니까? 그날 밤의 일, 하나도 생각 안 난다고. 말했잖아, 전에도."

"네가 그날의 일을 기억 못하는 것과 난 아무 상관 없어. 난 대답했고, 그걸 잊어버린 건 너니까. 모든 게 네 잘못일 뿐이야."

"나한테 이미 한 번 털어놓은 대답이잖아. 그럼 비밀 아니라는 거고. 근데 왜 두 번 말 못해? 다시 반복해 줘도 문제없는 기 아니야? 그게 무슨 큰일이라고 이렇게 말 못한다고 버티는 건데?"

흘러내린 그녀의 머리카락이 턱 근처를 간질였다. 효우는 술에 취해 그를 협박하던 그날 밤과 거의 같은 자세로 그의 멱살을 흔들어대고 있었다. 커다랗고 아름다운 고양이 눈과 붉게 달아오른 입술, 동맥까지 훤히 들여다보이는 투명한 피부를 그의 코앞에 적나라하니 펼쳐 놓은 채. 마치 피 냄새를 맡은 드라큘라처럼 찬현은 식욕이 솟구치는 것을 느껴야 했다. 또다시 그날 밤처럼.

그녀를 마음껏 입에 담고 유린하고 싶은 욕구가 피 속에서 들끓고 있었다. 위험 수위를 넘나드는 팽창될 대로 팽창된 욕구를 가까스로 눌러놓고서 그는 가볍게, 대수롭지 않은 양 중얼거렸다.

"두 번 말하고 싶지 않은 얘기들이니까."

"왜? 왜 두 번 말하기 싫어? 넌 날 원한다고 말했어. 내가 진심으로 널 사랑하길 바란다고도 했고. 이런 시점에서 내가 뭔가를 알고 싶어 하는 건 당연한 거 아니야? 많이 일러달라는 깃도 아니잖아. 딱 세 가지야. 첫째, 넌 왜 17년 전 먼저 연락을 끊었는가.

둘째, 갑자기 왜 하필 지금 내 앞에 나타났는가. 셋째, 넌 정말 날 사랑하는가.”

“너무 많아, 재방송하기에는.”

“너 정말 이러기야? 말하지 않으면 가만 안 둔다?”

“가만 안 두면 어쩔 거……?”

어쩔 거냐고 비아냥거리려는 찰나였다. 갑자기 효우가 입고 있던 치맛자락을 지익 뜯어내기 시작했다. H라인으로 절개선이 들어가 있긴 하나 다리를 벌리기엔 매우 불편해 보이는 치마가 순식간에 훌쩍 찢겨 올라가자 가지런하게 갇혀 있던 그녀의 새하얀 다리가 훤히 드러났다. 찬현의 여유 만만하고 나른했던 눈빛에 광채가 번뜩였다.

“뭐 하는 거야, 너?”

“가만 안 둔다고 했잖아. 난 경고했어.”

“뭘 하려고 이러는…….”

질문이 다 끝나기도 전이다. 그녀의 하얀 허벅지가 그의 허리를 착 감아왔다. 순식간에 아랫배 근처가 미친 듯이 끓고 뭉치며 온몸의 혈액이 평소의 세 배속으로 돌진하는 지경에 이르렀다. 찬현은 저도 모르게 그녀의 양쪽 허벅지를 손으로 붙들었다.

“너!”

“말해. 순순히 말하지 않으면 그날 밤처럼 똑같이 널 괴롭혀 주겠어.”

“기억 안 난다더니.”

“널 어떻게 괴롭혀 줬는지는 기억해.”

"내려가."

"못 가. 대답해."

"심효우."

"첫째, 둘째, 셋째. 다 대답해. 말해줘. 그날 밤 뭐라고 얘기한 건지."

"너 정말!"

효우가 그의 아랫배를 좀 더 강하게 조이자 그가 고통스러운 듯 얼굴을 찡그리며 소리쳤다. 평소답지 않게 평정심을 잃은 듯 거친 음성이다. 늘 잔잔하고 깊은 호수처럼 평온한 그의 목소리가 이 정도로 흔들렸다는 것은 승산이 아주 없는 건 아니란 뜻이다.

효우는 더욱 강렬한 호기심에 사로잡혔다. 대체 무슨 얘기를 어떻게 했기에 이렇게 다시 얘기하기를 꺼리는 것인지. 효우는 도무지 궁금해서 이대로는 후퇴 못할 것 같았다. 어떻게든 알아내야 한다, 어떻게든. 그가 정말 자신을 원하는 것인지, 사랑하고 있는 게 맞는지 알아내려면 필수적으로 거쳐야 할 과정이다.

"말해, 어서."

협박에 가까운 거친 말투로 명령을 내리고 효우는 더 강하게 그를 압박했다. 그리고는 그의 입술을 덮쳐 키스하려는데 갑자기 그녀의 몸이 뒤집히기 시작했다.

꺄앗, 소리를 채 다 지르기도 전에 전세는 역전되고 말았다. 그녀가 바닥에, 그가 위에 그녀를 꼭 짓누르는 자세가 되어버린 것이다. 그때 불쑥 혼미한 머릿속으로 그의 굵고 다정한 목소리가 떠올랐다.

“그렇게 듣고 싶어?”

“그렇게 듣고 싶어?”

그녀의 두 손목을 침대 위에 고정시키고 위에서 내려다보는 우월한 위치에서 찬현이 물어왔다. 짧지도 길지도 않은 머리카락이 쏟아져 내려 그의 날렵한 얼굴선을 가리고 있다. 유난히 검은 동자가 그녀를 향해 곧은 시선을 날리고 있고, 힘이 전혀 들어가지 않은 듯 나른하게 풀린 입술은 당장에라도 그녀를 삼킬 듯 공격적이고 유혹적으로 보였다. 효우는 저도 모르게 붉은 혀끝을 움직여 아랫입술을 핥았다.

공교롭게도 지금 이 순간 그가 그날 밤 무어라 했는지 떠올라 버렸다. 그가 얼마나 짙고 깊은 키스를 해왔는지, 자신이 얼마나 강렬하게 반응했는지, 그가 어떻게 속삭이며 어떤 고백을 해왔는지 다 생각나 버렸다.

맙소사…….

그런 일을 경험하고도 다음날 멀쩡하게 아무 일도 없었다는 듯 행동했다니. 심효우, 너 제정신이니?

“연락을 먼저 끊은 건 너와 내가 더 이상은 가까워질 수 없다는 걸 알았기 때문이었어. 넌 한국, 난 미국. 넌 건강한 사람이었고, 난 병이 또 언제 재발할지 모른다는 강박관념을 가지고 살아가는 환자였어. 미국 생활이 좋아서, 맞아서 치료가 끝난 후에도 머무르겠다고는 했었지만 사실은 건강에 대한 불안함 때문이란 말이 더 정확해. 쿨하게 생명쯤 던져 버릴 자신 있다는 듯 늘 행동해 왔지만 난 항상 두려워했거든. 혼자 남는 것, 죽는다는 것, 버려진다는 것, 잊힌다는 것에 대해."

"도대체 무슨 말을 하는 거야? 좀 더 명확하게 간추려서 말해줄 수 없어? 난 술에 취해 있다고. 술 취한 사람 배려 좀요."

"간추려서……."

"그래, 간추려서. 명확하게."

"질투. 네가 보낸 편지에 짝사랑하게 되었다는 보디가드 사진이 동봉되어 있었거든."

그렇다. 그는 그녀가 보낸 편지를 받고 연락을 두절했던 것이다. 더 정확하게 말하면 편지 속에 동봉되어 있던 보디가드의 사진 때문이었다. 당시 새로 온 보디가드는 스물두 살 정도의 훈남으로 10대였던 그녀의 가슴을 설레게 하기에 충분한 외모였다. 직업이 보디가드였으니 체격 조건이 남달리 멋졌던 것도 사실이고 보자마자 첫눈에 반해 주야장천 그를 쫓아다녔던 걸로 기억한다. 그래서 결국 그와 단둘이 놀이동산에 놀러 가기까지 했다. 비록 아버지에게 들켜서 된통 혼이 나고 죄 없는 그 보디가드는 파면을 당하는 비극으로 끝을 맺었지만 그에 대한 기억은 나쁘지 않았다. 첫사랑이라면 첫사랑이랄 수도 있다.

물론 그 일이 있고 난 후 박상구, 형구 형제의 장난질이 시작되었다는 점은 매우 유감스러운 일이긴 하다. 이찬현이 그를 통해 좌절감을 느끼고 연락을 끊어버렸다는 점은 더더욱 심히 유감인 일이다. 찬현이 그럴 거란 걸 알았다면 그녀는 절대로 그 사진을 동봉하지 않았을 것이다. 보디가드를 짝사랑했던 것은 맞지만, 찬현을 잃어도 좋을 만큼은 아니었다. 당시 찬현은 그녀에게 가장 소중한 사람이었다.

"갑자기 네 앞에 나타난 건 내가 평소 네 앞에 나타날 생각이 전혀 없었기 때문이지."

"그게 뭐야? 무슨 말을 그렇게 어렵게 하는 건데? 쉽게 풀어 말해보라고, 좀."

"미국에서 돌아올 생각이 전혀 없었다고. 17년이 지났는데 예전 어렸을 적 감정이 그대로 남아 있다고 생각했을 리 없잖아? 난 네가 그저 내 첫 사람이라고만 생각했어. 몸도 마음도 아파 병들어 있는 내게 다가와 처음으로 친구가 되어준 사람. 내가 세상을 향해 손을 내밀 수 있도록 용기를 준 첫 번째 사람. 낯선 타지에서도 의지할 수 있는 상징적인 존재. 뭐, 그런 사람일 뿐이라고 여겼지. 간간이 할아버지께 네 소식을 전해 듣긴 했지만, 그것 외엔 그다지 크게 신경 쓰지는 않았어. 하트앤소울의 주식은 네가 사업에 뛰어들었다는 소식을 듣고 거의 충동적으로 구매한 것뿐이야. 지금도 그걸 왜 샀는지 몰라. 아무도, 심지어 나조차도 내가 그때 왜 그랬는지 모르겠어."

"머리 아파. 간단하게 말해줘. 대체 왜 내 앞에 나타난 거야? 신입사원의 모습으로 왜?"

"할아버지 때문."

"할아버지? 회장님께서 뭐?"

"너와 날 서로의 짝이라고 생각하셨거든."

"짝이라니?"

"내가 그날 네 사무실로 찾아간 건 면접을 보기 위해서가 아니라 선을 보기 위해서였어."

"뭐?!"

그래, 그렇게 말했다. 이제야 뭔가가 술술 풀리는 기분이다. 꽉 막혀서 이해되지 않았던 일들이 왜, 어째서, 어떡하다 그리되었는지 다 수긍되고 있었다.

그날 그것은 면접이 아니었다. 선, 맞선이었다. 이신양 회장님께서 '손자 잘 부탁한다'고 했던 말의 저의는 취직 부탁이 아니라 '내 손자, 남자로서 잘 봐달라'는 말이었다. 그런 그를 신입사원으로 채용하겠다고 면접을 보았다니. 맞선 보러 사무실까지 찾아왔던 찬현이 얼마나 황당했을까. 심지어 제이 리나 되는 사람이 구멍가게처럼 작은 회사에 취직해야 했을 때 그의 심정이 오죽 답답했을까. 생각하니 당장에라도 이 자리에서 혀 깨물고 자살하고 싶어졌다. 세상에는 이런 말도 안 되는 일이 실제로 벌어지기도 하는구나.

"그럼 한 가지만 다시 얘기해 줄게. 뭐, 이미 심 회장님께 말씀 드린 거지만 너한텐 하지 않은 말이니까."

그녀가 혀를 깨무는 대신 아랫입술을 지그시 깨물고 낭패 섞인 얼굴로 그를 빤히 바라보고 있자니 거만하게 그녀를 내려다보고 있던 찬현이 시크하게 중얼거렸다. 엄청나게 큰 선심을 쓰는 척. 그리고는 천천히 고개를 끌어 내리기 시작했다.

그의 얼굴이 서서히 심장의 두근거림을 동반한 채 그녀에게 다가왔다. 효우는 가빠오는 숨을 격렬하게 토해내고 들이쉬기를 반복하며 그를 미친 듯이 바라보았다. 어, 어떻게 하지? 어떻게 하면 좋아? 지, 지금 키스하면 너무 좋아서 까무러칠 것 같은데. 내가 더 죽을 듯 덤빌지도 모르는데. 어떻게 하면 좋아? 이미 침대에 납작하게 눌려 있어서 뒤로 후퇴하지도 못하는데 어떻게 해? 그의 키스가 나에게 달콤함과 부드러움, 말캉말캉함을 선사해 줄 것을 이미 아는데 어떻게 하면 좋냐고!

"사랑한다, 심효우. 진심으로, 자발적으로, 아주 많이."

그의 그윽하고 다정한 목소리가 포근히 그녀를 향해 떨어졌다.

"그럼 너, 그동안 쭉 날 좋아했던 거니?"

"뭐, 굳이 구분하자면."

"그럼 내가 널 좋아해도 되는 거야?"

"좋아하고 싶어? 넌 연애를 싫어하는 독신주의자 아니었어?"

"태어날 때부터 사랑을 부정하는 독신주의자는 없어. 사람은, 여자는 누구나 애정을 갈구하는 거라고. 당연히 나도 누군가와 연애다운 연애, 사랑다운 사랑 하고 싶어. 할 수 있다면 세상에서 가장 아름다운 사랑을 하고 싶은 사람이 바로 나라고."

"……."

"내 마음 속 시원히 다 털어놓을 수 있는 사람, 내가 무슨 일을 하던 무슨 말을 하던 날 믿어주는 사람, 내 곁을 떠나지 않는 사람, 진실한 사람, 거짓말 따위 절대 안 하는 사람, 그런 사람한테 내 사랑 다 주고 싶었어. 그런데 없더라. 그런 사람이 눈 씻고 찾아봐도 없더라. 돈만 아는 속물들에 남녀 관계는 오로지 사탕발림과 눈속임만으로도 가능하다 생각하는 멍청하고 한심한 족속들뿐이더라. 진실 같은 건 안중에도 없더라. 남의 마음 함부로 짓밟고도 양심에 가책도 느끼지 않더라. 내가 아파하는데도 자기 살길만 찾더라. 넌 안 그랬는데. 어렸을 때 넌 비록 무뚝뚝하긴 했지만 항상 진심으로 날 좋아해 줬는데……."

"그럼 해."

"어?"

"하라고, 사랑. 난 돈만 아는 속물도 아니고 남녀 관계가 사탕발림과 눈속임만으로도 가능하단 생각도 하지 않아. 진실? 중요하다고 생각해. 남의 마음 함부로 짓밟은 적도 없고, 네가 아파하는 일은 아예 만들지도 않을 거야. 이 정도면 네가 사랑해도 될 것 같은데."

"하지만 넌? 네 마음은?"

"……."

"날 사랑하는 거야? 사랑해, 나를?"

그날 밤은 그 대답을 들을 수가 없었다. 그녀는 질문의 답을 채 듣기도 전에 눈을 감아버리고 말았으니까. 그리고 지금은 바로 그날 듣지 못했던 그의 답을 듣고 있었다. 늘 그리운 친구라고 여겼던, 갑자기 연락을 끊겨 서운한 인연이라 생각했던, 성큼 커버린 채로 남자가 되어 나타나 그녀를 혼란의 도가니로 빠뜨렸던 바로 그 이찬현이 말하고 있다.

"사랑한다, 심효우."

라고.

휘둥그레 떠진 커다란 눈동자 안으로 그의 잘생긴 이목구비가 성큼성큼 밀려들어 왔다. 그의 육감적인 입술이 들썩이며 달큼한 입김이 그녀의 얼굴 위로 흩뿌려졌다.

그의 내음을 맡자 심장이 더욱 세차게 튀어 오른다. 갈비뼈가 부서질 것 같다. 긴장감이 온몸을 감싸고 돌아 폭발 직전의 상태로 몰아간다. 효우는 자신도 모르게 입술을 열어 다량의 공기를 들이쉬었다. 헙 소리와 함께 얇고 나른한 신음이 그녀의 목구멍을 통과했다. 가슴 위로 그의 커다란 손바닥이 느껴지고, 동시에 그의 입술이 그녀의 입술을 살포시 깨물었다.

"그러니 마음껏, 하고 싶은 만큼 양껏 날 사랑하도록 해. 난 네가 사랑해 주는 만큼은 확실하게 돌려줄 거다."

이런 거만하기 짝이 없는 사랑 고백은 처음이다. 하지만 아무런 반박도 못한 채로 그녀는 '으흐흐' 하는 우스꽝스러운 신음 소리만 내고 말았다. 두툼하고도 물컹한 혀 덩어리가 입속으로 들어와 그녀의 이성을 마비시키고, 강하고 세찬 악력에 짓눌린 가슴에선 뜨거운 불길이 일어나 온몸으로 들불 퍼지듯 퍼져 가고 있었으니 아무 생각도 할 수가 없는 것이다. 효우는 연신 민망한 신음 소릴 내며 그의 목덜미를 거칠게 끌어안았다.

"세상살이, 기브 앤 테이크잖아?"

그녀의 입술 위에서 그가 씩 입술 끝을 끌어 올린다. 그리곤 우악스럽게 그녀의 입술을 집어삼키기 시작했다.

＊

"꺄! 언니! 언니, 어떻게 된 거야? 어젯밤은 어디서 잤어? 어디서 누구랑 외박한 건데?"

"찬현 오빠지? 아, 아니, 형부지? 형부랑 같이 보냈지? 뜨거운 밤을……!"

"아버지 어디 계시니? 오셨다며."

집으로 들어서자마자 그녀를 반기는 동생들의 호기심 어린 잔소리를 뚝 끊고 효우는 무뚝뚝하게 물었다. 전날 밤 한숨도 못 자서인지 몰골이 말이 아니다. 피곤해 눈은 충혈되고 피부가 뒤집어져서 화장은 안 먹고. 결국 메이크업은 포기하고 대충 비비크림만 바른 초췌한 얼굴로 호텔을 나서야 했다. 반면 그녀를 죽부인 삼아 편안히 숙면을 취하신 찬현은 뽀송뽀송, 반들반들 고운 피부를 유지하며 상큼하고 생기 넘치는 모습으로 출근길에 올랐다. 방금전 그녀를 집 앞에 떨궈주기도 하였고. 어찌나 혈기왕성하신지.

"어, 거실에."

슥슥 거실 슬리퍼를 갈아 신고 안으로 들어서지 효아 말대로 십영환이 거실에 앉아 있는 모습이 보인다. 어느 때보다도 더 꼿꼿한 아버지의 뒤통수를 보면서 효우는 작게 한숨을 내쉬었다. 또다시 이리 아침 댓바람부터 들이닥치셨다니, 하여튼 성격 급한 건 알아드려야 해. 생각하며 효우는 심 회장 맞은편에 깔끔한 자세로 자리를 잡고 앉았다.

"오셨어요?"

"이제야 귀가하는 걸 보니 일은 잘 해결된 모양이구나."

여기서 '일'이라 함은 찬현과의 일을 두고 말하는 것이렷다. 역시 이것 때문인가. 효우는 전날 전화로 찬현에 대한 신뢰를 드러내던 아버지를 떠올렸다.

"찬현 군은 널 일부러 속이고 접근할 사람이 아니다. 널 아주 많이 아껴."

일이 터지고 패닉 상태에 빠져 있던 그녀에게 아버지가 한 말이다. 찬현의 해명 따위 듣지도 않은 채 무작정 그를 의심하고 혼자 실망하고 상처받았던 효우가 용기를 내게 된 계기가 된 말이기도 하다. 아버지는 찬현을 강력하게 신뢰하고 있었다. 그러고 보니 그 문제에 대해 미처 물어보질 못했다. 어떻게 의심 많은 아버지를 자신의 편으로 만들었는지 꼭 묻고 그 답을 알아내고 싶었는데.

'물어볼 시간이 없었지.'

그의 작정하고 덤비는 듯한 맹수의 그것과도 같은 뜨거운 몸짓에 그녀는 머릿속을 차분히 정리할 겨를이 손톱만큼도 없었다. 2년

뿐인데도 체력 차이가 꽤나 심하게 났다. 이걸 세대 차이라고 해야 하는 거야, 남녀 차이라고 해야 하는 거야? 밤새 달렸던 경험이 전무한지라 비교 대상이 당연히 없어서 어젯밤에 대해선 뭐라 결론을 지을 수가 없는 그녀였다.

"네, 아버지. 일찍부터 어쩐 일이세요?"

"그래, 결혼 날짜는 잡기로 했냐?"

"그게 궁금해서 여기까지 오신 거예요?"

"것도 궁금하고 따로 얘기할 깃도 있고, 겸사겸사."

"아직 결혼 문제는 상의 못했어요. 할지 안 할지도 아직은 잘 모릅니다."

"안 할 수도 있다는 치기 어린 소린 집어치워라. 이미 찬현 군 집안에도 네 얘기가 다 알려졌어. 그쪽 집안뿐이냐? 정계, 재계, 사교계, 어디 한 군데 소문 안 퍼진 곳이 없다. 아홉 시 뉴스에까지 찬현 군이 제이 리라는 사실과 그가 하트앤소울 주총에 등장했다는 소식이 보도되었어. 너와 찬현 군이 은밀히 교제하고 있다는 얘기까지 흘러나와 어제 하루 주식 시장이 요동을 쳤다. 그런 와중인데 결혼을 안 하겠다니 말이 되는 소리냐?"

"집안이나 세상의 이목은 상관 안 해요. 신경 안 씁니다. 사람들 시선이 무서워서 하기 싫은 결혼을 억지로 한다는 건 말 안 된다고 생각해요. 하고 싶을 때 할 거니까 아버지도 그리 아셔요."

"쯧쯧쯧! 아직도 그놈의 소녀 감성 못 버리고 철딱서니 없기는. 그런 정신머리로 회사는 어떻게 여기까지 이끌어왔누."

"회사는 회사고 결혼은 결혼이죠. 공과 사가 다르듯이 이성과

감성도 같이 갈 수 없다고 생각해요. 회사는 머리로, 사랑은 마음으로 하는 거잖아요.”

“고집 센 건 제 어미와 한 치도 다르지 않지. 쯧쯧! 좋다, 그 문제는 그렇다 치고.”

어느 정도는 예상했던 모양이다. 잠시 혀를 차며 마음에 안 드는 티를 내긴 했지만 더 이상은 강요하지 않는 걸 보면. 평소의 심영환이었다면 분명히 자신의 의견을 관철시키려 들었을 터인데 어인 일일까. 의아한 마음도 잠깐, 심영환은 밖에서 대기하고 있는 효아와 효이를 안으로 불러들였다.

“내가 여기까지 온 건 다른 할 얘기가 있어서다. 너희 셋 꼭 한 자리에 모아놓고 해야 할 말이다. 아침잠 많은 효이까지 끌고 나오느라 힘들었지만 그보단 효우가 퇴근할 때까지 기다리는 게 더 힘들 것 같아 내가 서둘러 아침부터 온 게야.”

“무슨 일 있으세요?”

“우리 집에 일이라곤 효우 언니 일뿐이잖아요. 다른 문제 뭐 있나?”

효이가 동그란 눈을 반짝 빛내며 게슴츠레 효우를 훑어보며 물었다. 아버지 앞이라 딱히 뭐라 말은 못하고 있지만, 그 눈빛은 이미 효우를 살벌하게 추궁하고 있었다. 밤새 뭐 하고 이제 온 거냐? 찬현과 어디서 뭘 하고 있었냐? 내숭 떨지 말고 다 말해줘라 등등.

“이혼, 하기로 했다.”

“네?”

“뭐, 뭐라고요?”

“헐.”

효우, 효아, 효이가 동시에 반응했다. 제각각 다른 말을 내뱉었지만 표정은 하나같았다. 세 자매 모두 제 어미를 똑같이 닮은 동그랗고 반짝이는 흑진주 눈동자를 빛내며 오밀조밀 도톰하고 말캉한 입술을 어벙하게 벌린 채였다. 반쯤 얼이 나간 세 자매를 씁쓸하게 바라보며 심영환은 무겁고 단정적인 말투로 다시 한 번 재차 선언했다.

“이혼하기로 결정했다. 오늘부터 법률고문에게 맡겨 재산 분할 관련 검토에 들어갈 예정이야.”

“이혼이라뇨? 갑자기 왜 이런 결정을……?”

“갑자기는 아니다. 전부터 생각하고 있었어. 너희들이 새엄마를 잘 따르지 않는다는 거, 오라비들과도 삐꺼덕거린다는 것 모두 알고 있다. 감수성이 예민한 시기에 갑자기 엄마를 잃은 너희들 마음 헤아리지 못하여 너무 일찍 새어머니를 들인 것이 문제였다는 것도 잘 안다. 그땐 너희들이 갈팡질팡 방황하는 모습을 보고 싶지 않았고, 나 혼자서는 딸 셋을 감당하기 힘들었다. 어떻게든 좋은 엄마를 붙여주고 싶었어. 나 역시 계속 힘들었지만, 내가 힘든 건 전혀 문제되지 않았다. 난 너희들을 위해 최선을 다해줄 여자를 원했을 뿐이지.”

“그래서 결혼한 게 새어머니였다고요?”

“그게 정말 최선이었어요?”

효아와 효이가 눈살을 찌푸리며 되물었다. 심영환은 한숨을 푹 내쉬며 고개를 끄덕여 두 딸의 반대 의견을 겸허히 받아들였다.

"그래, 결국 내 선택은 잘못된 것이었지. 내가 실수했어. 사랑하지도 않는 여자를 억지로 아내로 받아들이고, 내 딸을 키우도록 의무를 지워줬으니 이런 사달이 난 거겠지."

"사달이요? 왜요? 집에 무슨 사달 났어요?"

"사달이야 늘 나지. 엄청 잘나신 새어머니 덕분에. 또 새어머니가 효아 언니 음해했어요? 아니면 효우 언니 결혼시키자고 졸랐어요? 시키자고 해요. 효우 언니, 이제 결혼할 수 있으니까 시키자면 시키자고 말해요. 형부 계시잖아요. 고려호텔 회장님 손자 이찬현. 세계 최고 투자금융 Jay&Clare의 대표 제이 리."

"심효우."

효이가 쓸데없는 말을 조잘거리는 틈을 비집고 심영환이 효우의 이름을 불렀다. 침울하고 무거운 어조다. 내내 침묵하고 있던 효우는 요지부동 굳어버린 자세로 아버지를 바라보았다.

"미안하다."

"……."

"네가 나 때문에 많이 힘들었다는 걸 얼마 전에야 알게 되었다. 네 새어머니가 하트앤소울의 주식을 12퍼센트나 소유해 네 자리를 위태롭게 했다는 것도, 널 찾아가 회사를 넘기라고 압박했던 사실도, 네 회사에 사람을 심어놓고 회사 기밀을 빼내려 했다는 것도 모두 다 얼마 전에야 알게 되었어."

"아버지……."

"왜 말하지 않았니? 왜 그런 사실들을 내게 말하지 않았어? 내가 그걸 알았다면 절대로 묵과하지 않았을 텐데. 내가 왜 컨설턴팅 잘하고 있는 널 하트앤소울로 밀어 넣었게. 왜 다 쓰러져 가는 회사를, 더 바닥을 칠 수도 없을 만큼 추락한 하트앤소울을 네게 맡겼게. 널 믿었기 때문이다. 네 능력이라면 하트앤소울을 예전 최고의 자리까지 다시 끌어올릴 수 있다고 믿었다. 하트앤소울은 성분이 좋기로 정평이 나 있는 만큼 언제든지 경영인만 잘 만나면 다시 날아오를 수 있는 무한한 잠재력이 있다고 여겼어. 그 회사라면 너와 함께 성장하며 정점을 찍을 수 있을 거라 생각했던 거야.”

“그럼 아버진 절 경영…… 수업 시키신 거예요?”

믿을 수 없다는 눈으로 효우는 아버지를 바라보았다. 이미 머리카락의 반이 새하얗게 된 반백의 중년은 회한이 가득 담긴 눈으로 효우의 얼굴 위로 지나가는 무수한 감정들을 지켜보고 있었다.

“네가 하트앤소울을 제대로 원래의 위치까지 끌어올릴 수 있다면, 그런 역량이 있다는 걸 세상에 보여준다면 그 누구도 너에 대한 반론을 재기할 수 없을 거라 생각했다. 네가 우리 백화점 최초의 여성 오너가 된다고 해도 그 누구도 반대하지 않을 거라 생각했어. 어쩌면 네 새어머니와 오라비들이 그러한 내 심중을 미리 파악하고 움직인 건지도 모르겠다. 네가 계획한 프로젝트가 성공하면 하트앤소울은 업계 최고의 위치로 도약하는 것은 물론, 네 입지까지도 완전해질 것이 뻔하니 사전에 그 모든 걸 차단해 무산시키겠다는 계획이었겠지. 좀 더 알아봐야겠지만 누군가로부터 검은돈을 지원받은 것 같더구나. 계획적으로 너와 히트앤소울을 집어삼키려 하는 세력이 있었던 거지. 그런 것들한테 휘둘려서 동생인 널 치려 하다니. 그 썩을 놈을!"

"세상에."

"레알?"

효아와 효이가 나란히 반응했지만 효우는 여전히 아무 말도 할 수가 없었다. 아버지가 자신을 후계자로 염두에 두고 있다니, 그녀로선 한 번도 생각해 본 적 없는 일이었다.

자신을 늘 부모 말 안 듣는 고집불통, 남자 문제나 일으키는 골칫덩이로 취급했던 아버지가 아닌가. 컨설턴트 분야에서 독보적인 영역을 구축했음에도 항상 일 잘하는, 능력 있는 딸이라 칭찬하기보다는 사랑 타령이나 해대는 철부지라 쯧쯧 혀만 차기 일쑤였다. 하트앤소울을 맡기면서도 그녀의 능력을 높이 샀다기보다 쓰러져 가는 가망 없는 회사 회생시키기 위해 컨설턴트가 필요해서라는 뉘앙스가 더 컸었다. 당연히 효우는 아버지가 자신을 '경영'이 아니라 '문제 진단'용으로 선택했다 여겼다. 그래서 더 이를 갈며 일했다. 아버지가 자신을 인정해 주길 바라며 밤낮 없이 일하고 또 일했다. 한데 사실은 하트앤소울이 자신의 경영 수업을 위한 장(場)이었다니!

"왜 말하지 않았니? 그렇게 괴롭힘을 당하고 있었으면서, 왜?"

"아버진 사업 외엔 관심 없는 분이시잖아요. 말씀드려 봤자 신경 안 쓰실 거라 생각했어요."

"그럴 리가 있니? 내 자식 일에 왜 관심이 없어? 난 그저 새 가족과의 트러블이 있을 땐 내가 빠져 줘야 한다고 생각했을 뿐이다. 괜히 내가 끼어들어 누군가의 편을 든다면 두 가족이 융화될 수 없을 거라 생각했어. 그래서 모르쇠로 일관했을 뿐, 너희 일에 관심이 없었던 건 절대로 아니다. 관심이 없었다면 네 그 수많은 남자들 뒷조사는 어찌 그리 열심히 했겠니?”

“…….”

“난 그놈들이 죄다 네 돈만 노리고 달려드는 하이에나라고 생각했다. 뒷조사를 해보면 하나같이 뒤가 구린 녀석들이었어. 네가 워낙 순진해서 그놈들의 꼬임에 잘도 넘어갔지. 그러니 네가 사귄다는 놈들은 죄다 의심이 갈 수밖에 없었다.”

“그리고 아버지 예상대로 항상 그 사람들은 내게 돈이나 그 외 다른 것들을 요구했었죠. 신기하게도 마치 짜 맞춰진 것처럼 하나같이.”

“실은 그것에 대한 진실도 얼마 전에 알게 됐다. 네가 남자 문제로 트러블을 일으킨 것 중에 상당 건수가 상구 놈이 일부러 너한테 접근시킨 것이었더구나. 너한테 일부러 카사노바 같은 놈들을 붙여놓고 잔인하게 네 마음을 난도질한 거야.”

“뭐라고요? 언니한테 일부러 남자를 붙였다고요?”

“미, 미친 거 아니야, 그 돼지들?”

새롭게 드러난 사실에 효아와 효이가 버럭 고함을 지르며 발끈했다. 효우가 남자에게 차일 때마다 얼마나 힘들어했는지 알고 있었으니 이런 반응이 나오는 것이다. 그 문제들로 아버지와 얼마나 옥신각신 다퉜는지 알고 있으니 이리 펄쩍 뛰는 것이다. 이 얼마나 잔인하고 막돼먹은 짓이란 말인가. 한 사람의 감정을 이용한 유희질이라니. 잔인하고 또 잔인한 사람들이다, 그들은.

"네가 망가지길 바랐던 거지. 또한 나와 네가 그러한 문제로 자주 부딪쳐 사이가 멀어지길 바랐던 거고."

"그것까지 다 알고 계실 줄은 몰랐어요. 저도 얼마 전에 겨우 알게 된 일인데, 도대체 어떻게 알게 되셨어요?"

"찬현 군이 말해주더구나."

"뭐라고요?"

지그시 감겨 있던 두 눈이 부릅떠졌다. 의외의 대답이다. 이찬현이 이 모든 사실을 다 알고 있었다고? 어, 어떻게?

"침실에서 첫 대면을 하고 난 며칠 뒤, 찬현 군이 날 은밀히 찾아왔었다. 그리고는 자신의 정체를 밝히더구나."

"제이 리라는 걸 아버지께 먼저 밝혔다고요?"

"그뿐만 아니라 네가 지금 어떤 상황에 처해 있는지 모두 내게 말해주었어. 그리고 앞으로 자신이 어떤 계획을 가지고 일을 처리해 나아갈 것인지도 얘기해 주었다."

"그걸 왜 아버지께……?"

"너희 둘과 함께 근무하고 있던 사원 한 명이 기밀을 유출하고 있는 것 같다더구나. 네 오라비들이 심어놓은 스파이겠지."

"사원이라고요? 김 이사가 아니라요?"

"처음엔 찬현 군도 김 이사라 생각했다더라. 하지만 여러 가지 뒷조사와 정황 증거로 보아 김 이사는 아니라는 걸 알게 되었다지. 그렇다면 다른 누군가가 정보를 유출하고 있다는 건데, 그즈음 의심이 가는 인물이 있었다더구나. 뒷조사를 해보니 형구를 정기적으로 만나고 있다고 했다. 하지만 희한하게 사원의 계좌나 다른 루트를 통해 거액의 사례비가 입금된 흔적이 발견되지 않았고, 그래서 섣불리 단정 지을 수 없는 상황이었다지."

"혹시 그 사람이……?"

함께 근무하는 사원이라면 단 한 명밖에 없다. 그녀의 일과를 날마다 체크하고, 찬현의 컴퓨터를 마음대로 구경할 수 있으며, 방음이 잘 안 되는 대표실의 거의 모든 얘기를 다 들을 수 있는 사람.

"가까운 곳에 스파이로 의심되는 사람을 두고 일을 진행하는 것은 위험천만한 일이지. 아무도 모르게, 심지어 너조차도 모르는 쇼가 필요했던 이유는 바로 그 때문이었을 거다. 네가 알면 기밀이 유출될 가능성도 그만큼 커지기 마련이니 다른 수가 없었던 거야. 자초지종을 얘기하면서 찬현 군이 내게 말하더구나. 사방이 적인 상황에서 가장 믿을 수 있는 사람은 나뿐이라고. 그래서 말씀드리는 거라고. 나라면 효우 네가 불행해지는 걸 원치 않을 것이고, 그렇다면 자신이 계획한 일에 협조해 줄 거라고 생각했다 하더라."

"아버지."

"그리 말하는 찬현 군을 내가 어찌 믿지 않을 수 있겠니? 난 그날 이후 많은 것을 검토하고 결정했다. 이혼도 그 이후 충분히 숙고하여 내린 결론이야. 가슴은 뜨겁지만 머리는 늘 차가운 게 네 아비가 아니더냐. 욱한 마음으로 시급히 내린 결정 아니니 안심해라."

"……"

"지금까지 살아온 발자취를 곰곰이 되돌아보게 되니 내가 너희들한테 잘못한 게 많더구나. 특히 효우 너한텐 정말이지 면목이 없다. 내가 해야 할 몫의 일들을 전부 다 네가 해주었다는 사실을 알고 난 후부턴 밤에 잠도 잘 안 오더라. 너무 미안해서, 네게 상처만 준 못난 아비라서, 울타리가 되어주기는커녕 항상 책임과 의무만을 강요했던 아비라서 정말로…… 미안하다, 효우야."

"아버지……."

뜨겁게 가슴으로 토해내는 아버지의 고백. 뭐라 할 말이 떠오르지 않아 효우는 멍하게 아버지의 면만 바라보았다.

"에이, 이럴 땐 포옹을 해야죠. 격렬하게!"

"아버지! 우흑흑흑흑! 딸아, 내 딸아! 이렇게요."

눈동자에 그들먹하니 뜨거운 습기가 차오를 즈음, 옆에서 동생들이 너스레를 떤다. 저도 모르게 웃음이 터지자 효우는 한 손을 들어 입을 틀어막으며 고개를 수그렸다. 후두둑 탁자 위로 눈물이 떨어져 내렸다. 나오는 것은 눈물이고 오열인데, 가슴은 막힌 곳이 뻥 뚫린 듯 시원하기만 하다.

테이블에 방울방울 맺힌 자신의 눈물 자국을 내려다보며 효우는 배시시 미소를 지어 올렸다.

My Precious, 『The One』

"그러니까 김 이사님도 양 비서도 이 모든 계획을 사전에 다 알고 계셨단 말인가요?"

한참 만에 효우가 입을 열었다. 그 어느 때보다도 더 나긋나긋 상냥하고 부드러운 목소리다. 하나 목소리의 다감함과는 달리 눈빛은 매섭게 날이 서 있었고, 그녀는 그 눈으로 자신의 앞에 서 있는 두 직원, 아니, 세 직원을 찬찬히 차례로 돌아보고 있었다. 맨 마지막에 삐딱한 자세로 책상에, 것도 오너인 자신의 책상 모서리에 걸터앉아 여유자적 딴청을 피우고 있는 수습사원에게는 초강력 레이저를 발사하고 있다. 저 인간이 자신만 쏙 빼놓고 작전을 구사했다는 사실을 이제야 안 탓에 그녀는 완전히 바보가 된 기분이었다.

"저, 그게…… 심 대표, 그럴 수밖에 없는 사정이……. 아까도 누차 말했지만 내가 딸아이 문제로 협박을 받고 있던 터라서 쉽사리 나설 수가 없었네. 대표께서 박상구 씨한테 위협을 받는 모습을 보았으면서도 어쩔 수가 없었어. 달리 수가 없으니 내 발등만 찧고 피눈물만 흘리고 있었더랬지. 그때 이찬현 씨가 연락을 해왔던 거네. 내 딸아이의 안전을 확보해 놓았다면서 내게 협조를 부탁해 왔어. 그때 내가 도울 수 있는 일이란 중요한 일도, 많은 일도 아니었지만. 난 그렇게라도 심 대표를 도울 수 있어서 정말로 기뻤네."

"저도 그 점은 기쁘게 생각합니다. 김 이사님께서 제게 등을 돌린 게 아니었다는 사실을 안 것만으로도 마음이 홀가분해요. 김 이사님을 정말 잃고 싶지 않았거든요. 따님 일은 유감이에요. 박상구의 협박을 받고 있다는 걸 미리 알았다면 제가 어떤 식으로든 도왔을 텐데."

"이찬현 씨도 그렇게 말하셨지. 하지만 내가 위협받고 있다는 얘기를 대표께 해버리면 문제가 아주 많이 복잡해지는 상황이었네. 내가 왜 위협을 받고 있는지에 대해서도 말해야 했을 것이고, 불법적으로 주식을 매입 중이라는 얘기도 해야 했을걸세. 그 정보가 대표께 흘러들어 가는 것은 아주 위험했어. 대표께도 내 딸아이한테도 최악의 사태가 벌어질 수도 있었지. 정말 이러지도 저러지도 못하는 상황 속에서 나도 정말이지 힘들었네. 그리고 그 상황에서 날 구해준 분이 이찬현 씨였던 걸세."

김영호 이사는 생명의 은인이라도 되는 양 찬현에게 찬사의 눈길을 보내었다. 박상구, 박형구 형제가 대표를 찾아온 날, 사색이 되어 이사실에 홀로 앉아 줄담배만 피우고 있던 자신을 찾아온 찬현을 떠올리자면 찬사보다도 더한 것도 할 수 있었다. 그때의 그는 거의 구세주였다. 죄책감과 두려움 속에서 하루하루 초침 하나가 지나갈 때마다 서서히 피가 말라가는 심정이었던 그를 구원해 준 신!

"김 이사님은 대표님이 가장 신뢰하고 의지하는 분입니다. 하트앤소울을 끝까지 함께 이끌어갈 사람은 김 이사님뿐이라 생각하고 계시죠. 대표님께는 이사님에 대한 믿음이 하트앤소울의 대표이사 자리보다도 더 크고 중요합니다. 하실 수 있는 일이 얼마 없다 하여 함께하지 않으신다면 대표님께서도 마음 아파하실 겁니다."

이찬현은 말보다 목소리, 눈빛이 설득력 있는 사람이었다. 깊고 그윽한 음성이 천천히 울리면 듣는 사람까지도 감화되어 울먹거리게 된다. 다정하고 따사로운 눈빛으로 상대를 주시할 때면 그 눈빛에 마음까지 녹아내려 흐물흐물 세상에서 가장 감정적인 사람이 되어버린다. 그러나 단지 그에게 감화되어 그러한 중대 결심을 한 것만은 아니었다.

그는 심효우를 믿었다. 그녀가 하트앤소울을 제대로, 초심이었던 '싸고 품질이 좋은 화장품' 이라는 기업 이념을 잃지 않으면서도 멋지게 지켜낼 거라 믿어 의심치 않았다. 지금까지도 좋았고 앞으로도 전망은 나쁘지 않았다. 비록 뜨내기나 다름없는 심영환이 배후에 있지만, 심효우의 뚝심은 믿고 의지할 만하다 생각하고 있었다. 물론 자신은 평소 심효우의 사람이 아님을 늘 강조하여

왔다. 하지만 그렇다 하여 그녀의 경영 방식을 지지하지 않은 것은 아니었다. 그는 전에도, 지금도, 앞으로도 하트앤소울을 제대로 지켜낼 사람은 심효우뿐이라 생각했다.

"그럼 양 비서는 언제부터 알게 된 거죠?"

"예? 저, 저는……."

양하은은 날카로운 심효우 대표의 심문을 받자마자 저도 모르게 이찬현을 돌아보았다. 자신 때문에 수많은 기밀이 상대 적수에게 흘러들어 가게 된 것을 안 이후부터 쭉 이렇게 잔뜩 주눅이 들어 있는 상태이다. 그나마 이 완벽한 시나리오에 발가락 하나를 담그게 된 행운을 갖게 된 이후엔 고개 정도는 들고 다닐 수 있게 되었다. 하지만 역시 심효우 대표 앞에서만큼은 제대로 말조차 이을 수 없을 정도로 힘든 것은 어쩔 수가 없다. 그럴 수밖에, 심효우는 평소 자신이 추앙해 마지않는 사람이었으니.

그녀는 동생 학비를 지원해 주고, 돈 때문에 종종거리는 자신을 위해 어머니 병원비도 간간이 내주는 배려심 깊은 상사이다. 돈좀 아껴보겠다고 그 먼 길을 매일 걸어서 출퇴근하는 그녀를 위해 회사 차를 보내주기까지 하던 자상하고 사려 깊은 사람이란 말이다. 그런데 그런 심효우 대표를 자신의 세 치 혀로 곤경에 빠뜨리게 했으니 이 죽을죄를 다 어떻게 갚을 수 있단 말인가!

그 답을 준 사람이 바로 이찬현이었다.

"저도 그날 이후로……."

"그날이라면 박상구와 박형구가 날 찾아왔던 바로 그날을 말하는 건가요?"

"예. 제 남자친구가 대표님의 이복오빠이자 대표님의 자리를 빼앗으려는 사람이라는 걸 안 것도 그날이었어요. 그동안 절 부추 겨서 회사 정보를 빼돌리고 있던 것도 그때 다 알게 되었죠. 제가 이용당하고 있던 거였어요. 그날 너무 놀라서 아무 말도 못하는 절 보고도 형구 씨는 오히려 대표님께 당당히 스파이를 심어놓았 다고 말하더라고요. 그 소릴 듣고 제가 어찌나 놀라고 화났던지. 저도 뒤통수 맞은 격이라 그때는 아무 생각도 할 수가 없었어요. 바로 그 시점에 이찬현 씨가 절 찾아온 거죠. 제게 실수를 만회할 기회를 주겠다고 하셨어요. 주총 때까지 모든 정보를 차단시키고 대표님의 일을 도우라 하셨습니다."

"그게 다예요?"

"주총에 대비해 우리 쪽에서 어떤 카드를 내놓을지 아무도 모 르게 해야 한다 하셨습니다. 보안이 철저하게 유지되어야만 그게 가능한 일이었던 것이죠. 보안을 위해서 모든 정보는 저와 이찬현 씨만이 알고 있어야 한다 했습니다. 모든 사안은 이찬현 씨가 지 시하시고 제가 직접 처리했습니다. 제이 리님의 비서이신 한용운 씨를 제이 리인 것처럼 위장하는 일과 그의 일과를 철저하게 관리 하는 일도 제가 모두 맡아서 해왔습니다."

"김 이사님도 모르게 혼자서 다 관리했다고요?"

"네, 한용운 씨가 꽤 말 많고 까다로운 분이라 하시면서 저더러 직접 관리하라 하셨습니다."

상대하기 귀찮아서 미뤘군. 생각하며 효우는 찬현을 노려보았 다. 살을 에는 듯 차갑고 날카로운 시선이었으나, 이젠 면역이 되

었는지 찬현은 입술 끝을 축 끌어 내릴 뿐 전혀 무서워하는 기색
이 없었다. 오히려 배시시 즐거운 미소가 얼굴에 떠올린 채 효우
를 관찰하고 있었다. 호기심 잔뜩 서린 눈을 보아하니 자신이 기
획하고 연출한 쇼를 보고 효우가 과연 몇 점이나 줄 것인가 기대
하고 있는 듯했다.

100점쯤 줄 거라 생각하는 건가. 다 잘 되었으니 고맙다고 뽀뽀
라도 하사할 줄 알았나? 여자는 결과보다 과정을 더 중요시한다는
걸 몰라?

이 바보, 이찬현.

"박형구와는 언제부터 사귀고, 아니, 이용당하고 있었던 거죠?"

"6개월 전쯤요. 전 그냥 제 얘길 엄청 잘 들어주는 남자라고만
생각했지 절 이용하기 위해 일부러 접근한 스파이라고는 전혀 생
각지 못했습니다. 전 제가 그렇게 중요한 사람이라고 생각해 본
적이 한 번도 없었거든요."

"왜요? 양 비서가 얼마나 중요한 사람인데요."

"죄송합니다."

시무룩한 얼굴로 양하은이 고개를 푹 숙이며 다 죽어가는 목소
리로 중얼거린다. 당장에라도 눈물을 왈칵 쏟아낼 듯 울먹이고 있
다. 절로 눈살이 찌푸려지는 광경에 효우는 한숨을 깊게 내쉬었
다. 어린 아가씨가 얼마나 속을 끓였으면 며칠 새에 얼굴이 반쪽
이 되었다. 까칠한 피부며 움푹 들어간 눈을 보고 있자니 속이 쓰
려왔다. 소녀가장에 아픈 어머니와 학생인 동생을 위해 정말이지
열심히 살아가는 아가씨인걸. 자상한 남자친구가 생겼다기에 축

하해 주었더니만…….

하여간 박형구는 죽일 놈이다.

"됐습니다. 이 문제는 이대로 덮어요."

"대표님."

"난 몰랐던 거예요. 이 문제, 이 사건, 하나도 몰랐어요. 그렇게 생각하고 처리할 거니까 두 사람도 그렇게 아세요."

"그, 그래도 되려나?"

머쓱한지 김영호 이사가 한 손으로 뒤통수를 긁적거리며 중얼거렸다. 우렁차게 큰소리 한번 거하게 쳐줄 거라 생각했던 심효우가 아무 말도 하지 않고 사람을 물리니 뭔가 이상한 것이다. 그들에겐 해가 서쪽에서 뜰 일. 고의는 아니었다 하나 김 이사는 주식 정보를 상사에게 보고하지 않은 죄가 있고, 양 비서는 회사 기밀을 유출시킨 죄가 있다. 두 가지 모두 절대로 가볍지 않은 죄이다.

"두 분이 저지른 일은 확실히 문책받아야 마땅하죠. 하지만 그동안 회사에 기여한 공과 이번 주총 작전에서 활약해 주신 점, 그리고 두 분 모두 저에게 보여주신 믿음이 워낙 커서 제가 다른 선택을 할 수가 없네요. 두 분 모두 용서해 드리기로 했습니다."

"심 대표!"

"대, 대표님!"

김 이사는 두 눈을 부릅뜨며 환히 웃었고, 양 비서는 당장에라도 눈물을 떨굴 듯 감격한 얼굴이다. 그럼에도 불구하고 차가운 가면을 그대로 뒤집어쓴 채로 효우는 냉정하게 결론을 내렸다.

"이런 말 할 자격 없다고 생각하긴 합니다만, 한 말씀 드리자면

김 이사님께서는 하루빨리 따님과 부인을 한국으로 불러들이셔야
할 것 같습니다. 아직 많이 아끼고 사랑하시는 것 같은데 될 수 있
으면 집안에도 신경 쓰시겠다 약조하시고 다시 재결합하셔요."

"예?"

뜬금없다 생각했는지 김 이사가 조심스럽게 반문했다. 한 번도
지금까지 그의 사생활에 대해 언급한 적이 없는 심효우가 이게 웬
일? 포차 사석에서나 할 얘길 심효우한테서 듣다니. 귀가 거짓말
하는 거 아닌가 하고 생각해 보았으나 다음 순간 이 모든 상황이
현실임을 증명하듯 효우가 재차 이어 말한다. 한심스럽다는 듯이
눈살까지 찌푸려가며.

"언제까지 그렇게 사실 겁니까?"

"……시, 심 대표?"

"여자들은 김 이사님처럼 일만 하는 남자, 안 좋아합니다. 일도
좋지만 가정에도 소홀하시면 안 되죠. 가정이 안정되어야 일도 순
탄하게 잘되는 거라고요. 이건 상사로서의 충고가 아니라 여자로
서 드리는 조언이라고 생각하세요. 그리고 양 비서!"

"네!"

"양 비서도 남자 보는 눈 좀 키워야겠어. 박형구가 얼마나 인간
성이 더럽고 날라린데 그런 놈한테 마음을 빼앗겨?"

"네, 네……?"

양하은 놀라는 것 좀 보라. 입에 파리가 들어가서 집을 지어도
되겠다 싶다. 그동안 상사로서의 권위만 내세우던 자신이 갑자기
한심스러워지는 효우였다. 물론 그게 썩 잘못한 것도 아니고, 그 덕

에 실없이 남들 앞에서 실수하고 우습게 보일 일 없어서 좋기도 했지만 더 잘할 수 있었는데 하는 아쉬움이 드는 것은 어쩔 수가 없었다. 어쩌면 리더에겐 빈틈 하나 없는 완벽함보다는 조금쯤 틈을 보일 줄 아는 여유와 포용력이 더 필수 요건일지도 모르겠다는 생각이 들었다. 그걸 지금이라도 깨닫게 되었으니 다행이란 생각도.

"반성하는 마음으로 내가 숙제 하나 낼 테니까 1년 안에 임무 완수해 와."

"숙제…… 요?"

"어디다 내놓아도 꿀리지 않는 번듯한 남자친구 만들기. 지금부터 딱 1년 후 내 앞에 대령하세요. 잘생기고, 돈도 잘 벌고, 인간성도 좋아야 합격입니다. 아셨어요?"

"저, 정말이세요? 정말로 그것만 이행하면 용서해 주시는 거예요?"

양 비서가 눈을 크게 뜨고 반문한다. 물어보나마나 물론 진심이다. 양하은에겐 그 정도의 벌만 내려도 좋을 것 같다. 어차피 악의도 없었고 그녀 역시 피해자이기도 한 사건이다. 오히려 남자친구에게 배신당했다는 사실에 엄청난 충격과 상처를 받았을 것이다. 그것만으로도 충분히 괴로웠을 하은에게 이 이상의 마음의 짐을 지워주기는 싫었다. 불편하다, 이쪽이. 사랑하던 사람에게서 속았다는 것을 알았을 때 그 마음이 어떨지는 누구보다도 자신이 가장 잘 알고 있다. 이 정도에서 그냥 덮어두기로 작정한 것은 그러한 이유 때문이다.

하지만 회사가 위태로울 만큼 어처구니없는 상황에 빠져 있었다는 사실은 변함이 없다. 기밀 유출과 주요 정보 미보고. 보통 사안은 결코 아니다. 이 모든 사태에 대해 분명하게 책임을 묻고 넘어가야 함은 너무나도 마땅한 것이다. 하지만 이렇게 된 이상 당사자인 김 이사와 양 비서를 문책하긴 힘들었다. 그렇다면 책임은 누구에게 물을 것인가.

당연히 두 사람을 문책하지 못하도록 만들어 버린 이찬현이다. 그는 진정으로 이 모든 상황을 책임지고 벌을 받아야 한다. 어떤 식으로 벌을 내릴 것인지는 물론 전적으로 효우가 결정할 것이다.

"다들 이만 나가보세요."

의미심장한 눈으로 찬현을 돌아보며 효우는 이렇게 덧붙였다.

"이찬현 씨는 남아주시고요."

앞으로 어떤 상황이 닥칠지 매우 흥미진진하다는 듯 스윽 그의 눈썹이 치켜 올라간다. 그것을 지켜보며 효우는 나른하게 미소를 흘렸다.

"애, 애! 이게 어떻게 된 거야. 대체 어떻게 된……!"

어떻게 된 거냐고 묻고 싶어 안달이 나 있음에도 불구하고 차마 끝까지 묻지 못한 채 입을 꾹 다물어 버린 여직원은 하은의 휴게실 멤버 고준영이었다. 하은이 나오기만을 눈이 빠지게 기다렸던 모양이나 기가 막히게도 하은과 함께 김영호 이사가 나오자 그녀는 모터 달린 듯 빠르게 움직이던 입놀림을 딱 멈추고 어색하게 웃음을 흘려보려 애를 썼다.

"아, 안녕하세요, 이사님."

"크흠!"

상황이 상황인 만큼 어색한 건 김 이사도 마찬가지. 김영호는 인사를 받는 둥 마는 둥 하고는 서둘러 비서실을 빠져나가 버렸다. 탁! 문이 닫히는 소리가 들리자 기다렸다는 듯이 준영이 하은을 비서실 구석으로 끌고 들어간다.

"어떻게 된 거야? 정말 제이 리가 이찬현 씨야?"

"뭘 그런 걸 묻고 그래? TV에 다 나왔잖아. 두 사람이 동일인물인 거."

"정말이란 말이야? 정말 이찬현 씨가 제이 리라고? 미국 경제계를 주름잡고 있다는 그 거물? 어머, 어머! 제이 리라면 엄청 부자에다가 사업적 안목도 뛰어난 사람이라며. 꽤 나이가 있을 거라고 다들 추측하지 않았어?"

"이찬현 씨가 중학교 때 이미 펀드 운용을 하셨단다. 스무 살에 떼돈을 버시고, 스물한 살에 지금의 회사를 인수하셨대. Jay&Clare의 Clare 씨가 바로 그 회사 창업주였는데 이찬현 씨가 인수받으신 이후 함께 회사를 이끌어가고 있는 거지."

"아아아, 엄청난 천재였구나. 그럼 우리 대표님이랑은? 우리 대표님과는 어떤 사이인데? 언론에 퍼진 연인설은 다 거짓말이지? 추측 보도, 가십거리 좋아하는 기레기들이 과장, 왜곡한 기사들 맞지?"

"조만간 결혼하신대."

"뭐어?"

코 평수를 넓히며 준영이 묻는다. 쯧쯧, 하은은 혀를 찼다. 준영이 필요 이상으로 대경하는 이유를 너무나도 잘 알기 때문이다. 준영은 내심 찬현을 마음에 두고 있었다. 잘생긴 수습사원, 잘 키워서 꿀꺽 삼켜 버리겠다 속내를 털어놓은 적이 있을 정도로 아주 심하게 검은 마음을 품고 있었다. 양심도 없지. 자긴 된장녀면서, 대표님이 공주 출신이라며 틈만 나면 땅콩 껍질 까듯 까던 주제에 찬현 씨를 마음에 두고 있었다니. 아서라! 이찬현 씨는 네 것이 아니야. 그를 가질 자격 있는 사람은 세상에 유일무이, 심효우 대표님뿐이라고.

"두 분, 서로 사랑하셔."

믿기 싫은 이야기라도 들은 듯 고개를 살래살래 좌우로 흔들며 열심히 현실 부정하고 있는 준영을 향해 하은은 못을 박듯 확실히 대답해 주었다.

"어려서부터 친구 사이셨대."

"어릴 때부터 아는 사이였단 말이야?"

"이찬현 씨가 무려 고려호텔 손자라더라."

"헉! 저, 정말?"

"어렸을 때 자연스럽게 알고, 점점 커가면서 서로 사랑하게 된 거지. 이찬현 씨는 글쎄, 미국으로 가셔서도 우리 대표님 못 잊고 오매불망 마음에 담고 살았대. 17년간을 쭉―"

"17년간을 쭉?"

"쭉. 지금도 사랑하고 계시잖아."

대표실 방향으로 쿡 검지를 휘두르며 하은이 대답했다. 그러자 준영이 빠르게 눈살을 찌푸린다. 그리곤 호기심을 둥둥 띄운 얼굴로 천천히 물어왔다.

"정말? 지금 저기서?"

그녀의 표정이 뭘 의미하는 것인지 전혀 눈치조차 채지 못한 하은은 순수하게 고개를 끄덕이며 만면에 만족스런 웃음을 띠었다. 암, 암. 이찬현과 심효우는 찰떡궁합, 천생연분, 둘도 없는 짝꿍이시지. 그럼, 그럼. 하지만 다음 순간 준영이 이렇게 물어오자 하은의 표정은 단박에 굳어졌다.

"대표실에 개인 휴게실이 있다는 게 사실이었구나? 그럼 간이 침대 같은 것도 있니?"

주총 이후 몇 주 동안 참 바쁜 생활을 했다.

대한민국 매체들은 TV든, 신문 잡지든, 인터넷 언론이든 어찌나 하나같이 집요하고 비약이 심한지. 인터뷰 요청 쇄도는 물론이요, 무례하게 집이나 회사까지 찾아오기, 갑자기 생방송 카메라를 들이대기 등등, 그녀로 하여금 방송 출연을 결심하지 않을 수 없게 만들었다.

고르고 골라잡은 스케줄은 토털 세 가지. 토크를 통해 자체 멘탈 힐링한다는 모 토크 프로그램 하나, 잡지 두 군데—경제지와 패션지(패션리더)—, 신문 인터뷰 한 번이었다. 다 끝내고 나니 진이 다 빠져서 효우는 그냥 녹다운이 되어버려야 했다. 이후로는 인터뷰

요청이 덜해 한시름 덜긴 했으나, 방송 후폭풍이란 게 이런 거구나 싶게 주변 사람들로부터 엄청난 반응이 밀려들어서 한참 동안 정신을 못 차렸더랬다.

〈야! 대박! 이번에 완전 매진에 매진을 기록하고 있어. 유명 서점마다 재입고해 달라는 요청 때문에 정신이 하나도 없다니까. 이건 거의 신드롬 급이야. 지금 이쪽 바닥에선 제이 리의 인기 비결 분석한다면서 난리도 아니야. 여기저기서 칼럼 내놓고 정신없어. 솔직히 제이 리란 사람이 원래부터 이렇게 인기 있었던 건 아니잖아. 물론 경제계 쪽에선 유명인사고, 한국인으로서 해외에서 성공 신화를 이룩한 대표적 인물이라는 것도 웬만한 사람은 다 아는 사실이지만 이 정도까진 아니었거든.〉

"그동안 베일에 싸여 있던 정체가 갑자기 한순간에 밝혀져 버려서 그런 거 아니야?"

〈오브 코스. 게다가 밝혀진 정체도 놀라울 정도로 완벽하잖아. 서프라이즈의 연속인 거지. 젊은 경영 천재, 유서 깊은 고려호텔 후계자, 게다가 미모의 여성 경영인을 오랫동안 짝사랑해 온 미남자, 사랑을 위해 그동안 꽁꽁 싸매고 있던 자신의 정체를 스스로 밝힌 로맨티스트. 어마어마한 흥행 코드를 주렁주렁 달고 있는 사람이 바로 제이 리 이찬현이라는 거야.〉

"로맨티스트라는 단어는 좀 빼지?"

〈왜? 그게 가장 잘 먹히는 코드인데. 이찬현 씨, 사업하는 내내 자신의 정체를 공들여 꽁꽁 숨겨왔다며. 그거 경영 전략 아니야?

내 정체를 숨기고 상대를 압박하는 것, 그 어마어마한 자신만의 패를 심 대표 때문에 포기했다는 것은 대단한 거야. 사랑의 힘. 파워 오브 러브!〉

"홍 차장, 그만 포장해."

〈심 대표는 나한테 고마워해야 해. 내가 두 사람을 이어주기 위해서 얼마나 노고가 많았는지 알아? 강 팀장한테 향응까지 제공한 사람이야, 내가.〉

"그게 무슨 소리야?"

〈강 팀장이 이찬현 씨 노리고 있었잖아. 언제든 낚아채 발라먹으려고 계속 주시하고 있었단 말이지. 그날 만나자 했을 때 그때가 그 작전 개시일이었다고.〉

"자, 작전 개시?"

〈그래! 근데 내가 보기엔 아무리 봐도 이찬현은 심 대표 것이었단 말이지. 심 대표 눈에 이찬현이 확 꽂혀 있었다 이 말씀. 솔직히 말해봐. 심 대표, 이찬현 완전 좋아했지? 외부에 알려진 것과는 정반대로 이찬현을 짝사랑한 사람은 심 대표였잖아.〉

"무슨 그런 말도 안 되는!"

〈쨌든, 내가 심 대표를 구원하고자 두 사람을 빼돌리고 이 한 몸 불살랐다 이 말이야. 나한테 잘 보여야 하는 이유가 바로 거기에 있다고. 심 대표, 그때 이찬현 빼앗겼으면 두고두고 후회했을 걸? 지금 강 팀장이 자기 발등 찍으면서 후회하고 있듯이.〉

"후회? 강 팀장이 후회하고 있어?"

〈조심해라. 그 늙은 여우, 아직도 이찬현한테 눈독들이고 있다.

온갖 사진들 스크랩하는 걸 보니까 아주 소름이 쫙 끼치더라. 미저리가 따로 없더라니까.〉

방금 전 홍아성과 통화하면서도 느꼈지만 이찬현은 현재 대한민국 최대의 뜨거운 감자, 핫이슈이다. 모든 여성들의 로망이랄 수 있는 '순애보를 간직한 꽃미남' 코드를 제대로 가지고 있는데다가 태생부터 로열패밀리, 귀티가 줄줄 흐르는 잘생김 때문에 온갖 연령대의 여인네들이 시름시름 끙끙 앓아대고 있었다. 연예인도 아니거늘 팬 커뮤니티가 생겼다고 하니 말해 뭣 하겠는가. 이러다가 스타들만 받는다는 '조공'까지 날아오는 게 아닌지 모를 일이다. 뭐, 실제로 현실 연인 커플이 출연하여 미리 결혼 생활을 체험해 보는 프로그램 '우리 결혼할까 봐'에서까지 출연 섭외 요청이 왔으니 말 다했다.

이러한 대중들의 뜨거운 관심을 빼면 최근엔 그나마 조금은 덜 바쁜 생활을 하고 있는 효우다. 광고 지면 몇 컷을 사수하기 위해 치열하게 싸움을 한다거나, 잘난 부하직원을 건사하기 위해 이리 뛰고 저리 뛴다거나, 시끄러운 집안싸움에서 동생들 지키기 위해 신경 곤두세울 필요 없는, 심히 평화로운 나날이었다. 특히나 최근 하트앤소울의 뷰티센터 건립이 발표되면서 LK생건은 발 빠르게 사과의 제스처를 보내왔고, 이에 화장품 업계 곳곳에서 러브콜이 쇄도하니 행복한 비명을 지르는 것 외엔 딱히 힘든 일도 없었다.

반면 집안 분위기는 살얼음판이었다. 겉으로 보기엔 조용한 것 같지만, 물밑에선 아버지의 이혼과 더불어 거처에 관한 문제들이 치열하게 논의되고 있어 그야말로 총성 없는 전쟁터나 다름이 없을 지경이었다.

아버지는 그동안 강영란이 모아놓은 하트앤소울 지분의 양도를 이혼 합의 조건으로 내세웠고, 강영란은 그것만은 절대로 내려놓을 수 없다고 주장했다. 아버지는 아들들을 한주백화점에서 내쫓지 않는 대신 경영권을 박탈하겠다고 하였으나, 강영란은 차라리 경영권을 달라고 맞섰다. 아버지는 양아들은 물론 앞으로 태어날 손자에게도 약속했던 재산을 분할해 주지 못하겠다고 선언했으나, 강영란은 이미 했던 약속을 물리는 것은 말도 안 된다고 우겼다. 하며 아들들의 한주백화점 경영권 확립과 재산 분배 약속을 지키지 않을 시엔 매체와 언론을 이용해 그를 공격하고 천억 원대의 재산 분할 청구 소송을 재기할 거라 엄포를 놓았다.

"다시 한 번 느끼지만 그 여잔 정말 강적이야. 그 여자를 아내로 맞이한 게 아버지 인생 최대의 실수였다고."

효아가 엊그제 흘려가며 내뱉은 그 말은 정말 어디 한 군데 틀린 구석 없는 완벽한 트루. 강영란은 정말 치밀하고 독하고 끈질기기까지 했다. 그녀는 심영환의 청혼을 받아들인 단 하나의 이유, 아들들의 입신양명을 보장받기 위해 물불 가리지 않았다. 번듯한 회사, 명망 있는 집안의 후손이란 타이틀이 노리고 결혼한 것이니 어찌 보면 너무나도 당연한 일일 것이나. 하지만 불과 며칠 전까지도 효우를 진즉 쳐내지 못한 게 한이란 말을 효우 앞에서 당당히 했을 정도로 강영란은 추악한 욕망의 노예였다. 이번 싸움에서 자신이 원하는 것을 얻어내는 데에 성공한다면 그다음은 더 높은 곳을 바라볼 게 뻔했다.

심영환이 힘겹게 싸움을 이어가고 있는 이유는 한 가지였다. 그에게도 이제 지켜줘야 할 사람들이 생겼기 때문. 전부터 쭉 존재하고 있긴 했으나 지금껏 그가 깨닫지 못했던 존재들, 자식, 가족, 내 사람이 하나둘 보이기 시작했기 때문이다. 그들을 끝까지 지켜내기 위해서는 이번 이혼이 마지노선이었다. 이혼 뒤로는 한 발자국도 물러설 수 없었다.

아버지와 강영란의 이혼 공방이 가열되는 가운데, 찬현은 미국으로 떠났다. 거의 3개월간 보고만 받았을 뿐 실무를 보지 않은 관계로 찬현의 책상에는 결재해야 할 서류가 산처럼 쌓여 있다고 했다. 떠나기 싫어하는 찬현을 효우는 억지로 등 떠밀어 보내야 했다. 아무리 사랑도 좋고, 여자도 좋고, 가족도 좋지만 자신이 책임지고 있는 일, 회사도 그에 못지않게 중요한 법. 효우는 찬현이 자신 때문에 일에 최선을 다하지 못하는 상황이 오는 건 정말 싫었다.

"가세요, 미스터 제이 리. 가서 밀린 일 다 처리하시고 도저히 할 일이 없다 싶으면 그때 돌아오세요. 아셨죠?"

"자유가 그리운 건가? 내가 부담스러워? 왜 자꾸 날 못 보내서 안달이야?"

"당신이 월급 주고 부리는 수많은 직원들을 생각하세요, 제이 리. 그 사람에게도 가족이 있겠죠? 당신이 망하면 직원들과 그 가족들은 졸지에 직장을 잃게 되고, 거리에 나앉게 될지도 몰라요. 당신은 수많은 사람들의 현재를 책임지고 있는 한 기업의 오너예요. 한가하게 이렇듯 자신에게 몰리는 화려한 스포트라이트와 여자들의 관심에 안주하고 해롱거릴 여유가 없다고요."

"아하, 화려한 스포트라이트와 여자들의 관심. 바로 그거로군, 날 미국으로 쫓아내고 싶어 안달하는 이유."

"내가 질투하는 걸로 보이세요? 고작 그런 걸로?"

"투기가 심한 걸로 아는데, 아닙니까, 심효아 대표님?"

"내가 언제? 언제 질투했는데?"

"꽤 되지 않나? 강 팀장, 효이, 효아, 날 좋아한다고 고백하던 직원들, 심지어 양 비서한테까지 오해해서 질투했잖아. 기억 안 나?"

"이찬현, 네 마음대로 기억 조작할 거야? 강 팀장을 내가 언제 질투했어? 효이랑 효아는 또 언제?"

"지금 오리발 내미는 거냐?"

"오리발이 아니라 진짜라니까! 질투 같은 거 난 안 한다고!"

라고 고래고래 고함을 쳤지만 사실 효우는 인정하고 있었다. 그에게 눈독 들이는 수많은 여자들을 모조리 질투했음을. 그에게 호감을 보이는 여자들에겐, '앤 내가 먼저 발견했거든'의 심리였고, 그가 호감을 보이는 여자들에겐 '너 예전엔 나만 좋아했잖아'의 심리였다. 생각해 보면 처음부터 그랬던 것 같다. 17년 만에 재회한 그를 보자마자 어릴 적 모습이 생생히 그려졌고, 그에 대해 가

지고 있던 아련한 추억과 감정이 고스란히 떠올라 무던히도 당황
했던 것 같다. 면접관의 본분을 다하기 위해 어찌나 기를 쓰고 노
력했던지.

"너무 잘생겨져서 더 그랬어."

인형처럼 예쁘장했던 어린 시절 모습과는 또 다른, 남자다우면
서도 잘생긴 외모가 그녀를 단번에 훅 가게 만들었다. 반전의 매
력이라고나 할까. 그에게서 남자다움 같은 건 어려서도, 다시 만
났을 때도 기대하지 않았기 때문에 그의 성큼 커버린, 누가 봐도
남자다운 외모나 말투, 체형에 덜컹 심장이 내려앉아 버렸다. 남
자에게 수없이 많이 데어 '다시는 남자를 믿지 않겠습니다, 다시
는 남자와 사랑에 빠지지 않겠습니다, 다시 사랑을 하면 성을 갈
겠습니다' 하는 맹세를 해온 그녀가 아니었다면 어쩌면 보자마자
사랑에 빠져 버렸을지도 모를 일이다.

〈방금 뭐라고 했어? 여기 밖이라 조금 어수선해. 크게 말해.〉

멍하게 생각에 빠져 있다 혼잣말을 중얼거린 효우의 귓가로 부
드럽고 낮은 톤의 남자 목소리가 경쾌하게 들려왔다. 아차차. 지
금 남자친구와 통화 중이었지?

"아니야. 그냥 혼잣말."

〈이거, 이거 안 되겠네. 피앙세(Fiance)와 통화 중에 딴생각이나
하고 말이야. 넌 내가 곁을 떠난 지 벌써 한 달이 다 되어가는데
안 보고 싶어? 내 생각 안 나? 간절 안 해?〉

"보고 싶어. 생각나. 수시로. 간절하고."

〈보고 싶고, 수시로 생각나고, 내가 간절하다면서 전화 중에 딴

생각을 한다고? 못 믿겠는데? 벌써 시들해진 거 아니야? 안 보면
멀어진다고, 한 달 안 보니까 안 봐도 이젠 살 것 같지? 출국 첫날
부터 일주일 즈음까진 날마다 통화를 다섯 시간씩 해도 모자란다,
보고 싶다 징징 짜고 보채더니만.〉

그래, 그랬었지. 기껏 안 간다는 사람 등 떠밀어서 미국 보내고,
날마다 소주를 홀짝거리며 눈물 찔찔 짰더랬지. 내가 왜 그랬을
까. 배포 큰 여장부 흉내, 왜 냈을까. 사랑하는 남자쯤 일을 위해
서라면 쉽게 보내줄 수 있는 쿨내 풍기는 여자 흉내는 대체 왜 미
쳤다고 냈을까. 별의별 생각을 다 했지. 그나마 한 달쯤 지나고 나
니 이제는 조금씩 그가 없는 상황이 익숙해지고 있었다.

"징징 짜고 보채는 나더러 '네가 자초한 일이니 그냥 참아라'
했던 주제에 왜 갑자기 투정이야?"

〈갑자기 손해 보는 기분이 들어서. 너도 알다시피 난 손해는 절
대로 안 보는 천생 투자가잖아?〉

"암요. 기브 앤 테이크의 인생살이 진리를 두루 섭렵하고 계신
분이죠. 그래서 애정 표현도 딱 내가 하는 정도만 하잖아요. 정말
손해는 절대로 안 보는 분이시라니까. 월드 클래스다우셔요. 클래
스는 영원하다!"

〈그래서, 시간은 이제 좀 난다고? 바쁜 일은 거의 다 처리했어?〉

"뭐, 대충은."

〈그럼 이제 장기간 휴가도 갈 수 있는 건가?〉

"왜? 여행 가게?"

두 눈 번쩍 뜨이는 말이다. 여행 가겠다는 건 그가 오던 그녀가

가던 어쨌든 두 사람이 만난다는 것을 의미하는 것이고. 두 사람이 만난다는 건 한국이든 미국이든 어디든 상관없이 행복한 일이다. 하늘을 나는 듯 붕 뜨는 기분에 절로 입가에 분수 같은 웃음이 퍼졌다. 가슴속에 풍선 하나가 부풀어 오르는 듯. 부풀어, 부풀어, 부풀어—

〈아니.〉

빵! 풍선이 터져 버렸다. 쪼그라든 풍선 쪼가리처럼 너덜너덜해진 마음으로 효우는 기운 하나도 없는 목소리로 중얼거렸다.

"그럼 휴가 낼 수 있는지 없는지는 왜 물어?"

〈그럼 휴가 낼 수 있는지 없는지는 왜 물어?〉

정확히 '여행'이 아닌 '신혼여행'을 가야 하니까. 속으로 중얼거리며 찬현은 입술 꼬리 한쪽을 실룩 움직였다. 수화기를 통해 들려오는 효우의 목소리는 작았으나 그 안에 오밀조밀 촘촘히 박혀 있는 그녀의 감정을 그는 정확하게 캐치하고 있었다. 심효우는 원래 감정을 누르는 게 버릇이 되어서 겉으로는 결코 표현하지 않는 사람이나, 요즘은 곧잘 자신의 감정을 솔직히 드러내곤 한다. 지금처럼 이렇게.

"궁금하니까."

산뜻하고 가볍게 대답하며 그는 자신을 향해 반갑게 인사해 오는 직원들을 향해 간단히 목례로 답했다. 의례적인 미소가 그의 입가에 슬쩍 떠올랐다가 사라졌다. 긴 다리는 인사를 나누는 사이에도 멈추지 않고 움직여 밀려드는 사람들의 면면을 빠르게 스쳐 지나갔다. 사람들은 그의 출연이 놀라운지 죄다 두 눈을 번쩍, 입을 쩍 벌리고 있었다. 마치 외계인이 된 것 같단 생각을 하며 그는 잠시 느려진 발걸음을 더더욱 재촉했다.

〈그게 왜 궁금한데?〉

"내가 네 스케줄 궁금해하는 게 이상해? 꼭 이유가 있어야 하나?"

〈그게 아니라 알 필요도 없는데 왜 묻느냐는 거지.〉

"알 필요 없는지 있는지는 네가 어떻게 알고?"

〈아직 미국 쪽 일 다 끝내려면 멀었다는 서 다 알거든. 엊그제 로이 씨랑 통화했어.〉

"로이랑?"

〈요즘 회사 일을 핑계로 뻔질나게 전화 걸어오고 있어. 용무는 다른 곳에 있으면서 잘도 숨기고는.〉

"그건 또 무슨 말이야? 용무가 따로 있다니."

그 누구보다도 더 충성스러운 비서의 돌출 행위를 보고받자마자 찬현은 콧잔등을 찡그렸다. 로이가 효우에게 연락을 할 수 있는 경우는 상사인 자신의 지시를 받았을 때뿐이다. 그 이외의 경우는 있을 수도 있어서도 안 되는 상황이다. 찬현은 전방에서 반갑게 인사를 건네오는 또 한 명의 여직원을 향해 부드럽게 미소를 지으며 가볍게 손을 들어 올려 인사를 했다. 물론 그녀가 지나치자마자 표정은 다시 원상복귀, 곧바로 굳어졌다.

〈몰랐어? 로이 씨가 얘기 안 해?〉

"무슨 얘기?"

〈로이 씨, 양 비서 좋아하잖아.〉

"뭐?"

〈정말 몰랐구나? 로이 씨랑은 업무적인 관계일 뿐이라 하기엔 너무 가까운 사이라 하지 않았어?〉

"그랬지."

심드렁하게 중얼거리곤 찬현은 작게 안도의 숨을 내쉬었다. 로이가 양 비서를 좋아한다는 사실은 그에게도 몹시 뜻밖의 일이어서 살짝 놀라긴 했지만, 단지 그뿐, 그에게서 큰 리액션을 끌어내지는 못하였다. 그가 일과 효우 이외의 일에 관심을 갖는 일은 거의 드물었기에.

원래부터 그는 좋아하는 것, 관심 있는 것에만 집중하는 성향이 강한 편이다. 주변 사람들에게 무심하고, 상대의 아픔에 공감 못 하거나 무감각한 반응을 보이는 이유가 바로 그 때문이다. 자신을 짝사랑하다가 아파 눈물 뚝뚝 흘리는 여자들을 보면서도 아무 감정 안 생기는 이유도. 그리고 이 성향은 효우를 좋아하면서부터 더 심해졌다. 효우나 효우와 관련된 것 이외의 문제에 있어서는 그다지 별 관심이 가질 않는다. 그리고 로이가 양 비서를 좋아하는 것도 '효우와 관련 없는 것'으로 분류되는 일이다. 심드렁한 반응이 나올 수밖에 없는 것이다. 그는 심효우한테만 반응하는 남자이니까.

요샌 그 특유의 증세가 더 심각해져 머릿속이 온통 효우 생각으로 가득 차 있었다. 아, 며칠 전엔 글쎄 일하다가 컴퓨터를 박살 낼 뻔했다니까. 멀쩡하던 컴퓨터 화면에 갑자기 심효우 얼굴이 둥실둥실 떠다니기 시작해서 고장이 난 줄 알고 쿵쿵 주먹으로 두들

거 대기까지 했던 것이다. 두어 번 반복되고 나니 이러다간 사람 돌아버리는 거 한순간이겠다 싶어 자리를 박찰 수밖에 없었다. 그 날부로 진행 중이던 일을 올 스톱시킨 후 부리나케 귀국길에 올라 지금에 이른 것이다.

〈뭐야, 그 반응은? 안 놀라워?〉

"놀라워해야 해?"

〈그거 아니지만.〉

"아니지만?"

〈아무것도 아니야.〉

"뭐가 아무것도 아닌데?"

〈아무것도 아니라고. 꼬치꼬치 묻지 마. 그냥 잠시 딴생각하느라 그런 거니까.〉

시무룩하니 말끝을 흐리는 효우의 목소리가 마음에 걸린다 생각하며 그는 벌컥 육중하고 높다란 문을 노크 없이 밀고 들어갔다. 그녀에게로 가기 위한 첫 번째 관문, 비서실. 방금 전 효우와 나누던 얘기의 주인공 양하은이 갑작스런 그의 등장에 놀라 벌떡 자리에서 일어났다.

"회장님……!"

뭐라 말을 걸어오는 것 같았지만 귓등으로 흘렸다. 들어보나마나 그의 최근 해외 실적에 대해 늘어놓으며 축하한다, 대단하다, 멋지다 등의 찬사를 늘어놓을 것이다. 그가 날이면 날마다 듣는 얘기이다. 그는 항상 세계 주식 시장을 들었다 놓았다 할 민한 대단하고 멋진 일을 해내고 있으니까. 주총 사건 이후 그에 대한 개인 및 회사 정보나 실적은 연일 뉴스를 통해 한국에 보도되고 있었기 때문에 모르는 사람이 있다는 게 오히려 더 이상할 정도다. 물론 그런 세간의 관심 또한 효우와 관계가 없는 일이라면 그는 신경 쓰지 않는다.

"딴생각, 뭐?"

〈자꾸 물을 거야? 아무것도 아니라는데 왜 이래?〉

"화났네."

〈안 났어.〉

"났잖아."

〈안 났다고, 글쎄.〉

"왜 난 거냐?"

〈안 났다니까!〉

라고 했지만 그는 이미 알고 있었다. 휴가 얘기가 나왔을 때부터 그녀는 화가 나 있었다. 찬현은 빠르게 걸음을 걸어 훅 대표실 문을 열고 안으로 들어섰다. 그리고 썰렁한 사무실 안에서 덩그러니 홀로 앉아 한 손에 얼굴을 파묻고 있는 효우를 마주했다.

"심효우."

거칠지만 무례하진 않은 그의 목소리가 사무실 안을 울렸고, 동시에 효우는 번쩍 고개를 들었다.

"어? 뭐야?"

귀신이라도 본 듯 효우는 두 눈을 휘둥그레 뜨고 그를 멍하게 바라보았다. 선글라스를 낀 채 가벼운 셔츠와 청바지 차림의 그는 마치 해외 나들이를 나선 무비스타 같았다. 눈이 띠용 튀어나올 것처럼 화려하고 멋진 모습. 그와 통화하자마자 격렬히 끓어오른 감정 때문에 잠시 울컥했던 효우는 찔끔 흘러나온 눈물을 손등으로 비비며 다시 한 번 그가 맞는지 확인해 보았다.

맞는데?

눈을 비빈 손가락 사이로 그의 얼굴이 선명하게 보이자 효우는 뜨헉 입을 벌리고 말았다. 이 남자, 대체 뭐 하는 거야? 뉴욕에 있어야 할 사람이 대체 여기 왜 있는 거야? 어떻게 된 거냐고.

"원하는 게 있으면 내게 말만 하랬잖아."

"……."

"보고 싶으면 보고 싶다고 말하면 돼. 그럼 언제든 이렇게 네 앞에 나타날 거니까."

"어떻게 알았어? 내가 보고 싶어 하는지……."

"나도 네가 보고 싶었으니까."

모델처럼 입구에 떡하니 서서 부드럽게 속삭이는 이 남자를 보라. 이 남자, 이렇게 다정해도 되는 거야? 이렇게 한없이 젠틀해도 되는 거야? 자애로울 정도다. 예수, 부처가 따로 없을 만큼 은혜롭다. 힐링의 신인가. 사람 마음을 이리 한순간에 치유해도 되는 건가.

"내 것을 내 마음대로 못 보니까 눈에서 진물이 날 것 같아서 말이야. 못 참겠어서 일 다 중단시키고 와버렸지."

뚜벅뚜벅 걸어오면서 그가 세상에서 가장 쉬운 일인 양 가볍게 중얼거려 주셨다. 세계 경제를 쥐락펴락하시는 천재 투자가께서 저렇게 책임감 없다는 게 언론에 알려지면 아주 난리가 날 텐데.

"아무리 그래도 하던 일을 내팽개치고 한국에 들어오면 어떻게 해?"

효우는 천천히 자리에서 일어나며 걱정 섞인 목소리로 말했다. 하지만 입에서 나온 말과는 달리 눈에선 새로운 눈물이 솟구친다. 갑자기 설움이 북받치듯 올라오는 것이다. 몇 달 동안이나 그와 헤어져 지냈다는 게 믿어지지 않았다. 이렇게 좋아하는데, 이렇게 원하고 필요로 하는데. 이렇게 가까이 있을 수 있는데 2D로만 그를 봐왔다니. 보고 싶은 거 꾹 참고, 보고 싶다는 말도 목구멍으로 집어삼키고, 밤마다 허벅지를 바늘로 찔러가며 인내했던 지난 몇 달간의 시간이 너무 아깝고 슬펐다.

미쳤나 봐. 왜 눈물이 나고 난리야.

"세월이 지나도 네가 우는 건 도저히 못 보겠다."

울음소리 안 내려고 바들바들 입술을 떨어가며 참는 효우를 가만히 내려다보더니 그가 체념의 목소리로 선언했다. 그러더니 바지 주머니에서 뭔가를 꺼내어 딱 소리 나게 그녀의 책상 위에 내려놓았다.

작은 상자였다.

"이게 뭐야?"

딱 봐도 보석 상자인 걸. 알면서도 그녀는 멍하게 물었다. 이게 무엇을 위한 보석인지 알고 싶었다.

"뭐긴 뭐야, 너와 날 하나로 묶어줄 절대 반지지."

"절대 반지?"

주룩주룩 눈물을 흘리며 코까지 훌쩍거리면서도 효우는 순진한 눈망울을 빛내며 물어왔다. 난 아무것도 몰라요, 하는 저 표정만 보면 그는 안달이 나버린다. 당장 어떻게 해버리고 싶은 나쁜 마음이 스멀스멀 생겨난달까. 괴롭혀 주고 싶어진다. 마구 힘들게 해 나 없이는 도저히 못 살게 만들어 버리고 싶어진다. 내 것, 나만의 여자란 생각, 그녀의 모든 것을 독점하고 싶다는 욕구가 강렬하게 치솟아 참을 수가 없어진다. 가끔은 이런 감정에 사로잡혀 있는 자신이 유치하고 우스워서 스스로를 한심스럽다 생각하기도 한다. 하지만 또다시 효우를 보면 저절로 그는 유치한 남자가 되어버린다. 결론은 '내 여자에 대한 소유욕=어쩔 수 없는 자연의 섭리' 라는 것.

심효우가 완벽하게 자신의 것이 되기 전까진 이 절절 끓는 소유욕의 불구덩이에서 그는 자유로워질 수 없을 것이다.

"날 소유할 수 있는 반지."

그의 유려하고 달콤한 음성을 들으며 그녀는 반지 상자를 열었다. 천천히, 느릿느릿. 그 조심스러운 동작과 더불어 그가 준비한 '절대 반지'의 모습이 서서히 드러났다. 반짝이고 새빨간 이건 버마 루비?

"결혼하자."

언젠가 잡지에서 본 적이 있는 것 같다. 세상에서 가장 비싼 반지 TOP10 상위 쪽에 랭크되어 있는 반지다. 총 5캐럿의 다이아몬드와 총 12.48캐럿의 버마 루비가 세팅되어 있는 루비다이아몬드 반지. 이게 그 사진으로만 보던 그 반지라니!

"미쳤어?"

반지를 뚫어져라 보던 그녀가 갑자기 고개를 휙 끌어 올리곤 대꾸했다. 단박에 그의 눈살이 찌푸려졌다. 미쳤냐고?

"당장 바꿔와."

딱 소리 나게 반지 케이스를 닫더니 그녀가 쑥 팔을 뻗어 그의 앞으로 내민다. 그러더니 그가 받을 기미가 보이지 않자 이번엔 그의 앞으로 다가와 퍽 그의 가슴팍에 던지듯 내밀기까지.

"못 들었어? 당장 바꿔오라고."

"마음에 안 들어?"

"엉, 너무 비싸. 너무 비싸서 마음에 안 들어."

"비싸…… 서 마음에 안 든다고?"

"돈으로 환불 받아오든지, 아니면 더 싼 반지로 바꿔와."

무려 청혼을 했는데, 방금 갓 청혼받은 여자가 하는 말 좀 봐라. 반지가 비싸다니. 비싸서 마음에 안 들다니. 아무리 비싼 반지가 부담스럽다지만 이건 아니지!

청혼받았다는 사실에 감격하는 게 먼저 아닌가? 사랑하는 남자가 결혼하자는데 그깟 반지가 무에 그리 중요하다고? 그리고 이게 뭐 그리 비싼 반지라고 바꿔오라고까지? 이찬현, 그 정도 능력은 있다. 둘도 없을, 죽을 때까지 유일할 사랑하는 여자와의 약혼반지에 이 정도 쓸 능력 되는 사람이다. 아니, 제이 리가 안 사면 어느 누가 이런 반지를 산단 말인가.

"심효우 너, 방금 청혼받았다."

"아직 아니거든. 이 반지, 물리고 다른 걸로 가져오면 그때 받은 걸로 할 거야. 어서 바꿔와."

"싫은데."

"너무 비싸다니까!"

"너에 비해서 비싼 건 이 세상에 아무것도 없어. 내겐 너를 위해 쓰는 60만 불쯤 아무것도 아니야."

"유, 육십만 불? 너 정말 미쳤구나? 빨리 바꿔와. 얼른! 빨리! 세상에, 60만 불이면 대체 한화로 얼마야? 그 돈을 반지 하나 사는 데 쓰다니, 정말 돌아도 제대로 돌았네. 너 이거 얼마나 낭비인 줄 알아? 이깟 게 대체 뭐라고 그 많은 돈을 쓰니? 루비가 뭔데? 다이아몬드가 뭔데? 그냥 돌이야, 돌!"

오. 마이. 갓.

아무래도 그녀와 찬현은 보석에 대한 생각이 근본적으로 다른 것 같다. 그는 씨알도 안 먹힐 잔소리를 초등학생 도덕교육 시키는 선생님처럼 조잘조잘 열심히 늘어놓고 있는 심효우의 입을 이제 그만 막아버려야겠다고 결론 내렸다. 왜냐하면 그녀가 아무리 우기고 명령해도 그는 이 반지를 물리지 않을 것이기 때문에.

그는 반지 상자가 열린 직후 그녀의 눈에서 놀라움과 감탄, 감동을 보았다. 그녀는 반지가 마음에 들지 않은 게 아닌 것이다.

사실 이 절대 반지는 그 절대적인 힘이 그녀 혼자에게만 부여되는 게 아니었다. 이 반지는 그녀의 손가락에 끼워지는 순간 그에게도 똑같은 힘을 부여해 줄 것이다. 그녀가 완벽하게 그를 소유하는 동시에 그 또한 그녀를 완전히 소유하게 된다는 의미이다. 보석이 단지 돌일 뿐이니 약혼반지를 물리라는 그녀의 명령에 불복할 수 있을 만큼의 강력한 힘이 자신에게도 똑같이 부여되는 것이다.

"쉿!"

찬현은 그녀의 입술에 검지를 갖다 붙이곤 뇌쇄적일 정도로 섹시한 눈빛을 그득하게 날렸다. 결혼한 지 십수 년은 된 듯한 연륜으로 다다 잔소리를 하던 효우가 우뚝 하던 말을 멈추고 두 눈을 홉떴다.

또 그 얼굴, 그 눈빛, 그 눈망울이다. 거기에 흥분해 발그레해진 두 볼까지 더해지니 그는 참을 수 없는 감정의 소용돌이에 휩싸일 수밖에 없었다. 당장에라도 그녀를 삼켜 버리고 싶은 남자 본연의 욕구. 어찌할 도리가 없었다. 아무리 머리에 차가운 이성을 품은 냉철한 사업가에 투자자라 해도 그도 몸 안에는 '내 것을 보면 불타는 욕(慾)'을 품고 있는 수컷이기에 본성을 버릴 수는 없지 않은가.

"반지는 나중에."

"뭐?"

"우선 우리가 먼저 해야 할 게 있다."

"그게 뭔데?"

보스 특유의 말투로 그녀가 차갑게 물었다. 하던 얘길 그가 중도에 막으면 그녀는 늘 이렇게 뾰족하게 군다. 무시당했다고 생각하는 것도 같지만, 그럴 리 없다는 것은 그 누구보다도 그녀가 더 잘 알고 있을 것이다. 이찬현에게 그녀는 온전한 세상, 세상 그 자체. 그녀가 곧 법이고 진리이다. 그의 세계는 그녀를 기준으로 돌아가고 있다. 지금처럼 앞으로도 쭉 그럴 것이다.

"입술을 열어. 그럼 말해줄게."

　　찬현은 그녀의 턱을 들어 입술에 입술을 부드럽게 문지르며 속삭였다. 날씬하고 고혹적으로 그림 그려진 그녀의 입술이 가볍게 짓눌리고 일그러진다. 저도 모르게 입술을 벌리며 효우는 짧게 숨을 들이쉬었다. 차가운 공기가 입속으로 빨려들어 왔고, 뒤이어 그의 뜨거운 혀 덩어리도 밀려들어 왔다. 훗, 앓는 듯 우는 것도 같은 신음이 터지자 당혹한 나머지 효우는 다급하게 그의 팔을 잡았다. 하나 곧이어 그 강인한 팔뚝은 그녀의 가느다란 허리를 휘어 감고 그녀를 그의 몸 한가운데에 잘싹 붙여 버리고 말았다.

　　"뭐 하는 거…… 야?"

　　라고 물었으나 이미 그녀의 입술은 그의 것이 되어버린 지 오래. 찰박거리는 살과 살이 뒤엉키는 야한 소리만 자극적으로 귓전을 때리고 있을 뿐이다. 효우의 머릿속은 새하얘졌다. 아릿한 가슴 끝과 격렬하게 고동치는 그의 심장 소리, 욕망이 응집되어 고이고 또 고이는 몸의 열기만이 그녀의 의식에 또렷하게 남아 있었다.

　　"찢어진 스타킹은 벗어버려."

　　그녀의 온몸을 노곤하게 만드는 그의 나른한 속삭임도.

"현무열이란 사람을 그래서 만났단 말이에요? 그 젊은 나이에 타고난 경영 능력과 리더십으로 위기를 겪던 방송국을 완전히 일으켜 세워 공중파를 위협하는 유일한 케이블 사(社)로 우뚝 세운 장본인, 케이블계의 신화 그 현무열을? 우와, 대박!"

"그래서? 그래서 어떻게 됐는데?"

"그래서 뭘 어떻게 돼? 만났다는 거지."

'더 뭐가 있어야 되나?' 하는 얼굴과 심히 재미없는 말투로 효아는 간단명료하게 결론만 얘기했다. 알맹이 없는 애길 질질 끌어서 나중에 사람 벙찌게 만드는 사람도 재수 없지만, 이렇게 흥미진진한 애길 지지리도 재미없게 얘기하는 사람도 참 밥맛이다. 아니, 뭐가 이래? 천하의 현무열을 만났으면서. 남들은 만나고 싶어 안달인데, 그런 사람을 만났으면 제대로 후기를 쏴줘야 하는 거 아니냔 말이야. 에잇!

"그게 끝이야?"

화딱지가 나려고 해 효이가 신경질적으로 물었다. 그러자 옆에서 귀 쫑긋 세운 채 흥미진진하게 듣고 있던 찬유도 인상을 찌푸린다.

"뭐예요, 시시하게?"

"뭐 별다른 사건이 있어야 해? 그냥 만나서 인사하고 방송에 대해 얘기하고, 그거면 된 거 아니야? 너 이상 뭐가 있을 거라 생각하는 건데?"

"뭘 특별히 바란 건 아니지만, 그래도 뭔가 색다른 얘깃거리가 있을 줄 알았죠. 다른 사람도 아니고 현무열인데."

"미안, 사돈. 얘깃거리가 없어서."

효아는 모든 게 자신의 탓인 양 순순히 두 여인네의 비난을 감수, 두 손을 번쩍 들고 항복 의사를 표했다. 그렇게 얘기를 일단락 지으려 했으나!

그게 어디 쉬운 일인가. 효아한테만큼은 은근히 예리한 심효이와 중학생에 불과하지만 연애고수인 꼬마 사돈 이찬유 앞인데 그럴 수 있을 리가.

"얼굴은 봤을 거 아니야. 어떻게 생겼어? 소문처럼 그렇게 잘생겼어? 여자 혼이 날아가게 아주 색스럽게 생겼다던데, 진짜 그래?"

"그런 소문도 있었냐?"

"더한 소문도 있지. '밤의 황제' 라든가, '카사노바의 현신' 이라든가, 뭐 그런 우상화된 별명도 있고.”

“그…… 정도까진 아니던데. 아, 뭐 물론 생긴 게 범상치 않은 건 사실이야. 잘생겼어. 조인성스럽게 생겼다고나 할까. 근데 난 우리 형부가 훨씬 더 잘생겼다고 생각해.”

“언니 생각은 끼워 넣지 말고, 객관적으로다가 말해야지.”

“객관적으로 말했잖아. 잘생겼다니까. 못생긴 건 아니야. 그 정도면 뭐 쓸 만하지.”

“에계, 겨우 그거예요? 현무열인데. 인터넷에 현무열만 쳐봐도 ‘실물 대박’, ‘은혜받은 얼굴’, ‘실물 남신’이 연관 검색어로 뜨는 마당에. 그 대단한 현무열의 실물 목격담이 고작 ‘못생긴 건 아니다, 쓸 만하다’라고요? 이상해. 아무래도 이상해. 사돈 언니, 뭐 숨기는 거 있어요?”

가만히 듣고만 있던 찬유가 본격적으로 덤비며 킁킁 냄새를 맡는다. 실제로 코를 효아 코앞까지 들이밀며 이리저리 냄새 맡는 시늉까지 더하니 거짓말 못하는 효아는 얼굴이 벌게지기 시작했다.

아, 안 돼. 어쩌라고. 뭘 어떻게 말하라는 거야. 사실대로 너무 잘나고 젠틀해서 뿅 갔다고 말해? 완벽한 남자라서, 너무 잘난 사람이라 자신은 차마 대보기도 민망할 정도로 초라하게 느껴졌다고 그렇게 말해? 그래서 좋아지려는 감정 다잡고 그의 앞에선 매번 푼수를 떨어댄다고 다 말하란 말이야?

‘못해.’

마지막 자존심이 있지, 그런 말은 아무한테도 못해. 할 수 없어.

비웃기기만 할 거야.

"말해봐요, 사돈 언니. 뭔가 숨기는 거 있죠? 우리한테 말 못할 사연이 있는 거죠? 그렇죠?"

"……그, 그런 거 없는데."

"에이, 그러지 말고 말해보세요. 뭐 어때요? 연예인은 아니지만 그렇다고 완전히 일반인도 아니잖아요. 방송도 탄 사람이라서 거의 공인이나 마찬가지인데 뒷담 나눌 수도 있죠. 왜요? 생각보다 별로였어요? 왜, 그런 남자들 있잖아요. 방송에선 멋지게 나오는데 실제로 만나니까 완전 왕싸가지에 매너 더러운 남자들. 방송이 그냥 콘셉트인 거죠."

"딱히 그런 남잔 아니었던 것 같아……. 그 사람 나온 방송 다 챙겨보진 못했지만 내가 만나본 바로는 이상한 사람 같진 않았어."

"아아, 이상한 사람 같진 않았다면 나름 이미지가 좋았다는 거네요?"

"뭐……."

"그럼……."

곰곰이 뭔가를 생각하는 듯 찬유가 눈을 가자미처럼 얇게 좁혀 뜬다. 효아는 절로 이맛살에 내 천 자를 그리며 슬그머니 아랫입술을 깨물었다. 설마 알아챈 건 아니겠지? 그러면 안 되는데. 우스꽝스러워지는데. 내 주제에 언감생심 그런 사람 욕심낸다고 비웃음당할 게 뻔한데. 어, 어떻게 하지?

진땀을 뻘뻘 흘리고 있을 때였다. 갑자기 잠자코 가만히 있던 효이가 똑 손가락을 튕기며 소리쳤다.

"아! 그럼 그거네."

헉! 설마?

"자기 좋은 이미지 이용해서 언닐 꼬이려고 했던 거, 맞지?"

"어?"

이런, 말도 안 되는 소리를 효이가 하다니. 애도 감이 많이 떨어졌구나. 남자한테 차인 이후로 확실히 정상이 아닌 것 같아 안됐다 싶어 혀를 차주면서도 효아는 안도의 한숨을 내쉬었다. 다행스럽게도 효이나 찬유는 그녀가 현무열에게 첫눈에 반해 버렸다는 생각 자체를 못하고 있는 것 같다.

쓸쓸하지만 그럴 법도 한 게, 효아는 남자를 사귀어본 적 없는 것만큼이나 남자에게 호감을 가져본 적도 없었다. 어렸을 땐 가끔 손도 떨리고 가슴도 콩닥거렸던 것 같은데 어느 순간부턴 아예 떨림 자체를 못 느꼈다. 태어날 때부터 갖고 태어나는 戀[연애]의 유전자가 깡그리 없어져 버린 게 아닐까 싶을 만큼 눈곱만큼도. 심지어 남자와 키스를 하는데도 '이 더러운 걸 왜 내 입에 넣고 있어야 하지' 하는 생각만 덜렁 머릿속을 맴돌 뿐, 좋다는 기분이 하나도 안 들었다. 오죽하면 효이가 '대체적 불감증' 이란 신종 병명을 지어주었을까.

"그랬던 거야. 그렇지? 하여간 잘난 남자들은 그래서 문제야. 자기가 잘난 걸 너무 잘 안다니까. 한마디로 완전 밥맛이라는 거지. 짜증이다. 좀 잘생겼다 싶으면 인간성이 제로이고, 사람 참 괜찮다 싶으면 얼굴이 망뻴이고. 내가 이래서 한 남자한테 정착을 못하는 거 아니야."

"그런 거 아니래도. 아이, 진짜! 언니는 왜 이렇게 안 오는 거야? 오늘 온다고 한 건 맞아? 번거로우니까 공항에 마중 나오지 말라 해서 집에서 기다리고 있는데 너무 늦는다. 이러다 어른들 목 빠지시겠네."

대충 화제를 돌리며 효아는 슬그머니 자리를 뜨고는 아무렇지도 않은 듯 자연스럽게 아래층으로 내려갔다. 하지만 이미 얼굴은 핫핫. 벌겋게 달아오른 얼굴을 손으로 연신 부채질하며 효아는 서둘러 걸음을 재촉했다. 한시라도 빨리 주방으로 튀어 들어가 차가운 얼음물을 벌컥벌컥 위 속으로 쑤셔 넣어야 살 것 같았다.

내 팔자야. 어쩌다가 그런 남자한테 꽂혀가지고서는!

"사돈처녀, 뭐 필요한 거라도?"

효아가 막 마지막 계단을 내려서는 찰나, 이 집의 안주인이자 찬현의 어머니인 김정은이 손에 과일 쟁반을 들고 막 주방을 나오고 있었다. 단아한 매무새와 평온하기 짝이 없는 미소를 지닌 김정은 여사는 아들 못지않은 깊고 성량이 풍부한 음성의 소유자였는데, 보자마자 효아가 돌아가신 어머니를 떠올릴 만큼 인자하고 자애로운 분이었다. 비록 가족 모임 때나 가끔씩 보는 사이이지만 볼 때마다 효아는 언니가 시집을 아주 잘 갔다는 생각을 하고 있었다.

"아니에요. 별것 아니에요. 그냥 물 마시러……."

소심하게 미소를 지으며 효아는 쏙 주방 안으로 들어가 비렸다. 수줍은 듯 서둘러 자취를 감추는 효아의 뒷모습을 바라보며 정은은 빙긋 미소를 지어 올렸다. 효아와 효이를 볼 때마다 아들이 참 장가 잘 갔다 싶은 마음에 기분이 흡족해졌다.

찬현은 어려서부터 외롭게 컸다. 동생이 있긴 하지만 나이 차이가 많아 한창 클 나이엔 형제 없이 홀로 컸던데다가 그마저도 큰 병에 걸린 탓에 시절의 반을 하얀 사각의 병실에서 혼자 쓸쓸이 병마와 싸우며 지내야 했다. 그래서인지 어려서부터 그늘이 많은 아이가 찬현이었고, 그 때문에 정은은 장가라도 북적거리는 집으로 가면 좋겠다고 늘 생각했다.

뭐, 결과적으로 찬현의 짝이 된 효우가 그다지 다복한 가정의 아이는 아니지만, 정은은 이 정도도 꽤 만족하고 있었다. 찬현이 사랑하는 사람과 함께하게 되었고, 덤으로 귀여운 처제들과 든든한 장인어른까지 얻었으니 어미로서 무얼 더 바라겠는가. 최근에 장인양반의 이혼 문제로 큰 소란이 있었지만, 오히려 정은은 그 모습을 보면서 더 확신하게 되었디. 모두가 힘늘고 어려운 위기 상황에서 효우네 가족은 서로 똘똘 뭉쳐 가족 간의 애정과 신뢰가 얼마나 크고 소중한가를 몸소 보여주었다. 먼발치에서나마 그 모습을 지켜보면서 정은은 효우와 그 가족이 찬현에게도 그러한 애정을 보내줄 것이란 것을 굳게 믿게 되었다. 역시 그녀에겐 아들의 행복과 기쁨이 우선순위 1번이었다.

그나저나 이 아이들은 대체 왜 이리 늦는 걸까? 올 시간이 넘은 것 같은데. 무슨 일이 있나?

"아버님, 사돈어른, 과일 들면서 두셔요."

의아스러운 마음을 접어둔 채 김정은은 바둑 대전에 여념이 없는 이신양 회장과 심영환에게 다가가며 환하게 웃었다.

✳

그 시각, 열세 시간의 시차를 뚫고 새벽을 달리는 뉴욕 웨스트 빌리지에 위치한 페리 스트리트 타워의 한 아파트.

침실은 완전히 점등된 채였으나 실내에는 아직 채 가시지 않은 후끈한 열기가 공기 중을 생생하게 떠돌고 있있다. 쩨근거리는 남녀의 숨소리, 후각을 강하게 자극하는 몸짓의 내음, 그리고 커다란 침대 위에 그림을 그린 듯 어우러져 누워 있는 인형(人形). 쓰러진 듯 축 늘어져 누워 있는 여자의 흐트러진 머리카락과 그런 여자의 낭창한 허리를 힘 있게 끌어안은 남자의 팔뚝이 전날 밤 이들의 관계가 어떠했을지 짐작케 했다.

"전화라도 드려야 하는데……."

피곤한 눈꺼풀을 겨우 밀어 올리며 효우가 중얼거렸다. 몇 시간 푹 잔 덕에 정신은 말짱하게 돌아왔지만 몸이 말을 듣지 않았다. 너무 오랜만에 심하게 움직여서인지 기운이 하나도 없었다. 물 먹은 솜처럼 무거워서 손끝 하나 움직이기도 싫다. 아무래도 체력 생각 않고 이틀 밤낮을 너무 폭주했나 보다.

"가만있어……."

등 뒤에서 나른하게 속삭이며 찬현이 허리를 더 꽉 조여 끌어안는다. 평소 체력 관리만큼은 그 누구에게노 뒤저지지 않는데다가 요즘 들어선 거의 에너자이저로 돌변해 일과 사랑 두 분야 모두에

서 어마어마한 지구력을 보이고 있는 이찬현이지만, 그런 그도 밤
엔 잠을 자야 한다. 아무리 체력에 관해선 A+++ 급이라 자신하는
그라도 재충전의 시간은 필요한 법이 아닌가. 불과 두어 시간 전
그는 남아 있는 체력을 모조리 쏟아부었으니 말이다.

그리고 무엇보다도 그는 이 따스하고 달콤한 시간을 방해받고
싶지 않았다. 아내와 단둘만의 시간을 보낸 것은 지난해 15일간의
긴 신혼여행 이후 처음. 신접살림을 한국에 차렸다고는 하나 사업
때문에 미국에서 보내는 날이 일 년 중 절반인데다가 아내 또한
회사 일로 공사가 다망하고 거기에 양쪽 집안의 애정 공세와 관심
이 도를 넘는 수준으로 극성이라 단둘만의 시간을 양껏 즐길 수
있는 여건이 조성될 수가 없었다. 이번엔 정말 우연히 신기하게도
스케줄이 맞아떨어져 이렇듯 원하는 대로 아내를 취할 수 있게 되
었을 뿐.

물론 계획대로라면 그들은 전날 한국행 비행기에 올라탔어야
하고, 지금은 도착하여 부모님을 찾아뵈었어야 한다. 아내는 비즈
니스 때문에 미국에 잠깐 온 것이고, 중요한 회의 때문에 곧 한국
으로 돌아가야 했으며, 귀국길에는 그가 동행할 예정이었다. 그
역시 오랜만에 일주일간의 휴가를 맞아 귀국 날짜를 받아놓은 상
태였기 때문이다. 하나 지금 그들은 미국 뉴욕 맨해튼, 허드슨 강
이 보이는 그들의 아파트 침실에 그 어느 때보다도 더 편안하게
누워 있었다. 무분별하게 일정을 뒤로 미루면서까지.

"이래도 되는 걸까?"

"……."

"찬현 씨, 우리 이래도 되는 거냐고."

까칠까칠 약간 쉰 듯한 목소리로 그녀가 답을 재촉해 온다. 감고 있는 눈을 뜰 생각이 전혀 없는 찬현은 오히려 더 세차게 그녀의 허리를 끌어당겨 품 안에 가두곤 그녀의 풀어 헤쳐진 머리카락에 코를 비비며 무성의하게 중얼거렸다.

"뭐가?"

"할아버님께서 기다리시잖아. 어머님은 또 어떻고. 우리 아버지도 눈이 빠져라 기다리고 계실 거야. 일잖아, 우리 아버지가 찬현 씰 얼마나 믿고 의지하는지. 최근에 구미 쪽에서 합자 제안이 들어왔는데 찬현 씨와 의논하고 싶어 하시는 것 같아. 지난달부터 언제 들어오느냐고 자꾸 묻곤 하셨어."

"급한 일이면 전화로라도 연락 주시지 왜."

"그 정도로 급한 건 아닌 것 같았어. 정말 발등에 불 떨어진 거였으면 나한테라도 상의하셨을 텐데 그건 아니었거든. 어쨌든 온 가족이 다 우릴 이제나저제나 목 빼고 기다리고 계시는 와중인데, 연락도 없이 이렇게 늦으면 다들 뭐라고 생각하시겠어?"

"즐거운 한때를 보내고 있겠구나 생각하시겠지."

"장난치지 말고!"

"장난 아닌데?"

나른하게 웃음을 흘리더니 그가 중얼거린다. 그리곤 유혹적인 혀끝을 움직여 그녀의 벗은 어깨를 부드럽게 할짝 핥는다. 보드라우면서도 까칠한 혀의 뜨거운 동시에 서늘한 움직임 한 번에 그녀는 빠르게 숨을 흡 들이쉬어야 했다. 방금 전까지 몸에서 기력이란 기력은 모조리 빠져나간 듯 기운 하나 없이 축 처져 있던 그녀의 몸이 전기 쇼크를 받은 듯 퍼덕거리기 시작했다.

"으휴, 좀 진지해져 봐. 지금 이럴 때가 아니란 말이야."

"그럼? 어떤 땐데?"

여전히 그녀의 맨살에서 입술을 떼지 않은 채 그가 물었다. 어찌나 밋밋하고 감흥 없이 중얼거리는지 감정 없는 로봇이 아닐까 의심이 들 정도.

표정을 확인할 순 없지만 효우는 알았다. 그는 가족들이 걱정하는 것에는 별로 관심이 없다는 것을. 원래 이찬현은 남의 눈, 의견, 감정은 신경 안 쓰는 사람이었다. 그 '남'의 범주에 가족도 포함되어 있었고. 그랬으니 그 오랜 세월 동안 돌아오길 간절히 원하는 가족을 등지고 미국에서 홀로 생활하고 있었던 것이다. 그랬던 그가 바뀐 것은 효우를 다시 만나면서부터였다.

어린 시절 풋사랑이었다고 생각했던 효우와 재회하자마자 그는 단박에 평정심을 잃고 말았다. 평소였다면 있을 수도 없는 일을 결정하였고, 그녀의 곁에 머무르는 말도 안 되는 상황에 스스로 빠져들었다. 곁에 있어달라는 효우의 부탁을 차마 뿌리치지 못했다는 말은 그저 핑계에 불과했다. 그는 자발적으로 그녀의 곁에 머물렀고, 그녀를 도와주었으며, 그녀의 마음을 훔치기로 작정하였다. 모든 게 우연이고 어쩔 수 없는 상황이었다고 변명하지만 실은 그의 자의가 선택한 일이란 말이다.

왜 그랬던 걸까? 누군가 묻는다면 그는 이렇게 말할 것이다. 심효우의 절대적인 존재가 되고 싶었기 때문이라고. 그리고 지금 그는 효우에게 가장 큰 영향력을 행사할 수 있는 거의 유일한 존재다. 미션 클리어.

그는 심효우를 완벽하게 손에 넣었다.

"몰라서 물어? 전화라도 드려야지."

화장이 다 지워져 거의 민낯이나 다름없는 얼굴을 겁 없이 남편에게 들이대며 효우가 두 눈을 부릅떴다. 제법 엄격하고 단호한 눈빛이었으나 그의 나른하게 풀려 있는 눈에는 그저 순진하고 아름다운 소녀의 모습으로 비춰질 뿐이다. 그 옛날 '나만 믿어' 하며 비장한 눈으로 작은 주먹을 불끈 쥐던 꼬마 아가씨. 그를 끝까지 지켜주겠다면서 센 척해놓고선 결국엔 어두워지니 눈물 징징 짜며 그의 등에 업혔던 그 철부지 공주.

찬현의 눈엔 서른넷이나 먹은 대한민국 최고의 화장품 회사 CEO, 이 시대 최고의 커리어우먼 심효우가 그 앳되고 순수했던 꼬마 공주로밖에 안 보였다.

"전화 드리면 왜 늦어진 거냐고 꼬치꼬치 물으실 텐데."

찬현은 효우의 콧잔등에 깨알처럼 흩뿌려져 있는 귀여운 주근깨들을 하나둘 세며 히쭉 입술 언저리를 끌어 올렸다. 볼 때마다 느끼는 거지만 심효우는 주근깨마저도 사랑스럽다. 저 주근깨 한 알 한 알에 일일이 키스해 주고 싶을 만큼.

사실 그의 끊임없이 끓어오르는 욕구의 대부분은 이 주근깨로부터 발화되고 있었다. 신기하게도 그는 효우의 주근깨만 보면 그녀를 삼켜 버리고 싶은 변태석 욕구가 득시글득시글 끓기 시작했다. 도무지 이해할 수 없는 화학적 반응이었다.

"일 때문에 어쩔 수 없이 일정을 미뤘다고 하면 돼."

"그럼 왜 일정이 미뤄졌을 때 곧바로 연락 안 줬냐고 추궁하실 거다."

"바빠서 그랬다면 되지. 이해해 주실 거야."

"24시간이나 지났는데 그사이 계속 일만 했냐고 물으실걸."

"에이, 그 정도로 샅샅이 캐묻진 않으실 거야."

"장인어른께선 안 그러시겠지. 하지만 우리 할아버지와 어머니, 찬유는 달라. 몹시 집요하시거든."

"설마. 아무리 집요해도 그렇게까지 묻기야 하겠어. 그분들도 눈치는 있으시잖아."

"눈치는 있으셔. 자신이 눈치 있음을 굳이 상대에게 확인받으려 하셔서 문제지. 아마 우리로부터 꼬박 하루가 넘어가는 시간 동안 뭘 했는지 꼭 자백을 받아내려 하실 거야. 그래도 굳이 전화를 해야겠다면야……."

살랑살랑 눈웃음. 사람 좋은 미소를 지어 보이며 그가 눈썹을 씰룩 움직였다. 굳이 전화를 하겠다면 말리지 않겠다는 뜻. 효우는 잠시 곰곰이 생각에 빠진 듯 두 눈을 껌뻑껌뻑하며 미간을 찌푸린 채 꼼짝하지 않았다. 그 작은 머리로 열심히 뭔가를 생각하는 게다.

그를 변태로 만드는 심효우의 두 번째 버릇. 깊은 생각에 빠질 때마다 짜부라지는 저 미간이 그는 미치도록 좋았다. 미간이 주름질 때면 싸늘해 뵈는 눈매도 순딩순딩해지고 고양이 눈처럼 동그랗고 반짝거리는 눈망울이 더욱 빛나 보이는데다, 가끔은 가운데로 눈이 몰려 보이기까지 해서 정말이지 핥아 녹여 버리고 싶을 만큼 미치게 사랑스러워 보였다. 그녀가 화를 낼 때마다 말싸움이 아닌 몸싸움(?)으로 변질이 되어버리는 것이 바로 그 때문이다. 말 그대로 기승전 '색'. 덕분에 그들은 결혼한 지 1년이 넘어가는데도 싸움이란 걸 단 한 번도 해본 적이 없었다.

"그럼 뭐 어쩔 수 없네."

한참을 생각하더니만 그녀가 입술을 삐죽거리며 한발 물러선다. 자신이 어쩔 수 없다는 의미로 무심코 한 제스처. 하지만 그것이 바로 그의 에너지 충전의 마지막 코스였다. 유난히 새빨갛고 날렵하게 쭉 뻗은 입술 라인은 평소엔 매우 고집스럽고 금욕적으로 보이지만, 남편한테 살짝 밀린다 싶어 삐죽 입술에 힘을 줄 땐 반대로 귀여우면서도 깜찍해 보이기도 하거든. 그리고 이 앙증맞은 입술이 얼음처럼 차가운 눈과 투명하게 흰 피부와 믹스되면 그녀는 그대로 섹시함의 화신이 되어 그를 짐승적 본성에 충실한 수컷으로 만들어 버리곤 한다.

결국 여기서도 기승전 '색'인가.

너무 밝힌다 해도 어쩔 수 없다. 그는 결혼한 지 1년밖에 안 된 새신랑이지만 아내와 함께 보낸 시간은 기껏 두어 달이 전부인 비운의 남자이니까. 오늘만큼은 정말 제대로, 마음껏, 원하는 대로 언리미티드하게 그녀를 즐겨줄 생각이다. 일주일의 휴가 따위, 여기서 보내면 되지. 이곳 뉴욕의 아파트 침대 위에서 허드슨 강을 내려다보며.

"찬현 씨가 전화 걸어."

"좋아."

일주일간 그녀를 이곳에 묶어놓을 방법을 열심히 생각하던 찬현, 아무 생각 없이 흔쾌히 대답을 내놓는다. 그러자 옳다구나 싶은 효우가 냉큼 전화기를 들어 찬현의 빈손에 척 쥐어준다. 그리곤 생글생글 웃으며 하는 말.

"지금 걸어. 롸잇 나우."

"뭐야?"

"걸겠다고 했잖아, 방금. 딴소리하기 없기."

"나더러 총알받이 되라는 건가. 어른들 질문세례를 나더러 혼자 다 받아넘기라고?"

"난 못하니까 찬현 씨가 해야지. 잘할 수 있잖아."

"네가 못하는 일인데 난 잘할 수 있다는 소린 근거가 있는 말이야?"

뾰로통하니 퉁명한 목소리로 그가 되물었다. 가족들한테 핑계 대기 위해 전화하는 일은 정말이지 하기 싫은 모양이다. 하긴, 변명은 이찬현답지 않긴 하다. 이찬현이라면 사실을 있는 그대로, 설명 따윈 개나 주라는 듯 깔끔하게 발표하고 만다. 군더더기 전혀 없는 직설화법임으로 다른 오해도 전혀 낳지 않는다. 말투는 반론조차 전혀 허용하지 않는 듯 확고하다. 딱 잘라 말하는 그 버릇 때문에 처음엔 살짝 기분이 상한 적도 있지만, 앞뒤 다른 남자들과는 차원이 다른 솔직함이 그의 무기이자 매력이란 걸 알기에 요즘은 그저 '내 팔자려니' 하며 쿨하게 넘기고 산다.

게다가 이 불퉁한 표정을 봐라. 아이처럼 귀엽지 아니한가. 손

등의 힘줄, 남성적인 쇄골 등과는 비교도 할 수 없을 만큼 섹시하
다.

"자긴 제이 리잖아. 자기가 못하는 게 뭔데? 없잖아. 이 난관도
잘 헤쳐 나갈 수 있을 거야. 난 자기 믿어."

"이럴 때만 '자기' 지."

"다른 때도 '자기' 야."

애교 살살 들어간 나긋나긋한 목소리로 말하곤 효우는 남편의
귀여운 두 볼을 양손을 슬쩍 꼬집어주었다. 그러자 기분이 나쁜
듯 그의 굵고 짙은 눈썹 하나가 휙 치켜 올라갔다. 애 취급 말라는
거지. 자긴 남자다 이거지. 하지만 결혼한 여자라면 누구라도 공
감하듯 남자는 다 애 같다. 자꾸만 해달라고 보채고, 원하는 대로
안 되면 파토내고, 이미 자기 것인데도 자꾸만 자기 것임을 확인
하려 들고. 그 변덕스럽고 원초적인 요구를 다 들어주려면 몸이
열 개라도 모자라다.

오늘의 이 사태도 보라. 귀국행 비행기를 놓치고 하루 종일 침
대를 뒹굴고도 모자라 이 팔팔하게 살아 있는 눈빛을!

여기서 문제는 지긋지긋해야 함에도 불구하고 또다시 후끈 달
아오르기 시작하는 자기 자신이었다.

"손 내려."

아내에게 두 볼이 잡혀 있는 상태로 그가 엄하게 명령했다. 귀
여워라!

"침대에서 명령은 나만 내릴 수 있는 걸로 아는데요, 미스터 제
이 리?"

"날 보이 취급했을 땐 얘기가 달라지지."

"어떻게 달라지는데?"

새로운 사실을 안 듯 그녀가 눈을 반짝이며 얼굴을 더 그의 쪽으로 가까이 들이댄다. 달콤한 향이 그의 코를 습격했다. 살 내음과 화장품 향이 뒤섞인 야릇함의 결정체. 찬현은 눈을 감고 천천히 숨을 들이쉬었다. 그녀가 존재함을 다시금 뼈저리게 느끼는 것이다.

지금 이 순간 그녀와 함께 있다는 것이 얼마나 다행인지 모른다. 그녀를 품을 수 있다는 사실이 얼마나 감사한 일인지 모른다. 그녀에게 힘이 되고, 그녀의 곁을 지키는 사람이 바로 자신이라서 좋다. 그녀가 다른 사람이 아닌 자신의 여자가 되어주어서 그는 더없이 고맙다. 그녀와 인생을 공유할 수 있어서 더할 나위 없이 즐겁고 유쾌한 사람이 바로 이찬현 자신이다. 그녀라서, 다른 사람이 아닌 그녀가 내 곁으로 와줘서 그는 진정으로 행복한 사람이다.

왜냐하면 그녀는 이찬현의 절대 사랑이니까.

"이렇게."

나직하고 부드러운 그의 매직 목소리가 나른하게 울려 그녀의 콧잔등을 찡하게 울렸다. 감동스러울 정도로 다정한 목소리다. 여자로 하여금 저절로 행복한 미소를 지어 올리게 만드는 마법의 목소리. 효우는 빙그레 웃으며 기분 좋게 두 눈을 감고 그 목소리를 음미했다.

남편의 감각적인 입술이 콧잔등을 타고 올라왔다. 쭉 뻗다가 귀여운 봉오리를 만들며 동그랗게 꺾이는 그녀의 코를 비비는 것부터, 광대뼈 근처까지 희미하게 뿌려진 주근깨를 주섬주섬 입술로 애무하는 것까지 깨알처럼 자잘하게 이곳을 아끼고 즐기고 음미하는 사람이 바로 이찬현이다. 또 그것은 광란의 질주 그 시작점이기도 하다. 효우는 자신의 입술에서 희미하게 흘러나오는 신음 소리를 들으며 그의 목덜미에 자연스레 팔을 감았다.

"시작인 건가요, 이찬현 씨?"

허스키한 아내의 목소리가 들리자 그는 나지막하게 웃음을 터뜨렸다. 스타트까지 손수 외쳐 주시는 여왕님이시라니. 그녀는 역시 그의 절대 군주이시다.

그는 길게 뻗은 다리와 강인한 두 팔을 이용해 단번에 그녀를 내리깔고 짓누르며 속삭였다.

"긴 하루의 시작이지요, 대표님."

그는 침대 시트 안으로 쑥 밀려들어 가 더욱 가녀리게 보이는 아내를 향해 입술을 끌어 내렸다.

The End

　긴장이 풀어졌나 봅니다. 작업하는 5개월간, 늦가을과 겨울, 초봄까지 온도 변화 변화무쌍했던 지난 계절들을 거쳐 오면서도 감기 한 번 걸리지 않던 제가 수정 파일까지 마감하고, 4월에 예정해 놓았던 분량까지 마무리 지은 후에야 감기에 덜컥 걸렸습니다. 그동안 감기가 저 작업하라고 봐주고 있었나 봐요. 한 번 오더니 절대로 안 떨어지네요. 3주차를 보내고 다음 주면 벌써 4주째인데, 아무래도 경과를 보아 4주를 꽉 채우려나 봅니다. 다들 감기, 조심하시길 바랍니다. 요즘 감기 정말 독합니다.

　작업 초반에 글이 잘 안 풀려서 위기도 있었고, 집안 사정 때문에 글 쓸 시간이 여의치 않았던 적도 있었지만, 그나마 이만큼 막힘없이 작업했던 적은 근래 들어 [절대 그녀]가 유일한 것 같아요. 이래저래 고통의 시간이었던 지난 2년을 어렵사리 뚫고 지나와, 나름대로 여유로웠던 지난 2012년을 보내고, 이렇듯 새로운 해, 새로운 계절 새 봄에, 새로운 마음으로, 새로운 스타일의 여자주인공을 써보고자 시작했던 새 작품, [절대 그녀]를 선보일 수 있게 되어서 정말 기쁩니다.

　말씀드렸다시피, [절대 그녀]의 주인공 '심효우'는 지금까지 제 소설에 등장했던 다수의 여자주인공들과는 사정이 다른 캐릭터입니다.

늘 상황 설정상 약자의 입장에서 곤혹을 치러야만 했던 게 저의 여자주인공 캐릭터였기 때문에, 이번에는 단조로운 캐릭터 구조를 피해보고자 색다른 상황을 넣어 색다른 인물을 만들어냈던 것이 바로 주인공 심효우인데요. 처음엔 단순히 남녀의 상황적 위치를 바꿔보겠다는 생각으로 시작하였던 터라서, 대표님과 사원의 만남에 초점을 맞춰가면서 얘기를 써내려갔던 것 같습니다. 여자주인공의 우월한 위치와 남자주인공의 복종은 반대 상황에 익숙해져 왔던 저에게도 신선함이었더랬지요. 아, 물론 남자주인공인 이친현은 속에 늑대 수천 마리를 숨기고 있는 위험한 남자였지만요.

그리 풀어갔던 글이 다른 핀트를 향하게 된 것은 제가, 효우의 'Chief로서 가지는 고뇌'와 '동생들을 지키기 위해 독해져야 했던 사연'에 몰입하면서부터입니다. 세상물정 모르던 맑고 밝은 공주님 효우가 사랑하는 것을 지켜내기 위해 스스로 강해져야 했던 사연, 남들에게 얕잡히지 않기 위해 얼음벽을 세워둬야 했고, 순수함에 상처받지 않기 위해 남들보다 더 뾰족한 가시를 세워야 했던 사연 등을 써내려가면서부터, [절대 그녀]는 단순한 상사와 부하직원의 얘기가 아니게 되어버렸지요. 저는 저도 모르는 사이에 효우의 아픔을 이해하게 되고, 동화되어 갔습니다. 아마도 이찬현 역시 그러지 않았을까요? 그가 효우에 대해 더 잘 알게 되면서, 효우의 아픔을 이해하고 보듬기 시작하면서, 그녀를 더욱더 사랑하게 되지 않았을까요?

이래저래 복잡하게 생각할 것 없이 '사랑은 상대를 이해하는 것'이라고 감히 성의 내려봅니다. 효우와 친현이 앞으로도 쭉, 서로를 이해하고 배려하는 마음으로 사랑할 것임을 약속드리며 효아와 효이의 이야기도 구상 중에 있음을 살짝 귀띔해 드립니다.

늘 고마운 청어람 편집부, 문혜영 팀장님. 이번에도 늦은 마감 기다려주셔서 감사드리고, 거친 원고 들여다보시게 해서 죄송하고, 또 사랑합니다. 글 모니터해 주고 조언 주었던 동료 작가분들, 고마워요. 모두모두 글발신과 접신하여 쭉쭉 좋은 글 펴내시길 기원합니다. 올봄 집 사서 이사하는 작은언니, 축하해. 패키지로 딸려가는 입장이지만 인간적으로 방에 화장대는 꼭 좀 부탁dream. 추가로 나는 침대 없으면 잠 못 잠. 글쓰기에 협조하기 위해 보고 싶은 만화영화도 자제하고 밖에 나가 놀아주신 이재윤 조카님. 만날 츤츤하지만 실은 이모가 널 무진장 아끼고 사랑하는 거, 알아줬으면 좋겠어. 현이만 사랑하는 거 아님. 오해 노노해! 앞으로 남은 2년 잘 지내보자고, 소년!

그리고 마지막으로 이 글을 읽어주신 독자 여러분께는, 가장 크고 소중한 사랑을 쏩니다. 한 분, 한 분, 만나면 허그해 드리고 싶네요. 로맨스는 영원하다!

저는 늘 그러하듯 다음 작품에서 또 뵙겠습니다.

벌써부터 바이바이, 봄을 향해 작별인사하고 있는,

홍윤정 드림.

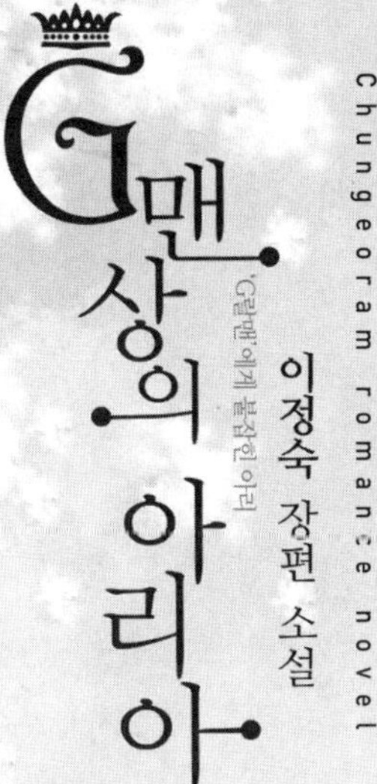

세상에서 가장 공격이 센 남자와
세상에서 가장 방어가 강한 여자가 만났다!

통칭 'G랄맨!' 세상에 마음에 드는 게 하나도 없는 못된 사장 하태규!
통칭 '야! 너! 혹은 오 비서!' 못된 사장한테 시달리는 가련한 아리아, 비서 오아리.

그런데 어느 지구가 쪼개지던 날, G랄맨의 눈에 '오 비서 0호'가 여자로 보이기 시작한다!

그때 갑자기 G랄맨에게 닥친 비보.
뇌수술을 한 G랄맨의 뇌 속에서 감정이 싹 사라진다.
감정상실증.

하태규, 너 정말 이럴 줄 알았다.
병도 꼭 저 같은 걸로 골라서 걸리는구나!

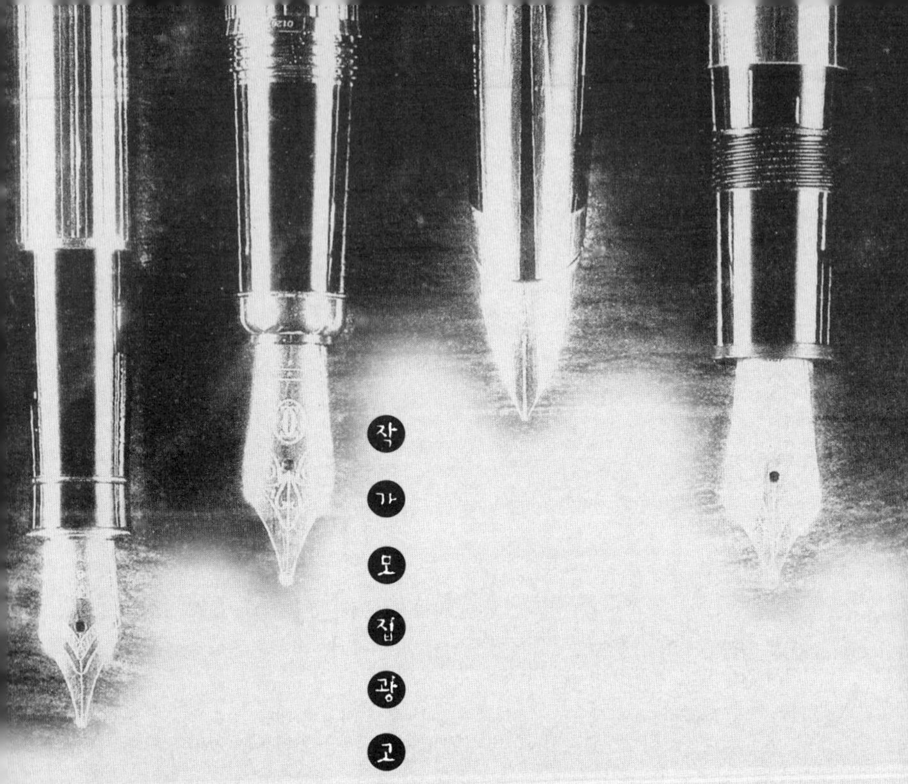

작
가
모
집
광
고